MORE THAN ANYTHING

De la même autrice chez Addictives

About Last Night

L'autrice écrit aussi en duo sous le nom Alexia Clemens.
Red Python. Save Me

ELLIE JADE

MORE THAN ANYTHING

Luv

Avertissement

Certaines scènes peuvent heurter la sensibilité des lecteurs.

PROLOGUE

Maïa

Masha et Anastasia, mes deux meilleures amies, s'affairent autour de moi. L'une repositionne le voile devant mon visage pendant que l'autre ajuste la bride de mes sandales à talons. Ma mère reste en retrait, émue.

Ça devrait être un jour heureux. Le plus beau jour de ma vie. Mais mon ventre est noué, depuis des jours, des semaines même, et encore plus aujourd'hui.

Je vais épouser Taylor. Je *veux* épouser Taylor.

Ce n'est pas parce qu'*il* est revenu que je vais changer mes plans. Pas après toute cette souffrance, cette absence, et surtout, pas après avoir réussi à reconstruire ma vie.

Ce dont j'ai absolument besoin, c'est d'être loin de la pègre russe et de tout ce qu'elle m'a pris.

Taylor est un homme bon, honnête et juste. Je ne veux pas qu'il soit impliqué de près ou de loin à tout ça. Je ne veux pas lui faire du mal.

– Tu es prête ? me demande Masha.

Autant que je ne pourrai jamais l'être. Beaucoup de choses se bousculent dans ma tête, mais j'acquiesce pendant que mes amies rassemblent leurs affaires. Les voir s'activer comme des abeilles m'émeut. Je ne comprends pas trop toutes ces émotions qui livrent bataille en moi. Ma mère s'approche et tend sa main vers mon visage. Son pouce vient cueillir une larme qui s'apprêtait, malgré moi, à couler sur ma joue.

– Tout va bien se passer, ma poupée.

Je lui souris, attendrie par sa douceur.

– Nous devrions y aller, Olga, l'incite Anastasia déjà dans l'embrasure de la porte.

Le trajet est court, seulement quelques minutes pour arriver devant l'église byzantine dans la banlieue de Cleveland. L'édifice est splendide et coloré, les petits dômes d'oignon sont dorés et brillent au soleil.

Mes amies sont là, devant l'endroit qui va marquer un tournant capital dans ma vie.

– Prête ? demande une nouvelle fois Masha lorsque je sors sur le trottoir.

– Stressée. Mais qui ne le serait pas le jour de son mariage ?

J'expire l'air contenu dans mes poumons et regarde le ciel bleu de cette mi-février pour éviter d'abîmer mon maquillage. Qui aimerait voir sa future épouse avec des yeux bouffis et rouge écarlate ? Personne, je pense. Mais quand je songe à ceux qui ne sont plus des nôtres aujourd'hui, l'émotion est palpable.

La musique de Snow Patrol que j'ai choisie pour entrer dans l'église retentit dans le lieu de culte aux dorures anciennes. Mes meilleures amies m'observent, émues. Elles savent le tumulte qui m'agite au plus profond de moi. Les larmes me montent une nouvelle fois aux yeux, elles comprennent qu'il ne m'en faut plus beaucoup pour que je m'effondre.

Pour couper court, Masha s'avance alors sur l'allée centrale, suivie d'Anastasia. Elles sont magnifiques dans leurs robes rose poudré en mousseline. Puis, c'est à mon tour de marcher vers les grandes portes en bois de l'édifice.

Seule.

Une seule image s'immisce dans mes pensées : celle de mon père. Il aurait été si fier de me tendre son bras et d'être à mes côtés. Il disait que j'étais son joyau, sa vie.

Tête baissée, je fais quelques pas jusqu'à me placer au centre de l'allée avant de relever le visage pour découvrir le parterre de pétales de roses blanches qui me mène jusqu'à l'autel. Chaque rangée est fleurie de tulipes blanches, chaque vitrail me donne l'impression qu'une multitude de couleurs virevoltent autour de moi. Je m'avance en ancrant mon regard à celui de mon futur mari. Il est grand, les cheveux tout aussi sombres que ses yeux, beau garçon.

Il me sourit, ce qui calme instantanément mon chaos intérieur.

J'étire mes lèvres en retour, timidement, puis m'approche doucement vers l'homme d'Église derrière son pupitre en marbre. J'emprunte le même chemin que le cercueil de mon père il y a de ça quelques semaines. Je sais, je ne devrais pas penser à ça maintenant, mais je n'arrive pas à endiguer le flot de mes pensées.

Je prends une grande et profonde inspiration et tente de me concentrer sur les visages familiers qui me font face. Nous avons décidé de faire un mariage en petit comité : ma mère, mes amies et témoins, Taylor et un de ses amis d'enfance que je n'ai encore jamais rencontré, Stuart. Même sa mère n'a pas fait le voyage depuis le Canada. On se sentirait presque ridicules d'être une demi-douzaine de personnes dans un lieu de culte pouvant en accueillir au moins deux cents.

À quelques pas de moi, mon futur époux me tend la main, dans laquelle je glisse la mienne. Il y dépose un baiser avant de me complimenter.

– Tu es belle, mon cœur. Tu fais de moi un homme chanceux et heureux.

Je souris à nouveau et me concentre sur ce qui se passe devant moi. J'avoue que je décroche un peu à certains moments : les mariages orthodoxes sont longs, mais c'est la tradition… Et même si nous sommes en comité réduit, le cérémonial est le même. Nous nous asseyons tandis qu'un sermon débute : sur mon père et sa contribution pour cette église, puis sur l'importance du mariage, de la famille. Le prêtre demandera ensuite le consentement de l'assistance avant de nous demander les nôtres. Une fois qu'il les aura obtenus, il va nous bénir. Nous procéderons ensuite à l'échange des alliances. Mon cœur se serre une nouvelle fois lorsqu'il est question des êtres chers qui ne sont plus des nôtres. Je crois même que l'officiant parle plus de mon père que de moi.

Ensuite, après avoir vanté rapidement la bonté de Taylor, il nous demande de nous lever et regarde derrière nous, sans cesser de parler.

– Et vous, les proches et la famille de Maïa et de Taylor, êtes présents pour être témoins de leur union.

À ces propos, nous nous retournons pour faire face à nos témoins. À ma mère. Une petite vague de panique me submerge quand je vois ses yeux. Elle n'a jamais approuvé ma relation avec Taylor. Et mon père encore moins. Taylor est à l'opposé d'eux et du monde dans lequel ils évoluent. Ils n'ont jamais compris qu'il est ce dont j'ai besoin, même si je n'ai pas de papillons dans le ventre ni d'étoiles dans les yeux lorsque je suis avec lui.

Pour ne pas craquer, je relève les yeux. Tout d'un coup, j'ai l'impression de manquer d'air, d'être sous l'eau et prisonnière d'une algue qui m'empêche de remonter à la surface.

Le nez dans son livre, le prêtre continue de parler sans nous prêter attention. Je sens alors les doigts de Taylor s'enrouler autour de mon poignet.

Un frisson remonte le long de ma colonne vertébrale. Froid. Piquant. Acide.

– Promettez-vous d'aimer et de soutenir votre conjoint tous les jours à venir ? continue le prêtre. Si c'est le cas, dites « Nous le voulons ».

Un silence accompagne sa question. L'atmosphère change soudainement, l'air crépite. Quatre hommes cagoulés, armes au poing, se sont approchés sans émettre le moindre bruit. Ils ne sont qu'à une vingtaine de mètres et nous mettent en joue.

– Personne ne bouge et on reste calmes.

Malgré la cagoule, je reconnais ce menton haut, fier et la carrure imposante défiant quiconque de l'arrêter. Son aura est reconnaissable entre toutes, comme ses deux billes bleu turquoise. Mon cœur s'emballe de plus belle et une chape de plomb s'abat sur mes épaules. Ses yeux profonds me déstabilisent pendant ce qui me paraît une éternité. J'ai beau soutenir la puissance de ses prunelles, je suis à la limite de l'évanouissement.

Je n'aurais jamais imaginé qu'il puisse assister à mon mariage autrement qu'à mes côtés. Une part de moi regrette qu'il soit témoin de la scène.

Intérieurement, j'entends sa voix, rauque et autoritaire. Les « r » roulés, les « a » appuyés. Mon cœur, mis à rude épreuve aujourd'hui, cesse de battre durant ce qui me paraît une éternité. Je baisse la tête pour observer mes mains tremblantes, avec lesquelles je saisis des pans de ma robe pour qu'on ne puisse pas le remarquer.

Que fait-il ici ?

Je suis complètement hypnotisée. Celui que je sais être Mikko fait un pas dans l'allée, puis un second. Ma respiration est instable et irrégulière.

En regardant l'assemblée devant moi, je ne loupe rien de l'inquiétude qui traverse les prunelles de ma mère, de l'agitation de Masha et de l'agacement d'Anastasia. J'occulte temporairement le trouble de Taylor, de son témoin, les paroles du prêtre qui répètent que de tels actes ne peuvent être tolérés dans un lieu sacré… Je ne vois que *lui* et sa colère.

Une main sur mon bras me sort de ma léthargie, me contraignant à rompre le contact visuel avec celui qui gâche le jour de mon mariage.

Celui à qui j'aurais donné ma vie.

Celui que je voulais plus que tout.

Celui qui m'a pris mon innocence.

Mais qui m'a abandonnée. Deux fois.

J'ai cru mourir. Deux fois.

Malgré ma respiration qui s'emballe de plus belle, je suis le mouvement de mon fiancé quand il voit que les hommes cagoulés s'approchent dangereusement de nous. Ses doigts enserrent les miens et il tente de nous mettre à l'abri. Dans la précipitation, je ne peux m'empêcher de jeter un coup d'œil à ma mère qui semble vraiment paniquer. Je n'ai pas le temps de m'attarder sur cette scène que déjà nous nous retrouvons devant la petite porte à proximité de l'autel, celle qu'empruntent les hommes d'Église, à l'abri des regards. Taylor, qui est lui-même tiré par son témoin, essaie de m'entraîner avec lui, mais la dernière vision de ma mère me fait cesser brutalement mon avancée. Il faut que je m'assure qu'elle va bien, même si j'ai l'intime conviction qu'il ne lui arrivera rien de mal. Pas avec Mikko. Taylor n'a d'autre choix que de lâcher ma main alors que je fais demi-tour pour retourner vers l'autel. Il crie mon nom, véritablement inquiet. J'ai envie de lui dire que je ne risque rien, que c'est juste Mikko, même si je ne comprends pas pourquoi ce dernier est là, cagoulé et armé.

Je pivote sur moi-même pour partir à la recherche de ma mère, mais en retournant sur mes pas, je ne vois plus les hommes cagoulés. Les ai-je rêvés ?

Une porte qui claque me fait sursauter, provoquant la montée en flèche de mon palpitant déjà malmené. Si je n'avais pas peur avant, là, je la sens venir.

Je me retourne vers la porte de sortie que j'allais emprunter tandis que l'écho retentit encore. Ma respiration saccadée accentue ma panique et mes yeux ne cessent de chercher ce que je ne vois plus.

Les mains tremblantes, je soulève le devant de ma robe pour faire un pas en avant, puis un second. Je murmure en russe, récitant en boucle les prières enseignées durant mon enfance, et les enchaîne pour ne pas discerner le silence angoissant des alentours.

Puis tout se passe vite. Je sens un linge recouvrir mon nez et ma bouche. Je me débats, mes cris sont étouffés, mais je ne peux pas les empêcher de rugir du fond de ma gorge. J'essaie de donner des coups de pied, des coups de coude. Je lutte jusqu'à ce que ma tête tourne et qu'un vertige me saisisse.

Je ne vois plus rien, je ne tiens plus sur mes jambes et me sens partir.

1

Maïa
La veille du mariage

Je me réveille en sursaut, en criant si fort que ma gorge me fait souffrir. Mes joues sont baignées de larmes salées et mon corps est en sueur. Je peine à calmer les battements de mon cœur. Mon rêve était éprouvant.

C'est ainsi depuis des semaines. Mes nuits sont jonchées de scènes d'horreur qui s'intensifient et deviennent de plus en plus réalistes. La mort frappe tous les gens que j'aime dans des circonstances atroces. Chaque fois, je suis spectatrice des visages de mes proches perdant peu à peu la vie, leurs traits déformés par la douleur. Leurs regards deviennent vides, creux, me laissant complètement démunie, incapable de faire quoi que ce soit pour les sauver, et ça me rend dingue. Impuissante.

Je m'assieds dans mon lit et récupère mon téléphone pour regarder l'heure. Même pas quatre heures. Je soupire d'exaspération. Mon rythme de sommeil est calqué sur les gardes de cette semaine, bien que d'ordinaire, les cauchemars me réveillent plus tôt. Leur point commun ? Cette organisation qui m'a tout pris. D'abord l'homme que j'aimais. Puis elle m'a arraché mon père.

Ces fantômes doivent cesser de venir peupler mes nuits. Plus rien n'est censé me lier à la Fratrie. Je me dois d'avancer.

Demain marque le début d'une nouvelle vie. Je vais m'unir à Taylor, cet homme qui m'apaise et me rassure. Je vois en lui une chance inespérée d'être heureuse, d'évoluer dans une atmosphère saine.

C'est pour ça que tu ne lâches pas ton appartement et que tu préfères vivre seule ?

Pour ma défense, j'ai choisi cet appartement parce qu'il est collé à l'hôpital où je travaille. Trop modeste pour Taylor, mais suffisant pour moi. Il est vrai que Taylor aime les objets de valeur et les meubles de créateur, et ce n'est pas entre ces murs qu'il trouvera son bonheur !

Je saisis mon téléphone et envoie un message à Anastasia. Ma meilleure amie ne dort presque jamais, alors nous allons souvent courir ensemble tôt le matin. C'est le meilleur remède que nous avons trouvé pour contrer nos insomnies. Elle me répond instantanément qu'elle se prépare et me rejoint en bas de mon immeuble.

Je vais prendre une douche pour me remettre les idées en place. L'eau bouillante me détend. J'observe l'eau ruisseler sur ma peau jusqu'à ce que mon regard s'arrête sur la tulipe qui est gravée à l'intérieur de mon poignet. Mes épaules s'affaissent et mon dos s'arrondit. Je ferme les yeux et inspire autant d'air que je peux avant de vider mes poumons en laissant s'échapper mon souffle lentement. J'utilise cette technique pour me recentrer après une longue garde. Bosser comme infirmière au service des urgences de l'hôpital de Cleveland n'est pas de tout repos.

Accueillir des patients isolés, agressifs ou en détresse sociale, c'est mon quotidien. On peine à trouver des lits pour hospitaliser ceux qui doivent l'être et qui stagnent aux urgences au lieu de rejoindre d'autres étages. Je suis fatiguée, exténuée même. J'alterne une grosse semaine de soixante heures et une petite de quarante heures. Prendre quelques minutes pour relâcher la pression est indispensable pour tenir. Certains fument des cigarettes, moi, j'aime l'eau bouillante de ma douche.

Une fois relaxée, je me sèche et passe une tenue de footing. Je traîne des pieds dans mon petit appartement pour rejoindre la cuisine et faire couler du café. De la fenêtre au-dessus de l'évier, j'ai une vue plongeante sur les jardins de l'hôpital. J'entends la voix de Taylor qui me dit que c'est glauque d'habiter dans un petit deux-pièces sombre. Mais quand je l'ai choisi, j'ai privilégié le côté pratique.

Mon job est bien plus qu'un simple travail.

On dit souvent que le médical, c'est un choix de vie. Et c'est vrai. J'aime le contact humain, l'adrénaline de l'urgence, le sentiment d'être utile et considérée, la cohésion d'équipe…

Seule ombre au tableau : ma cadre de santé, Nicole Rossi. C'est une vraie teigne et elle semble l'assumer. Elle n'est pas sympa et encore moins conciliante lorsqu'il s'agit d'aménager nos plannings. Je parle en connaissance de cause puisque je peine à avoir des gardes qui me permettent de passer du temps avec mon fiancé.

Quant à lui, Taylor Powell est un brillant neurochirurgien. La star prometteuse de l'hôpital. Et c'est celui que j'ai choisi pour passer le reste de ma vie.

Il n'avait pas fini son internat quand ses recherches l'ont conduit à la découverte d'une molécule qui permet de dissocier l'esprit du corps. La conscience reste intacte tandis que le corps ne réagit plus aux appels cérébraux. Les mouvements restent mécaniques le temps que la molécule s'évacue des cellules. Cette découverte l'a rendu célèbre. Son arrivée à Cleveland est une aubaine pour notre établissement où le service d'addictologie est en plein essor, et a ravi la gent féminine. Taylor est plutôt bien bâti et toutes les femmes étaient aux aguets ! C'était presque à celle qui arriverait à travailler dans son service ou à lui parler.

Mon téléphone sonne.

[Je suis en bas.]

Je chausse mes baskets, enfile une polaire et descends rejoindre Anastasia. Cinq heures, c'est son horaire pour se défouler avant sa journée de travail. Faire un footing devrait, à moi aussi, me permettre de relâcher la pression.

– J'ai failli attendre, lâche-t-elle quand je sors de mon immeuble.

– J'en connais une qui a besoin de se détendre, lui réponds-je en la prenant dans mes bras pour la saluer. Prête ?

Nous nous élançons sans attendre.

À cette heure-ci, il n'y a pas grand monde dans les rues. Il faut dire qu'il fait un froid polaire. Je crois que j'aime ce temps, bien plus que les chaleurs écrasantes que nous avons l'été.

– Le boulot se passe bien ?

Il y a deux types de coureurs : ceux qui parlent et les autres. Ana et moi, on est clairement dans la première catégorie. J'engage donc la conversation sur un sujet qui passionne Ana. Comme pour moi, son métier est une partie d'elle-même. Elle esquisse un sourire et hoche la tête.

– On a beaucoup de travail en ce moment, mais ça se passe bien.

Elle a travaillé en étroite collaboration avec mon père pendant cinq ans. Avec sa mémoire absolue, elle peut se vanter d'être une avocate renommée malgré son jeune âge, en plus d'être un petit génie des chiffres et de l'économie. Elle gère les intérêts des sociétés qui appartiennent à la Fratrie et que mon père dirigeait d'une main de maître. Elle continue de le faire depuis qu'il n'est plus là. D'aussi loin que je me souvienne, elle a toujours été d'une loyauté sans faille et dévouée à l'organisation.

– Je me sens tellement loin des affaires de la communauté depuis ces dernières années…

– Tu as ta place au sein de cette organisation si tu le souhaites, ton père te l'a toujours dit.

C'est vrai. Contrairement à ce qu'on pourrait penser d'un milieu rappelant celui de la mafia, dans la Fratrie, la place de la femme n'est pas qu'au sein du foyer, à prendre soin de la famille. Au contraire, qui veut travailler trouvera toujours sa place. Cependant, il faut être lucide, que ferais-je en tant qu'infirmière ? Changer les pansements des blessés que je connais ? Les voir mourir, pour certains ? Et surtout, que ferais-je dans ce monde que j'exècre ?

Et dire que je voulais travailler à la maternité… Lorsque j'ai repris mes études d'infirmière, six mois après le décès de Mik, je voulais exercer au contact des enfants. Seulement, je n'ai réussi qu'à obtenir un stage aux urgences. J'ai été déçue, j'avais l'impression que rien de bien ne pouvait m'arriver. J'étais fataliste et défaitiste. Mais la vie a fait pencher la balance du bon côté : ce stage a été *la* révélation.

Finalement, je pense que le destin a bien fait les choses.

Sans même m'en rendre compte, je raconte à Anastasia les dernières anecdotes de l'hôpital. Les shoots d'adrénaline, les décisions rapides qui peuvent avoir des conséquences mortelles, mais aussi les histoires des patients.

Pendant près d'une heure, Anastasia m'écoute parler avec passion de ce job qui est bien plus qu'un simple travail. Elle s'intéresse, pose des questions. Ses remarques sont pertinentes et sa perception de mon métier est juste. J'adore discuter et débattre avec elle.

À vrai dire, j'aime nos échanges, sauf quand il concerne ma vie sur laquelle elle croit utile de me donner son avis. C'est la seule ombre au tableau en ce moment : mon mariage. J'espère que malgré ses réticences, elle sera là pour me soutenir, quoi qu'il arrive.

– Prête pour demain ?

Je sais qu'elle n'est pas fan de ma relation avec Taylor, elle ne la comprend pas. Il faut dire qu'elle ne fait aucun effort pour apprendre à le connaître non plus, mais bon… on ne peut pas forcer les gens à s'apprécier.

– Anastasia, j'ai juste besoin de ton soutien pour cette grande journée hyper stressante !

Elle secoue la tête, prête à argumenter comme elle le ferait face à un client, ou pire, face à un adversaire.

– Mais pourquoi vous précipiter comme ça ? Vous vous connaissez à peine.

– Ana… m'exaspéré-je. Contrairement à ce que tu peux penser, je suis bien avec lui.

– En vivant chacun de son côté et en travaillant cinquante ou soixante heures par semaine, ce n'est pas bien compliqué. Vous ne vous voyez jamais.

Sa réflexion me hérisse le poil. Elle peut bien penser ce qu'elle veut, c'est *ma* vie, et il me semble que j'en fais encore ce que je veux. Parfois, j'ai l'impression d'entendre mon père… Rien de ce que Taylor sera ou fera ne trouvera grâce à ses yeux.

– Que tu le veuilles ou non, c'est lui que j'ai choisi. Fais-toi à l'idée.

Ana fronce les sourcils.

– Mais est-ce qu'il te rend heureuse ? Est-ce qu'il te fait vibrer ? Est-ce que ton cœur palpite à chaque fois que tu sens sa présence dans une pièce ?

Ce qu'elle dit là me blesse. Comment peut-elle me demander une chose pareille alors que c'est elle qui m'a ramassée à la petite cuillère quand Mik m'a larguée de la plus odieuse des manières ? Et encore plus quand, quelques semaines après, il est mort sans qu'on ait pu se reparler ? Pourquoi ne comprend-elle pas que vibrer et avoir le cœur qui palpite, ce n'est pas ce que je cherche ?

– Il me rend heureuse, affirmé-je.

– Heureuse ? Tu peux crier tes mensonges à qui tu veux, mais pas à moi. J'étudie le langage corporel depuis plus de dix ans, il ne ment jamais, lui.

Anastasia n'est pas le genre d'amie à vous caresser dans le sens du poil pour éviter de vous brusquer ou de vous blesser. Non, elle est plutôt cash et sans détour. Mais là, elle va trop loin.

– Ana, je ne t'ai pas demandé ton avis sur ma relation, juste d'avoir ton soutien le moment venu. Si tu n'en es pas capable, ce n'est pas la peine de te pointer demain. Je ferai sans toi.

Ma voix est dure, mais je pense chacun de mes mots et je ne m'excuserai pas. Quand son regard se pose sur moi, je sais que j'ai touché une corde sensible. Il n'y a pas plus loyal qu'Ana. Mais je sens qu'il y a dans son regard quelque chose de plus, quelque chose qu'elle ne me dit pas. Seulement je ne suis pas prête à creuser. Pas aujourd'hui, pas maintenant.

– OK, dit-elle, résignée. Je n'approuve pas, je ne l'apprécie pas, mais pour toi, je serai là.

Malgré moi, mes lèvres s'étirent dans un sourire désabusé. Ana ne capitule jamais. L'air de rien, elle change de sujet, évoquant l'actualité des célébrités ayant bercé notre adolescence. Nous arrivons au pied de mon immeuble, une heure plus tard, et je suis en nage. Mes muscles sont endoloris et une fatigue bienfaisante me donne une certaine satisfaction.

Anastasia s'approche de la grande porte vitrée de mon immeuble et la pousse. Le battant cède.

– La serrure automatique ne fonctionne plus ? demande-t-elle, inquiète.

Je hausse les épaules en regardant la serrure en question et réponds simplement :

– Je n'ai pas fait attention quand je suis rentrée, hier.

Elle se retourne vers moi et reprend :

– Sois vigilante, Maïa. On ne sait jamais ce qu'il peut se pas…

– Ne t'inquiète pas pour moi, la coupé-je. Je ne risque rien. Je ne suis plus dans l'équation depuis longtemps.

Je suis lasse qu'on me demande de faire attention. J'ai droit au même discours depuis des années. Depuis toute ma vie en réalité.

Je considère que je ne suis pas un problème. Si on veut atteindre l'organisation, il y a peu de chance qu'on m'identifie, terrée dans cet hôpital et travaillant comme une forcenée. J'ai même repris le nom de jeune fille de ma mère à la mort de Mik : Maïa Balakin. J'ai eu du mal à répondre lorsqu'on m'appelait, mais les années ont fait leur œuvre. Ce changement symbolique était nécessaire. Pour moi, il était ma survie et ma reconstruction.

J'ai coupé les ponts avec une grande partie de la Fratrie il y a des années maintenant, quand j'ai perdu l'homme que j'aimais et que j'ai pris en main mon avenir. Je pensais que c'était fini, que j'avais assez « donné », mais elle a décidé de s'acharner en me meurtrissant à nouveau. Elle a pris la vie de mon père. La Fratrie est pour moi un poison mortel pour tous ceux qui s'en approchent.

Ana m'observe, la mine plus que sérieuse.

– Au contraire, tu y es depuis toujours.

Ces quelques mots sont criants de vérité, mais je préfère faire l'autruche malgré ce qu'ils déclenchent en moi : une boule qui grossit dans ma gorge. Mon père me disait toujours que l'ignorance était le meilleur des mépris, et je suis bien décidée à me le répéter comme un mantra.

Je suis Ana qui s'est introduite dans mon immeuble. Par réflexe, je touche machinalement l'anneau qui pend fièrement autour de mon cou : l'alliance de mon père. Le symbole de l'amour inconditionnel qu'il ressentait pour ma mère. Un anneau simple et sans fioritures.

Et je prends conscience une nouvelle fois que mon rêve de petite fille d'être au bras de mon père à l'entrée de l'église demain en restera un.

2

Mikko

Vasily Popova a donné un sens à ma vie et un sentiment d'appartenance. Il a recueilli un enfant finlandais de 5 ans, choqué et brisé par l'assassinat de ses parents, et l'a transformé en une machine à tuer sans pitié pour l'introniser dans la Fratrie. C'est ce que j'ai été la majeure partie de ma vie, et ce que je m'apprête à être encore une fois aujourd'hui.

Autre point sur lequel mon mentor a toujours été intransigeant: la loyauté.

Après avoir saboté le mariage de sa fille, il me faut m'assurer qu'un parasite est hors d'état de nuire. On peut dire que je vais agir au nom de sa mémoire.

C'est en retard que j'arrive au domaine des Popova. Malgré la course à pied et une nouvelle heure devant mon sac de frappe, la tension dans mes muscles est toujours palpable.

Je gare ma voiture à côté de la camionnette de Lev. Lorsque je quitte l'habitacle, je vérifie que ma casquette noire est bien ancrée sur ma tête et que le col de ma veste remonte sur mes joues. Aux yeux de tous, je n'existe plus depuis quatre longues années, et cette conviction doit perdurer. J'emprunte l'entrée dissimulée au fond du parc qui a été ouverte pour ma venue. Je traverse les jardins de tulipes qui, lorsqu'elles sont en fleur, donnent une autre dimension à cet espace. Cette fleur a une signification toute particulière.

À quelques pas de la porte vitrée devant laquelle Lev patiente, je prends quelques instants pour rassembler mes esprits. Je sors une énième cigarette que je porte à ma bouche avant de l'allumer et de monter les quelques marches. Lev m'ouvre la porte pour me faire entrer et me suit avant de refermer derrière lui. Ruslan et Sasha semblent soulagés de me voir, comme s'ils craignaient que je ne les honore pas de ma présence. Alexandre, le frère de Vasily, son avocat aussi, est de dos et continue son analyse de je ne sais quel dossier. Il ne s'imagine pas un seul instant ce qui se trame dans cette pièce ni ce que nous avons appris. Je me racle la gorge pour lui signaler ma présence en recrachant la fumée de ma cigarette.

Alexandre regarde au-dessus de son épaule avant d'écarquiller les yeux et de se lever, véritablement surpris de me trouver devant lui, et pas six pieds sous terre.

– Mikhaïl ?

Il fait un pas sur le côté et m'examine, sous le choc.

– Mikhaïl, c'est vraiment toi ?

– Surprise, lui réponds-je, sans la moindre pointe d'amusement dans la voix.

J'aspire la nicotine dans mes poumons et laisse la fumée sortir de mes narines. Je réduis la distance entre nous, lui passe devant en l'ignorant et m'assieds sur le fauteuil libre du petit salon. Mes hommes m'imitent, sur le qui-vive. J'attends qu'Alexandre reprenne ses esprits et suive le mouvement.

Il me dévisage, le souffle court. Si j'avais envie de faire un peu d'humour, je lui demanderais s'il a vu un fantôme, mais je m'abstiens de manier le sarcasme. Je n'ai pas le temps d'amuser la galerie. Je lui fais un signe du menton pour lui intimer de s'asseoir.

Après quelques secondes à me jauger, il prend place en face de moi. Seule une table basse imposante en marbre nous sépare. Je retire ma casquette et me passe la main dans les cheveux.

– Je ne comprends rien, débute maladroitement Alexandre. Qu'est-ce que tu fais ici ? *Vivant* !

Je tire une dernière taffe de ma cigarette et l'écrase contre mon jean avant de plonger le mégot dans ma poche.

– Depuis quand tu sais avec qui elle va se marier ?

Surpris par ma question, il ouvre la bouche et la referme. Il fronce les sourcils et cherche auprès de mes hommes un semblant d'explication. Puis il semble rechercher dans sa mémoire.

– C'est-à-dire ?

Il se fout de ma gueule ? Je me fige et le fixe durement.

– Tu connais plusieurs personnes qui se marient en plein mois de février dans ton entourage ?

– Mais…

– Le mec avec qui elle doit se marier, tu sais qui c'est, non ?

Alexandre n'est pas à l'aise, fouille à nouveau dans le regard de chacun d'entre nous, espérant y trouver des réponses.

– Que voulez-vous savoir au juste ?

– Mikhaïl te l'a dit, poursuit Ruslan.

Alexandre est rouge et commence à transpirer. Il desserre le nœud de sa cravate et défait le premier bouton de sa chemise.

– Ton silence est criant de vérité, reprends-je.

– Tu débarques comme ça avec des questions incompréhensibles. Permets-moi de te dire que…

– Nous savons *tout*, le coupé-je en ancrant mon regard dans le sien.

Le silence s'abat dans la pièce. Je ne suis même pas certain d'entendre sa respiration.

– Nous sommes allés faire un petit tour au Canada. Nous avons pu discuter avec une vieille connaissance à toi.

Alexandre se décompose à chaque nouvelle phrase que je prononce. Il attrape d'une main tremblante le verre de vodka qui était devant lui et se l'enfile d'une traite. Il sait. Il a compris.

– Taylor Powell est le fils de Mancini et ils sont en contact depuis plusieurs mois, voire plusieurs années.

– Ce n'est pas ce que tu crois, m'implore-t-il.

– Je ne crois rien, réponds-je durement. Je dresse des constats.

– Je ne savais pas que Taylor était en contact avec son père.

– Mais tu savais *qui* il était depuis le départ.

Il tire à nouveau sur le col de sa chemise et s'évente avec son dessous de verre.

– Pourquoi ? demandé-je. Pourquoi l'avoir laissé approcher Maïa ?

Alexandre retire ses petites lunettes et frotte son visage d'une main.

– J'avais promis à Maria de veiller sur son fils.

Au détriment de la Fratrie. De ton sang.

– En le jetant dans les bras de Maïa ?

– Je voulais lui redonner le sourire. Olga s'inquiétait tant…

– Et tu t'es dit que lui foutre dans les pattes le fils du rival de son père allait lui remonter le moral ?

Je serre mes doigts pour tenter de soulager l'afflux de haine qui se faufile dans mes veines, et pour ne pas lui trancher la gorge sans plus d'explication.

– Ce n'est pas ce que tu crois.

– Tu l'as déjà dit, ça, aboie Sasha.

– Et ta loyauté dans tout ça ? demandé-je avec mépris.

– Je t'en prie, ne me parle pas de loyauté ! Vasily savait que tu étais vivant ? Moscou le sait ?

Non. Et non. Personne ne le sait, hormis ceux en qui j'ai le plus confiance.

Je déplie mes doigts à intervalles réguliers pour tenter d'endiguer la rage qui me consume. Il le sent car il enchaîne.

– Tu as déjà aimé quelqu'un au point que plus rien n'a d'importance ?

Si tu savais…

– Ce n'est pas le sujet.

– Comment tu as pu négocier une sortie de…

Il semble comprendre.

– Anastasia.

– Anastasia, confirmé-je.

Anastasia a vécu le même drame que le mien, et ça nous unit d'une manière que personne ne peut comprendre, comme si nous étions frère et sœur. Nous n'avons pas eu le même parcours, c'est tout. Quand je suis devenu un homme de main au sein de la Fratrie, elle a terminé ses études de droit et a prêté serment. C'est avec sa seule aide que je suis sorti de mon calvaire carcéral.

– Je n'ai jamais manqué de loyauté, tente d'argumenter Alexandre. J'ai toujours agi pour le bien de l'organisation. Tu aurais fait de même, m'attaque-t-il.

Je décide de garder mon calme et d'ignorer sa remarque. Cependant, ma patience a atteint son seuil de tolérance.

– Pas au détriment de ma famille, de mon sang, répliqué-je.

– Maïa est ta nièce, ta seule famille, complète Ruslan.

Il tente à nouveau de parler, mais je ne lui laisse pas l'occasion de balancer ses inepties.

– Tu ne peux pas rester à la tête de la Fratrie.

En d'autres termes, il doit mourir. Notre monde n'est pas clément. Tu ne quittes pas la Fratrie après y avoir été un membre actif. Peu d'entre nous arrivent à un âge où ils peuvent prétendre à une retraite bien méritée. Quand tu fautes… ta mort est imminente. La Faucheuse russe est sans appel.

– J'ai donné une partie de ma vie à cette organisation et tout ce que j'ai fait n'a jamais eu pour but de lui nuire.

– En omettant de communiquer des informations capitales ? On parle du temps où ton frère était encore de ce monde et le boss de cette organisation. Tu as laissé le fils du diable s'approcher de Maïa et la faire sienne.

– Vous ignorez tout de certaines affaires de la Fratrie. Comment crois-tu pouvoir organiser la suite ? Personne ne connaît aussi bien les dossiers que *moi*.

J'ignore ses aboiements et enchaîne :

– Anastasia a tout récupéré dans ton cabinet. Les sauvegardes conservées dans le coffre, le disque dur de ton ordinateur et les dossiers papier. Le légal et les autres sont désormais entre de bonnes mains.

Il déglutit avec difficulté et sa respiration ressemble à celle d'un bœuf en pleine agonie. Il sait pourtant comment nous fonctionnons, comment la Fratrie condamne les traîtres.

– Autre chose que nous devrions savoir ?

Il attrape la bouteille de vodka et boit plusieurs gorgées d'affilée pour se donner une contenance tandis que Ruslan et Lev se lèvent pour se placer de part et d'autre de ce fumier. Il se redresse à son tour en hochant la tête.

– L'amour est une faiblesse. Maïa est la tie…

Dès qu'il prononce le prénom de Maïa, j'adresse un imperceptible geste du menton à mes hommes pour qu'il le fasse taire. Ses mots se meurent dans un bruit de strangulation. Lev vient de lui passer un fil d'acier autour du cou et serre de toutes ses forces tandis que Ruslan maîtrise les bras d'Alexandre.

Mon regard lui lance des éclairs. Qui est-il pour oser me parler d'elle ? N'a-t-il pas assez trahi sa famille pour me donner des leçons ? Je n'ai jamais renié la Fratrie, moi. Bien sûr que Maïa m'a marqué au fer rouge, j'ai failli manquer des appels importants, je suis arrivé en retard à des rendez-vous stratégiques. Si elle m'avait demandé la lune, je serais allé la lui chercher. Mais j'ai toujours réussi à me remettre dans le droit chemin.

Je sais, et j'ai toujours su, quel est mon devoir et où se trouve ma loyauté.

Je m'approche et ne quitte pas des yeux ses prunelles où la vie s'éteint après quelques longues secondes. Je n'ai qu'une envie, lui cracher dessus, mais je ne dois pas laisser mon A.D.N. sur son corps désormais sans vie. Lev le laisse tomber au sol dans un bruit sourd.

– C'est qu'il pèse son poids, le rat, lance Lev.

Ruslan fouille les poches d'Alexandre et récupère ses papiers et son portable qu'il laisse tomber au sol avant d'y donner un grand coup de talon. L'appareil hors d'usage, nous nous retrouvons tous les quatre debout autour du corps, à le contempler. Aucun remords ne nous habite, nous savons que nous avons fait ce qui devait être fait, même si je n'aurais jamais imaginé qu'il faille en arriver là, surtout avec lui. Vasily aurait versé dans le gore. Il l'aurait puni par la torture avant de le laisser mourir au fond d'un cachot, bouffé par des vers.

– Sasha, aide Lev à débarrasser le corps, demande Ruslan.

Une page de la Fratrie se tourne, laissant un goût amer sur ma langue. Nous ne devons pas nous faire repérer pour éviter d'éveiller les soupçons et déclencher une autre guerre que je ne pourrais pas mener. L'agent de sécurité qui surveille le grand portail du domaine ne doit pas nous voir, et Moscou, pour qui je suis mort, ne doit en aucun cas savoir ce qui s'est déroulé cet après-midi entre ces murs. Ruslan tourne son visage vers moi et nous nous écartons, laissant les gars tirer Alexandre vers la porte-fenêtre.

– Tu devrais rentrer. T'as l'air fatigué.

Je souris en plissant les yeux.

– Dis que j'ai une sale gueule !

– T'as la gueule du mec qui ne dort plus et qui ne tiendra pas sur la durée. Il me semble qu'il y a quelque chose de plus important qui t'attend. Nous, on peut s'occuper de ça. On te rejoint chez toi quand on a fini.

3

Maïa
Deux mois plus tôt

Ces derniers temps, je prends beaucoup de gardes de nuit.

Lorsque le soleil est couché, tout est plus fort. Les émotions sont exacerbées, les confidences plus intenses. Psychologiquement, les rencontres, les situations humaines sont différentes de celles de la journée. La détresse des personnes qui défilent est un crève-cœur, mais ça fait partie du métier.

En début de soirée, les pompiers nous ont amené une demi-douzaine de patients. À la fin de mon service, je m'occupe enfin du dernier cas. Il s'agit d'un quinquagénaire qui a chuté dans ses escaliers, se fracturant le col du fémur et les deux poignets. Ce fut intensif, on n'a pas arrêté une seconde, et je note une ambiance morose dans l'équipe.

– Ça irait mieux si on n'avait pas fait cette intervention, répond le chef des pompiers.

– Laquelle ?

– Un peu plus tôt, on a eu une nana d'une vingtaine d'années, frappée par son mec. Elle n'a pas survécu. On n'est pas arrivés ici à temps.

Je comprends sa détresse.

La mort a beau faire partie du quotidien, elle ne laisse pas insensible. Dans les secondes qui suivent, Masha, qui était à proximité, me rejoint, et lui fait part de son soutien. Les informations qui tournent en boucle dans les urgences nous apprendront le reste : Leïla, enceinte de trois mois, voulait devenir assistante sociale ; les causes exactes de son décès font l'objet d'une enquête judiciaire, et son compagnon est le principal suspect.

– On ne peut pas réussir à tous les sauver, me résigné-je. On fait déjà un super boulot. Ce n'est pas votre faute.

Masha me fait signe pour que nous allions dans notre salle de garde quand mon téléphone vibre dans ma blouse. D'un coup d'œil, je constate que le numéro est inconnu. Je remets mon appareil à sa place et rentre dans la pièce dédiée aux soignants. Mon amie soupire devant la machine à café en regardant le soleil se lever par la fenêtre.

– Je trouve ça déprimant, lâche-t-elle dans un souffle.

– M'en parle pas, ça me débecte.

Les urgences reçoivent beaucoup de patients en situation précaire. J'essaie de faire entendre à ma chef que l'hôpital aurait tout à gagner à construire un dispensaire. Nos internes pourraient s'y faire les dents, nous pourrions soigner des petits bobos et désencombrer les urgences où les classes les plus modestes n'ont même pas les moyens de venir, sauf s'ils ont une bonne assurance.

Mais forcément, des soins gratuits sont beaucoup moins attrayants pour l'hôpital… d'où les refus répétitifs de la direction. Le fric dirige le monde, et je sais de quoi je parle.

Taylor entre dans la pièce et son visage s'illumine lorsqu'il me voit. Je lui souris en retour. Cet homme est la gentillesse incarnée. Je n'aurais jamais cru pouvoir surmonter la perte de l'amour de ma vie à seulement 25 ans. Et pourtant… Après des mois à regarder Taylor pagayer pour que je consente à aller prendre un verre en sa compagnie, j'ai baissé la garde et accepté de sortir avec lui. Il a ce côté rassurant qui me permettait de combler le besoin de simplicité qui m'animait, de vivre une vie paisible loin des tracas de ce qui avait été ma vie jusqu'alors.

La puissance de mes sentiments n'est rien en comparaison de ce que *lui* me fait ressentir, ou plutôt me faisait ressentir, mais je préfère vivre en paix désormais. Accepter que ma vie ne soit plus jamais la même.

Un raclement de gorge de Masha me sort de mes songes.

– Ton téléphone vibre, me dit-elle en désignant ma poche de son index.

– Je ne connais pas le numéro.

Je fixe les chiffres sur l'écran et remets l'appareil à sa place quand la voix triste de Masha me fait lever les yeux sur elle.

– Tu crois qu'un jour, on sera immunisées contre ce monde de fous ?

Ses yeux fixent l'écran de télévision.

– J'en doute.

Cette fois, c'est son mobile qui sonne, et pendant qu'elle l'extrait de la poche de sa blouse, mes yeux se posent à mon tour sur le grand écran derrière elle. Je reconnais le bâtiment de deux étages devant lequel le reporter est, avec ses briquettes rouges et ses fenêtres fumées aux encadrements blancs. Je plisse les yeux lorsque je lis les inscriptions sur le bandeau rouge en bas de l'écran : « Règlement de compte au cœur de Slavic Village ».

Je m'empare de la télécommande et hausse le son. La présentatrice porte un masque impassible teinté de douleur et de douceur pour annoncer de terribles nouvelles.

« Aucun règlement de compte de cette envergure n'avait eu lieu dans notre État depuis des décennies. On dénombre neuf morts, dont ferait partie le chef présumé de l'une des organisations criminelles les plus puissantes des États-Unis. À ce stade, nous émettons des réserves sur ce bilan, la police ayant balisé la zone extrêmement rapidement. Un appel à témoins a été lancé par les autorités, le FBI est déjà sur les lieux… »

Mes paupières se baissent partiellement et je cherche tous les indices qui me permettraient d'affirmer qu'aucun membre de ma famille n'était sur place.

– Maïa ? Maïa, ton portable sonne.

Je suis K.-O., désorientée. Ma respiration est saccadée, tout devient flou autour de moi.

Masha pose sa main sur mon épaule, tout en s'approchant à son tour de l'écran. Son téléphone à la main, elle chuchote :

– Bordel…

Quand j'extirpe le téléphone de ma blouse, je constate que j'ai loupé l'appel d'Anastasia. Mon cœur s'emballe à nouveau. Elle doit se poser les mêmes questions que moi. Et plus encore avec ce qu'elle a vécu il y a deux ans quand elle a été prise dans une fusillade.

Je la rappelle immédiatement.

– Maïa ? répond-elle en criant. Maïa, tu m'entends ?

Il y a du bruit autour d'elle, des sirènes, des gens qui crient. Je ressens la panique à sa respiration rapide et bruyante.

– Où es-tu ? arrivé-je à demander, la voix chevrotante.

– On vient de nous libérer. Nous étions confinés dans les bureaux. Mon Dieu, Maïa…

Sa voix se brise. J'ai même l'impression qu'elle pleure. Anastasia ne pleure jamais, c'est pour elle un signe de faiblesse.

– Mais que s'est-il passé, Ana ? Tu vas bien ? Comment va mon père ? Tu l'as vu aujourd'hui ?

Mon débit est rapide, ma voix est confuse, j'ai besoin d'avoir des réponses. Rapidement.

– Maïa, bredouille-t-elle d'un timbre terrifié.

Je crois que je n'ai pas besoin d'entendre la suite. Je coupe la communication tandis que nos bips s'affolent, et bien que ma journée s'achève, je me précipite aux urgences où j'entends déjà les sirènes des ambulances retentir. Masha me suit de près. Nous arrivons dans le hall où j'enfile à la hâte une combinaison jetable jaune ainsi qu'une paire de gants. Toute l'équipe médicale s'affaire, on se bouscule lorsqu'on accourt vers les grandes portes vitrées où commencent à entrer des brancards. Le chirurgien qui dirige le service nous ordonne de patienter sur le côté pour laisser entrer les civières poussées par les secours et les médecins.

Je ne tiens pas en place, mon cœur s'emballe, l'adrénaline prend le dessus. Les espaces vitrés dédiés aux urgences sont vite remplis, et aucun soignant n'appelle de renfort. Je m'approche du premier box, ne tenant pas compte des directives de ma hiérarchie. Mes jambes flageolent quand je reconnais Yakov, le bras droit de mon père, qui hurle de douleur. Son abdomen est ouvert et laisse apparaître plusieurs impacts de balle et beaucoup de sang. Une force insoupçonnée me porte au box suivant où des médecins pratiquent un massage cardiaque sur Sergeï, un homme de main proche, lui aussi, de mon père. Dans la salle d'auscultation d'après, occupée par Palov, un urgentiste annonce l'heure du décès. Dans la suivante, Nikolaï crache du sang alors que ses yeux se révulsent et que son corps est secoué de spasmes.

J'ai subitement chaud, un poids incommensurable m'étouffe, m'empêche de laisser entrer l'oxygène dans mes poumons. Je tourne sur moi-même pour vérifier ce que j'ai passé au crible et capter ce que j'ai pu omettre d'observer. Mon pouls s'accélère quand je constate que je n'ai pas inspecté un ultime lit des urgences qui sont toujours en ébullition. Le dernier arrivé. Les médecins crient, les machines hurlent. Je m'approche d'un pas pressé quand j'entends l'ambulancier énoncer son diagnostic.

– Vasily Popova, 54 ans, huit impacts de balle dans l'abdomen. En arrêt cardiaque depuis neuf minutes…

Et là, tout s'arrête. Je n'entends plus la suite. Une supplique stridente sort de ma gorge alors que je tente de m'approcher. Des bras me retiennent en arrière et me serrent fermement. Tout mon être souffre, je ne veux qu'une chose à cet instant : serrer mon père dans mes bras et lui dire que je l'aime.

Je reconnais la voix de Masha qui ne cesse de prononcer mon prénom tout en me retenant fortement contre sa poitrine.

Je travaille depuis suffisamment longtemps dans le domaine médical pour savoir qu'un cœur qui cesse de fonctionner au-delà de quatre minutes entraîne des lésions irréversibles graves au niveau du cerveau. Le manque d'oxygène ne pardonne pas.

– Dépêchez-vous, il perd trop de sang !

Malgré l'agitation des médecins que je vois s'affairer autour de mon père, malgré l'urgence et la précision de leurs gestes, mon esprit vient d'assimiler une chose essentielle : c'est fini.

Je ne reverrai plus jamais mon père.

4

Maïa
De nos jours

J'ai la sensation de flotter. Ma tête est lourde et j'ai comme l'impression que mes cheveux poussent de l'intérieur. La migraine a élu domicile entre les os de mon crâne et le concert qu'elle donne me file la nausée. Je tente de soulever mes paupières qui me semblent lourdes. Trop lourdes. La faible luminosité qui filtre m'agresse la rétine et je grimace.

Après des efforts qui m'apparaissent surhumains, ma vue s'accommode et je regarde tout autour de moi. Je plisse les yeux en tentant de me situer. Je suis dans une chambre, sur un lit deux places confortable. Je dois encore rêver. Cet endroit n'a rien d'une prison, d'un cachot ou d'une cellule. Le mobilier est certes rudimentaire, mais propre. Je me redresse doucement et émets un râle en m'appuyant sur mon bras droit engourdi. J'abaisse mes paupières qui semblent, elles aussi, déclarer forfait.

Quelques minutes plus tard, mes jambes se plient pour sortir du lit, et je pousse sur mes bras pour m'asseoir. Je pose les pieds sur le sol, m'acclimate à la fraîcheur du carrelage, et me rends compte que mes jambes sont nues. Ma respiration s'accélère lorsque j'ouvre précipitamment les yeux et m'aperçois que je suis en sous-vêtements. Je lève la tête pour mieux scruter les environs et je vois ma robe de mariée, posée sur un cintre, lui-même accroché au dos d'une porte. Mes chaussures sont l'une à côté de l'autre à proximité. Tout est trop ordonné pour que ce soit moi qui aie rangé.

Les souvenirs de mon mariage me reviennent. Je me remémore l'intégralité de la scène : les hommes cagoulés, la panique, les armes, *lui*. Je lève ma main gauche et n'y vois rien, aucune alliance, aucun signe de mon union.

J'essaie d'interpréter ce que j'ai pu observer, puis mon regard redescend sur ma nudité partielle.

– Taylor, dis-je en tentant de me souvenir de la dernière fois que je l'ai vu.

Je ferme à nouveau les yeux et laisse tomber ma tête sur l'oreiller. Des images défilent derrière mes paupières : le regard paniqué de mon futur époux, sa main sur mon poignet pour me garder près de lui… Je ne peux pas m'empêcher de m'en vouloir. À cause de moi, Taylor a subi un assaut qui va le marquer à vie.

Malheureusement, on ne choisit pas sa famille, j'en fais encore l'amère expérience.

Je me lève et ouvre la première porte devant moi, qui s'avère une salle d'eau minimaliste. Bac de douche, lavabo, W.-C. Une brosse à dents dans son étui a été déposée sur le plan de toilette, à côté de deux grosses serviettes moelleuses, et il y a même du papier hygiénique ! Le grand luxe !

Je ressors et examine la chambre. La fenêtre donne sur une sorte de forêt. J'essaie de l'ouvrir, mais elle est bloquée. J'ignore où je suis, je ne reconnais pas du tout l'environnement. Une boule d'angoisse se loge au creux de mon estomac tandis que je ne cesse de passer au crible chaque détail de ce que je peux voir.

Où suis-je ?

J'ouvre les tiroirs d'une commode et y trouve un tee-shirt que j'enfile à la hâte. Il est tellement grand qu'il me tombe à mi-cuisses. Et cette odeur... Cette odeur me rappelle quelque chose... ou plutôt quelqu'un. Bien que ça me paraisse loin, je ne pense pas me tromper.

Est-ce lui qui m'a enlevée ? Il était présent dans cette église. Lui et ses hommes. Je ne sais pas comment c'est possible, trop de questions se bousculent dans mon esprit.

Ils étaient les seuls à être là en dehors de nos témoins et de ma mère...

Je continue mon exploration et tente d'ouvrir la deuxième et dernière porte, sans succès. Je colle ensuite mon oreille au battant et reste attentive au moindre bruit, mais c'est le silence qui me répond. Je pivote sur moi-même en réfléchissant au moyen de me sortir de là. Lasse, je me passe une main sur le visage, puis m'approche à nouveau de la fenêtre en retirant les barrettes de ma coiffure. J'essaie encore une fois de l'ouvrir en tirant de toutes mes forces. Elle résiste, mais je sens qu'elle est sur le point de céder. Je replace mes doigts, prends une nouvelle inspiration et force jusqu'à ce que le battant cède enfin. L'air glacé s'infiltre dans la pièce, faisant virevolter mes cheveux. Je penche la tête et j'évalue la hauteur... J'ai l'impression que je suis au premier étage. Mais je suis bien trop pétocharde pour m'enfuir en sautant dans le vide.

Je reviens au centre de la pièce en me demandant si c'est vraiment Mik qui m'a enlevée et pourquoi il ne m'a pas simplement demandé de le suivre.

Comme si tu l'aurais suivi sans faire d'histoire... La blague !

Ma conscience a raison : mon esprit de contradiction m'aurait hurlé de n'en faire qu'à ma tête, de ne pas céder aux pressions de perturbateurs venus foutre en l'air une journée comme celle-ci.

Après avoir patienté de longues minutes, assise sur le lit, laissant à mon esprit tout le loisir de se faire des films aussi dingues les uns que les autres, je rejoins la salle de bains. J'observe chaque recoin de la pièce pour m'assurer qu'il n'y a pas de caméras ou un quelconque objet qui ne perdrait rien de mes mouvements, avant de me décider à prendre une douche rapide. En temps normal, procrastiner sous le jet d'eau brûlante me permet de retrouver un semblant de sérénité, de faire le vide. Malheureusement, cette fois, ce n'est pas le cas. Plus le temps passe, plus les rouages de mon esprit s'activent et l'incompréhension reste entière.

Après m'être essuyée, je renfile le tee-shirt, puis fouille dans les tiroirs, où sont rangés quelques vêtements masculins, pour trouver de quoi me couvrir. J'enfile un bas de survêtement noir pour parfaire une tenue de ninja. Je tresse ensuite mes cheveux et retourne sur le lit.

Je finis par m'y allonger. Chaque seconde me met au supplice. Je ne peux m'empêcher de grignoter les peaux autour de mes doigts en me jouant des centaines de scénarios plausibles dans ma tête.

Des pas se font enfin entendre. Je descends rapidement du lit, les yeux écarquillés, en reculant jusqu'à buter contre le mur le plus éloigné de la porte fermée. Je fixe la poignée quand le bruit d'une clé dans la serrure résonne. Je suis prise entre l'envie d'abaisser mes paupières pour que l'instant passe plus vite et celle de fusiller du regard celui qui me retient prisonnière ici.

Lorsque la porte s'ouvre, mes yeux peinent à voir la réalité en face et fixent des baskets noires. Ils remontent avec lenteur sur un pantalon de la même couleur. De grandes mains entrent dans mon champ de vision, et sans même continuer mon exploration, je sais à qui elles appartiennent.

J'en ai enfin la confirmation.

Et pourtant, mon regard continue de scruter chaque parcelle de son corps. Son torse athlétique, ses larges épaules, sa mâchoire anguleuse. Ses cheveux sont toujours aussi blonds, ses yeux toujours aussi bleus. Je n'arrive toujours pas à me faire à l'idée qu'il est en vie. Je me pince l'intérieur du bras pour être sûre de ne pas rêver, que la personne devant moi n'est pas un mirage. *Aïe!* C'est un violent rappel de ma vie passée. Je devrais être heureuse, me sentir en sécurité. C'est ce que son odeur m'aurait fait ressentir à l'époque. Pourtant, tout ce que je ressens en ce moment, c'est de la colère.

– Mais c'est pas possible! m'écrié-je.

Je sens une migraine poindre. La situation m'échappe et je ne parviens pas à canaliser le maelström d'émotions que je ressens. Je jongle entre la surprise, la colère, l'incompréhension et la culpabilité. Lui semble imperturbable, comme si cette situation était tout à fait normale.

Je glisse mes mains dans mes cheveux, les retenant prisonniers sur ma nuque, en secouant la tête.

– Dis-moi que je rêve, bon sang.

Furieuse, je tourne mon visage vers Mik qui n'a pas bougé d'un iota. Dans l'encadrement de la porte, il est plus beau que jamais, encore plus que dans mes souvenirs. Cependant, les cernes sombres sous ses yeux soulignent son manque évident de sommeil et sa contrariété. Je fais face à ses prunelles qui me troublent plus que je ne le voudrais.

– Mikhaïl, tu peux pas te pointer au mariage des gens et tout foutre en l'air, juste parce que tu en as envie !

Lorsqu'il m'entend prononcer son prénom russe en entier pour la première fois depuis des années, je vois les muscles de sa mâchoire tressaillir. C'est vrai qu'après que nous nous sommes mis ensemble, j'étais la seule à l'appeler par son vrai prénom. Mikko. Certes, je prenais cette liberté lorsque nous étions seuls, mais je voyais dans son regard cette lueur de fierté. J'avais vraiment l'impression de me sentir spéciale. Qu'il avait partagé avec moi, et seulement avec moi, un bout de son histoire. J'avais vraiment l'impression que nous partagions un lien unique. Mais l'homme que j'ai en face de moi n'est pas Mikko.

– Où est Taylor ? demandé-je pour éviter de me laisser tourmenter davantage. Que lui as-tu fait ? Où sont les filles ? Où est ma mère ? Je te jure que s'il leur est arrivé quoi que ce soit, je te tuerai.

Ma voix monte crescendo, jusqu'à me laisser à bout de souffle.

Un rictus ourle ses lèvres et sa langue claque contre son palais. Il n'a pas changé. Il adopte toujours cette attitude suffisante face à une dispute, ce qui a le don de m'énerver.

– Et où je suis ?

Après quelques secondes de silence, il répond :

– Chez moi.

Mes yeux s'arrondissent devant cet aveu. À quoi m'attendais-je ? Qu'il ait vécu dans une cave pendant quatre ans ? Je vacille, tant il m'est difficile de soutenir son regard. Pourtant, je ne me détourne pas. Il fait un pas, puis un second dans ma direction, mais je suis figée. Sous le choc de cette nouvelle.

– Quoi ? Où sommes-nous ?

Je veux être sûre de bien avoir entendu, être sûre de bien comprendre ce que je refuse d'entendre.

– Chez moi.

Cette voix grave et profonde… Elle hante encore nombre de mes cauchemars.

– Je ne suis pas sourde, réponds-je, de mauvaise foi. Mais où exactement ? À Cleveland ?

Ses yeux me fixent, je vois sa pomme d'Adam monter puis redescendre lentement, mais il ne me répond pas.

L'enfoiré !

Je réduis la distance entre nous et lui crache toute ma hargne au visage.

– Où est mon *fiancé* ? Où est ma mère ? Ana, Masha ? Et surtout, pourquoi m'as-tu enlevée le jour de mon mariage ? Pour qui te prends-tu ?

Mes poings s'enfoncent dans ses pectoraux et, bien qu'il chancelle légèrement sous mon assaut, je ne le fais pas reculer d'un mètre comme je l'aurais espéré. Mik a toujours été fort et puissant.

Devant son mutisme, je martèle son torse de mes mains en criant tout ce qui me passe par la tête : qu'il a gâché ma vie, que c'est un enfoiré, que je veux sortir d'ici, que je veux retrouver ma vie d'avant. Puis, devant son absence de réaction qui ne me surprend finalement pas, les larmes prennent le dessus. Je me sens désabusée, terriblement seule. Mes nerfs lâchent. Les gouttes salées dévalent mes joues sans que je puisse les contrôler. Réfréner cette douleur qui me broie les entrailles est un supplice. Mes doigts s'enroulent sur le tissu de son tee-shirt. Je m'y accroche et laisse les sanglots bloqués dans ma gorge me secouer, me libérer d'un poids dont j'ignorais l'existence. Il me prend dans ses bras et sa chaleur me réconforte plus que je n'aurais imaginé.

Mon cœur se met rapidement en alerte en faisant surgir derrière mes paupières tant de souvenirs douloureux que j'ai soudain la sensation que son épiderme me brûle. Je le repousse vivement et lui tourne à nouveau le dos.

Ma respiration se paralyse. Je me fige par peur d'affronter la réalité. Au fond de moi, j'ai espéré vivre ce moment durant tellement d'années que je ne réalise pas qu'il est en train de se produire. Du moins, pas dans ces circonstances. Pas au détriment de la vie que je suis en train de me construire. Je veux continuer de me sentir plus précieuse qu'une alexandrite[1].

– Je veux partir d'ici, articulé-je enfin, la gorge douloureuse.

– C'est impossible.

Son mutisme me rend folle. Je n'ai qu'une envie, mettre en pratique les années d'entraînement qu'il m'a fait suivre pour le mettre au tapis et lui faire comprendre que je ne joue pas, que je ne suis plus sa marionnette et qu'il ne m'imposera rien sans mon accord. Cependant, la voix de ma mère s'infiltre dans mon esprit : « Garde la tête haute, relève le menton et sois fière d'être qui tu es. Tout vient à point à qui sait attendre. »

Je me retourne face à Mikhaïl. Son impassibilité me fait bouillir, je l'assimile à de la pure provocation. Répondre par monosyllabes, à côté ou pas du tout, c'est sa grande spécialité.

J'inspire un grand coup avant de répliquer :

---

1. L'alexandrite est une pierre précieuse russe très rare de couleur changeante. Généralement, elle est d'un vert émeraude en plein jour, mais présente une couleur rouge framboise à la lumière incandescente

– Tu as perdu le droit de régenter ma vie il y a bien longtemps, Mikhaïl.

– Maïa, tu es en danger.

Encore et toujours la même rengaine…

– Par pitié, épargne-moi tes phrases toutes faites.

Ses sourcils se froncent et il m'adresse ce regard dur, un de ceux qu'il réservait aux gars qu'il voulait remettre à leur place. Je décèle également autre chose. Je dirais du désir. Mais vu les circonstances, je dois faire fausse route. Pourtant, cette lueur familière me promettait des nuits agitées autrefois. Je me gifle mentalement : nous n'en sommes plus là.

– Et arrête de me regarder comme ça, clamé-je.

– Comment ?

Je l'observe, ne sachant plus quoi dire. La manière qu'il a de me détailler à cet instant est inattendue et ne laisse plus la place au doute. Elle est inappropriée, chargée de tensions sensuelles, de vibrations électriques si intenses qu'elle déclenche une série de picotements sur ma peau. Je le sens partout, comme si ses yeux avaient chacun cinq doigts dont la pulpe parcourrait mon épiderme. Il est tout près, tout en étant si loin…

Ébranlée par toutes ces sensations, je prends une inspiration tremblotante afin de tenter de reprendre le contrôle. Il me rend fébrile, vivante, vulnérable à l'excès. Je remue ma main devant son visage en répondant :

– Comme ça !

Un souffle sort de sa bouche, et lorsque mes yeux se tournent vers lui, il sourit. Je fronce une énième fois les sourcils d'incompréhension en grimaçant.

– Tu dois me faire confiance.

Mik m'a enlevée le jour de mon mariage et il me demande de lui faire confiance ? Je crois que c'est la goutte d'eau qui fait déborder le vase. Je fais un quart de tour et récupère mes chaussures à talons au sol et y glisse mes pieds à la va-vite. Je m'assieds sur le lit pour attacher les lanières alors que ma hargne continue d'affluer et que les mots sortent de ma bouche sans même que je les contrôle.

– Je ne comprends pas à quoi tu joues. Mais quoi que tu manigances, je n'en suis pas. Je veux que tu me ramènes chez moi et que tu disparaisses de ma vie. Tout allait tellement bien avant que tu débarques !

J'ai envie de pleurer d'exaspération, d'incompréhension, de fatigue, mais je me retiens. Cette journée de mariage a été tout simplement horrible.

Alors pourquoi, au fond de toi, tu es soulagée de ne pas avoir de bague au doigt ?

Et cette bride que je n'arrive pas à attacher à cause de mes doigts tremblotants commence à me faire perdre le peu de moyens qu'il me reste.

– Tu es libre de tes mouvements, mais je te préviens que tous les accès à l'extérieur sont bloqués. Ne tente pas de jouer les Lara Croft.

– Je ferai ce que je veux ! crié-je.

Mais pour qui se prend-il encore ? On m'explique depuis que je suis gosse pourquoi le danger plane, d'où il vient, et bla-bla-bla. On m'impose, sans réellement me demander mon avis, d'aller ici ou là, de tisser des liens avec elle ou lui, de manger dans tel restaurant et pas dans un autre... Je connais la chanson. Il fait tout un mystère de pas grand-chose, comme d'habitude.

Je bazarde mes chaussures inconfortables au pied du lit tout en continuant de grogner dans ma barbe en espérant très fort qu'il comprendra que son attitude m'agace. Mais lorsque je lève les yeux pour affronter le regard de Mik et lui dire à nouveau le fond de ma pensée, c'est une porte close qui me nargue.

Je serre les dents et tape du poing sur le lit en retenant un cri de rage. Je me laisse tomber sur le dos en expulsant bruyamment tout l'air contenu dans mes poumons. Je crève d'envie de savoir pourquoi tous ceux que je croise depuis des mois me rabâchent que je suis une cible, systématiquement en danger, alors que j'ai l'impression que le danger vient de nul autre qu'eux.

La Fratrie m'a tout pris, et elle continue encore à faire des dégâts.

J'observe songeusement le plafond, j'y cherche les défauts de peinture ou les fissures provoquées par le temps. Mes yeux se concentrent si fixement qu'ils en viennent à s'humidifier de nouveau. Et pas parce que je fixe une tache, non. Ce trop-plein d'émotions me bouleverse plus que je ne peux l'imaginer.

De longues minutes s'écoulent, d'interminables minutes où je me pose des milliards de questions. Je me repasse en boucle la scène qui vient de se dérouler, cherchant à comprendre les raisons qui auraient pu pousser Mikko à agir ainsi. Pourquoi s'être fait passer pour mort ? Pourquoi réapparaître ? Pourquoi s'impose-t-il dans ma vie ? Pourquoi suis-je ici ? Pourquoi a-t-il empêché ce mariage ?

Je dois en savoir davantage. Je dois comprendre.

Résignée, je me redresse sur les coudes quand mes yeux tombent sur ma robe de mariée. Où est Taylor ? Me cherche-t-il ? Pourquoi lui faire du mal ? Par simple jalousie ?

Je m'enlève cette idée de la tête. Quelque chose ne tourne pas rond.

Je m'aventure dans le couloir où se situe la chambre. Il est clair et dessert quatre autres portes. Une part de moi meurt d'envie de fouiner, de découvrir ce qui se cache derrière chacune d'entre elles, de savoir ce qu'est devenu Mikko, mais je dois descendre et affronter le chaos qu'est ma vie. J'entends des voix étouffées à l'étage inférieur. Je tends l'oreille, mais ne distingue rien. Mes pieds nus sur le parquet, j'emprunte l'escalier et, marche après marche, je redoute ce qui va arriver. Au rez-de-chaussée, je tombe sur la cuisine. En bois blanc, elle a l'air fonctionnelle. Sur ma gauche, je suppose qu'il s'agit de la porte d'entrée. Derrière moi doit se trouver le salon. Je perçois du mouvement à travers une porte légèrement ouverte et des voix familières.

Je m'approche sur la pointe des pieds et me place contre le mur, à un mètre de l'embrasure.

– Ce point est réglé.

Je reconnais la voix de Ruslan.

– Tu lui as dit ? continue-t-il.

De longues secondes passent sans qu'il y ait de réponse.

– Pas encore, rétorque Mik.

J'en déduis que ce qui se passe dans ce bureau me concerne plus que je ne le voudrais.

– Tu nous as dit l'avoir vue, enchaîne Sasha.

– Et ?

– Et tu aurais pu lui dire.

– Je vais le faire.

Je sens l'agacement dans la voix de Mik.

– Mec, elle a le droit de savoir.

Sasha… Dire qu'il était au courant depuis tout ce temps de la bonne santé de Mikko… Le fait qu'il ne m'ait rien dit me blesse au plus profond de moi. Il a toujours été un ami franc et sincère. Du moins, par le passé.

– Je n'ai pas discuté avec elle depuis quatre ans. Son père s'est fait buter par cet enculé de Mancini et tu veux que je me pointe dans sa piaule, après l'avoir kidnappée le jour de son mariage, pour lui balancer à la gueule que son mec est le fils de l'assassin de son père ? Je suis peut-être un type sans scrupule, mais j'ai estimé que ça pouvait attendre quelques heures.

Ma mâchoire tombe et les informations que je viens d'assimiler me laissent sans énergie.

– Tu as finalement bon cœur, se moque Sasha.

– Ne me pousse pas à bout, le menace Mikko.

– Nous allons avoir besoin d'elle, les coupe Ruslan.

Mik gronde, je le sens se déplacer et donner un coup sur le bureau.

– Nous avons suffisamment dans ce dossier pour faire tomber Mancini : des photos, des rapports, des aveux… Nous…

– Qui ne sont pas recevables. Les aveux soutirés à des personnes en dehors du cadre légal ne sont pas retenus, et tu le sais très bien.

Ruslan… La voix de la raison.

– Surtout quand les personnes qui les ont faits ne respirent plus le même air que nous, conclut Sasha.

– Ils méritaient tous de crever. Et Francesco Mancini doit subir le même sort.

– On est d'accord sur ce point.

Dimitri, le diplomate de la bande.

– Vasily aurait voulu qu'on saigne Mancini, reprend Mikko. Un peu comme Mancini l'a saigné, grogne-t-il.

Je ressens encore toute cette souffrance qui était la mienne lorsque je me suis rendu compte de l'état de mon père aux urgences. Je revis intérieurement ces minutes de douleur intense. Je peine à contrôler ma respiration pour ne pas me retrouver sous un tsunami de chagrin. Sans que je contrôle mes gestes, je me déplace et ma main pousse la porte.

Sonnée, je m'appuie contre le chambranle. Seul Mikko me voit. Mes yeux lui lancent des missiles quand les siens me répondent avec douleur. Mes lèvres se pincent, prêtes à s'ouvrir pour me laisser déverser ma peine et tout ce qui l'entoure.

– Eh merde…

La voix de Mikko fait lever toutes les têtes vers lui, puis vers moi. La stupéfaction se lit sur leurs visages.

– Vous êtes tous une belle bande d'enfoirés, craché-je avec rage.

– Maïa… soupire-t-il.

– Oh, non, il n'y a pas de Maïa qui tienne.

Je regarde tous les hommes qui constituent la garde rapprochée de Mikko. Ruslan, Sasha, Lev, Dimitri.

– Combien de fois vous ai-je vus au cours de ces quatre dernières années ? Combien de fois vous m'avez, chacun de manière différente, vue sombrer ? Combien de fois vous m'avez répété que je devais avancer ? Qu'une vie meilleure m'attendait ? Que je finirais par rencontrer quelqu'un qui saurait me rendre heureuse ?

Mes yeux furieux les fixent à tour de rôle, comme pour leur montrer à quel point chacun d'entre eux m'a déçue. Aucun ne me répond. Aucun ne cherche à justifier ses actes ou ses propos.

– Vous n'êtes que des menteurs, craché-je avec hargne.

Puis mon regard revient sur Mik.

– Toi le premier. Tu n'es qu'un enfoiré sans cœur qui agit toujours dans son unique intérêt, sans réfléchir aux dégâts qu'il peut causer. Je vous déteste tous !

Je fais volte-face et rejoins avec précipitation la chambre où j'étais quelques minutes plus tôt. J'en viens à regretter d'être descendue, et pourtant, je n'ai fait que suivre mon instinct.

Mon cœur bat furieusement dans ma poitrine lorsque je me roule en boule sur le lit. La colère se mêle au chagrin tandis que les larmes dévalent abondamment sur mes joues. Je pleure de tout mon saoul, mes épaules secouées par les sanglots.

Tout mon monde s'écroule à nouveau. Les ténèbres qui entourent mon passé ont toujours tenté de m'aspirer, j'ai sombré quelques fois, mais j'ai toujours relevé la tête. Cette fois, c'est mon présent qui me fait suffoquer. C'est comme si j'avais creusé moi-même le trou sans fin dans lequel je suis en chute libre.

Et je ne peux m'empêcher de penser que l'atterrissage sera plus que brutal.

5

Maïa
Deux mois plus tôt

C'est dingue le sentiment d'abandon qu'on ressent quand un de nos parents nous quitte alors qu'on a toujours besoin de lui. C'est injuste de souffrir autant. Mon père m'aurait dit qu'il valait mieux que lui parte plutôt que moi, que c'est l'ordre logique des choses. Je sais qu'il avait raison, mais la douleur reste la même…

Je descends les escaliers devant l'église byzantine dans laquelle nous avons vécu tant d'instants : le mariage de nos proches, les communions des plus jeunes et les messes de Noël. Chaque fois, des sourires inondaient nos visages, nous étions en robes claires ou colorées et les cierges brillaient de mille feux. Bien sûr, nous avons aussi été témoins de belles cérémonies en hommage à ceux qui ont disparu beaucoup trop tôt.

Dans ces moments-là, comme aujourd'hui, tout le monde est en noir. Je suis en noir. Avec la même tenue que celle que je portais aux obsèques de Mikko. Et alors que je marche derrière le cercueil de mon père en tenant fermement ma mère par le bras, ma seule consolation est de savoir que je suis partiellement cachée derrière le voile de dentelle sombre qui tombe devant mon visage pour masquer mes larmes.

Nous sommes entourées des hommes de la Fratrie. Ils sont aux aguets. Je crois que je préfère ça aux sanglots étouffés que j'entendais durant la cérémonie.

Taylor a eu une urgence à l'hôpital ce matin, et visiblement elle le retient plus longtemps que ce que j'aurais aimé. Il ne m'accompagne donc pas en ce jour si difficile. Ça me rend triste, mais dans un sens, je crois que c'est mieux ainsi ; mon père n'a jamais approuvé notre relation. Il a toujours trouvé que quelque chose clochait chez lui. Quand ce n'était pas son absence, c'étaient ses cheveux trop gominés ou ses chaussures trop vernies…

Vasily Popova était un homme puissant, le parrain de la pègre russe dans l'Ohio, avec des liens privilégiés avec Moscou. Je me suis toujours tenue à l'écart des histoires familiales, ne préférant pas poser de questions, m'en tenant au rang de fille rebelle, de femme indépendante à l'ambition ordinaire. J'ai toujours pensé que la Fratrie était une usine rodée, que les ententes étaient stables et plutôt bonnes depuis quelques années, bien que j'aie vu défiler quelques têtes qui ne m'étaient pas inconnues aux urgences. En façade, tout paraissait « normal ».

La procession s'arrête alors que nous arrivons au cimetière devant le grand caveau familial, lequel est déjà occupé par mes grands-parents et un cousin paternel. Ils sont ensevelis sous une petite chapelle avec un jardinet, preuve de la puissance de ma famille. Mes pieds m'ont menée dans une sorte d'automatisme jusqu'ici, au son des sanglots déchirants de ma mère.

Je détourne quelques instants mon regard vers la pierre tombale de Mikko à quelques pas de moi, et de nombreux souvenirs m'assaillent. Je revis avec la même puissante émotion la scène d'il y a quatre ans comme si elle s'était déroulée hier. Cette douleur qui vous broie de l'intérieur et vous aspire l'âme était si puissante que j'avais l'impression que mon cœur allait cesser de battre. Les mots rassurants de nos amis, de ses hommes – « Tout va bien se passer », « Il va falloir que tu ailles de l'avant », « Ne vis pas dans le passé » – ne cessent de me revenir à l'esprit…

Les six porteurs devant nous s'abaissent et déposent le cercueil sur des sortes de petits tréteaux. Ma mère s'agrippe un peu plus à mon bras et étouffe un sanglot. Elle sait que ce sont les derniers adieux que nous allons pouvoir lui faire. Je prends sur moi, mais c'est dur. Brutal. Soudain.

Un assassinat.

Une rafale de balles n'a laissé aucune chance à mon père et à ses hommes.

Et les compétences des médecins de notre hôpital n'ont rien pu faire. Nous n'avons pas pu sauver tout le monde. Enfin, *moi*, je n'ai rien pu faire, Masha m'a tenue à l'écart de ce bain de sang. J'ai juste pu entrevoir le corps inerte de mon père, criblé de balles. C'est la dernière image que j'aie de ce jour maudit.

La nausée me guette dès que cette image s'impose à moi, ma gorge se serre et mes lèvres se mettent à trembler.

Le prêtre bénit le cercueil avec la croix qu'il embrasse, avant de la présenter à la vénération de l'assistance. Alors que nous sommes invités à déposer une poignée de terre sur le cercueil de mon père, ma mère s'avance, soutenue par des membres de la famille. Ses pleurs sont douloureux. Quand vient mon tour, j'agis comme un automate, comme si j'étais en dehors de moi. Je m'abstiens de prendre de la terre, m'approche et m'accroupis pour poser ma main à plat sur le bois massif.

– Papa.

Ma voix tremble, mes émotions me submergent et mes larmes silencieuses inondent mes joues. Les souvenirs que j'ai de mon père défilent devant mes yeux et me brisent un peu plus à chaque fois. Anastasia pose sa main sur mon épaule en signe de réconfort. Je sais qu'il faut que je laisse ma place, mais je n'en ai pas envie. Je ne veux pas le laisser ici, seul.

Je ne veux pas être sans lui.

Je me redresse, soutenue par mon amie qui me murmure qu'elle est là pour moi, qu'elle ne me laissera pas.

Le prêtre, placé dans l'allée, me laisse avancer vers lui et embrasser la croix qu'il tient dans sa main. Chaque personne ayant fait le déplacement pour rendre hommage à mon père va suivre la même solennité, comme le veulent nos traditions.

Puis je m'engouffre dans l'une des voitures mises à notre disposition pour nous ramener dans l'antre familial.

Le manoir de style gothique qui m'a vue grandir se trouve en périphérie de Cleveland, entourée d'un immense jardin avec des fontaines représentant des personnages mythiques, un labyrinthe de haies, des parterres de tulipes en tout genre et de toutes couleurs, eux-mêmes entourés d'une forêt, nous camouflant ainsi à la vue du monde. C'était l'endroit idéal pour exercer le métier de mon père, mais trop vaste pour une femme seule comme ma mère.

Je souffle un grand coup et ouvre la portière de la voiture. Je gravis les marches en observant le perron de l'entrée, là où mon père avait pour habitude de m'attendre quand il savait que je lui rendais visite. C'est le cœur lourd que je pousse les grandes portes en chêne et fer forgé, dont les poignées représentent des aigles. Je m'avance vers le salon, laissant derrière moi le bruit de mes talons qui claquent sur le marbre blanc au sol. La pièce de vie est immense, avec son haut plafond. Sur la droite, on distingue un majestueux escalier qui mène à l'aile ouest, où se situent les bureaux de mon père. De l'autre côté, un même escalier dessert une dizaine de chambres avec salle de bains privative et toilettes.

Je tente de calmer les tremblements de mon menton devant le tsunami d'émotions qui me secoue au souvenir de mon père dans cette maison.

Un homme de la Fratrie sort de la porte sur ma gauche, celle qui dessert la cuisine et une grande salle à manger, et me fait un signe de la tête. Cela faisait longtemps que je n'avais pas mis les pieds ici. La décoration a quelque peu changé. Le beige a remplacé le bleu clair sur les murs, le mobilier laqué a laissé place à de belles pièces en bois massif. Il est vrai que ma mère a toujours eu beaucoup de goût.

J'ignore si tous les amis de mon père vont dormir ici ce soir, ou si le banquet funéraire sera écourté pour ne pas troubler la quiétude du deuil. Le terrain compte plusieurs dépendances et un dortoir pour les membres de la Fratrie. Ils pourraient tous rester. Mon père aimait ça, avoir du monde à la maison, ses amis, ses équipes. C'était sa « seconde famille ».

Une immense cave au sous-sol est aussi grande que la surface de la maison. Mon père organisait des soirées dans la salle de cinéma pour nous faire découvrir des films russes d'une autre époque ou tout simplement se repasser des classiques du cinéma américain : *Taxi Driver*, *Le Parrain*, *Les Affranchis*, *Forrest Gump*... Nous avions même droit à nos soirées ados avec Jurassic Park pendant que les hommes profitaient de la cave à vin et spiritueux un peu plus loin.

Sous les quartiers de la Fratrie, il y a aussi des cellules. Ces dernières pièces ne m'étaient pas accessibles. C'est bien simple, toute une partie du manoir était réservée à mon père et à ses activités, tout comme les dépendances, écuries aménagées et autres hangars. Impossible d'y pénétrer sans être saisi par ce froid qui vous glace les os, cette atmosphère inquiétante. Avec le recul, je me demande comment nous avons pu vivre à proximité sans être empreints de ces ténèbres... D'ordinaire, seule l'aile dédiée aux activités de mon père était sinistre, contrastant avec la jovialité de l'espace personnel. Désormais, tout est sous haute tension, comme un rappel de ce que nous sommes pour la Fratrie : des pions vulnérables.

J'en veux à cette organisation de me prendre tous ceux que j'aime, à tour de rôle. La mort de Mikko me paraissait insurmontable. Celle de mon père m'appuie sur la tête alors que je peine à sortir la tête de l'eau.

Le traiteur a disposé différents mets dans le salon, offrant ainsi à nos proches un moment de convivialité, certes triste, mais c'est notre manière à nous de les remercier. Après avoir entendu près d'une centaine de condoléances, supporté une cinquantaine d'accolades et de bises, j'observe ma mère pleurer sur l'épaule de mon oncle, le frère de mon père. Il va reprendre le flambeau de manière temporaire, c'est ainsi que ce monde fonctionne. Alexandre Popova va provisoirement devoir mettre sa carrière d'avocat de côté pour assurer le maintien de l'antenne de Moscou dans l'Ohio. Je ne suis pas sûre que l'idée lui plaise, c'est un ténor du barreau qui aime plus que tout la lumière et les médias.

J'expire tout l'air contenu dans mes poumons, cligne plusieurs fois des yeux pour humidifier mes iris asséchés par toutes les larmes que j'ai pu verser depuis l'annonce du décès de mon père. J'ai besoin de prendre l'air et vais dans les jardins parfaitement entretenus par ma mère. Je suis le dédale des chemins marqués par nos pas depuis des décennies, longe les allées de rosiers puis le mur de lauriers, lesquels dissimulent une fontaine ronde d'au moins deux mètres de diamètre. Cette fontaine dessert, comme un giratoire, quatre chemins qui mènent à des endroits différents. Je choisis celui d'en face qui débouche, après plusieurs petits cyprès, au pied d'un arbre imposant.

J'observe les tulipes en floraison autour de moi. Les seules qui résistent à tout selon ma mère. La tulipe double tardive est grosse et ronde. On la confond souvent avec la pivoine, mais la fleur préférée de ma mère est plus robuste, plus forte, déterminée à montrer sa puissance. Elle n'a pas beaucoup d'odeur, pourtant la faible fragrance qu'elle dégage suffit à me réconforter.

Pendant toute mon enfance, j'adorais passer du temps à l'ombre des regards, seule, ici. Une seule personne connaît mon havre de paix. Une seule et unique. Mais elle aussi m'a quittée lâchement, puis abandonnée.

Je m'assieds sur le banc que je m'étais construit à l'adolescence en empilant une multitude de grosses pierres, et resserre mes jambes contre ma poitrine. Mes yeux tombent sur le tatouage à l'intérieur de mon poignet. Une tulipe double tardive violette. La couleur préférée de ma mère.

Mon front contre mes genoux, je me laisse doucement aller à ma douleur.

Je ne reverrai jamais mon père.

Je ressens une myriade d'émotions : de la tristesse, de la culpabilité, de la peur, de la colère ou encore des regrets. Et je ne sais pas comment les gérer, du moins dans quel ordre. Masha me répète depuis trois jours de laisser venir la colère, de laisser monter la peine. Mais je n'y parviens pas.

Soudain, ce n'est plus une odeur fleurie qui emplit mes narines, mais une senteur musquée couplée à celle du tabac froid. Ces émanations sont encore plus familières que toute la végétation qui m'entoure, mais mon cerveau semble me jouer des tours. La détresse est telle que mon imagination me manipule, avec succès en plus, puisque des images de mon premier amour s'infiltrent devant mes yeux. Son regard, son toucher, son aura...

Nous avions tout pour être heureux, si seulement le monde dans lequel il évoluait n'avait pas été aussi sanguinaire. Parce qu'on me l'a enlevé, lui aussi, de la plus cruelle des manières.

Un raclement de gorge me sort de mes songes et me fait sursauter. Mon cœur s'affole parce qu'il sait. Il sait qui est devant moi. Je me redresse, n'arrivant pas à interrompre les battements frénétiques de mon organe vital, et observe le jean noir qui me fait face. Mon regard frôle sa ceinture, puis se lève vers son torse et, enfin, se pose sur son visage. Tout semble se figer, comme s'il attendait que j'agisse. Je cligne des yeux plus rapidement pour assimiler ce qui est en train de se passer. J'ai un mouvement de recul, mon cerveau ne veut pas fonctionner. Je dois simplement rêver.

Je me redresse et enjambe à reculons le banc sur lequel j'étais assise, sans lâcher des yeux le mirage qui m'observe avec une intensité déroutante. Au cours de ces dernières années, j'avais bien appris à cacher mes sentiments, à masquer mes émotions, mais tous ces murs que j'ai érigés autour de moi, cette carapace, peuvent s'effondrer à tout moment, je le sens.

J'attends, le ventre serré, que cette illusion disparaisse. Puis il ouvre la bouche, ses lèvres bougent, mais ne produisent aucun son.

Je me gifle mentalement en fermant les yeux. Je savais que revenir ici allait réveiller des sensations et des émotions que je tente de refouler depuis tant d'années.

Je vous en prie, laissez-moi avancer en paix.

– Maïa...

Ce son produit en moi l'effet d'un coup de poing sur le torse qui m'empêche de respirer. J'ouvre la bouche pour tenter de reprendre mon souffle, mes yeux sont arrondis comme des soucoupes. Je fais à nouveau quelques petits pas en arrière, prête à m'enfuir. Je peine à croire qu'il est là, en chair et en os. Non, ce n'est clairement pas possible. Il est mort et enterré, sa tombe était sous mes yeux, pas plus tard qu'il y a quelques heures.

Il s'approche de moi qui suis figée.

– Maïa, répète-t-il en avançant avec lenteur.

Le son de sa voix réveille toutes les parcelles de mon être qui avaient perdu la vie à sa disparition. Ma détresse me rend folle. Et me fait mal. *Je ne veux plus revivre ça.*

Les sanglots que je peinais à retenir depuis des heures me secouent à nouveau fiévreusement. Je cache mon visage de mes mains avant de ressentir la chaleur de son corps contre le mien. Il semble se baisser pour m'enlacer, m'enrober de ses bras.

– Calme-toi.

Je peine à croire que je ne suis pas dans un monde parallèle, que l'odeur qui s'infiltre dans mes narines n'est pas juste le fruit de mon imagination. Mes jambes flageolent et menacent de ne plus me porter. Mes larmes inondent mes paumes tandis que sa main caresse mes cheveux.

– Comment… ? demandé-je. Mais qu'est-ce que tu fais là ?

Je ne le lâche pas. Je ne peux pas. *Je ne veux pas.* Son fantôme m'a tant de fois rendu visite. Je lui parlais les premières semaines, puis je l'envoyais balader les mois suivants jusqu'à ne plus répondre. Seuls les souvenirs les plus intimes comme les plus difficiles s'invitent dans mes rêves. C'est douloureux depuis tout ce temps. Et j'essaie de cacher mes fêlures depuis tout ce temps également.

Si certaines femmes ne veulent pas montrer de faiblesses, *lui* les connaissait toutes. Par cœur. Depuis toujours.

– Je suis… là.

Son autre main tapote mon dos en imposant un tempo lent, tels des battements de cœur qui permettent au mien de ne pas s'emballer. J'aurais tant de fois eu besoin qu'il vienne m'apaiser avec ce geste au cours de ces dernières années.

– Mais comment ? Je te croyais…

Je me redresse, levant la tête pour observer le visage de cet homme qui m'a marqué l'âme. Mais une douleur ravive ma rancœur. Tout revient tel un tsunami qui ravage tout sur son passage. Pourquoi est-il là ? Pourquoi n'est-il pas resté auprès de moi ? Je ne peux pas oublier la douleur que j'ai ressentie lorsqu'il est mort, les semaines de dépression qui ont suivi, ma descente aux enfers. J'étais au plus mal, et je prends conscience que les raisons de ma souffrance n'étaient qu'une illusion. Comme tous les mirages qui m'étouffaient, qui déclenchaient en moi une sombre détresse.

Je suis entourée, j'ai mes amies, ma famille, et même Taylor, et pourtant je ne me suis jamais sentie aussi seule, aussi vide depuis ces quatre longues années.

Un nouveau sanglot m'obstrue la gorge lorsque je comprends qu'il s'est foutu de moi pendant tout ce temps.

– Tu m'as abandonnée ! m'écrié-je soudain en le repoussant.

Il ne bronche pas, ne me répond rien. Cependant, il vient d'allumer un brasier que je ne parviens pas à maîtriser.

– Tu es devant moi alors que…

Mon regard s'ancre dans le sien.

– Putain, j'ai vu ton cercueil être mis en terre !

Je déteste la manière dont mon corps réagit, ce qu'il me fait encore ressentir. Je hais me sentir si faible, si vulnérable.

– Comment as-tu pu ? Comment ?

Les larmes roulent sur mes joues sans que je puisse les retenir. Mon sang bouillonne et la rage prend le dessus.

– J'avais besoin de toi ! hurlé-je désormais.

Je crois que c'est plus facile d'être en colère que malheureuse, mais avec le temps on oublie de faire la différence.

– Je suis là.

– Mais où étais-tu ? hurlé-je. Où étais-tu quand… Tu…

Au fond, j'ai envie de lui faire mal, de le faire souffrir. J'aimerais qu'il ressente ne serait-ce qu'un quart de ce que j'ai pu éprouver.

– Aaah ! Je te déteste !

– Je suis là.

Sa voix sombre est calme, rauque, dangereuse. Et pourtant, je sais qu'il ne me fera aucun mal. Et moi, je suis déboussolée, respirant péniblement par la bouche. Je m'agite, incapable de rester en place.

– Maïa.

Mikko prononce mon prénom, toujours avec cette voix grave et profonde, qui se répercute sur mon épiderme pour me faire frissonner. Mais je suis en colère, ma respiration est saccadée. Je ne sais pas quoi lui répondre. J'ai espéré le revoir tant de fois. En réalité, depuis presque quatre ans, je ne passe pas une nuit sans penser à lui, pas une journée sans qu'un événement, une odeur ou un aliment me le rappellent. Je secoue la tête avec la furieuse envie de lui faire du mal.

Une colère brûlante se répand avidement dans mes veines. Il est là. Devant moi. Être si proche, le revoir, c'est d'une intensité affolante. Je crains qu'il m'échappe à nouveau.

– Que fais-tu là ?

Son regard dur me sonde.

– Je suis là pour ton père.

L'enfoiré !

– Pour toi.

Menteur !

Je suis confuse et malheureuse. Le voir ici, devant moi, est salvateur, mais sacrément douloureux. Je me rassieds sur mon siège de fortune et baisse les yeux, laissant libre cours à ma peine. J'ai eu trop d'émotions pour aujourd'hui, je capitule.

– Si tu débarques pour mieux me jeter, barre-toi de suite, Mikhaïl.

Que je l'appelle par le prénom russe qui lui a été attribué par mon père pour qu'il soit intégré dans notre communauté ne lui plaît pas. Il secoue légèrement la tête.

– Ce n'est pas ce que tu crois.

Je me mords l'intérieur de la joue pour ne pas exploser. Ce que je crois ? C'est qu'il apparaît pour mieux disparaître. Mais ce n'est ni le lieu ni le moment. Il me semble qu'il est en colère contre moi. Mais quelle qu'en soit la raison, il n'en a pas le droit.

Je ne réponds rien.

– Tu n'es pas en sécurité, ici. Il faut que tu partes quelque temps.

Sa voix grave est d'un calme olympien. Je sais qu'il appréciait mon père comme si c'était le sien, alors comment fait-il pour ne pas être affecté ? Où était-il durant ces années ? Pendant que mon père se faisait tirer dessus comme un lapin ?

– En sécurité ? Mon père devait l'être, et pourtant, regarde ce qui lui est arrivé !

Son regard est sombre et ne cache rien de la colère qui semble avoir pris possession de lui. Mikhaïl a toujours été comme ça : dur, froid, calculateur.

Je me lève et fais les cent pas pour m'aider à faire le vide dans ma tête. Mikhaïl n'attend pas que la pression redescende et s'approche rapidement de moi. Sa main saisit ma hanche sans douceur. Son regard dur rencontre le mien.

– Tu dois partir.

Je carre mes épaules et lève mon menton tout en serrant les dents.

– Je n'ai plus d'ordre à recevoir de ta part.

Il m'ignore et continue :

– Dans une des résidences de l'organisation ou même ailleurs.

– Tu peux te mettre l'organisation où je pense.

Le bord de ses lèvres se relève légèrement, puis il réplique :

– Peu importe où. Tu. Dois. Partir.

La lave en fusion qui explose intérieurement est puissante. D'un mouvement brusque, je me défais de sa prise et ma main claque sur sa joue. Je vois les muscles de sa mâchoire se contracter. Aussi vite que mon cœur bat la chamade, j'expire bruyamment sur son profil.

– Va. Te. Faire. Foutre. Mikhaïl.

6

Mikko
Toujours deux mois plus tôt

Certains de nos actes ont des conséquences irréversibles. Il y a ceux qui méritent des médailles qu'on n'aura jamais et ceux qu'on veut enfouir au plus profond de nos êtres pour ne plus y penser. Jamais.

Je suis loin d'être parfait. Mon âme est sombre, mes mains sont sales et mon cœur est de pierre. Mais je suis qui je suis.

Je vis depuis des années comme un loup solitaire. Aux yeux de tous, ici, je suis entre quatre planches, six pieds sous terre, et ça doit le rester.

C'était le deal.

Après avoir roulé deux bonnes heures, j'emprunte l'étroit chemin de terre qui longe la clôture du domaine et me gare derrière le mur de parpaings. Je sors de ma voiture et pousse la porte en fer pour rejoindre le garage. Mon regard clair dissimulé derrière mes lunettes de soleil, une casquette noire vissée sur la tête, j'ai revêtu des vêtements noirs de circonstance en ce jour de deuil. J'observe à la dérobée les quelques voitures encore garées devant la maison de Vasily alors que le jour décline doucement.

Le besoin de me vider la tête et de canaliser ma rage était viscéral. Revoir et affronter Maïa a été… brutal. Nous avons longtemps entretenu des rapports de force. Pour la Fratrie, nous étions les meilleurs ennemis. Mais cette fois, c'est dans l'intimité des retrouvailles, à l'abri des oreilles indiscrètes, que s'est joué notre combat. Son regard s'est empli d'effarement, de douleur et de surprise avant de se teinter de soulagement. Mais ça n'a pas duré, Maïa s'est transformée en tigresse ensuite. Elle était en colère, et j'en étais la cause.

J'ai donc pris ma caisse et j'ai roulé. Je ne devais pas me faire démasquer. Alors j'ai fui avec ce besoin de relâcher la pression.

Je savais que sa réaction serait violente, que me revoir en chair et en os allait la prendre au dépourvu. Je me souviens encore des larmes qui roulaient sur ses joues lors de mon enterrement, de celles qui ne se tarissaient pas les mois qui ont suivi, puis de celles qui ne coulaient plus et qui ont forgé ce masque impassible qu'elle arbore désormais sur son visage si angélique.

Aujourd'hui, c'est moi qui ai les traits figés. Malgré la fatigue, la hargne et la peine qui me gagnent depuis la mort de mon mentor, je rejoins l'arrière du domaine où j'échange des hochements de tête avec les membres de mon équipe, mon noyau de fidèles, ceux qui sont dans la confidence de ma survie. Se faire exfiltrer d'une prison fédérale n'est possible qu'avec des alliés de confiance, mais en nombre restreint, pour être certain que l'information sera bien gardée. C'est ce que j'ai fait.

J'ai bien pris garde à ne pas me montrer bien que je rêve de faire savoir que je suis bien présent et que le clan Popova ne va pas imploser. Mais je ne peux pas, tout comme je n'ai pas pu faire mes adieux à Vasily.

Quand j'ai appris la nouvelle, je n'étais pas à Cleveland, mais à Colombus, où j'ai ma planque depuis des années. Ruslan, mon bras droit, m'a appelé pour m'annoncer tant bien que mal la nouvelle.

Et elle a eu l'effet d'une bombe.

Dans notre monde, on ne décide pas de faire cavalier seul pour abattre un parrain de la mafia. Seul un homme puissant à la tête d'un clan qui l'est tout autant peut prendre ce genre de décision qui n'a rien d'anodin. Et il doit être armé pour se défendre, car il s'agit d'un réel appel à la guerre. Je sais déjà que l'organisation peine à contenir ses rangs. Mais comment blâmer tous ces hommes pour qui Vasily était un exemple ? Il était un leader, un vrai, de ceux qui sont craints par tous et adulés par leurs pairs. Il était juste, mais intransigeant.

Lorsque j'ai digéré tant bien que mal la nouvelle, un visage s'est imposé dans mon esprit : celui de Maïa. Fille unique, elle a toujours été très proche de ses parents.

Même lorsqu'ils étaient tous les trois en désaccord.

Même ces dernières années.

Il y a des choses que nous n'avons pas besoin de voir pour savoir qu'elles sont là. Il y a des choses que nous ressentons sans que cela s'explique. Au fond de moi, j'avais l'intime conviction que je devais lui faire savoir que je veillais sur elle. J'ai toujours eu un instinct surdéveloppé et je me trompe rarement. À l'instant où le pressentiment m'a gagné, je me suis relevé et j'ai redressé mes épaules.

Je devais la protéger.

Je monte les marches pour analyser ce qui se passe à l'intérieur de la bâtisse, tout en restant caché aux yeux des autres. La garde rapprochée de Popova a, pour la majorité, payé de sa vie son appartenance à l'organisation, et ne plus voir les gars fouler le sol de la demeure de leur boss suscite un sentiment étrange.

Quand j'arrive devant la véranda, mes yeux se posent sur la blonde qui m'obsède depuis toujours, mais surtout sur Sasha, mon petit frère de cœur, qui discute avec elle.

Ruslan me rejoint et se poste sur ma gauche.

– Du nouveau ? demandé-je.

– Rien de concret, mais on avance doucement.

Ma soif de représailles est grande. Tellement grande que j'échangerais ma vie contre ma vengeance. Je sais au plus profond de mon être que l'assassin de Vasily est aussi celui de mes parents. Cet enfoiré de Mancini est derrière ça, j'en suis convaincu. Il me reste juste à le prouver et à le faire tomber. Trouver une faille dans son organisation et m'y engouffrer.

– J'ai du mal à imaginer qu'une action comme celle-ci soit le fait de petits voyous de quartier. J'ai interrogé nos indics, ils sont clean.

Je secoue imperceptiblement la tête à cette idée.

– On sait tous les deux qui a commandité ce massacre.

– Je sais. Mais avant de déclencher une guérilla, je veux m'en assurer.

Un rire attire mon attention sur ma droite. Je tourne la tête et me fige. Maïa pose la main sur l'avant-bras de Sasha tout en portant l'autre à sa bouche pour finir le champagne qui demeurait au fond de sa flûte. Je suis agité, mais je n'en montre rien.

– Elle en est à combien ? demandé-je sans détourner mon regard d'elle.

– De verres ? ou de bouteilles ? Je crois bien qu'elle a presque fini la seconde.

Maïa a toujours été têtue, et je sais par avance que Sasha tente de lui faire entendre raison sur sa consommation d'alcool en ce sinistre jour. La raisonner était un combat perpétuel, tout comme lui refuser quoi que ce soit. Elle a un don pour charmer n'importe quel être humain de cette planète. Comme si nous étions aimantés l'un par l'autre, elle tourne son visage vers moi et m'observe intensément de son regard clair. Alors que personne ne me voit, rien ne lui échappe. Encore surprise par ma soudaine résurrection, elle me scrute comme si j'allais disparaître pour toujours, mais très vite, un voile de colère prend le dessus sur la surprise. Encore. Elle m'en veut d'être là, de lui avoir menti, de m'être caché pendant tant d'années.

Ruslan me parle, mais je n'écoute plus. Au bout de quelques secondes, je demande à mon homme de rentrer l'enfermer dans la véranda et de s'assurer que personne ne s'en approche. Après avoir vérifié que la voie est libre, je me dirige à mon tour vers cet espace isolé de la maison. La porte vitrée n'est pas verrouillée. Je pénètre dans la pièce. Maïa est assise sur un fauteuil en osier dans un coin. Je réprime un frisson qui me saisit la nuque en un croc mortel. Ses cheveux blonds sont désormais lâchés et tombent en cascade dans son dos. Dans sa main droite, une coupe en cristal, dans la gauche, une bouteille de champagne. Sur la table, un cadavre de Veuve Clicquot gît.

Je m'approche d'elle en conservant toutefois une distance raisonnable. Je m'arrête et peux constater les ravages du chagrin sur son visage pâle. Ses yeux sont injectés de sang et vitreux, signe qu'elle n'a eu de cesse de pleurer. J'ai toujours détesté la voir dans cet état.

– Qu'est-ce que tu fous là, Mikhaïl ? demande-t-elle en buvant une gorgée de son alcool préféré.

Je mets mes mains dans mes poches, redresse mes épaules et attends qu'elle daigne me regarder dans les yeux pour répondre. Constatant que je ne riposte pas, elle capture mon regard. Ses prunelles ne sont que souffrance.

– Je pense qu'il faut te calmer avec la boisson.

Je suis un enfoiré. Je devrais lui demander comment elle va, mais mon masque d'indifférence est celui que je maîtrise le mieux. Et en ce jour particulièrement pénible pour nous tous, c'est celui qui me sied le plus.

– Mikhaïl Vesselovski se soucie d'une autre personne que lui-même ? rétorque-t-elle d'un ton sarcastique. Tu sais quoi, Mik, va te faire foutre !

L'entendre prononcer le prénom que Vasily m'a donné pour que je puisse m'intégrer avec plus de facilité dans la Fratrie a un goût amer. Elle était la seule à m'appeler par mon vrai prénom, celui qui me rappelle qui je suis et d'où je viens.

– Tu l'as déjà dit.

Elle lève son verre comme si elle trinquait, puis le vide d'une traite avant de porter aussitôt le goulot de la bouteille à sa bouche. Elle boit plusieurs longues gorgées qui valent tous les « Va te faire foutre » qu'elle pourrait prononcer. Quand elle finit de s'abreuver, elle en est essoufflée.

– Oh, et puis tu sais quoi ? reprend-elle. C'est moi qui me casse.

Elle se lève et manque de tomber. Avec dignité, elle se redresse et hausse le menton comme elle sait si bien le faire, et esquisse quelques pas maladroits vers le salon.

– Je vais te raccompagner, dis-je d'une voix rauque.

– Certainement pas ! Sasha s'en chargera, ou bien Ruslan. Il est hors de question que je reste près de toi.

Elle crache ces mots avec fureur et me passe devant. J'ai à peine le temps de l'esquiver qu'elle fait claquer la porte en l'ouvrant. En observant à travers l'épais rideau, je vois Ruslan s'approcher d'elle et lui tendre son bras auquel elle s'arrime. Voir qu'elle laisse d'autres hommes que moi la toucher, l'aider, me rend dingue, mais je ne peux rien y faire.

Mon bras droit lui met son manteau sur les épaules tandis qu'Olga s'approche de sa fille pour l'étreindre. J'observe de loin leurs faits et gestes.

– Les retrouvailles sont comme tu les imaginais ?

Je me tourne vers Sasha, mon petit frère, et le fusille du regard.

– Sois prudent, tu ne m'as pas entendu arriver.

– Je sais.

– Alors ? Ces retrouvailles ?

J'ai longtemps espéré la retrouver, voir la surprise se peindre sur son visage, subir ses piques et ses inlassables répliques acerbes, ses reproches en tout genre à propos de l'organisation et de mon implication dans les affaires. Mais je n'aurais pas imaginé qu'elle me verrait ressuscité après l'assassinat de son père.

Je sors de la véranda et passe par les jardins pour retrouver le chemin qui me mène à ma voiture.

– Si on ne peut plus rigoler, murmure Sacha. Moi, ça me fait plaisir de la voir, même si j'aurais aimé que ce soit dans d'autres circonstances.

– Tu crois que ça m'amuse ?

– Je suis certain que non. Tu veux faire quoi ?

Je cesse d'avancer et me retourne.

– Retrouver l'enculé qui a plombé Vasily et le crever comme un chien.

– Et elle ?

– Il faut maintenir la surveillance.

– Je m'en occupe.

Sasha reçoit un message avant de me regarder.

– Ruslan t'attend à ta caisse.

J'attrape entre ses lèvres la clope qu'il vient d'allumer et la porte aux miennes pour aspirer une taffe de nicotine.

– On fait un point demain. Huit heures, chez moi.

Je m'éloigne de lui quand je l'entends maugréer que c'était sa dernière clope.

Après quelques minutes, je rejoins ma voiture et écrase ma cigarette contre mon pantalon. Je lève les yeux sur Ruslan qui me jette les clés de ma caisse. Je les attrape à la volée et lui demande :

– Elle est plus calme ?

– Elle était un peu agitée quand elle est rentrée dans la bagnole. Apparemment, ça ne pouvait pas être la mienne, car ça puait ton odeur. Mais elle s'est endormie en quelques secondes. Elle en tient une bonne !

Je secoue la tête en l'imaginant crier au scandale.

Je m'installe sur le siège conducteur. Mon gros 4x4 a les vitres teintées pour m'éviter d'être vu. Sur le siège passager que Ruslan a incliné en arrière, Maïa dort. J'observe son visage blafard, ses traits fins et sa bouche charnue. Ma main s'approche de son visage pour se poser sur sa joue, et mon pouce parcourt ses lèvres pleines. Des réminiscences du passé m'assaillent et je nous revois dans cette salle de boxe où je lui ai appris à se défendre et où elle tentait de me séduire, alors que j'étais déjà conquis. Je me souviens de toutes ces fois où elle a pansé mes blessures ou encore de l'odeur de nos draps après une nuit de luxure.

Je retire ma main comme pour empêcher mon esprit de dériver trop loin, puis mets le contact pour la ramener chez elle. Je dois prendre sur moi sous peine de tout faire foirer. Sur ses jambes, son sac vibre. Je plonge ma main à l'intérieur pour en retirer son téléphone. Elle a plusieurs messages de Masha, mais aussi de Taylor. Je mets l'appareil dans la poche intérieure de ma veste, puis roule jusqu'à m'insérer dans la circulation dense.

Voir le prénom de l'homme qui partage sa vie aujourd'hui sur son téléphone m'atteint plus que je ne l'aurais imaginé. *Mais elle te croyait mort il y a encore quelques heures.* Je ne peux rien dire. *Tu n'as rien à dire*, me hurle ma conscience.

Près de trente minutes plus tard, je me gare en bas de son immeuble. J'ajuste la visière de ma casquette et vérifie dans les rétroviseurs puis à travers le pare-brise que personne n'est dans les environs. Je récupère son trousseau de clés dans son sac et sors du 4x4. Après avoir contourné la voiture, j'ouvre sa portière et me penche en avant pour la détacher. Sa fragrance est toujours aussi fraîche, florale, et me grille quelques neurones au passage. Je passe ensuite mes bras sous son corps pour la soulever et l'extirper de l'habitacle.

Lorsque je me redresse, la tête de Maïa tombe au creux de mon cou. La chaleur de sa respiration déclenche un frisson incontrôlable. Je m'engouffre dans son immeuble et emprunte les escaliers jusque chez elle.

Je réussis tant bien que mal à entrer dans son appartement et claque la porte avec mon pied avant de me diriger vers la chambre au fond. Arrivé à destination, je m'appuie sur le matelas pour la déposer sur le lit et l'observe s'enfoncer tranquillement dans le coussin. Elle s'agite légèrement, signe qu'elle n'est plus aussi profondément endormie que dans la voiture.

En ouvrant les yeux, elle paraît désorientée. Mon souffle se suspend quand son regard se pose sur moi. Ses iris s'ancrent aux miens et je perçois le changement qui s'est déjà opéré en elle. Faiblement, elle tente de me repousser, mais avec les effets de l'alcool qui est dans son organisme, elle n'a guère de force. Je secoue la tête.

– Arrête. Les conneries, c'est fini pour ce soir.

– T'es un mirage, de toute façon.

Je ricane dans ma barbe. Ça fait quatre ans que je ne suis que ça : une illusion, un fantôme.

– Non, je suis bien là, Maïa.

Je ne sais pas pourquoi je dis ça, j'ignore de quoi demain sera fait, et je n'ai pas pour habitude de faire des promesses que je serai incapable de tenir.

Elle soupire.

– Encore des mots, toujours des mots.

Elle tente de se redresser pour retirer son manteau. Je l'aide en tirant sur la manche, puis en faisant passer mon bras derrière ses épaules.

– Tu mets toujours le même parfum, balbutie-t-elle.

Je secoue légèrement la tête quand la sienne s'échoue sur le traversin. Elle ferme les yeux en posant son bras sur son visage. Ses bottines frappent le sol l'une après l'autre, puis Maïa bouge et se place sur le flanc. En moins de deux minutes, sa respiration devient calme et silencieuse. Elle s'est rendormie.

Je prends le temps de l'observer. Elle est encore plus belle que dans mes souvenirs. Je fais tout ce qui est en mon pouvoir pour les refouler, mais les images d'elle sur le ring, provocante et sensible, celles d'elle nue me chevauchant et de ses seins lourds remuant au gré de ses mouvements me percutent si fort que j'en tremble. Et avant que je sombre dans les méandres de ma mémoire, je remonte la couverture au pied du lit sur son corps délicat.

Je laisse mes yeux glisser jusqu'à la fenêtre et m'en approche légèrement. Le ciel s'est assombri et des éclairs orageux sont visibles au loin. Le vent souffle en bourrasques régulières et fait tanguer les arbres du parc de l'hôpital. Je me souviens encore du jour où Anastasia m'a informé que Maïa s'installait ici, à l'opposé du luxe auquel elle avait été habituée depuis son enfance. J'ai pensé qu'elle avait eu une bonne idée : elle était indépendante, habitait près de son lieu de travail. Seul hic : la sécurité de cet immeuble n'est pas optimale.

Je me retourne pour observer sa chambre. J'ai l'impression de faire un bond en arrière, de retrouver un mobilier familier, les couleurs vives qu'elle adore et cette odeur qui n'appartient qu'à elle. Au-dessus de son lit, cette immense illustration de fleur. Celle qu'elle adore. Elle a beau dire que c'est la préférée de sa mère, cette fleur a une signification particulière pour elle. Elle n'a pas besoin d'être arrosée chaque jour pour vivre, elle est tenace et considérée comme sauvage. Indomptable. Cette fleur l'a toujours représentée, *elle*.

Finalement, venir ici n'était peut-être pas une bonne idée. Trop de souvenirs m'assaillent et me rappellent ma vie d'avant.

Quand je tourne les talons, je sens un truc vibrer dans ma veste. Ma main récupère l'appareil de Maïa que j'avais glissé dans ma poche un peu plus tôt. Encore un message de Taylor. Je cherche à déverrouiller le portable. Sa date de naissance ne fonctionne pas, ni celle de son père ou encore de sa mère. Merde, j'ai bloqué l'appareil pour une minute. Je réfléchis à ce qui était autrefois son unique mot de passe… 090989 ? Ça fonctionne. Je suis abasourdi de constater qu'elle utilise toujours ma date de naissance comme code.

Je clique sur les messages de ce fameux Taylor.

[Comment ça va, mon amour ?]

[Je pense à toi.]

[Tu veux venir dormir à la maison ?]

[Je peux t'appeler ? Dis-moi au moins
que tu vas bien.]

[Je t'aime.]

Je grimace à ce dernier message avant de verrouiller l'appareil et de le déposer sur la table basse du salon.

Je tourne les talons et sors de son appartement. D'un pas rapide, je descends les escaliers pour rentrer chez moi.

Je bous de jalousie.

Et le seul exécutoire que j'ai, c'est la violence.

Parce que j'ai toujours fonctionné ainsi.

7

Maïa
De nos jours

Je ne sais combien de temps je suis restée prostrée en position du fœtus à évacuer ma tristesse, mon amertume et ma colère. Mes yeux sont secs, mon cœur toujours aussi meurtri. Je finis par me lever pour me passer un peu d'eau sur le visage avant de revenir dans la chambre et de tourner en rond comme un lion en cage. Je cherche à analyser les propos de Mik, à comprendre. Je fouille ma mémoire pour savoir à côté de quoi je suis passée.

Puis une idée me vient en tête.

Je m'approche à pas feutrés de la porte de la chambre et y colle mon oreille. Je l'entrouvre en silence, à l'affût du moindre bruit. Aucun son ne me parvient. Puisque les informations ne viennent pas à moi, je vais aller à elles.

Tu ne veux peut-être pas entendre certaines vérités.

Bien entendu, toutes les vérités ne sont pas bonnes à entendre, surtout quand elles concernent la mort de mon père. Quoi qu'il en soit, ce n'est pas parce que je suis toujours en deuil que j'oublie tout le reste.

Malheureusement pour Mikko, je n'oublie rien.

Il n'a jamais manqué de culot et il me prouve encore aujourd'hui que peu de choses ont changé. Il aime mener la danse, avoir une longueur d'avance.

Je descends les marches en fouillant du regard les alentours. Aucune trace de Mikko et de sa garde rapprochée. Je rejoins le bureau plongé dans le noir. Je ferme doucement la porte et allume la petite lumière discrète sur le plateau en bois. Tout le dossier que les garçons commentaient tout à l'heure est étalé sous mes yeux. Les papiers et les clichés sont empilés. Je m'assieds sur le fauteuil et lis chaque ligne. Mikko n'a pas menti… Taylor est souvent pris en photo avec Mancini. Je suis angoissée à l'idée que je me suis fait berner, que j'ai, une fois encore, cru à une histoire vouée à l'échec.

Tout est devant moi. J'ai sous les yeux des preuves irréfutables.

Je n'ai été qu'un pion sur un échiquier qui me dépasse.

Quand je repense à la ténacité de Taylor quand il cherchait à me séduire… Cela aurait dû me mettre la puce à l'oreille. Je n'ai vu que ce que je voulais voir : un homme différent, qui cherchait à me connaître vraiment, souhaitant faire tomber brique par brique le rempart que je m'étais forgé autour du cœur. J'ai vraiment cru qu'il me voyait, *moi*. Et qu'il m'acceptait comme j'étais : brisée au-delà du réparable.

J'ai toujours beaucoup de mal à croire ce que je vois, tout me paraît irréaliste.

Ma tête appuyée sur ma main, je suis toujours dans la lecture du rapport d'un détective privé. Un bruit me met en alerte. Avant même que je lève mon visage, je *le* sens, dans chacune de mes cellules.

Mikko…

Mon cœur bat férocement dans ma poitrine, je le sens qui frappe, et frappe encore.

– Si tu cherchais de la lecture, fallait demander.

Sa voix sarcastique déclenche une multitude de frissons qui parsèment ma peau. Je me redresse et pose mon menton dans ma paume de main pour capturer ses yeux cobalt qui ne sont que flammes et intensité.

– Je veux parler à ma mère. À Masha et à Ana. À mon *fiancé*.

Je sens que ce dernier mot le pique, et c'était le but. Ses mâchoires se serrent à sa mention et la veine frontale prend du volume. Mais plus que tout, je veux entendre ses explications, je ne peux pas croire que l'homme que j'allais épouser est la même pourriture décrite dans ces rapports.

– Pas dans l'immédiat.

À l'époque où nous étions ensemble, si tant est que ces quelques mois aient signifié un jour quelque chose pour lui, sa propension à prendre des décisions à ma place m'agaçait. À présent, et après qu'il a décidé de m'exclure de sa vie de manière radicale il y a des années, ça me met encore plus hors de moi.

Voyant que je ne flanche pas, il réplique :

– Ta mère et tes amies vont bien.

– Et ?

– Et *l'autre* est en vie.

Je suis soulagée d'apprendre que Taylor n'a pas été pris pour cible. Mais peut-être que je ne devrais pas si c'est bien l'homme que Mikko décrit.

Malgré tout, mes sourcils se froncent de désapprobation face au ton de Mik et je claque la langue contre mon palais.

– Qu'est-ce que c'est que tout ça ? dis-je en lui désignant les papiers.

Cette fois, ce sont ses sourcils qui se froncent et ses yeux qui se plissent à la froideur de mon ton. S'ensuit un bras de fer visuel auquel je mets fin en secouant la tête et en levant les yeux au ciel. Je n'ai plus la patience pour ces jeux d'enfants.

– Maïa.

Ce son rauque qui autrefois me faisait fondre me fait désormais serrer la mâchoire. Je veux qu'il comprenne que je ne suis pas une petite chose fragile.

– Ton *fiancé* est un connard et toutes les preuves sont sur ce bureau.

J'ai du mal à réfuter ce qu'il me dit puisque ce que j'ai lu ne laisse presque aucun doute sur la collaboration entre Taylor et Mancini. Mais une petite partie de moi espère encore.

– Il pourrait très bien juste être son docteur. Taylor est un neurochirurgien très réputé.

Je suis beaucoup moins combative. Je sens que Mik flaire ma mauvaise foi, mais c'est ma manière à moi de calmer la tempête qui fait rage à l'intérieur et d'éviter que la panique me gagne.

– Tu veux bien écouter ce que j'ai à te dire ? Il faut que tu comprennes l'origine de mes recherches sur Taylor. Contrairement à ce que tu pourrais croire, je n'ai pas fait tout ça pour le plaisir de te gâcher la vie, mais bien pour ta sécurité.

– Comme d'habitude ! réponds-je sarcastiquement. Oh, épargne-moi cette compassion qui ne te va pas bien, Mikhaïl. Je suis là, parle.

Il ignore ma remarque et se penche en avant. Il attrape un premier document, puis des clichés.

– Tu te rappelles qui a abattu mes parents biologiques ?

Mes muscles se contractent à cette simple évocation et une boule remonte dans ma gorge.

– Moscou. Juillet 1994.

Sa voix me glace le sang. Son ton est froid, dur, rempli de rancœur. Il continue :

– Mes parents et moi avons été au cœur d'un règlement de compte.

J'opine de la tête.

– Tu m'as déjà expliqué que vous étiez des dommages collatéraux, lui rappelé-je.

Je reste concentrée sur lui, ne comprenant pas où il veut en venir. Je connais cette histoire par cœur.

– Mancini. Mancini a débarqué en plein restaurant, un soir de grande affluence, et a tiré pour éliminer tous ceux qui étaient à l'intérieur. Ce type est sans limites, incontrôlable. Tu veux savoir combien il y a eu de survivants ?

J'ignore pourquoi il me pose cette question, alors je réponds :

– Mon père et ses hommes. Je ne sais plus trop. Je me souviens que certains étaient avec leur famille. Une douzaine d'étrangers en vacances étaient venus se restaurer dans ce qu'on appelait « la meilleure gamelle de Moscou », tous sont morts. Sauf toi. Je connais l'histoire, dis-je avec tristesse.

Penser à ce type d'horreur, à cette injustice, me peine.

Il opine du chef à son tour.

– Si la Fratrie n'avait pas été là, Mancini m'aurait supprimé. Ce n'est pas qu'une histoire de pouvoir, d'argent et de lutte. Ce type est inhumain, provocateur, sanguinaire et fou.

À chaque fois que j'imagine un gamin de 5 ans, terrorisé, à côté de ses parents baignant dans leur sang, j'en ai des sueurs froides.

– Tu te rappelles qui a abattu mes parents de cœur ?

Les Vesselovski. Les parents de Sasha. Ils l'ont recueilli lorsque mon père, après quelques recherches, a constaté que Mikko n'avait plus de famille. Pas de grands-parents, personne. Au sein de la communauté russe de Cleveland, on a le sens de la famille. On est toujours prêts à aider le voisin, même s'il vient d'emménager. Les Vesselovski ont fait honneur à la Fratrie en élevant Mikko comme leur fils.

Ces souvenirs sont toujours douloureux.

– Mancini.

– Oui. Encore Mancini, répond-il en secouant la tête d'un air mauvais. Et tu sais pourquoi il l'a fait ?

Je secoue la tête en joignant mes doigts qui s'entremêlent, se pincent, s'agitent.

– Pour atteindre ton père, celui en haut de la pyramide, ici, à Cleveland.

Le boss de l'organisation à Cleveland était, jusqu'à il y a quelques mois, mon père. Mon cœur se serre au souvenir de sa perte. J'en veux à la terre entière de nous avoir fait naître et grandir dans ce milieu, d'avoir formaté mon père pour qu'il soit à la tête de la Fratrie et d'avoir causé sa perte.

Ma respiration que je tente de maîtriser sans y parvenir devient lourde.

– Cette guerre entre familles dure depuis deux décennies, au moins, continue Mikko.

Il fait le tri dans les clichés qu'il a entre ses mains.

– Nous savons que Mancini a ordonné la fusillade qui a coûté la vie de ton père.

Il me tend certaines photos et des rapports. Sur le papier glacé, je vois la devanture de l'immeuble qui loge les bureaux des entreprises de l'organisation. On distingue les voitures et les hommes qui ont probablement tiré sur mon père, armes de guerre à la main. J'imagine qu'il s'agit des captures des caméras de vidéosurveillance qui surabondent dans les locaux de la Fratrie. Mes yeux s'embuent, mais je prends sur moi pour ne pas flancher alors que Mikko commence à peine à m'expliquer. Sur le rapport qui suit, je reconnais le logo de la police locale et les clichés de tous les délinquants : de face et de profil avec leur petit tableau. Il s'agit probablement des hommes qui étaient dans les voitures.

– Sergeï a confirmé cette version à son réveil, il a reconnu les hommes qui les ont attaqués : c'étaient des porte-flingues de Mancini.

Il finit sa phrase en me désignant les photographies dans ma main d'un signe du menton. Je prends sur moi et observe les visages que j'ai sous les yeux. Je cherche un détail, un petit truc qui me permettrait de comprendre pourquoi ces hommes sont capables des pires horreurs pour une histoire d'ego, de territoires, de pouvoir. Ils sont comme le commun des mortels. Rien ne laisserait penser qu'ils sont à ce point mauvais et néfastes pour la société.

Mikhaïl prend ensuite une photo qu'il me tend.

– Tu le reconnais ?

Mon cœur se serre quand je découvre le visage de Taylor, souriant, à côté de Mancini.

– Alors ?

Ce dédain dans sa question me fait mal. Non, en réalité, c'est de voir Taylor sur le cliché qui me fait mal. Je n'arrive pas à me faire à l'idée qu'il peut être un traître.

– Tu as devant toi toutes les preuves que l'autre tache est liée de près ou de loin à Mancini.

– Mancini a peut-être un problème de santé. Tu disais tout à l'heure qu'il était fou. Peut-être qu'il y a une raison médicale qui justifie qu'il consulte un brillant neurochirurgien.

– Tu le défends ?

Son regard est dur. Il peine à ne pas me cracher d'autres choses au visage.

– Non, m'insurgé-je. Je tente de comprendre ! Cet homme, reprends-je en désignant Taylor, je le connais. Il n'est pas comme *vous*.

À peine ce dernier mot a-t-il franchi ma bouche que je sais qu'il risque de déclencher de nouveaux échanges houleux.

– Comme *nous*…

Ses lèvres se pincent durement.

– Crois-le ou non, ce n'est pas l'enfant de chœur que tu imagines.

Il prend des clichés qu'il dépose sous mes yeux en les pointant du doigt.

– Photo prise lundi dernier à la sortie de l'hôpital. Mercredi matin devant chez Mancini. Tu remarqueras qu'il n'a pas de mallette de médecin. Ici, samedi midi au restaurant avec son *papa*.

J'ai un mouvement de recul devant ce nouveau rappel du lien entre Taylor et Mancini. Je ne peux nier les preuves que j'ai sous les yeux, lui trouver des excuses.

Je tire un dossier que je n'ai pas encore regardé pour me donner une contenance et refouler l'idée que Taylor n'est pas l'homme que j'ai pensé qu'il était.

Quand je l'ouvre, mes yeux s'arrondissent. Il s'agit des clichés du corps de mon père au cours de son autopsie. Mikko voit ce qui s'étale sous mes yeux et referme brusquement la chemise cartonnée. Mais c'est trop tard. Un poids s'abat sur ma poitrine, elle l'écrase en empêchant l'oxygène d'accéder à mes poumons. Ma respiration s'accélère et se raréfie. Je suffoque, manque d'air. Je ne peux plus respirer. Je tente de me lever, mais la pièce semble tourner à toute vitesse autour de moi. Je suis prise d'un vertige qui me fait perdre toute notion du temps, tous mes repères, toute sensation normale. Mon cerveau comprend, assimile ces nouvelles informations, mais elles sont trop violentes.

Mikko sent la panique m'envahir, et avec calme, il pose sa main sur mon buste.

– Calme-toi, respire.

Il appuie sur mon torse pour que je m'adosse au fauteuil. J'ouvre la bouche pour parler, mais aucun son ne parvient à sortir. Ma respiration est sifflante. Je ferme les yeux pour tenter de réguler les battements de mon cœur qui s'emballent toujours plus. J'ai comme l'impression d'être dans une fusée et de partir sur la Lune. Sans cesser de tapoter deux de ses doigts au-dessus de mon cœur en mimant des battements normaux, Mik chuchote à mon oreille que tout va bien se passer tandis que je tente de caler ma respiration sur ce que ce son provoque en moi.

J'essaie de me concentrer, vraiment. Sauf que je revois sans cesse ces clichés de Taylor avec celui qui aurait commandité le meurtre de mon père, les photos de mon père mutilé. J'ignore ce que ça veut dire, mais mon cerveau noircit le tableau et s'imagine tout un tas de choses qui alimente ma panique. Rien que d'y penser, je sens mon pouls s'affoler et j'ai à nouveau l'impression de perdre contact avec la réalité.

Ce n'est pas possible.

Pas lui.

Pas alors que je l'ai soigneusement choisi parce qu'il était à l'opposé de la Fratrie et de ce monde impitoyable.

Il est neurochirurgien, bon sang !

Il ne traverse jamais en dehors des clous. Alors comment peut-il travailler avec le parrain de la pègre italienne ? Ma vision se trouble. Des fourmillements saisissent le bout de mes doigts et la nausée me fait contracter le ventre. Mes mains enserrent celle de Mikhaïl sur ma peau comme si lui seul pouvait faire entrer de l'air dans mes poumons.

J'ai chaud, je tremble. Je perds pied.

Mikhaïl étouffe des jurons que je n'entends plus alors qu'il se détache de moi et enlève son tee-shirt.

– Je vais t'enlever le tien, OK ?

Je sais ce qu'il veut faire. Nous le faisions lorsque nous étions plus jeunes à chacune de mes crises de panique. Je lui adresse un signe de tête pour qu'il s'exécute, qu'il réussisse à faire cesser ce malaise qui ne cesse de grandir en moi. Mes cheveux se collent sur mon visage et tout tourne plus vite autour de moi.

Il attrape mon haut qu'il me fait passer au-dessus de la tête avant de glisser ses mains sous mes aisselles pour me faire basculer sur lui. Peau contre peau, il place mon oreille contre son cœur et continue de taper mon dos de ses deux doigts pour que je m'imprègne du bon tempo.

– Maïa, concentre-toi. Respire.

Sa voix implorante parvient doucement à me calmer. J'inspire, j'expire, j'inspire, j'expire. Je ne cesse de m'imposer cet exercice pour que ma respiration, d'abord désordonnée et erratique, ralentisse au fil des minutes. Je ferme les yeux et me laisse bercer par le rythme cardiaque de Mikko.

Lorsque je suis enfin calmée, je reste dans un état léthargique pendant quelques minutes, laissant mon esprit s'enivrer de ce moment de répit, avant de comprendre que je suis en sous-vêtement contre Mikhaïl.

– Ferme les yeux, ordonné-je.

Il soupire, mais semble obtempérer. Je redresse mon visage et vérifie moi-même. Je récupère le tee-shirt qu'il m'a retiré et m'empresse de l'enfiler. Ce n'est qu'ensuite que mon regard se pose sur le corps de Mik. Il n'a pas changé. Sa musculature est toujours sculptée au millimètre.

Je dois m'obliger à avaler plusieurs fois ma salive pour hydrater un tant soit peu ma gorge soudainement très asséchée.

Quant à sa peau, elle est toujours aussi claire. Il n'a pas eu le « privilège » d'être marqué au niveau du plexus de l'étoile à huit branches, symbole de l'organisation : il n'est pas russe.

Je déglutis, puis lui annonce qu'il peut enfin ouvrir les yeux. Il s'exécute et je suis hypnotisée par la contraction de ses abdominaux quand il bouge pour mieux s'asseoir dans le fauteuil en cuir sombre, torse nu.

– Je vais aller me coucher.

Je ne veux plus rester en sa présence, me rappeler chaque détail de chacune des photographies qu'il m'a montrées.

– Je n'ai pas fini de t'expliquer.

– Mikhaïl, j'ai envie d'être seule.

Je secoue la tête, ne voulant pas que sa voix rauque m'explique les filatures, les écoutes, les surveillances. Je ne veux plus entendre ce qu'est ma réalité. Je veux préserver ce qui reste de mon cœur pour aujourd'hui.

J'ai l'impression qu'on l'a jeté sur la route pour laisser le soin à un char de guerre de lui rouler dessus et de le traîner ensuite sur plusieurs mètres sur un bitume brûlant.

Ce sont les montagnes russes. Je suis en plein looping depuis que Mik est réapparu dans ma vie comme une tornade.

8

Maïa
Seize ans plus tôt

Depuis toute petite déjà, j'admire Mikhaïl, mais quand j'ai grandi, mes sentiments ont rapidement évolué.

Même si la mère de Masha ne cesse de nous expliquer qu'on est jeunes et qu'on a toute la vie devant nous. Que trouver l'amour, le vrai, le grand, à seulement 16 ans, ça n'existe que dans les contes de fées. Pas plus tard qu'avant-hier, quand on finissait de regarder *Dirty Dancing* pour la énième fois, elle nous l'a répété.

Foutaises! Mes sentiments pour *lui* sont forts, vrais et puissants. L'âge n'a rien à voir dans l'histoire.

Mikhaïl représente tout ce que j'idéalise chez les hommes.

Il est beau, il a ce regard qui me fait frissonner. Quand il rentre dans une pièce, toutes les filles et toutes les femmes le regardent. Je le vois bien protecteur, m'amenant au lycée, m'embrassant sur la bouche pour me souhaiter une bonne journée. Il conduirait une grosse BMW à la carrosserie brillante en fumant sa clope, la fenêtre ouverte.

Je nous vois déjà mariés et vivre une vie de rêve. Une grande maison à la campagne avec deux ou trois chiens de garde prêts à mordre ceux qui s'approcheraient un peu trop près, y compris le facteur. Nous organiserions de grosses soirées avec nos amis, nous boirions de la vodka jusqu'à ne plus savoir comment on s'appelle.

Pour moi, tout est clair. C'est lui. Je ne vois que *lui*. Peu importe ce que mon père en pensera! Avec tout ce qu'il magouille de toute façon, il n'a rien à me dire. Enfin, si Mikhaïl me laissait l'approcher suffisamment pour qu'il puisse se rendre compte de l'histoire incroyable qui nous attend, évidemment. Mais j'ai bon espoir!

Depuis quelques mois, après une énième menace contre notre famille, Mik a la mission de m'endurcir, de m'apprendre le tir et de s'assurer que je sais me défendre. Ce cirque doit durer jusqu'à mon entrée à l'université. Ordre de Vasily Popova. L'avantage, c'est qu'on est obligés de passer du temps ensemble et que c'est souvent *physique*!

Je suis le chat, il est la souris, et le désir, l'adrénaline et la passion me servent de griffes. Mais il est résistant. Il voit clair dans mon jeu et ne cesse de me répéter d'arrêter mes petites tentatives de séduction, qu'il a la confiance de mon père et qu'il n'est pas près de la trahir.

Mais aujourd'hui, je me sens d'attaque, il ne pourra pas me résister !

Quand je le vois là, au milieu du ring, je le trouve plus beau que jamais. Mikhaïl sautille sur place sans même être essoufflé par les deux heures que nous venons de passer à nous échauffer, puis à taper dans le sac de frappe. Moi, je suis en sueur et ma respiration est haletante.

– Je n'en peux plus, dis-je. Je ne comprends pas à quoi ça sert de m'apprendre à taper alors que je sors systématiquement avec une escorte. Il ne peut rien m'arriver.

Il esquisse un sourire qui pue l'arrogance.

– Refuser de voir le danger ne le fait pas disparaître, rétorque-t-il.

Mikhaïl étire ses muscles avant de faire des pas chassés et de me tourner autour comme un aigle rôderait autour de sa proie. Ses mouvements sont fluides et il bouge comme s'il ne pesait rien. Et pourtant, Mikhaïl mesure presque deux mètres pour environ quatre-vingt-dix kilos.

Bon, j'ai lu son dossier dans le bureau du dojo. Quatre-vingt-douze kilos et deux cents grammes.

– Mik, arrête, tu me donnes envie de vomir !

À peine ai-je fini de parler qu'il passe son bras sous mon cou, me serre contre lui, tout en nous mettant au sol. Je ne m'y attendais pas, j'agite mes jambes et mes bras en essayant de me dégager, même s'il ne me fait pas du tout mal.

– Ne sous-estime pas celui avec qui tu es. Le danger ne vient pas toujours de là où on l'attend.

La voix rauque de Mikhaïl résonne dans mon oreille. Il relâche sa prise, mais reste dans cette position en me laissant reprendre contenance. Je sens son cœur battre contre mon omoplate, son souffle dans mon oreille, et des frissons me font trembler des pieds à la tête. Je suis à la fois émoustillée par cette proximité et humiliée de m'être fait berner si facilement. Mais je compte bien tirer profit de ce rapprochement inespéré. En cherchant à me retourner de manière sexy pour lui faire face, tout en restant allongée, je me retrouve à me tortiller comme un ver de terre en pleine crise d'épilepsie. Mais il faut croire que, dans mon humiliation, la chance me sourit parce que je le sens durcir entre ses jambes. Un peu surprise malgré tout, je me fige dans mon mouvement. C'est bien ce que je crois ? Est-ce qu'il a autant envie que moi de ce rapprochement ? En l'espace de quelques secondes, je n'ai plus de doute, et je tourne la tête pour que nos regards se croisent. Je pense qu'il est aussi surpris que moi de la tournure des événements. Mais quand il comprend que je ne compte pas reculer, il me repousse.

Son rejet est brutal, mais je ne me démonte pas et souris avec arrogance. Il a beau le nier, je lui fais de l'effet. Il y a une alchimie entre nous et ce n'est pas que dans ma tête. L'air crépite dès que nous sommes dans la même pièce.

– Il faut que tu arrêtes, Maïa.

Il prend ses distances et se place de sorte à masquer le renflement de son entrejambe. Quant à moi, je me laisse à nouveau choir sur le dos, reprenant doucement ma respiration.

– Les entraînements ? réponds-je en jouant l'idiote. Mon père a pourtant été clair à ce sujet, il...

– Tu sais très bien de quoi je parle, me coupe-t-il.

Son regard est dur, son visage fermé.

– Arrête de me chercher, de me chauffer. Tu perds ton temps.

Je ricane en me redressant sur les coudes.

– Pourtant, c'est bien une érection que j'ai sentie contre mes fesses, non ?

Il serre ses mâchoires, mais aussi ses poings. Il a horreur de montrer des signes de faiblesse et il aime encore moins qu'on les lui mette sous le nez. Je m'attarde sur ses grandes mains qui, je le sais, peuvent faire des dégâts, mais je suis aussi convaincue qu'elles pourraient faire des miracles s'il les posait sur mon corps.

– OK, je bande. Et alors ? Tu veux prouver quoi ?

– Que je te fais de l'effet, réponds-je avec avidité. Et que tu aimes savoir que, toi, tu me fais de l'effet. Ton corps ne ment pas.

– Mon corps n'a fait que réagir à une stimulation physique, rien de plus, rien de moins. Ça ne reflète absolument pas mon désir ou toute autre connerie que tu imagines dans ta petite tête de gamine aux hormones en ébullition.

Je fronce les sourcils, prise entre deux sentiments : colère et provocation.

– Prouve-le, alors. Touche-moi, lui intimé-je.

Je me redresse sur mes genoux et m'avance vers lui. Mikhaïl, lui, ne bouge pas. Ses yeux ne transpirent plus la colère, mais autre chose. Quelque chose que je n'appréhende pas, mais qui me met dans tous mes états. Et si j'en crois son érection qui déforme toujours son bas de survêtement, ça lui fait le même effet.

– Touche-moi, ordonné-je plus fermement cette fois. Prouve-moi que ton érection n'est due qu'à une stimulation physique et que je ne te fais aucun effet.

Je prends sa grande main que je pose sur mon cou et que j'entraîne ensuite sur l'un de mes seins. Son bras se couvre d'une fine couche de chair de poule, mais ses doigts ne tressaillent pas. Ma main libre va se poser sur son membre impressionnant.

Je le sens à travers le tissu : long, large, épais. Je déglutis avec difficulté en voyant ma petite main aux doigts fins touchant maladroitement son sexe.

Mikhaïl pose son autre main sur mon poignet comme pour m'écarter. Mais quand il sent ma résistance, quelque chose change dans son attitude et il m'entraîne sous ses vêtements. Il s'empare de son sexe, ma main au creux de la sienne, et entame des mouvements de va-et-vient. Sa peau est douce, chaude, mon bas-ventre se contracte devant cette intimité inattendue.

– Si tu n'étais pas *toi*, ce serait ta bouche à la place de ta main. Et au cas où tu te serais bien débrouillée, je t'aurais prise sur le ring, peut-être même que je t'aurais enculée.

Ses mots crus me surprennent et me crispent. Remarquant mon trouble, il enchaîne en arrêtant ses va-et-vient :

– Maïa, les femmes, je les baise. Je ne suis pas un tendre. Et je ne suis pas sûr que c'est ce que tu veux pour ta première fois.

Une vague de chaleur s'immisce en moi sans que je sache réellement si Mikko accroît mon désir en employant des mots durs ou si c'est à cause d'autre chose. Ce dont je suis certaine en revanche, c'est qu'il m'agace à vouloir prendre des décisions à ma place ! Comment peut-il savoir ce que je veux pour ma première fois ? C'est à moi de choisir et à personne d'autre. S'il veut me choquer, on peut être deux à jouer.

– Et qui te dit que je n'ai pas envie d'être baisée ? réponds-je en redressant mon menton.

Je sens son membre tressaillir entre mes doigts et mon entrejambe se contracter.

– Qui te dit que je n'ai pas envie de te prendre dans ma bouche et de faire aller et venir ma langue sur toute la longueur de ta queue ?

– La vulgarité ne te va pas, Maïa.

– Pourtant, c'est bien ce que c'est, non ? Tu préfères que je fasse la bourgeoise ? Tu veux que je suce ton pénis ? Ta verge ? Ton ithyphalle ?

Je sens que mes longues heures d'études de latin et de grec vont me servir s'il veut jouer avec moi sur le sens des mots. Il me veut en dame de la haute, je vais lui en donner.

Je reprends les mouvements de ma main en venant caresser de mon pouce son gland. Je poursuis d'une voix empruntée :

– Et qui te dit que je n'ai pas envie de pratiquer le coït anal, Mik ?

Ses yeux d'une forte intensité sont concentrés sur moi et je me décide à enfoncer le clou.

– Et c'est *toi* que je veux.

Durant quelques secondes qui me semblent une éternité, nous nous observons, les yeux plissés. Je ne rêve que d'une chose, qu'il réduise la distance qui nous sépare et que sa bouche fonde sur mes lèvres, que sa langue joue avec la mienne, que ses mains se posent sur mes courbes. Je suis prête à le suivre dans toute la folie dont il a l'habitude avec les femmes parce que c'est lui que j'ai choisi. Et lui seul.

Mik me regarde intensément en faisant non de la tête. Mon visage se peint d'incompréhension quand il retire sa main de ma poitrine.

– Tu n'es qu'une gamine, Maïa.

Je sais plus ou moins quelles seront les paroles suivantes, et le simple fait qu'il me qualifie de « gamine » me remet à ma place. Durement. Je retire vivement la main de son caleçon. Vexée, je me recule et m'aide d'une corde pour me remettre debout.

Mes joues chauffent, signe qu'elles doivent être rouges. Je lui tourne le dos pour sortir du ring et aller récupérer mes maigres affaires. J'enfile ma veste à la hâte et jette ma serviette ainsi que ma bouteille dans mon sac. Je quitte rapidement les lieux sans un regard derrière moi, mais je percute son corps. Je ne l'avais même pas entendu descendre du ring et se mouvoir jusqu'à moi.

– Maïa...

Oh, non, on va arrêter l'humiliation pour aujourd'hui. Il a réussi à me faire mouiller ma culotte, à m'embraser, pour ensuite me rejeter et me faire ressentir un truc qui me broie de l'intérieur. Mon ego a eu sa dose.

– C'est bon, Mik. Laisse tomber.

Il me saisit par le poignet pour me retenir. Ma peau se parsème de chair de poule tandis que je sens le mur derrière mon dos. Il encadre mon visage de ses deux mains. Pendant une seconde, j'ai l'impression qu'il va se pencher et m'embrasser. Mais rien ne vient. Avant de devoir encaisser une énième remarque, mais aussi pour me soustraire à son regard intense, je plie mes genoux pour passer sous son bras et le contourne pour quitter le dojo.

– Tu ne mérites pas qu'on te baise, Maïa.

Sa voix résonne dans la salle, mais je trace ma route jusque dans ma chambre, où je m'effondre, la tête dans mon oreiller, pour pleurer toutes les larmes de mon corps. Je m'en veux d'avoir cru qu'il pourrait se passer quelque chose, que je pourrais me rapprocher de lui.

Que mes sentiments pouvaient être, même partiellement, partagés.

9

Maïa
De nos jours

Je perds toute notion du temps. Seule la teinte du ciel me permet de dire s'il fait jour ou nuit.

Toutes ces révélations m'ont donné un mal de tête abominable. Quand j'éteins le robinet de la salle de bains et que je fais face à mon reflet, je vois une femme abattue. Mon œil mi-bleu mi-marron est plus rouge que l'autre, vitreux, plus sensible. Mon autre iris est toujours d'un bleu clair perçant. Mon regard vairon était une fierté selon mon père, un don du ciel pour ma mère. Mikko disait que c'était un signe des dieux, je ne sais pas vraiment pourquoi, et je n'ai jamais cherché à comprendre.

Je sors de la chambre, déterminée à me défouler. Et quoi de mieux que de provoquer une dispute avec Mik ? Ce serait salvateur, je n'en doute pas une seconde. Mais lorsque je descends les marches de l'escalier et me retrouve dans le salon, c'est un silence de mort qui m'accueille. Je me dirige vers la cuisine, explore les placards et y trouve des barres protéinées et des plats préparés en grande quantité.

Les années passent, mais il y a bien des choses qui ne changent pas.

Il doit bien y avoir une pièce avec un sac de frappe ou un banc de musculation. Il en avait une, avant. En réalité, Mikko a toujours eu un espace « salle de sport ». Je mange une barre de céréales en continuant mon exploration. En plus du bureau que je connais déjà, une porte donne sur des W.-C., une autre sur le garage, puis une dernière dessert un escalier. Je m'accroupis pour tenter de voir ce qui s'y cache, mais une odeur caractéristique de cuir et de transpiration s'infiltre dans mes narines. C'est ce que je cherchais.

Un pied après l'autre, je descends au sous-sol. Au pied des marches, je m'extasie devant cette grande pièce qui ressemble à s'y méprendre à la salle de boxe de Gregor, cet Irlandais chez qui nous avions nos habitudes. Je suis prise d'un élan de nostalgie indescriptible. De la couleur du sac de frappe aux cordes du ring, tout est identique. Chaque détail a sa place dans cet espace. Un sourire se plaque sur mon visage devant toutes les pensées qui affluent dans mon esprit. J'ai énormément de souvenirs de séances d'entraînement avec Mik, même s'il ne m'épargnait pas.

La boxe a toujours été son sport, celui qu'il pratiquait tous les jours, quoi qu'il arrive. Il me répétait sans cesse que je devais prendre ces séances au sérieux et que je devais apprendre à me défendre.

Il aurait mieux fait de m'enseigner à flairer les mauvaises personnes !

Je ne trouve aucune trace de Mik, mais je suis certaine qu'il était dans les parages il n'y a pas si longtemps. Je le sens. Des gants sont encore sur le banc et des bandes sont étendues sur l'étagère fixée au-dessus. Je m'en approche et les effleure. Elles sont trempées. Une corde à sauter est pendue juste à côté. Je la saisis et lance un regard circulaire. Je suis toujours seule. Je monte sur le tatami et commence à trottiner en faisant tourner la corde. J'ai besoin de me vider l'esprit. En quelques secondes, je suis à bout de souffle, comme si je n'avais pas fait de sport depuis des semaines alors que ma dernière séance date de la veille de mon mariage. Ma gorge asséchée me fait souffrir, mais au fond je préfère cette douleur à toutes les autres bien trop insaisissables qui me tourmentent en ce moment. Je maintiens le rythme plusieurs minutes encore jusqu'à ne plus en pouvoir.

Je pose alors ma main sur mon front transpirant et m'accorde plusieurs secondes pour reprendre ma respiration. Je me penche en avant, pose mes bras sur mes genoux fléchis et prends une grande inspiration. J'expire en me redressant et fais face au sac de frappe. Mes poings se serrent tandis que je m'avance en roulant des épaules pour les échauffer en quelques secondes. Je me positionne comme je l'ai appris et donne un premier coup.

Mes bras s'allongent, faisant grincer la chaîne à laquelle le sac est attaché. J'alterne et commence à déployer mes gestes. Mes mouvements sont de plus en plus sûrs, rapides aussi, comme lorsque je m'entraînais plusieurs fois par semaine aux côtés de Mikko. C'est comme le vélo, la technique revient vite.

Mes poings heurtent le sac de frappe et mon souffle bruyant accompagne chaque coup que je porte, brisant le silence de la salle d'entraînement. J'avais négligé les bienfaits d'une séance de boxe sur le mental ainsi que les contractures qui martyrisent mes muscles. J'ai la sensation d'être passée sous les roues d'un bus.

La rage semble avoir pris possession de mes gestes. Mes phalanges s'abattent sur le cuir tendu tandis qu'une silhouette que je ne connais que trop bien fait son apparition dans mon champ de vision.

Le souffle court, j'ai un moment d'hésitation lorsque je le vois se placer derrière le sac de frappe et le maintenir en place. Ce simple geste me ramène des années en arrière lorsque ma vie avait encore du sens. Lorsque mon père était encore de ce monde. Lorsque l'homme que j'aimais ne m'avait ni brisée, ni menti, ni même trahie. Je frappe plus fort en laissant échapper des cris de frustration avant qu'ûn râle profond résonne dans la pièce.

Les articulations de mes doigts me brûlent, j'ai la respiration saccadée d'avoir trop frappé, et pourtant, j'ai la sensation d'être capable de me dépenser encore pendant des heures. La gorge nouée, je n'arrive pas à lui dire quoi que ce soit. Ma mâchoire se serre si fort que mes dents sont douloureuses. Je le fusille du regard comme si tout ce qui m'arrivait aujourd'hui était sa faute : la cruauté de son monde, ma peine et ma douleur…

J'ai le sentiment que rien ne permettra à ma colère de s'éteindre.

Quand il se retourne, je fixe son dos nu avec intensité, comme si mes poings téméraires pouvaient le frapper et le mettre au sol. Je reste figée. Un tatouage immense s'étend de sa nuque à ses reins, et pas n'importe lequel. Plusieurs fleurs s'entremêlent, se superposent. Et toutes ont la même signification, du moins pour moi. Mes yeux descendent sur l'intérieur de mon poignet où un dessin semblable est marqué sur ma peau. Je scelle mes lèvres pour ne pas demander d'explications, pourquoi ce dessin, ce choix de fleurs.

Il n'a pas vu mon trouble et s'avance vers un banc sous lequel sont disposés des caissons. Il en tire un et me lance des bandes, me faisant sortir de ma contemplation et de mes réflexions. Je les attrape au vol tandis qu'il me demande :

– Tu te souviens comment on les met ?

– Je ne suis pas totalement amnésique, réponds-je en haussant les sourcils.

Je lui en veux d'être aussi à l'aise. Je lui en veux d'avoir été absent tout en étant si proche, de ne pas m'avoir préparée à tout ce qui m'arrive aujourd'hui.

Je m'applique à enrouler les bandes autour de mes mains et entre mes doigts, tout en maugréant dans ma tête. Lorsque j'ai fini sous le regard scrutateur de Mik, il récupère sur une étagère une paire de gants qu'il me jette à nouveau, tandis que lui attrape des *paos*[1] qu'il enfile en me faisant signe de le suivre au centre du ring.

Je le rejoins en m'équipant, déterminée à continuer d'expulser mon irascibilité. Ses yeux d'un bleu reconnaissable entre mille ne loupent rien de mes mouvements. Mik m'analyse, me scrute. D'un signe de menton, il donne le coup d'envoi de cette nouvelle session. J'ai beau m'entraîner plusieurs fois par mois, je mets quelques minutes à entrer dans le bain. Quelques

1. Bouclier de frappe légèrement incurvé que tient un partenaire pour que le boxeur s'entraîne à frapper avec les poings ou les pieds.

minutes à me remémorer les enchaînements que nous faisions des années auparavant.

Gauche, droite, gauche, esquive et crochet.

Je frappe de plus en plus fort, laisse toute ma hargne guider mes gestes. Je puise au fond de moi pour l'atteindre. Pourtant, c'est lui qui m'atteint à chaque esquive que je ne marque pas, à chaque fois que ma garde n'est pas assez haute. Je grogne de frustration en serrant les dents, et loupe le début de mon enchaînement.

– Merde ! crié-je, agacée et à bout de souffle.

– On laisse tomber les *paos*.

Je ne le quitte pas du regard. Il lâche les accessoires d'entraînement et me fait signe d'avancer.

– Tous les coups sont permis. Donne tout.

Une grimace déforme mon visage devant tant de condescendance. Les bras écartés, il me provoque, me laissant comprendre qu'il ne fera qu'éviter chaque attaque. Il ne semble pas comprendre que son attitude décuple mon envie de le mettre au tapis. De lui faire mal autant qu'il m'a fait souffrir. Autant que je souffre maintenant.

Je m'élance dans sa direction et enchaîne les coups que Mik pare avec une facilité déconcertante.

Quand je crois le toucher, il esquive et fait quelques pas sur le côté pour me contourner.

Quand j'attaque, tête baissée, il arrive à m'atteindre le visage du bout des doigts comme un vulgaire rappel que ma garde ne me protège en rien.

La douleur dans ma poitrine s'intensifie à chaque inspiration. Le silence impassible qu'il m'impose nourrit ma rancœur.

Dans un dernier regain d'énergie, un hurlement bestial sort de ma gorge à m'en déchirer les cordes vocales. J'arrive à bloquer Mikko contre le bord du ring et frappe de toutes mes forces, dans son ventre, vers son visage.

– Je te déteste ! Je vous déteste tous ! crié-je.

Cette colère me dévaste de l'intérieur et s'expulse à travers chaque coup qui l'atteint. Mes gestes désordonnés me font perdre un gant, puis Mikko effectue des mouvements vifs qui m'arrachent l'autre gant. Tout va ensuite très vite. Je suis propulsée au sol et me débats comme une furie. Mes poumons douloureux semblent comprimer mon cœur qui bat fort.

J'ai beau tenter de me soustraire à sa poigne, Mik parvient à se mettre à califourchon sur moi, en me maintenant les mains à côté du visage. Il ancre son regard au mien et patiente.

Je voudrais le défier, me battre, laisser libre cours à cette colère qui m'anime, mais je crois que je n'en ai plus la force.

– T'as fini ?

Cette arrogance… Je la lui ferais bien manger.

Je tente de donner des coups de bassin pour le faire basculer, mais il est décidément trop fort.

Je ne le quitte pas des yeux, cherchant à déceler le feu qui alimenterait un peu plus mon brasier. Mais j'ai le sentiment que le temps se fige. L'émotion me submerge et je ressens la chaleur rassurante de sa peau contre la mienne.

Je secoue la tête en réprimant les larmes qui menacent de couler. De rage. De frustration. De colère. Son visage demeure impassible.

J'inspire une grande goulée d'air pour me rasséréner, mais c'est *son* odeur qui s'immisce dans mes narines. Je secoue la tête pour reprendre mes esprits parasités par les fantômes du passé. Il y a de ça quelques années, sa force et sa proximité me donnaient l'impression que je ne craignais rien.

– Lâche-moi.

J'ai besoin de mettre de la distance entre lui et moi. Ce qu'il me fait ressentir va bien au-delà de ce que je suis capable de supporter en ce moment.

– Est-ce que tu es calmée ?

J'ouvre les yeux et les plisse en l'observant, un sourire hypocrite plaqué sur les lèvres.

– Je ne voudrais pas que tes petits poings se blessent, dit-il d'un ton narquois.

– Si tu savais ce qu'ils voudraient te faire mes poings…

Il explose de rire.

– Je ne demande qu'à voir. Mais pas maintenant.

Mon regard se lève pour croiser ses iris d'un bleu azur.

Ce regard… Ces yeux m'ont fait succomber il y a des années et tomber éperdument amoureuse de lui. Ces yeux m'ont blessée bien plus que ce qu'il s'imagine. Ces yeux m'ont fait tant de promesses non tenues, m'ont promis tant de choses qui ne se sont pas produites.

– Mik, lâche-moi, articulé-je péniblement.

J'accompagne mes mots d'un relâchement complet de mes bras. Quant à Mikko, il lâche mes poignets et se lève, me libérant de mes entraves. Je sens le froid m'envahir en un quart de seconde. Je me remets sur mes pieds et m'adosse à un coin du ring. Mikko reste au centre, en short. Sans tee-shirt.

Mes yeux parcourent son torse, chacune de ses cicatrices. Je connais l'histoire de certaines. Pas de toutes. Je n'ai qu'une envie : poser mes mains sur lui et redécouvrir chaque parcelle de son corps, chaque marque sur son épiderme.

Quand mon regard s'accroche au sien, je prends conscience que malgré toute la rancœur que je ressens à son égard, une partie de mon cœur sera toujours à lui.

Gênée qu'il puisse lire en moi, je me remets en garde.

– Tu en veux encore ? s'étonne-t-il.

– J'en aurai jamais assez.

10

Maïa

La séance de boxe est achevée depuis moins d'une heure, mais je sens déjà que mes muscles sont douloureux. Attablée dans la cuisine, devant un plat préparé sans saveur, je fixe un point imaginaire sur le sol. Je ne cesse de penser, de ressasser. Je vais plus loin en me demandant comment cette histoire va bien pouvoir se terminer.

– À quoi penses-tu ?

Je sursaute en entendant la voix grave de Mik. Ses cheveux encore mouillés de la douche laissent échapper des gouttelettes qui s'écrasent sur son tee-shirt blanc. Il ne me quitte pas du regard et attrape une chaise pour s'asseoir à califourchon dessus.

Il me fixe. Il attend une réponse.

Je pose ma fourchette et le fixe à mon tour avec lassitude.

– Qu'est-ce que ça peut te faire ?

Il ne répond rien et pique un morceau de viande dans mon assiette en plastique.

– Où est la rage que tu me crachais au visage tout à l'heure ?

– Je suis fatiguée, réponds-je en l'ignorant.

– De quoi ?

– T'es sérieux ?

Je penche ma tête sur le côté pour l'observer.

– Ouais, t'es sérieux.

– Pourquoi ne le serais-je pas ?

– Parce que tu t'en contrefous de ce que je ressens.

Les muscles de sa mâchoire se contractent avant qu'il se redresse et croise ses bras sur le dossier de la chaise. Il ne répond rien. En même temps, que pourrait-il répondre ? Ce soir, je suis exténuée, je n'ai pas envie de me battre. Je décide de jouer franc jeu.

– Le seul truc qui me préoccupe, c'est de savoir de quoi sera fait mon avenir, si j'en ai un. C'est bon ? T'es content ?

Je croise les bras sous ma poitrine, tentant de déceler quand va partir sa prochaine cartouche, une réplique bien placée qui ne fera que me blesser davantage. Le silence nous enveloppe un peu plus jusqu'à ce que je m'explique :

– J'ai besoin de comprendre pourquoi. Pourquoi on s'en prend à moi ? Est-ce que c'était vraiment pour atteindre mon père ? Mais maintenant qu'il est mort, pourquoi Taylor continuerait de m'utiliser ? À quelle fin ?

Mikko prend mon verre et le vide d'une traite avant de me fixer à nouveau.

– Le pouvoir fait faire un paquet de conneries.

– Il n'y a pas que le pouvoir.

– C'est vrai, il n'y a pas que le pouvoir.

Son regard est puissant. Déstabilisant.

Je me saisis de ma fourchette pour me donner une contenance. Je pique dans mon assiette sans regarder dedans.

– Vasily a commencé à faire affaire avec Mancini en 2016. Et ça a été la plus grosse connerie de sa vie.

– Tu étais son bras droit. Pourquoi ne pas l'en avoir empêché ?

La colère qui semblait s'être amenuisée recommence à jaillir dans mon ventre. Je réfrène mon envie de le prendre à partie et de lui reprocher tout un tas de choses. Ça ne serait pas juste et ça ne m'aiderait pas à obtenir les réponses que j'attends depuis tant d'années.

– Parce que c'était lui, le boss. Et qu'un boss, ça décide seul. Quoi qu'en pensent ses équipes.

Un échange silencieux entre lui et moi démarre. Je le fixe droit dans les yeux tout en continuant à piquer les morceaux de poulet et le riz de mon plat préparé. L'intensité de son regard me surprend, comme s'il essayait de me transmettre des informations par la pensée, mais que je n'avais pas le décodeur pour les comprendre. Complètement happée par ce moment, je laisse mon couvert m'échapper. Il tombe sur le sol dans un bruit aigu. Je romps le contact et me penche pour le ramasser, la main tremblante. Quand je me redresse et que nos regards se croisent à nouveau, un sourire plein de suffisance a pris place sur ses lèvres.

J'ai compris, je me tais et je le laisse parler.

– Moscou avait besoin de liquidités, reprend-il. Vasily s'est engouffré dans un business qui lui permettait d'engranger de la thune dans un délai restreint. Encore plus de fric quand tu doubles ton *partenaire*. Le pari était risqué, mais il était prêt à tout.

– Quel type d'affaires ?

Les pratiques de la Fratrie pour gérer les affaires ne m'ont jamais plu, et ce qu'ils sont tous capables de faire pour parvenir à leurs fins également. Je sais pourquoi j'ai tenu à être aussi éloignée que possible de ce monde sans pitié. Aujourd'hui, j'ai besoin de connaître toutes les vérités, même celles qui ne sont pas bonnes à entendre.

– Des femmes. Des enlèvements. Des *formations*. Des ventes aux enchères.

Ces mots me dégoûtent. Ces pratiques encore plus. Je déglutis avec peine, comme si ma salive n'était constituée que de punaises acérées. Comment mon père a-t-il pu se résoudre à tremper dans ce genre d'affaires, à les traiter ? À faire subir à ces femmes ce qu'il n'aurait pas supporté que l'on fasse à la sienne, ou pire, à sa fille.

– Nous n'avons jamais géré les filles. Le deal était qu'on s'occupe de la logistique : où les faire crécher, où allait se passer la soirée de vente aux enchères, sécuriser le site et garder les flics à distance. À la fin, on devait diviser les profits en parts égales, mais ça ne s'est pas passé comme prévu.

À la façon dont ses muscles se contractent, je présume que sa mémoire se ravive et qu'il revit certains moments malgré les années. Le fait que mon père, Mikko et les hommes de la Fratrie ont participé de manière indirecte à l'enlèvement de jeunes femmes innocentes dans le but qu'elles soient dressées pour être soumises me couvre de honte. Le pouvoir et l'argent en ont fait des hommes sans cœur et capables de tout. Et aujourd'hui, je dois payer les pots cassés.

– Vasily a détourné les profits que nous devions partager.

J'accuse le coup, sentant un poids se poser sur mes épaules. Je me voûte en posant mes coudes sur la table et en joignant mes mains sous mon menton.

Je pensais que mon père était un homme de parole, de principe, avec des valeurs plus respectables concernant la gent féminine.

Je rétorque d'une voix à peine audible :

– Pourquoi ?

Je suis consternée.

– Parce que Mancini avait déjà pour idée de doubler ton père.

Ses mâchoires se contractent, je vois les muscles de son visage s'agiter. Son regard est dur, comme s'il devait livrer bataille. Mais je ne suis pas Mancini et je ne vois pas en quoi je peux l'aider des années après.

Je n'aime pas le voir dans cet état, si tourmenté, malmené par le passé. Il me détaille avec une telle intensité que j'ignore si je dois m'accrocher à son regard pour me montrer forte et à la hauteur du soutien qu'il pourrait attendre de moi, ou bien détourner les yeux pour qu'il ne lise pas en moi toute la déception que je ressens. Je garde le cap, parce que c'est dans ses prunelles que je lis une multitude de choses : des regrets, de la solitude, et toujours cette colère qui le caractérise si bien.

– Nous l'avons su, et nous avons agi avant lui.

Je secoue la tête d'exaspération.

– Ils ont trouvé plus de filles que vous ? ne puis-je m'empêcher de répliquer en secouant la tête. Sérieux, vous êtes immondes.

– Il a demandé à ton père de lui trouver une fille d'Europe de l'Est aux yeux vairons en précisant qu'il en voulait un bleu et le second avec un demi-cercle brun, pour assouvir ses désirs, en faire une soumise aux mœurs particulières : *gang bang*, bondage, violences extrêmes. Elle devait pouvoir tout encaisser.

– C'est vraiment dégueulasse, craché-je. Ne me dis pas que vous lui avez trouvé cette…

Je me fige lorsque je comprends que Mancini faisait une description fidèle de moi. J'en ai la nausée.

– Attends, ne me dis pas qu'il faisait une description de… ?

– Toi.

Je passe mes mains sur mon visage, puis dans mes cheveux que je tire légèrement pour être sûre de ne pas être en plein cauchemar.

– Pourquoi s'en prendre à moi ? Et encore plus aujourd'hui alors que mon père est mort, que je n'ai plus aucun lien avec la Fratrie et que je ne porte même plus le nom des Popova !

– Porter le nom de jeune fille de ta mère ne te libère pas de l'ombre de ton père. Ça ne fonctionne pas comme ça dans notre monde. Tu devrais le savoir.

Je me lève pour me soustraire au poids de ses mots. Je vais jeter le reste de mon plat et lave mes couverts dans l'évier. Je l'entends se lever puis rejoindre le frigo. Je m'essuie les mains, puis me retourne. Mikko tient une canette de soda qu'il décapsule. Tandis qu'il porte la boisson à sa bouche, je m'adosse au plan de travail en demandant :

– Pourquoi dans ce cas ?

– Et d'un, je n'exclus pas qu'il veuille toujours faire de toi son esclave sexuelle.

Mon corps est parsemé de frissons incontrôlables. Rien que cette idée me glace le sang.

– Plutôt mourir. Et de deux ? demandé-je, la voix chevrotante.

– Ton héritage.

Je hausse un sourcil pour tenter de reconstituer l'histoire à l'aide des bribes d'informations que je lui arrache au fil de nos discussions.

– C'est-à-dire ?

Il prend une grande inspiration avant de répondre :

– Nous avons raflé soixante-quatre millions de dollars le jour où nous avons doublé Mancini. Trente-six sont à Moscou.

– Et le reste ?

– Les dix-huit millions restants sont sur les comptes offshore que ton père t'a légués.

Je me souviens des termes de son legs. Seulement deux jours après sa mort, Anastasia me faisait un topo sur mon héritage. Vingt-huit millions de dollars américains, répartis sur trois comptes : deux sont des comptes offshore, un est actif à la Bank of America. Les dix millions qui figurent sur ce compte sont le fruit du travail de mon père dans ses affaires légales.

J'ai un mouvement de recul et je réagis avec vigueur :

– Je ne veux pas de cet argent ! Rends-le à Mancini, et qu'il me foute la paix.

Son air grave ne me dit rien qui vaille.

– Tu sais aussi bien que moi que ce n'est pas si simple.

J'expulse l'air contenu dans mes poumons, complètement déroutée par tout ce que je viens d'apprendre. Je me mordille les peaux mortes autour de mon pouce en réfléchissant.

– Et Taylor ? Que vient-il faire dans l'équation ?

– J'ignore encore d'où il sort et son rôle dans cette histoire. La seule chose qui est sûre, c'est qu'il est à sa botte. Votre mariage devait lui ouvrir les portes pour leur permettre de récupérer cet argent qu'ils considèrent comme le leur.

Je passe sous silence le fait que j'aie refusé de conclure un contrat de mariage avec Taylor, persuadée de le connaître et convaincue qu'il était une bonne personne. Je voulais prouver à mon père qu'il s'inquiétait pour rien.

– Je suis…

Je n'arrive même pas à mettre de mots sur ce que je ressens face à toutes ces révélations.

Quand je repense à l'insistance avec laquelle Taylor voulait que nous nous mariions. Tout était programmé. J'ai l'impression de m'être fait berner par un homme que je respectais et en lequel je croyais. Je le pensais sincère et juste amoureux de moi. Même si je n'ai jamais réussi à aimer Taylor comme je l'aurais voulu, je pensais que son amour à lui serait suffisant pour nous deux. Il faut croire que je me trompais…

– Et toi ? finis-je par demander, sortant de mes pensées. Pourquoi tu n'es pas mort ?

– À croire que tu regrettes que je sois encore là, répond-il avec sarcasme.

– Je t'ai pleuré pendant des mois. J'ai mis un temps infini à me relever et même encore aujourd'hui ton fantôme m'accompagne au quotidien. Alors excuse-moi de ne pas sauter de joie quand j'apprends que tout ça n'était qu'une supercherie et quand tant de questions restent sans réponse. Le plus triste, c'est que je croyais à notre histoire si fort alors que je ne devais être qu'un pion sur ton échiquier à toi aussi.

Je prends une grande respiration, fière d'avoir réussi à lui dire ce que j'avais sur le cœur.

– Tu dis toujours autant de conneries, réplique-t-il d'une voix neutre.

Un rire narquois m'échappe, une réaction acerbe face à cette nonchalance.

– Tu sais ce que ça fait de se rendre compte qu'on a été prise pour une conne toute sa vie ?

– Je te mentirais si je disais oui.

Toujours aussi loquace. Je ne sais pas ce que j'attendais de lui finalement… Est-ce qu'il se rend compte que je suis rongée par la solitude depuis si longtemps ? Mon entourage n'y voit que du feu. Je souris, je discute, je sors. Ce n'est pourtant qu'une façade.

J'étouffe un soupir de lassitude, agacée par la mélancolie de mes propres pensées.

– Pourquoi tu es revenu ?

Cette fois, mes yeux se relèvent pour capter les siens.

Ma question est accueillie par un grand silence. Mikko me dévisage sans rien dire, sans qu'aucune mimique même ténue apparaisse sur son visage. Il n'a pas changé. Blond comme un ange, beau comme le diable.

– Pour faire tomber Mancini.

Est-ce qu'une infime partie de mon cœur aurait aimé l'entendre répondre « Pour toi » ? Eh bien, oui. La réponse qu'il me donne est honnête, je le sais. Mik n'est pas du style à enrober une vérité.

– Qui est au courant de ton non-décès ?

– Mes hommes : Dimitri, Lev, Ruslan et Sasha. Et Anastasia.

– Anastasia ?

– C'est elle qui a réussi à me faire exfiltrer de taule. Il ne fallait pas que ça se sache. Moscou, ton père, Alexandre, la Fratrie… Personne ne devait savoir.

En y repensant, je me doutais qu'Anastasia était dans la confidence, mais l'entendre de vive voix me donne la sensation d'avoir été trahie.

– Pourquoi ne m'avoir rien dit, à *moi* ?

Il me scrute avec intensité de ses yeux bleus, puis répond :

– Pour ta sécurité.

Je serre les dents. Encore ma sécurité. J'ai failli épouser le fils de l'ennemi de ma famille et il ose encore me parler de sécurité ?

Je n'ai pas le temps de répliquer quoi que ce soit qu'il prend la parole :

– Maïa… Je dois aller au bout. Faire tomber Mancini, qu'il paie pour les crimes qu'il a commis.

Même si ça me coûte de me l'avouer, je pense que s'il y a bien une personne qui mérite de voir tomber Mancini, c'est bien Mik. Il lui aura littéralement tout pris : ses parents, son enfance, sa vie et son père adoptif. De toute façon, Mikko n'en a toujours fait qu'à sa tête. Il n'attend pas ma bénédiction, il me dit probablement ça pour justifier le fait qu'il m'a menti pendant toutes ces années.

– J'ai besoin d'un téléphone, dis-je après un silence éloquent.

– Impossible.

– Comment ça ? Je n'ai pas demandé à être dans vos histoires. Je veux appeler ma mère, les filles… Il va falloir que je gère Taylor aussi. Qui te dit qu'il n'a pas signalé ma disparition ? Qu'il ne cherche pas par tous les moyens à me retrouver ? lancé-je en me relevant pour lui faire face.

Un côté de ses lèvres se relève. Je suis un peu perdue face à ses réactions… Il était déjà dur à cerner et insaisissable autrefois, mais j'ai l'impression qu'aujourd'hui, il est encore pire.

– Ta mère est saine et sauve au domaine. Je peux demander à Ana de passer te voir demain, mais Masha ne pourra pas, elle n'est pas au courant pour moi, et elle est en arrêt. Quant au fils de pute qui te servait de fiancé…

Il s'approche de moi jusqu'à ce que le plan de travail derrière moi s'ancre dans mes reins et que ses bras se positionnent de part et d'autre de mon visage, prenant appui sur les meubles hauts.

– Je lui ai envoyé un message de ton portable pour lui dire que tout allait bien et que tu prenais quelques jours de repos avec ta mère.

La respiration coupée, j'écoute, sans perdre de vue que son visage n'est qu'à deux ou trois centimètres du mien. La chaleur de son haleine aux saveurs de tabac froid s'écrase sur ma bouche.

– Mais je n'ai pas encore réfléchi à comment lui faire manger ses morts.

La tension entre nous me fait oublier toute revendication. Ses lèvres si proches des miennes rendent ma respiration plus lourde. Des frissons me parcourent tout entière. Et je fais ce qui me semble le mieux : je fuis.

Comme un goût de déjà-vu…

Je passe sous son bras pour mettre de la distance entre lui et moi. Quand je pose mon pied sur la première marche de l'escalier, je l'entends se foutre de moi :

– D'ailleurs, pas mal, ton mot de passe.

11

Mikko
Cinq ans auparavant

Je ronge mon frein alors que Vasily s'entretient avec Mancini au bord de la piscine de ce dernier. Assis autour de la table basse d'un salon d'été, j'ai beau regarder les filles d'une vingtaine d'années, quasiment nues, se baigner ou se prélasser au soleil, je n'arrive pas à m'extasier devant ces femmes qui tentent de m'aguicher. Quand j'entends la proposition de l'Italien, j'ai seulement envie de le saigner comme un porc.

Les Mancini sont implantés dans le tissu local de la mafia calabraise depuis des décennies. Les affaires qu'ils gèrent sont différentes des nôtres. Les leurs ne nous intéressent pas : le business du sexe et le trafic de femmes, même très jeunes parfois. On est mauvais, mais avec une certaine morale. On aime nos femmes et nos enfants, et il n'a jamais été question de s'en prendre à eux.

La nouvelle lubie de Mancini est de faire de l'élevage de jeunes filles afin d'assouvir les désirs de riches hommes. Locations de services en tout genre, ou ventes et mises aux enchères quand les filles ont quelque chose d'attrayant. On met en application le principe de l'offre et de la demande. En clair, proxénétisme, vente d'êtres humains et esclavage sexuel, tout ce que je déteste.

– Réfléchis-y, Vasily. En se partageant les États-Unis, on peut se faire les couilles en or.

Le ton suffisant de Mancini, son teint brûlé par les U.V. et ses lunettes de soleil me donnent envie de lui casser la gueule. Juste pour que ses dents blanches qui nous narguent cessent de briller. Ce quinquagénaire est un mégalo : il est prétentieux, se croit au-dessus de tout et de tous et a un ego aussi gonflé que la lune.

Sur l'affaire qu'ils évoquent, ce fils de pute a les yeux plus gros que le ventre. Il est aveuglé par le pouvoir et l'argent. Il ne voit rien de ce qui l'entoure, ou voit uniquement ce qu'il veut, ce qui est sensiblement différent. Pour moi, il est fou. Vraiment fou.

Ma soif de sang ne cesse de grandir et me décide à regarder en direction de Vasily. J'ai essayé de lui faire comprendre qu'il faut mettre un terme à cette mascarade. Les putes n'ont jamais fait partie du business. Vasily a une fille unique. Un joyau. Ne se projette-t-il pas ? Maïa a 23 ans, et pour Vasily, elle est encore vierge.

Il semble capter mon agacement devant ces échanges et réplique :

– Francesco, nous n'avons pas pour habitude de gérer ce type d'affaires…

– Ne t'inquiète pas, le coupe-t-il. Je gère l'approvisionnement. Tu me connais, ce sera aux petits oignons. Tu n'auras qu'à trouver les lieux de stockage et des endroits où assurer les ventes aux enchères. Bien entendu, nos deux familles pourront équitablement se servir des ressources.

Je serre les poings une énième fois, ravale ma bile et mon envie d'envoyer Mancini se faire foutre et de lui coller une balle entre les deux yeux.

Je n'oublie pas le massacre qu'il a orchestré à Moscou il y a plus de deux décennies. Impossible de passer une nuit sans voir les visages inertes et si pâles de mes parents baignant dans leur sang. Je me suis retrouvé orphelin à seulement 5 ans parce que mes parents ont eu le malheur de choisir la mauvaise destination pour nos vacances, le mauvais restaurant et la mauvaise heure.

La sonnerie d'un téléphone retentit et interrompt leurs échanges. Quelques secondes plus tard, une grande brune aux gros seins s'approche de Mancini, pose sa main manucurée sur son épaule et se penche pour lui parler à l'oreille. Le visage de notre hôte se transforme en un quart de seconde, mais il tente de masquer son trouble.

– Désolé, messieurs, une affaire de la plus haute importance m'attend.

Nous nous levons lorsqu'il se met sur ses pieds et le saluons.

– Réfléchis-y sérieusement, répète-t-il à Vasily avant de tourner les talons.

Son clin d'œil aguicheur ne m'inspire pas confiance. Je sens qu'il y a anguille sous roche. Le business semble trop simple, les rôles trop bien répartis, le partage trop facile à négocier. Je ne peux pas le démontrer, mais je le sens.

Un de ses gardes nous raccompagne jusqu'à notre voiture, garée devant l'imposante maison en pierres qu'il a fait construire. Je me glisse derrière le volant tandis que Vasily se place sur la banquette arrière, pour des raisons évidentes de sécurité. À l'abri derrière les vitres fumées, impossible de le reconnaître. Un dernier coup d'œil dans le rétroviseur lorsque je passe les grilles du portail, et je m'insère dans la circulation fluide de Chicago.

Je serre si fort le volant que les jointures de mes doigts blanchissent.

– Tu ne sais décidément pas cacher ton agacement.

Vasily parle d'un ton neutre sans même me regarder. Je jette un œil dans le rétroviseur et analyse son attitude. Mâchoires tendues, front plissé.

– Je n'ai rien dit, le contré-je. Pourtant, ce n'est pas l'envie qui me manquait.

Vasily ricane sur la banquette arrière en se passant une main sur le visage. Je le sens contrarié.

– Qu'est-ce que tu ne me dis pas ? lâché-je, résigné.

Il y a encore quelques mois, ce type d'entente aurait été impossible à imaginer. Les deux chefs de clan se détestent, et voilà qu'aujourd'hui, on discute pour faire des affaires ensemble. Je trouve ça louche. Autant lui poser la question de manière frontale. Entre lui et moi, les échanges sont cash et sans détour. Il n'y a pas la place pour les mensonges.

Vasily m'observe dans le rétroviseur et frotte son crâne rasé avec la paume de sa main. J'aimerais ne pas avoir à poser ce genre de question pour qu'il me révèle ce qui le pousse à pactiser avec l'ennemi, mais devant le mutisme de mon boss, je n'ai pas d'autre choix.

– On a besoin d'argent.

Comme toute organisation criminelle. On a toujours besoin de plus d'hommes, et pour qu'ils se sentent bien, l'oseille est notre meilleur allié. Mais nos affaires rapportent encore un sacré paquet de blé, alors je peine à comprendre.

– Et ?

J'attends une suite qui ne vient pas.

– Et parce qu'on a besoin de thune, on doit pactiser avec le diable ?

Nouveau silence.

– Je te préviens, je suis contre.

Je gronde ces derniers mots et me concentre sur l'immense ligne droite de l'autoroute sur laquelle je viens d'entrer.

– C'est donc une chance que ce ne soit pas toi qui décides.

Petit rappel à l'ordre, l'air de rien.

– Facile comme réponse. Digne d'un chef ! Bravo ! réponds-je avec amertume.

Une nouvelle fois, Vasily passe sa main sur son visage et se frotte les yeux. Il est évident que la situation est compliquée. Enfin, quoi qu'il en soit, à sa place, je ne me serais jamais déplacé pour rencontrer ce connard de Mancini.

– Qu'est-ce que tu vas faire quand ta fille sera au courant de ce dans quoi tu trempes et qu'elle ne voudra plus te regarder dans les yeux ?

Je ne la joue pas à la loyale, c'est vrai. J'utilise sa fille pour le faire réagir. J'enchaîne les mots, bouillonnant de colère. J'essaie de lui faire comprendre que ce business n'a rien de bon, pour nos valeurs comme pour notre image. Hormis des emmerdes, on ne pourrait rien en tirer.

Ses yeux clairs me fusillent dans le rétroviseur, mais tout en gardant un œil sur la route, je maintiens ma position. Je refuse de capituler aussi facilement. Son projet ne m'évoque que du mauvais.

– Je mettrai des conditions.

Sa voix claque, et sa réplique génère une boule qui m'obstrue la gorge. Je ravale ma salive qui a l'effet de l'acide glissant le long de mon œsophage.

– Je n'ai pas d'autre solution pour renflouer les caisses rapidement. Les élections présentielles sont dans moins de dix mois. Moscou a besoin de fonds pour acheter la réélection de Pelovko.

Le choix des combats n'est pas toujours le bon, mais je m'abstiens de tout commentaire. La politique n'est pas faite pour moi, je n'aime pas les grands discours qui n'ont ni queue ni tête. Je préfère quand on se dit les choses de manière claire. Je préfère les actes aux paroles.

– Au détriment de nos valeurs ?

– J'ai beau diriger cette organisation, je ne fais pas toujours ce que je veux, surtout avec ce genre d'énergumènes. Nous associer à lui nous garantit un max de pognon dans un délai assez court. C'est ce dont Moscou a besoin. On n'a pas d'autre choix.

– Et pourquoi pas augmenter le stock d'armes ? De munitions ? Pourquoi ne pas nous étendre aux États voisins ?

Je propose tout ce qui me passe par la tête pour tenter de trouver une autre solution.

– J'ai déjà proposé tout ça. Pour augmenter nos stocks d'armes, il nous faut payer les fabricants. Nous ne pouvons pas décaisser l'argent. Nous étendre ? Il nous faudrait des mois, voire des années pour récupérer et stabiliser des espaces aussi grands, asseoir notre autorité, recruter et placer les bons lieutenants. Moscou a refusé toutes mes propositions parce que le retour sur investissement est trop lent. La campagne de Pelovko débute le mois prochain.

Je ne réponds rien. Je commence à en avoir plein le dos de devoir me casser le cul pour un type qui nous prend pour de la merde, assis derrière son bureau aux pieds en or massif et au plateau en acajou. Même pas foutu de se salir les mains ne serait-ce qu'une fois dans sa vie.

– Ne laisse pas nos désaccords nuire aux affaires, Mikhaïl, ni ta haine t'aveugler. Faire affaire avec Mancini ne veut pas dire qu'on cautionne ses actes.

Je me raidis en lâchant un rire nerveux. « Faire affaire »... Visiblement Vasily a déjà fait son choix, et ça me fait réellement chier.

Plutôt que de laisser ma rage échapper à mon contrôle, je cherche par tous les moyens à fournir une autre solution à Vasily pour qu'il abandonne ce projet.

– Arrête de penser, tu me fatigues.

Vasily me fixe dans le rétroviseur. Il semble réfléchir à tout ce qu'on s'est dit. Quoi qu'il décide, je me refuserai d'y participer.

– Ce sera sans moi.

Il tique à cette annonce.

– Ce n'est pas à toi de prendre ce genre de décision, m'avertit-il.

– Dans ce cas, il ne te restera qu'à me mettre une balle dans la nuque.

Je sens son regard s'obscurcir. En temps normal, les contestataires ne font pas long feu, quoiqu'il n'y en ait quasiment jamais. Vasily est proche de ses hommes et veille au grain.

– Je vais prendre le temps d'y réfléchir.

J'ignore s'il prétend vouloir prendre un temps supplémentaire de réflexion pour soulager sa conscience ou sa culpabilité, mais je veux croire qu'il prendra la bonne décision.

12

Maïa
De nos jours

Mon père me jauge de ses grands yeux bleus. Mal à l'aise, je me trémousse sur ma chaise, comme une adolescente. Une expression sévère durcit son visage anguleux dont les traits bourrus me font inévitablement penser à ceux des lutteurs russes. Sous son regard perçant, je me sens redevenir une gamine prise en faute, qui tente le tout pour le tout pour retrouver la confiance et l'approbation de son papa.

– Je suis désolée, papa.

– Je t'avais prévenue, crache-t-il, en colère.

Mon estomac se contracte. Des larmes brûlantes s'entassent sous mes paupières, puis roulent sur mes joues sans que je parvienne à les retenir. Mon menton tremble, signe que les sanglots que je retiens vont bientôt jaillir.

– Pardon. Pardonne-moi.

Puis des coups de feu fusent de tous les côtés. Je distingue Taylor qui, arme au poing, s'approche de nous et crible le corps de mon père de balles. Son torse gesticule de tous les côtés tandis que du liquide chaud à l'odeur de métal gicle sur mon visage. Je grimace et tente de m'essuyer les yeux, le nez et la bouche de mes mains, en crachant tout ce qui me semble ne pas provenir de mon corps. Puis j'ai le malheur de regarder mes paumes et de les voir recouvertes de sang. J'ai la sensation de brûler, de voir fondre mon épiderme. Je me mets à trembler sans pouvoir maîtriser mes gestes. Je panique et regarde le chaos autour de moi avant de plonger dans le regard sans vie de mon père. Il me faut un certain temps pour me rendre à l'évidence, comprendre réellement ce qui se déroule. Je hurle à pleins poumons et à m'en déchirer les cordes vocales.

– Maïa, Maïa !

Je suis secouée dans tous les sens, ce qui a le don de me sortir de ce rêve lugubre et de me ramener à l'instant présent. Je suis déboussolée, en sueur et paniquée. Je remue sans trop savoir ce que je fuis : ce sont mes pensées ou cette vie ?

Je n'ai jamais été aussi ébranlée par un rêve de toute mon existence. Pas à ce point. Pas de manière aussi violente. Je peine à retrouver un semblant de respiration jusqu'à ce que mon dos se trouve niché au creux d'un torse chaud dont les battements réguliers m'apaisent. Des grands bras m'encerclent pour m'y aider.

– Calme-toi.

Tout est encore flou, j'entends, mais n'écoute pas vraiment. J'aimerais juste fermer les yeux et que tout disparaisse.

Après de longues secondes, peut-être des minutes, j'arrive à réguler les battements de mon cœur. Je sais que l'imposant corps dans mon dos y est pour quelque chose, tout comme les doigts qui s'agitent pour réguler ma respiration. Je me concentre sur ses doigts qui marquent le tempo des battements de son cœur. Il a toujours eu le don de savoir m'apaiser, il a toujours eu l'art et la manière de calmer ma rage et de contenir mes excès.

La chaleur rassurante de ses bras, le souffle constant de sa respiration, tout ce qui me faisait me sentir en sécurité il y a quelques années m'incite aujourd'hui à rester contre son torse. Mes paupières se baissent, et je me laisse aller, me délectant de cette sensation de plénitude. Nous restons ainsi dans un silence naturel.

J'ignore si je me suis assoupie de nouveau, mais lorsque j'ouvre les yeux, son bras est toujours sous ma tête et sa grande main est dans mon champ de vision. Il fait encore nuit noire dehors. Toujours allongée sur le flanc, j'observe fixement à travers la fenêtre. Je ne distingue pas grand-chose, hormis le croissant de lune qui me permet de discerner la cime des arbres. Cette plénitude me donnerait presque envie de me rendormir quelques heures.

– Réveillée ?

La voix rauque et basse de Mikko résonne en moi.

– Il est quelle heure ? demandé-je en me redressant.

Je grimace de douleur. Les courbatures de la séance d'hier sont vives.

Je tourne mon visage vers Mik qui m'observe intensément. M'écarter de son corps m'a donné froid. Pour me réchauffer, je tire la couverture et me couvre la poitrine. J'ai certes un de ses tee-shirts sur le dos, mais mes mamelons sont dressés. Il semble avoir saisi ma gêne, mais ne détourne pas pour autant le regard. J'essaie de me convaincre que le drap avec lequel je me couvre est le meilleur rempart entre lui et moi, et ris de ma stupidité en me détournant.

– Quatre heures trente.

Tandis qu'il quitte le lit, je suis envoûtée par son timbre de voix hors du commun. J'ose un coup d'œil dans sa direction et découvre un Mikko torse nu avec un short de survêtement qu'il porte bas sur les hanches. Un appel aux péchés en soi. C'est ce que je n'arrêtais pas de lui répéter lorsque nous étions plus jeunes… Pour l'heure, parce que je suis persuadée de ne pas réussir à me rendormir, et peut-être aussi parce que j'ai peur de retomber dans ce cauchemar sanglant, je propose :

– Tu me prépares un petit déj ?

Il esquisse un fin sourire. Mikko n'est pas doué pour cuisiner. À vrai dire, lorsqu'il était seul ou qu'il m'invitait dans son appartement, j'avais droit à des pâtes instantanées ou des œufs brouillés.

– Je t'attends dans la cuisine.

Il sort de la chambre tandis que je fixe quelques secondes la porte close. Je crois que j'ai toujours du mal à me dire qu'il est bien là, vivant, en chair et en os et en bonne santé, qui plus est.

Je m'assieds au bord du lit et me remémore mon réveil de la veille, au même endroit. J'ai toujours la sensation que ma vie est entre parenthèses, d'avoir loupé le coche, d'être à la ramasse. Je ne suis qu'une simple observatrice. Je vois le déroulé de toutes les scènes de la journée, ressens chaque émotion, mais semble déconnectée de *moi*. Je suis depuis trop longtemps plongée dans une sensation irréelle où je perds le contrôle de mon être : la disparition de Mikko, le décès de mon père, la prise de distance avec la Fratrie, la découverte du vrai visage de Taylor…

Je m'affaire dans la salle de bains avant de rejoindre Mikko dans la cuisine. Comme s'il avait un radar, et sans lever les yeux, il annonce :

– Œufs brouillés, comme tu les aimes.

Il pose l'assiette entre nous avant de me tendre une fourchette. Un léger sourire franchit mes lèvres au souvenir de ce détail. Nous mangions souvent à même le plat, chacun avec nos couverts. Un moyen pour éviter de faire inutilement de la vaisselle, me disait-il. Ces petits riens sont des bouffées d'oxygène.

À peine est-il assis que son téléphone vibre.

Il y a des choses qui ne changent pas.

– Allô ?

Mikko est toujours torse nu, et la vue de ses abdominaux me fait perdre le fil de mes pensées. Il se penche en arrière, s'adossant au dossier de la chaise pour écouter son interlocuteur. Il dévoile également plus de peau à regarder, ses abdominaux et plus encore… Son pantalon de survêtement est bas sur ses hanches. Sans que je puisse les retenir, mes yeux dévalent la ligne anguleuse de sa mâchoire pour longer ses larges épaules. Ils terminent leur course sur les reliefs de ses abdos en forme de V dont la pointe est dissimulée et sur cette ligne de poils blonds qui descend jusque sous son vêtement.

Il converse avec son interlocuteur, mais ses yeux m'ont totalement capturée. Il secoue la tête de temps à autre, répondant par monosyllabes. C'est le mouvement alterné de ses pectoraux qui me sort de ma contemplation. *Grillée.* Malgré sa concentration sur sa conversation téléphonique, il s'amuse de me voir rougir et gênée d'avoir été prise sur le fait.

Je pique des œufs dans l'assiette pour rassasier mon ventre qui gargouille, tentant d'ignorer le poids de son regard.

Il réveille malgré moi une faim qui n'a pas été assouvie depuis très longtemps. Je me rends compte que personne, pas même Taylor, n'a réussi à rallumer ce désir qui sommeille en moi ou à me donner envie de sortir de ma léthargie, de reprendre ma vie en main.

– À plus tard, conclut-il avant de raccrocher.

Intriguée, je demande :

– Tu sors aujourd'hui ?

– Non.

Il se saisit de sa fourchette et pioche à son tour dans l'assiette. Il paraît plus soucieux qu'au moment de me servir ses œufs brouillés. Curieuse, je continue mon interrogatoire :

– Tu ne sors jamais d'ici ?

– Pas pour rien.

– Tu es en planque ?

– En quelque sorte.

Là, il attire mon attention. Je ne comprends toujours pas comment il a pu s'évader de prison sans être inquiété ou dans un sac de congélation à sa taille.

Rien que le fait d'avoir un téléphone portable, une maison, des contacts avec l'extérieur montre qu'il n'est pas inquiet, mais clairement, ça reste louche.

– C'est quoi l'histoire ?

Je pose mon couvert, avide de réponse.

– Il n'y a pas d'histoire.

Son regard perçant me transperce. Ma respiration s'arrête quelques secondes durant lesquelles je suis captivée par son aura. Je me noie comme toujours dans ses prunelles claires.

– Réponse qui n'en est pas une.

Il sourit avec cette arrogance qui le caractérise avant de se relever pour aller ouvrir le frigo. Le tatouage de son dos me fait face et, cette fois, je me mets à suivre du regard chaque trait, chaque ombre. Deux ou trois fleurs forment une sorte de bouquet, mais la plus imposante me fascine. Mik se retourne alors avec une brique de lait dans une main et une de jus de fruits dans l'autre avant de les poser sur la table. Il me désigne la cafetière comme pour me demander si je veux un café, et je hoche la tête. Je n'ai pas fini de le détailler ; et je n'en ai pas fini avec mes questions, il le sait.

– Quelqu'un doit venir aujourd'hui ?

– Oui. L'équipe va passer. Nous devons avancer.

– Bien, répliqué-je, consciente qu'ils vont évoquer Mancini mais aussi Taylor.

– Anastasia viendra probablement avec eux.

J'approuve en silence en récupérant la tasse fumante de café qu'il me tend. Il retourne vers le plan de travail, me laissant le loisir d'observer les tulipes se mouvoir sur les muscles de son dos. Il met du pain de mie à griller tout en faisant couler son café.

– Tu penses que je pourrai assister à vos échanges ?

Je le vois se raidir bien qu'il ne se soit pas retourné et qu'il n'ait pas cessé de préparer le petit déjeuner. Je veux connaître tous les détails de cette affaire. Elle me concerne. Je suis la cible de Mancini, je détiens une partie de ses millions. Je ne veux plus être dans l'ignorance.

– Pourquoi veux-tu y participer ? demande-t-il en se tournant vers moi.

Son regard est désormais inquiet, ses traits tendus.

– Et pourquoi pas ? Il me semble que je suis concernée, non ?

Il réfléchit durant plusieurs secondes avant d'admettre :

– Oui, tu l'es.

– Au-delà de Mancini, il sera quand même question de l'homme que j'allais épouser.

– Tu aurais mieux fait de te péter une jambe avant de jeter ton dévolu sur lui…

Sérieusement ?

– Je n'ai pas jeté mon dévolu sur lui, répliqué-je avec vigueur.

Sa langue claque contre son palais.

– Je croyais t'avoir enseigné l'art de détecter les enfoirés.

– Visiblement, tes enseignements ne sont que de lointains souvenirs.

Nous nous affrontons du regard. Je ne vais rien lâcher. Ses remarques n'ont pas de sens, je n'ai rien fait de mal. Ma rencontre avec Taylor est banale à souhait.

– Laisse-moi participer à votre réunion, insisté-je.

– Que tu prennes conscience de la réalité, c'est bien. Mais ça reste dangereux, Maïa.

Il reste une énorme part de mystère autour de Mikko et bon nombre de secrets. Énormément de secrets. J'ai passé des années à me sentir seule et vide, j'aimerais juste que ça cesse. Je suis lasse d'être encore considérée comme une petite chose fragile qu'il faut écarter de tout danger.

– Naître au sein de la Fratrie est dangereux. Être la fille de mon père l'est aussi. Avoir quitté l'organisation me fait courir des risques, même avec un nom de famille différent.

Ma bouche s'ouvre, puis se ferme, je cherche les mots pour lui faire comprendre ce que je ressens. Mon cœur parle alors :

– Regarde-moi, Mikko…

Son regard change, se voilant de fierté ou d'autre chose.

– J'ai presque tout perdu. Laisse-moi reprendre le contrôle de ma vie. Je… bégayé-je en baissant la tête et en m'appuyant contre le plan de travail. J'en ai besoin.

13

Maïa
Quinze mois plus tôt

Enchaîner les gardes et faire plus de siestes que de réelles nuits commencent à me laisser des marques. J'ai beau avoir acheté un petit appartement dans l'immeuble collé à l'hôpital, ce matin je suis à la bourre.

Et je déteste être en retard.

Je rentre dans les vestiaires, essoufflée. Mes gestes sont expéditifs, j'aurais déjà dû prendre mon poste auprès de l'infirmière que je relaie aux urgences. J'ouvre mon casier et y jette mon sac, retire mon pull pour passer ma blouse, et change de pantalon. Je clipse mon bip à ma ceinture et rejoins la salle de garde à côté de laquelle se situe le bureau de ma cadre de santé. *Nicole Rossi*.

Cette femme est une grande brune élancée d'une cinquantaine d'années aux allures de femme d'affaires. Elle est aussi belle que tyrannique, ce qui la rend tout de suite moins sympathique. J'ai toujours l'impression qu'elle est contre moi, sans vraiment en avoir la preuve concrète. Elle me met très mal à l'aise.

J'aurais probablement préféré tomber sur le grand directeur de cet établissement qui, lui non plus, n'a pas la meilleure réputation, mais dans ma veine, quand je pousse la porte de la salle des soignants, je tombe nez à nez avec ma chef. Et son air médisant ne me dit rien qui vaille.

– Vous êtes en retard, attaque-t-elle sans préambule.

– Je vous prie de m'excuser, j'étais juste…

– Avec moi, claque une voix derrière moi.

Je lance un regard au-dessus de mon épaule et reconnais celui que toutes les infirmières comparent au Dr Mamour de *Grey's Anatomy*. Ils sont chirurgiens tous les deux, bruns et à tomber à la renverse.

– Docteur Powell ?

J'ai toujours l'impression qu'elle s'adoucit dès qu'elle voit Taylor. Un des meilleurs neurochirurgiens de sa génération. Ses découvertes sur une molécule inconnue jusqu'alors qui agit sur les réflexes cérébraux le rendent attractif. On ne parlait que de lui quand le directeur a annoncé son arrivée, c'était un privilège de pouvoir le côtoyer.

– Je tentais de la convaincre de rejoindre mon service aujourd'hui.

Pourquoi ment-il ? Je plisse discrètement les yeux en le regardant, cherchant à comprendre à quel jeu il joue.

– Si c'est ce que vous souhaitez, docteur, réplique-t-elle d'un ton mielleux.

Un sourire victorieux naît sur le visage au teint hâlé du médecin.

– Je suis affectée au service des urgences, dis-je, un peu sur la défensive.

Je ne comprends pas ce qu'il se passe, mais je ne compte pas me laisser faire.

– Il y a eu une urgence et vous n'étiez pas là, me lance Rossi avec dédain. C'est McGuire qui a assuré vos arrières. Vous prendrez donc sa place en neuro. Ça vous pose un problème ?

Je reste bouche bée devant tant de hargne.

Reste calme, Maïa.

– Parfait, lance le docteur Powell tandis que Nicole sort de la salle de garde.

Je peste dans ma barbe et me maudis de ne pas m'être réveillée à la première sonnerie.

J'aime bosser aux urgences et je n'ai pas envie de perdre ma place dans ce service. L'effervescence et les montées d'adrénaline sont devenues comme une drogue pour moi. Ce qu'on y voit n'est pas joli, mais j'ai vraiment l'impression de me sentir utile.

– Prête ?

Je prends une grande inspiration et me retourne vers notre Dr Mamour.

– Toujours !

Parce que je le suis toujours quand il faut exercer ce métier que j'aime tant, même si je ne le pratique pas où j'en ai envie.

Satisfait de ma réponse, il se dirige vers l'ascenseur et je lui emboîte le pas. En attendant que la cabine arrive, il a l'air de vouloir faire la discussion.

– Vous ne semblez pas ravie de bosser avec moi.

Il a dit « avec ». Les autres chefs de service utilisent toujours le mot « pour », comme pour rappeler au corps médical leur supériorité. C'est vrai que mon attitude n'est pas des plus ouvertes. Bras croisés, visage fermé, lèvres pincées…

– Désolée, ça n'a rien à voir avec vous, dis-je en décroisant les bras. J'aime juste beaucoup les urgences.

– Vous pensez qu'en neurologie, on s'ennuie ?

Il me regarde avec un petit sourire, comme s'il me testait.

– Non, réponds-je.

Les portes de l'ascenseur s'ouvrent et nous entrons dans la cabine.

– Ne vous inquiétez pas, reprends-je. Je compte bien effectuer mon travail correctement.

– Je n'en doute pas une seule seconde.

Son sourire charmeur ne quitte pas son visage et ses yeux aussi foncés que ses cheveux ne me lâchent pas non plus. J'ai l'impression de me faire scanner. Mais pas comme d'habitude. Là, c'est différent. Un homme de ce niveau ne me prend pas pour la petite infirmière qui va faire les petits pansements de ses patients. J'ai l'impression qu'il est tout aussi passionné que moi. Nous avons peut-être un point commun.

***

La journée a été longue. Le docteur Powell a été bienveillant et à l'écoute de ses patients. Il m'a vraiment impressionnée. Je me répète, les chirurgiens sont plutôt prétentieux, ils s'occupent uniquement de ce qui les intéresse, donc on doit s'occuper du reste, écouter les consignes et obéir sans réfléchir.

Ce que j'aime aux urgences, c'est que les médecins ont besoin de tous les bras disponibles pour sauver des vies, et ces bras doivent être polyvalents. Faire plus que ce qu'on nous enseigne à l'école d'infirmières est indispensable dans ce service où la tension est souvent extrême. L'urgence des situations que nous avons à gérer ne tient pas compte de la classe sociale, des moyens dont disposent les blessés. L'ambulance arrive, on gère, on stabilise, on place dans le service concerné, et on recommence. Nous prenons des habitudes avec l'équipe et nous tissons des liens de confiance forts, privilégiés, ceux qui nous font nous comprendre sans même nous parler…

– Cette journée a été éreintante.

La voix du docteur Powell me sort de mes pensées alors même que nous entrons dans la salle de repos pour y prendre une boisson fraîche. D'ici quelques minutes, la relève arrivera et je pourrai enfin rentrer prendre une bonne douche fraîche.

– J'avoue que je suis sur les rotules.

– Ça se voit sur votre visage.

Je suis tellement fatiguée que je ne réplique rien. Et aussi parce que c'est techniquement mon supérieur hiérarchique. Il doit voir sur mon visage que j'aurais pu mal le prendre parce qu'il reprend la parole :

– Sans remettre en cause votre beauté naturelle, évidemment !

Plus il s'embourbe, plus mes sourcils se lèvent.

– Bon, je crois que je m'enfonce…

Je ris franchement. Il se détend quand il voit ma réaction et nous nous asseyons pour siroter notre boisson.

– Acceptez de dîner avec moi.

Euh… Pardon ? Est-ce que mes oreilles fonctionnent correctement ?

– Dîner ?

– Dîner.

Je ne sais pas comment fuir cette proposition sans en avoir l'air. Être séduite par un autre homme me paraît inapproprié. Mikko est décédé il y a plusieurs mois, mais... Jusqu'alors, je n'étais pas très ouverte pour tisser de nouveaux liens avec ceux qui m'entourent et j'ai toujours pensé que les gens comprenaient bien le message. Mais lui semble voir au-delà de ce que je montre aux autres.

Peut-être qu'il est temps que tu ailles de l'avant...

Ma gorge s'assèche et mes yeux cherchent à se soustraire à son regard perçant.

– Je ne pense pas que ce soit une bonne idée.

Je tente de me défiler. Clairement. Parce que j'ai déjà l'impression de tromper Mikko en ne l'envoyant pas bouler.

Sauf qu'il n'est plus là... Tu dois tourner la page!

Ma conscience ne cesse de me remettre les pieds sur terre ces dernières semaines. Me noyer dans le boulot, c'est bien. Mais vivre, c'est mieux.

– Je pense, au contraire, que ce serait une bonne idée. Mais je ne veux pas vous brusquer.

Il prend une grande inspiration avant de poursuivre :

– Nous pourrions plutôt commencer par prendre un verre, à l'occasion. À la fin d'un service par exemple. Je mets peut-être la charrue avant les bœufs.

Ce type d'hommes n'a pas l'habitude qu'on lui refuse quoi que ce soit, d'autant que son niveau de popularité a explosé ces derniers mois. Les hôpitaux se l'arrachent et, j'imagine que pour les femmes, c'est pareil.

– Écoutez, docteur Pow...

– Taylor.

– Quoi ?

– Lorsque nous sommes tous les deux, vous pouvez m'appeler Taylor.

Mon regard étonné semble l'amuser puisqu'il sourit et enchaîne :

– Un verre. Allons boire un verre au bar en face de l'hôpital.

Je n'ai pas le temps de répondre que ma cadre entre dans la pièce. Je l'ignore en consultant la tablette qui me permet de mettre à jour les dossiers de mes patients. Je les entends échanger sur le cas d'une de mes collègues, mais n'y prête pas attention pour me concentrer sur ma tâche. L'idée est que je rentre chez moi au plus vite.

– ... Maïa, vous en pensez quoi ?

Je lève le nez de mes notes lorsque j'entends mon nom et observe Nicole Rossi qui attend visiblement une réponse.

– Vous disiez ?

Je vois bien que mon inattention l'agace, mais elle ne dit rien. Ce qui attire mon attention, c'est le visage conspirateur de Taylor à côté d'elle, légèrement en retrait.

– Est-ce que vous consentiriez à échanger vos postes avec Ollie, une ou deux semaines ?

Mes yeux vont et viennent entre Taylor et ma chef, jusqu'à ce que le premier, à l'insu de Rossi, fasse deux gestes : boire dans un verre imaginaire puis se désigner du pouce. Il ne faut pas avoir fait de grandes études pour comprendre qu'il me demande encore de sortir avec lui.

Je me concentre à nouveau sur ma boss avant de demander :

– Ai-je le choix ?

– Je ne vous aurais pas posé la question si vous n'aviez pas le choix.

Au même moment, la messagerie instantanée de ma tablette émet un signal de réception : « Service neuro ou une soirée autour d'un verre ? »

Il ne lâche pas l'affaire ! Et son piège ne marche qu'à moitié puisque je me tourne vers Nicole et réponds :

– Si j'ai le choix, je préfère les urgences.

Je vois le visage de Taylor victorieux, contrastant avec celui stoïque de ma supérieure.

– Bien, dit-elle pour conclure la conversation avant de quitter la pièce.

Une fois la porte fermée, alors que nous sommes de nouveau seuls, la voix gaie du docteur Mamour rompt le silence :

– Je crois que nous avons une soirée de prévue ensemble !

– Vous m'avez fait du chantage, m'offusqué-je.

– Je vous propose d'aller chez Charlie, le pub irlandais en face de l'hôpital. On boit un verre. Si vous me trouvez barbant, j'arrêterai d'insister.

Je penche ma tête sur le côté, le jaugeant le plus sérieusement possible. Pourquoi est-ce que je n'accepte pas d'aller juste boire un verre après tout ? Je ne vois que mes deux meilleures amies, et encore, quand j'ai le temps, et mes parents de temps à autre. Peut-être est-ce le destin qui met sur ma route un ange pour me dire qu'il est temps de réellement tourner la page ?

Mais j'ignore si j'en suis capable.

14

Maïa
De nos jours

La communication est la clé. C'est ce que me répétait ma mère lorsque j'étais jeune. Et je dois dire que malgré le cauchemar de cette nuit, mieux comprendre l'univers de la Fratrie, enfin celui qui me concerne, m'aide à prendre la mesure du bourbier dans lequel je me sens enlisée, à mon corps défendant.

Mikko est assis sur le canapé, les jambes étendues sur la table basse. Sa casquette noire vissée sur la tête, il pianote sur son ordinateur. Il est concentré sur ce qu'il lit et écrit. Ses sourcils se froncent, puis se détendent comme s'il avait trouvé une solution. Il se mord ensuite l'intérieur de la joue, faisant ressortir ses lèvres pleines.

Son téléphone vibre, annonçant l'arrivée d'un message, et il décroche son regard de son ordinateur. Il le ferme, puis se lève pour aller ouvrir la porte d'entrée. Comprenant que la bande débarque, je pose les clichés que je scrutais sans trop voir ce qu'ils montraient. Mon cerveau n'a de cesse de mouliner et il a le droit d'arrêter de fouiller chaque détail qu'il ne voit pas.

Les garçons entrent les uns après les autres : Ruslan, le bras armé, Dimitri, l'homme politique, Lev et Sasha, les hommes de main. Je les ai toujours connus tous les quatre ensemble.

Lorsqu'il entre dans le salon, Ruslan me sourit, faisant ressurgir de nombreux souvenirs de jeunesse. Lui et moi étions voisins. Lorsque nous faisions des bêtises et que nos pères venaient nous réprimander, il se postait toujours devant moi et assumait pour deux la responsabilité de nos actes. Je l'ai vu se prendre de sacrées fessées, souvent à cause de moi d'ailleurs. Et puis, c'est le meilleur ami du mien : Sasha.

Sasha est aussi accessoirement le petit frère de cœur de Mikko. À défaut d'avoir le même sang, ils se sont déclarés « frères de feu » au cours d'une cérémonie qu'ils ont orchestrée et dont je me souviens encore. Mik a brûlé une bouteille en plastique, les deux ont posé leur index dessus en même temps. Ils sont devenus rouges et transpirants, mais aucun n'a crié, aucun ne s'est plaint. Les Vesselovski ont fini par adopter Mikko, actant l'usage de son prénom russe, Mikhaïl, et lui donnant une légitimité à évoluer dans ce monde.

Depuis, les deux garçons sont frères, sans conteste.

Je me lève et les salue timidement jusqu'à ce que Sasha s'approche de moi. Son engouement est communicatif. Il me presse contre son torse en me murmurant que ça lui fait plaisir de me voir.

– Lâche-la, tu vas l'étouffer.

Je ris en entendant la voix d'Anastasia jusqu'à ce que je voie mon amie. Quand je me détache de Sasha pour jeter un œil à la diva, je manque de m'étouffer. Lunettes de soleil sur le nez même si le temps est gris, pantalon cigarette sombre et escarpins hors de prix.

Sasha râle pour la forme et me relâche, non sans exercer une pression de sa main sur mon épaule pour marquer tout son soutien.

Je n'arrive pas à me défaire de l'idée que, sans la Fratrie, il n'y aurait pas de rivaux. Pas de rivaux, pas de coups foireux, et sans coups foireux, j'aurais pu prétendre à une vie moins houleuse.

Je n'ai pas le temps de me lamenter sur mon sort qu'Ana me prend elle aussi dans ses bras et me serre fort contre elle. Elle me demande si je vais bien tout en me scrutant de ses yeux couleur lagon. Pour seule réponse, je hausse les épaules. Est-ce que je vais bien ? Je me sens en sécurité et je crois que c'est déjà pas mal.

– Je t'ai récupéré quelques affaires.

Nous nous dirigeons vers les escaliers et les empruntons pour rejoindre la pièce que j'occupe. Dans la chambre, Ana s'assied sur la chaise devant le bureau, puis sort de son sac des barres chocolatées.

– Tu as peur que je meure de faim ? demandé-je sur un ton léger.

– Ne me fais pas croire que ce rustre sait faire à manger !

Je souris devant son trait d'humour et prends place sur le lit en la fixant. Anastasia est aussi grande que moi, moins blonde et beaucoup plus sérieuse.

Après ce qui me semble une éternité, elle finit par me demander une nouvelle fois :

– Tu vas bien ?

Je suis parcourue de frissons à cette simple question que personne n'a cru bon de me poser. Est-ce que je me sens bien ? J'ai envie d'éclater de rire. Ou bien de pleurer.

– J'ai comme l'impression d'avoir été trahie par ma meilleure amie, mais sinon, tout va bien.

Ma voix est teintée de reproches. J'aurais aimé savoir que Mikko était en vie, j'aurais moins souffert. Ma vie depuis son soi-disant décès aurait été radicalement différente.

– Maïa, pour des questions évidentes de sécurité, je ne pouvais pas te le dire.

J'expire tout l'air contenu dans mes poumons et laisse tomber ma tête en arrière. Je lutte pour ne pas pleurer, ni laisser le trop-plein d'émotions m'envahir, savant mélange de chagrin et d'amertume. J'ai déjà tellement de mal à assimiler la situation, j'ai peur de perdre le peu de contrôle qu'il me reste.

– Je pense que j'aurais su tenir ma langue, dis-je d'un ton que j'espère neutre.

– Vous n'auriez pas pu rester loin l'un de l'autre. Je te connais. Je le connais aussi. En tenir un à distance a déjà été un miracle.

– On n'en sait rien. On ne le saura jamais, dis-je, résignée avant de me murer dans un mutisme profond.

J'ai rarement eu besoin de réconfort, mais je crois que là, j'ai envie d'être dans les bras d'une personne qui me connaît et qui m'aime. J'ai envie d'entendre que tout va bien se passer, même si ce n'est pas vrai.

– Parle-moi, me supplie la voix d'Ana, impuissante devant mon silence.

– Je ne sais pas par où commencer. Ni ce que je veux savoir.

– Mikhaïl t'a parlé ?

Je hoche la tête.

– J'étais la seule à pouvoir négocier sa sortie de prison. Personne n'était au courant.

Pour toute réponse, je soulève les épaules.

– Et si tu penses qu'on savait depuis longtemps qui était Taylor, tu te trompes, continue-t-elle. C'est vrai que je ne l'appréciais pas. J'étais persuadée qu'il cachait des choses et je ne le sentais pas. Mais je n'imaginais pas une seule seconde qu'il était…

– Un usurpateur, finis-je à sa place.

J'en prends un peu plus conscience à chaque heure qui passe. Je me raccroche depuis deux jours au fait qu'il m'aime *moi*, mais tout le dossier que détient la Fratrie me dit le contraire.

– Je suis désolée.

Le coin de ma bouche se relève. Anastasia est désolée ? C'est suffisamment rare pour sortir son agenda et faire une croix à la date d'aujourd'hui. *Mercredi 16 février : X.*

– Ne souris pas comme ça, j'ai l'impression d'être un clown, se rebiffe-t-elle. N'empêche que j'aurais aimé qu'on découvre cette facette de lui bien avant tout ce cirque.

– Ce cirque devait être le plus beau jour de ma vie, râlé-je pour la forme.

Ana hausse un sourcil en coulant vers moi un regard condescendant.

– Maïa, ose me dire en me regardant droit dans les yeux que tu te mariais par amour ? Sans penser une seule fois à l'homme qui te fait vibrer, même dans la mort ?

Je ne réponds rien. Je me soustrais à son regard et observe à travers la fenêtre la pointe des arbres de la forêt qui jouxte le terrain de Mikko. Je me découvre une passion pour les arbres…

– Le jour du mariage, reprend-elle, je suis restée sur place pour gérer le prêtre et la police locale. Taylor est revenu plus d'une heure après s'être enfui, avec ce Stuart, son témoin qui n'en est pas un.

Je l'observe en fronçant des sourcils.

– C'est un homme de main de Mancini. Il l'a juste mis en sécurité.

– Oh…

J'accuse le coup. Décidément, on en apprend tous les jours.

– Je lui ai dit que tu allais bien, mais que ta mère était choquée et que tu étais allée passer du temps avec elle. Mikhaïl lui a envoyé un message depuis ton téléphone pour le rassurer.

– Il a cru à tout ça ?

– Maïa, continue-t-elle, il sait qui tu es. Ton lien de parenté avec Vasily, avec la Fratrie. Il savait ce qu'il faisait en te séduisant et surtout *pourquoi* il le faisait.

Je hausse les épaules, perdant une nouvelle fois mes mots.

– Tu sais quoi ? reprend-elle. Je suis certaine que tu es en phase de dépersonnalisation depuis trop longtemps. Tu as subi un choc terrible, et plutôt que d'identifier des symptômes pour le dissiper, tu as laissé traîner en restant dans le déni le plus total.

– J'ai conscience d'avoir eu une phase dépressive après son décès… tenté-je de me justifier.

– Chérie, ça fait quatre ans que tu marches sur un chemin parallèle à ta vie, refusant d'entendre parler de la Fratrie, d'entrer dans ta propre maison. Tu reviens dans le droit chemin lorsque tu bosses et certainement quand tu dors. Mais le reste du temps ? Tu n'es que l'ombre de toi-même.

Ces paroles sont brutales, mais nécessaires. Je le sais. Elle m'expose une vérité avec conviction et fermeté. Du Anastasia tout craché.

– Je ne veux pas être méchante, Maïa, mais il faut te secouer maintenant. On a tous besoin de retrouver la vraie Maïa. Celle qui rit, qui a de l'humour. Celle qui a plein de projets et qui ne se laisse pas abattre. Celle qui déplacerait des montagnes pour atteindre son but. Ta famille, c'est la Fratrie, quoi que tu en dises. Nous ne sommes pas parfaits, mais nous t'aimons sans concession.

Ce sont les paroles de trop, celles qui font céder les digues.

– Vous m'aimez ? L'organisation m'aime ? Arrête ! Sans la Fratrie, je ne serais pas dans cette situation. Mik n'aurait jamais disparu et mon père ne serait pas six pieds sous terre.

– Mais tu n'aurais jamais rencontré Mik.

Je lui en veux d'être toujours de leur côté.

– La Fratrie m'a tout pris, éructé-je dans un sanglot. Comment oses-tu m'en vanter les mérites ?

Prise d'une soudaine colère, je continue :

– Elle peut ramener les morts à la vie ? Panser des plaies invisibles ?

Anastasia se pince les lèvres.

– Elle peut faire ça *ta* Fratrie ?

J'imagine que ne rien dire lui coûte, mais elle n'ajoute rien, laissant ma colère faire son œuvre et me donnant le temps d'évacuer toute cette rancœur.

Au bout de quelques secondes, alors que j'essuie mes joues, le lit s'affaisse à côté de moi et Ana passe la paume de sa main chaude sur mon bras, maladroitement.

– Sèche tes larmes, bombe le torse et garde la tête haute. Tu es une Popova et tu n'as pas à t'en cacher.

Ça fait bien longtemps que je ne suis plus une Popova. Pour fuir la Fratrie, j'ai repris le nom de famille de ma mère. Balakin. Moins connu. Plus sécurisant. En l'employant, j'ai pu finir mes études d'infirmière, faire mes stages à Cleveland et intégrer l'hôpital de la ville.

Pour me dérider, Anastasia change alors brusquement de sujet, me parlant de tout et de rien : de son aventure avec Dimitri qui se poursuit, du dernier *crush* de Masha… Ana a beau me dire qu'entre elle et Dimi, c'est sans attaches, que du plaisir, son regard ne trompe personne. Mais elle est bien trop fière pour se l'avouer.

Quand elle me parle de la Fratrie, elle y met tout son cœur. Elle dit « nous » et semble au fait de tous les sujets. Je la savais impliquée, mais c'est encore plus que ce que j'imaginais.

Anastasia est coupée par la sonnerie de son téléphone. Elle ne répond pas et se lève.

– Je dois y aller. J'espère que les garçons vont trouver une solution rapidement.

Je me redresse à mon tour et l'accompagne jusqu'à la porte d'entrée.

– Les garçons dorment là ce soir, dit Ana. Nous en saurons plus sur leur stratégie demain. Enfin, j'espère. Si tu as besoin, appelle-moi.

– Je n'ai pas de téléphone. Mik refuse de m'en donner un ou de me rendre le mien.

– Appelle-moi de son téléphone alors. T'inquiète, ta mère va très bien, elle est partie sous escorte dans son riad à Marrakech. Masha est toujours amoureuse d'un brun décoloré aux yeux verts, donc elle va bien aussi. Elles savent que tu es en sécurité. Je te le promets.

Je l'embrasse et la regarde partir en repensant à tout ce qu'on s'est dit aujourd'hui. Je m'observe dans le miroir de l'entrée quelques secondes, redresse mon visage pour avoir la tête haute, lève le menton. J'entends les paroles de ma mère : « Sois fière d'être qui tu es. »

Je suis forte.

Je me dois d'être forte.

Parce que demain est un autre jour. Et j'ai la sensation qu'il peut tout changer.

15

Mikko

Un vieux son d'Eminem hurle dans les enceintes de mon sous-sol où nous nous entraînons avec les gars. Je cours sur mon tapis de course tandis que Ruslan et Sasha sont sur le ring à s'adonner au pancrace[1]. Lev fait des pompes par centaines tandis que Dimitri semble avoir fini sa séance et est déjà sur son téléphone, probablement à traiter ses e-mails.

Après ce qui me semble une éternité, notre séance quotidienne de deux heures s'achève. Je sens la fatigue marquer mon visage et embrumer mon esprit. J'ai tout donné, je suis vidé. Hier soir, nous avons passé une partie de la soirée dans mon bureau, à tenter de relier tout ce qui doit l'être pour prouver nos dires : qui est qui, les liens de filiation, le mobile…

– Douche et débrief ? demande Ruslan.

Nous acquiesçons et nous nous rendons dans les vestiaires. Quand nous sommes tous les quatre sous l'eau, j'ai une pensée pour nos années passées à fouler la patinoire avec nos patins et nos crosses. Le hockey sur glace était notre passe-temps favori, en plus des filles et des bastons. On était catalogués comme des têtes brûlées aimant autant le jeu que la violence sur la glace, mais on se marrait. C'était notre parenthèse hors du temps, hors de la Fratrie et de la formation que nous recevions depuis l'adolescence.

Depuis quelques années, je pense à ce qu'aurait été ma vie si mes parents étaient encore de ce monde, si Vasily Popova ne m'avait pas pris sous son aile en me promettant protection et vengeance. Bien entendu, mes parents sont toujours présents dans mon esprit. Les biologiques comme les adoptifs.

Une fois propres, nous allons dans ma cuisine. Je sors un sachet de brioches pendant que Sasha fait du café. Je m'allume une clope tout en remerciant Sasha pour la tasse qu'il dépose devant moi.

– Après deux heures de sport, les poumons bien ouverts et à jeun… Je ne te félicite pas, Vesselovski.

Alors qu'il s'assied sur la chaise à côté de moi, j'aspire la nicotine de

1. Le pancrace est un combat sportif grec qui allie la lutte et le pugilat.

ma cigarette et lui recrache la fumée au visage. C'est plus fort que moi : quand je suis crevé, Sasha est la cible parfaite. Et ça va faire vingt-sept ans qu'il l'est.

Malgré son agacement, un rire rauque lui échappe.

– Toujours aussi chiant.

– Mange, bois ton café et mets-la en veilleuse. J'ai besoin d'une bonne clope.

Ruslan me prend la tige que j'ai mise sur mon oreille en prévision de la réunion et la pince entre ses lèvres avant de l'allumer. Il tire une grosse taffe avant de souffler en l'air un nuage de fumée.

– L'heure est grave si Ruslan se met à crapoter, se moque Sasha.

Je ne le contredis pas. Mon bras droit n'est pas un adepte de la nicotine et en griller une est signe d'inquiétude.

– Oh, putain, je devais vous dire que j'ai eu un message ce matin, lance Sasha en mordant dans sa brioche, mais j'ai zappé.

Tous les regards convergent vers lui.

– Accouche, lance Ruslan.

Sasha esquisse un sourire, puis se lance :

– Sans un test A.D.N., on ne peut rien faire de toutes nos informations.

Agacé, je lui donne une tape derrière la tête comme lorsque nous étions gamins. Il râle et étouffe plusieurs jurons avant de reprendre la parole :

– Tu pouvais pas nous le dire dès que nous sommes allés nous entraîner ?

– J'ai zappé. On est arrivés, Maïa était là…

Je tente de masquer mon agacement face à son excuse aussi ridicule que son tee-shirt de Mickey, en m'appuyant sur mes coudes. Mon front se pose sur mes mains que j'ai jointes. J'abaisse mes paupières comme pour m'enfermer dans une bulle afin d'essayer de comprendre la situation et de trouver ensuite des solutions.

Je rembobine le déroulé des événements.

Selon l'équipe, Alexandre était hostile à l'idée de prendre la suite de Vasily. C'était un homme de loi, et en reprenant les rênes de la Fratrie, il faisait une croix sur sa carrière. Plusieurs fois, Ruslan a mis en évidence la réticence d'Alexandre à fournir des éléments dans le cadre des affaires en cours, notamment lorsqu'elles concernaient Mancini. Je m'évertue depuis quatre ans à rassembler un maximum de preuves pour que ce putain d'Italien tombe. C'est encore plus important à mes yeux maintenant que nous savons qu'il est le commanditaire de l'assassinat de Vasily. Après mes parents biologiques, puis mes parents adoptifs, il a abattu l'homme qui était un phare pour moi. Un père de substitution.

Je me suis fait le serment qu'il ne m'enlèvera plus personne d'autre.

Je sens le poids des regards de mes amis, je sais qu'ils compatissent à ma douleur, mais aucun n'est à ma place et aucun ne la voudrait.

Je me redresse et me concentre sur les dernières informations.

– Mancini est déjà dans le système, ce sera la partie facile, mais il nous faut trouver une solution pour choper discrètement l'A.D.N. de son enfoiré de fils, lancé-je.

– On pourrait aller l'attendre à la sortie de l'hôpital, le défoncer et récupérer une dent ou deux.

Je lève un sourcil à destination de mon frère, l'air de dire que sa suggestion est complètement stupide.

– J'ai dit « discrètement ».

– On aurait pu s'amuser, regrette Sasha en haussant les épaules.

Une vibration de mon téléphone détourne mon attention de l'équipe qui débat sur la façon d'obtenir tous les éléments qui révéleront la supercherie et les pratiques des Mancini. Le dossier que nous avons monté contre eux est déjà très complet, mais le résultat de ce test A.D.N. scellera leur destin pour de bon.

Lorsque je regarde l'écran, je soupire. Il s'agit de Murphy.

[Appelle-moi.]

Sans attendre, je fais la même réponse que j'ai pianotée il y a trois jours :

[Ce soir.]

[C'est important !]

Peut-être, mais certainement pas plus que l'échange que nous avons actuellement avec les gars. Je vois le bout de cette affaire, je refuse de me laisser distraire.

[Ce soir.]

Je verrouille et remets mon téléphone dans la poche de mon survêtement. Je le sens vibrer, mais je n'y prête plus attention. Murph peut s'énerver, je ne changerai pas mes plans.

– Tu vois une autre solution, toi ?

À sa voix, je sens que Ruslan s'agace. Je lève les yeux pour me concentrer sur les mines sombres de mes hommes.

– Une autre solution pour quoi ?

Ma demande ne désamorce pas la tension qui règne dans la cuisine, bien au contraire.

– Je disais que seule Maïa peut nous permettre de récupérer un maximum d'informations dans un délai court.

Mon regard se fait dur et lui intime d'être plus clair.

– C'est la seule qui peut, à ce jour, l'approcher, explique Ruslan. Elle peut récolter ce dont nous avons besoin : son A.D.N. C'est aussi la seule qui peut pénétrer dans son appartement avec le matériel qui nous permettra d'entendre tout ce qu'il se passe chez lui. Peut-être que Mancini lui rend visite, qu'ils discutent des affaires. On s'est accordé à dire que Taylor avait peut-être une place déterminante dans le trafic des femmes, et nous pourrions le démontrer en quelques jours.

– Elle peut mettre fin à des années d'écoute et d'actions en sous-marin, insiste Lev. En quelques jours.

– Non.

Mon ton est ferme et la rage bout dans mes veines. Comment ont-ils pu imaginer qu'elle allait risquer sa vie pour faire tomber un homme aussi dangereux que Mancini ? Je ne veux pas qu'on utilise Maïa comme taupe. Elle ne peut pas être en première ligne, c'est beaucoup trop risqué. On parle d'approcher un des parrains les plus dangereux des États-Unis !

Sasha pince les lèvres et croise les bras sur sa poitrine. Il ne semble pas conquis par l'idée, lui non plus.

– Mik, reprend Dimitri pour tempérer les œillades meurtrières que je lance à Ruslan, c'est la seule option viable dans le délai qu'on s'est fixé hier. Il faut que cette affaire soit bouclée rapidement.

Je ne veux pas prendre le risque d'exposer Maïa. Pas *elle*.

– C'est trop risqué, réponds-je, les dents toujours serrées.

– Tu vois une autre solution ? me défie Ruslan. J'ai beau remuer le bordel Mancini dans tous les sens, je ne vois pas comment on peut prouver que Powell est son fils sans test A.D.N. Il faut qu'on récupère un échantillon de cheveux, à défaut de dent ou d'ongle…

J'essaie de faire le vide dans ma tête pour penser, mais entre la fatigue et désormais la colère, réfléchir s'avère compliqué. Je ne veux pas exposer Maïa, lui faire prendre des risques inconsidérés et lui causer plus de peine. Et cette décision est purement égoïste.

– Tu veux qu'elle fasse quoi ? m'emporté-je en me levant de ma chaise. Qu'elle lui arrache des cheveux pour qu'on puisse faire ce putain de test A.D.N. ? Qu'elle lui demande où son père s'approvisionne ? Si c'est bien au Mexique qu'a eu lieu la dernière razzia de gonzesses ? Si sa liste de clients est bien garnie ? Ou encore s'il veut toujours une grande blonde aux yeux vairons pour ses parties de baise débridées ? Putain ! Elle n'est pas entraînée pour faire ça !

Cette dernière phrase est hurlée tandis que le plat de ma main tape violemment contre la table, renversant mon café au passage. Ruslan expire par le nez, le visage fermé. Sasha sait que je ne reviendrai pas sur mes propos. J'ai pris une décision, je n'en démordrai pas.

– Mik, tente Dimitri… C'est la solution la plus rapide qu'on ait.

Mais comment ne voient-ils pas que c'est une idée de merde ?! Ça mettrait Maïa en danger !

– Tu penses qu'on ne peut pas l'entraîner ? reprend-il. Aux techniques rudimentaires d'infiltration par exemple.

– Et qui la formerait ?

– Toi. Tu as fait ça pendant des années.

J'ai l'impression que tout mon visage se contracte sous la haine que ces mots provoquent en moi. J'aurais peut-être préféré faire autre chose… Je les regarde tous pour leur délivrer mentalement toutes les insultes qui traversent mon esprit.

– Elle n'est pas comme nous.

– Me regarde pas comme ça ! s'exclame Dimitri. Tu sais que c'est la seule option viable qui se présente à nous.

– La réponse est toujours non.

– Je le ferai.

La voix de Maïa claque dans mon dos.

Putain !

Je me passe une main sur le visage en appuyant mon pouce et mon index sur mes yeux, fatigué d'avance par ce qui va suivre.

Putain de timing de merde.

– C'est hors de question, grondé-je en me retournant.

– Je ne te demande pas ton avis.

Mes hommes – nos amis – ne bronchent pas. Ils nous observent à tour de rôle, sentant que l'ambiance est électrique. Un torrent d'émotions me submerge, je suis en colère face à cette impuissance.

– Peu importe, c'est non.

– Mikhaïl, même tes amis te disent que c'est la seule option. Entraîne-moi. Explique-moi ce qu'il faut savoir pour qu'on mette ce cauchemar derrière nous une bonne fois pour toutes.

Je me mords l'intérieur des joues pour ne pas hurler, puis avale la boule qui m'obstrue la gorge.

– Je ne veux plus être spectatrice de ma vie, assure-t-elle avec aplomb. Puis, ça ne doit pas être si compliqué, lâche-t-elle avec dédain.

Je laisse échapper un soupir las. Elle me contourne et rejoint la machine à café pour s'en servir une tasse. Je suis son mouvement et finis par me rasseoir sur ma chaise.

– Maïa…

Je tente de l'affronter avec moins de brutalité. Je ne sais toujours pas de quoi Powell est capable, s'il est violent ou rancunier.

– C'est impossible, reprends-je.

Mais les mots me manquent. Je refuse qu'elle se jette dans la gueule du loup. Elle trempe ses lèvres dans son café fumant, puis lève sur moi ses deux billes vaironnes.

– Mik, tu sais que c'est la seule option. Je veux le faire. Je veux en finir.

– C'est dangereux, finis-je par siffler.

Elle lève les yeux au ciel devant cette réplique que je lui sers à toutes les sauces. Nos regards s'arriment à nouveau, je décèle dans le sien une détermination sans pareille qui provoque en moi une sensation déplaisante. J'ai un mauvais pressentiment qui s'insinue dans chaque parcelle de mon être.

– Nous pouvons la préparer, persiste Dimitri.

Mon cœur s'emballe quand je comprends que mes hommes vont la soutenir et que je perds la manche. Qu'on s'apprête à la renvoyer dans les bras d'un charognard sans scrupule.

– Je préparerai le matériel nécessaire, conclut Sasha.

– Attendez, tenté-je de les tempérer. On ne sait même pas ce dont on a réellement besoin ! Elle est complètement novice !

– Nous avons dressé une liste hier, me contredit Ruslan.

– Elle n'était pas complète, précisé-je de mauvaise foi.

– Mikhaïl, poursuit Dimitri, nous avons besoin de plusieurs cheveux de Taylor Powell pour prouver le lien de filiation avec Mancini. C'est le premier point de notre liste parce que cette donnée est réellement essentielle.

Maïa, à l'autre bout de la cuisine, se concentre sur les paroles de Dimi. Je la connais suffisamment pour savoir qu'elle n'est pas si sereine qu'elle veut nous le faire croire. Elle enregistre tout ce qu'elle devra faire. Parce qu'elle va y aller. Je le sais.

Agacé, je fais un signe de tête à Dimitri pour qu'il poursuive.

– Il faut ensuite placer un mouchard dans son téléphone. La manipulation n'est pas compliquée, nous t'expliquerons comment ça se passe, dit-il à l'attention de Maïa.

Je sens l'agacement monter en moi. Nerveux, j'attrape mon paquet de cigarettes et m'en allume une.

– Il te faudra rencontrer Mancini.

Heureusement qu'ils sont dans mon dos, parce que la grimace qui a déformé mon visage était assez évocatrice. Je recrache un nuage de fumée après avoir aspiré une dose de nicotine qui me brûle le fond de la gorge, et grogne.

– Mollo, putain !

– C'est indispensable, reprend Dimitri.

– C'est trop flag, répliqué-je. Elle va se faire gauler en moins de vingt-quatre heures ! C'est ce que tu veux ?

– Non. Mais si nous voulons aller vite, c'est indispensable, répète-t-il.

– Je ne l'ai jamais rencontré, confie Maïa.

Mes dents malmènent le filtre de ma cigarette. La séance de sport qui m'avait détendu me semble déjà loin et mon besoin de me défouler est à son comble.

– On va trouver une solution, répond Ruslan. Tu devras le rencontrer.

À cette idée, je sens mon cœur se comprimer et la bile remonter. J'ai besoin de prendre l'air, de ne pas penser à ce qui va se passer demain. Nous devions trouver des solutions. D'ailleurs, je ne suis plus contre attendre Powell à la sortie de l'hôpital et le passer à tabac.

J'étouffe. Mes doigts se crispent. Je les entends parler, mais ne les écoute plus.

– Une soirée est prévue samedi 27 dans un lieu qui n'est pas encore dévoilé, dans moins de deux semaines, annonce Dimitri. Francky y présentera ses partenaires. Il faut que tu y sois avec des caméras. Qu'on puisse voir l'envers du décor.

– Francky ? s'étonne-t-elle. Le père de Taylor s'appelle Francky ?

– Francesco Mancini, dit Francky, confirme Sasha.

Je ne me retourne pas en entendant le son de sa voix. Elle a déjà entendu ce prénom, j'en suis certain. Ça lui confirme juste qu'elle a cette vérité sous les yeux depuis plus longtemps qu'elle ne se l'était imaginé.

– Ce Francky n'arrête pas de l'appeler depuis plusieurs semaines. J'en étais même venue à me demander si Taylor me trompait.

– Encore un point à vérifier, reprend Ruslan. Les relevés téléphoniques. Ceux qu'on détient ne sont pas récents.

Ne cherchant plus à analyser leur échange, je balance :

– On commence l'entraînement demain matin.

J'avance vers la porte d'entrée avec la ferme intention de fuir cette discussion qui m'emmerde parce que son issue n'est pas celle que j'ai choisie. Je n'ai pas l'habitude qu'on ne suive pas mes plans, pas depuis des années en tout cas. Je jette ma cigarette dans le café et je claque la porte de chez moi, espérant que ce mini-jogging dans les bois me permettra d'évacuer la tension intense accumulée de ces vingt dernières minutes.

Un putain de mauvais pressentiment s'est immiscé dans tout mon être, et je sais désormais qu'il ne me lâchera plus.

16

Maïa

Les prédateurs tournent lentement autour de leur proie, à une courte distance, pour créer un faux-semblant de sécurité. Seuls leurs regards révèlent leurs véritables intentions. Une simple lueur dans leurs yeux, juste avant qu'ils ne bandent tous leurs muscles et ne passent à l'attaque.

Au centre du ring, je m'efforce de rester concentrée sur les gestes de Mikko et de ne pas détourner mon attention de son regard dur.

Dès le premier exercice, je suis en situation de danger et je dois l'esquiver au moment de son assaut. Depuis qu'il est entré dans la salle de sport, il est à cran, je le vois bien.

Je l'observe se mouvoir jusqu'à ce que j'anticipe un mouvement sur le côté gauche. À l'affût, je me jette à droite pour me protéger, mais je me prends un coup en pleine face. Je n'ai pas anticipé le pas, ni le bon côté.

– Perdu.

Je plisse les yeux de mécontentement.

– Il te faut prévoir d'où vient le danger.

Il a fallu du temps à Mikko pour digérer notre refus de faire ce qu'il avait décidé. Désormais, il prend son rôle de formateur très au sérieux.

– Tu me tournes autour comme un lion !

Je rejoins l'angle du ring et m'appuie sur les cordes.

– Tu dois pouvoir anticiper chaque mouvement.

– Je n'y arrive pas. J'observe ton regard. Quand tu regardes à gauche, j'en conclus que tu y vas. C'est aussi simple que ça.

– Si c'était aussi simple, on ne s'entraînerait pas. Souviens-toi des sessions au dojo du domaine. Pour t'atteindre, ton agresseur a deux options : te tourner autour pour te déstabiliser…

Encore une fois, il enchaîne les pas chassés, dans un sens et dans l'autre, avant de me foncer dessus d'un coup.

– … et t'attaquer.

Je sursaute de surprise, puis frissonne de le sentir si proche. Il recule ensuite d'un pas.

– Seconde option…

Encore déstabilisée par son assaut précédent, je ne le vois pas sauter sur moi, me plaquer pour nous propulser au sol. Je me retrouve coincée, le souffle court, sous son corps imposant.

– L'attaque frontale.

Mon cœur bat si vite que je ne distingue plus chaque battement. Il résonne en moi, faisant bourdonner mes oreilles et troublant mon esprit.

– Encore moins de chance de la voir venir sans entraînement.

Je déglutis difficilement, mon visage à quelques malheureux centimètres du sien. Sentir la chaleur de son corps provoque en moi des envies primitives qui n'ont rien à voir avec l'entraînement de self-defense.

Nous passons l'heure qui suit à travailler mes réflexes et mes appuis avant de passer la suivante au combat au sol. Le pancrace. Sa spécialité. La pratique est physique, les muscles demeurent tendus chaque seconde pendant ce duel où nos corps doivent, dès que l'un de nous fait chuter l'autre, s'imbriquer. Ne pas se lâcher. Se provoquer.

– On va travailler les clés de bras.

– Donc tu n'attaqueras pas.

Il sourit en secouant la tête.

– Un agresseur passif, ça n'existe pas.

– Si je dois travailler ma technique, laisse-toi faire.

– Hors de question, s'amuse-t-il.

L'ambiance crépite de défi. J'ai l'impression qu'il fait quarante degrés dans ce sous-sol et que la grande silhouette de Mikko m'engloutit lorsqu'il s'approche. Il me saisit par les épaules tandis que mes bras s'emparent des siens. Il est beaucoup plus grand et a un sacré avantage. J'ancre mes pieds au sol et contracte mes muscles pour le tenir à distance. Je cherche le moment opportun pour tenter de le plaquer et de le faire tomber. Cette lutte dure plusieurs longues secondes, peut-être des minutes. Nos peaux luisantes nous font glisser, rendant nos prises incertaines. Quand il pense pouvoir me faire chuter, il est légèrement déstabilisé. C'est le moment que je choisis pour passer ma jambe entre les siennes et faire fléchir son genou. En même temps, je tire le bras opposé de toutes mes forces.

Il chute sur le dos, m'entraînant contre lui. Je n'oublie pas ce pour quoi nous nous donnons autant de mal, les raisons qui me poussent à aller audelà de mes propres limites, mais je ne peux masquer les réactions physiques qu'il déclenche en moi.

– Attaque de suite le bras. Bloque l'épaule.

Je me hisse sur son corps, frottant ma poitrine contre son torse jusque sur son visage. Je le vois cesser de respirer, je le vois tenter de se contrôler.

Je fais basculer mon corps jusqu'à prendre son bras en otage. Mes mains sont fermement agrippées à son poignet, son épaule est bloquée entre mes cuisses, mais il se débat avec son autre bras en tentant de relever son buste, puis en posant sa main sur ma poitrine.

Je veux garder l'avantage, mais chaque fois que nos corps sont en contact, je m'embrase. Je ressens chaque sensation. Cette douce chaleur qui brûle sous ma peau. Son odeur enivrante qui m'emplit les narines. La lutte acharnée entre mon cerveau et mon cœur pour prendre le contrôle de mes pensées.

Je me soulève en plaçant mes pieds à plat sur le sol et fais pivoter mon corps. Celui de Mikko suit. On se retrouve encore dans une position où son épaule est au niveau de mon entrejambe, sa main dans la mienne. Je m'immobilise, à bout de souffle. Je sens la pulpe de ses doigts posée sur le haut de mon sein. S'il se concentre, il remarquera que mon cœur s'emballe, et pas qu'à cause du sport.

Je déteste avoir autant envie de ses caresses. J'aimerais que tout soit différent. Le contexte, nos retrouvailles. La vie.

Je crois que j'ai oublié ce que c'était de ressentir si intensément. Mais l'âme se souvient et mon corps aussi. Il réagit, et je ne peux nier que la sensation est plus qu'agréable.

– C'est bon, je me rends !

Ses doigts me brûlent la peau, et sa voix grave me fait frissonner. Pour autant, je le relâche et roule sur le dos pour reprendre mon souffle.

– Je n'en reviens pas que tu te souviennes de cette clé de bras.

– Rien de bien compliqué, réponds-je.

Il s'assied et s'appuie sur ses bras tendus. Lui aussi reprend son souffle.

Sa remarque me remplit de fierté. Pas une seule fois, lorsque nous étions plus jeunes, il ne m'a félicitée pour mon travail. Ce n'était jamais assez, il voulait toujours me pousser plus loin. Cela a probablement forgé ma combativité.

– On est loin d'avoir terminé.

Je soupire de fatigue. Je tourne mon visage vers lui. Je le prends en flagrant délit : son regard remonte de mes pieds nus jusqu'à mes yeux. L'air s'électrise subitement. Après quelques secondes de tension, je réplique :

– Si pour toi, ce corps-à-corps était une formalité, pour moi, c'était une épreuve !

– On peut faire autre chose.

Je le détaille, le souffle court, alors que mon esprit imagine immédiatement la « chose » sous-entendue. Cohabiter plusieurs jours avec cette tension va être un vrai supplice.

***

Assise sur le tatami de la salle de sport de Mikko, je fixe l'horloge murale qui annonce dix-huit heures. Depuis plus de quatre heures, j'emmagasine tout ce qu'il m'enseigne même si la pédagogie n'est pas son fort.

– Convaincre Powell que tout n'est qu'un mauvais souvenir ne devrait être qu'une formalité, m'explique Mikko.

– Plus facile à dire qu'à faire, réponds-je avec sarcasme.

– Tu verras que j'ai raison.

Je tourne mon visage vers lui et le scrute. Sa mâchoire anguleuse tressaille.

– Peut-être qu'il s'agit d'un malentendu ?

Je ne sais pas qui je questionne ou bien qui j'essaie de convaincre.

– Il est impossible que Powell ne sache pas qui tu es.

Je frissonne. Lorsque Mikko se lève pour aller récupérer un sac de sport, mes yeux ne loupent rien de sa musculature saillante, de chacun de ses muscles finement dessinés.

Il me rappelle ensuite ce qu'il attend de moi. Il ne m'apprend rien que je ne sache déjà, mais je l'écoute religieusement.

J'essaie de ne pas me laisser dominer par les angoisses qui naissent à l'évocation de la suite des événements. Je n'avais pas pensé que le poids imaginaire qui allait s'abattre sur mes épaules serait aussi douloureux. Si j'étais à la place de Taylor, en supposant que l'honnêteté fasse partie intégrante de mon être, je ne suis pas sûre de pouvoir faire fi de ce qui s'est passé à l'église…

– Fous tes affaires dans ce sac, dit-il en m'en tendant un qui m'est familier. Y a une caméra dans le fond sur les deux faces latérales, et un micro dans la tirette de la fermeture Éclair. Pose-le à la bonne hauteur et fais en sorte qu'on voie les lieux. Ça nous servira à nous repérer en cas de besoin.

Je prends le sac qu'il me tend et l'examine sous toutes les coutures. Il s'agit d'une réplique de celui que j'ai depuis des années et que mes parents m'ont offert. On ne distingue rien de différent par rapport à l'ancien. Je ne sais pas si j'en suis soulagée ou, au contraire, inquiète.

– T'as des micros et un capteur GPS dans ces trucs pour cheveux, cette pince et cette broche.

– Des chouchous.

– Quoi ?

– Les trucs pour cheveux. Ça s'appelle des chouchous.

Il ignore ma remarque et continue :

– Ana dit… (Il lit un message sur son téléphone.) … qu'elle ne sait pas si elle aura la pochette de soirée dans les temps, mais elle fait son maximum.

Anastasia et son sens du détail. Même si je vais risquer ma vie, elle pense à accorder ma tenue à des accessoires qui seront truffés de gadgets.

Mikko continue de me présenter le matériel que je vais devoir embarquer. J'ai l'impression d'être chez Q[1], dans les films James Bond, face à un parterre de jouets bourrés d'électronique.

– N'oublie pas, on pourra t'entendre et te localiser.

Je sens mon visage devenir blême au fur et à mesure que je prends conscience de l'ampleur que prend cette mission. Lorsque j'ai voulu lui montrer que j'étais capable de les aider, quand j'ai voulu m'opposer à son refus de m'impliquer, je n'avais pas imaginé que ma prise de position serait aussi énorme. Aussi folle. Désormais aussi réelle.

Devant ma mine atterrée, il reprend :

– Ne t'inquiète pas.

Sa voix se veut rassurante, mais elle ne parvient pas à m'apaiser. L'anxiété me gagne. Comment pourrait-il en être autrement ?

– Et si ça dérape ? Et si je ne suis pas capable de faire ce que vous attendez de moi. Tu avais peut-être raison, je ne suis pas comme *vous*.

Mikko m'observe, sérieux, avant de se relever sur les genoux et de s'approcher de moi. Il tend les bras et pose ses mains sur mes épaules. Dès que la pulpe râpeuse de ses doigts touche mon épiderme, ma peau en frissonne aussitôt. Ses yeux bleus perçants s'arriment aux miens.

– Détends-toi, Maïa. Tu vas y arriver.

C'est facile pour lui, moi j'ai en horreur toutes ces magouilles. Et j'ai désormais hâte que toute cette histoire soit derrière moi, hâte de reprendre une vie normale où trafic de drogue et prostitution ne seront que des faits divers que j'entendrai aux informations.

Il me laisse le temps de me calmer avant de m'asséner le coup de grâce.

– Il va falloir que tu appelles Taylor.

On y est. Certes, Anastasia a préparé le terrain, elle l'a prévenu que j'étais avec ma mère. Un texto a même été envoyé de mon téléphone pour le rassurer. Cependant, prendre le téléphone et entendre sa voix est une épreuve. Je n'ai jamais aimé mentir et jouer un double jeu me paraît tout à coup plus complexe qu'il y a quelques heures. Ma respiration s'accélère et mes mains, que je noue autour de mes jambes, deviennent moites. J'inspire un grand coup et souffle doucement. J'en suis presque à souhaiter que ces dernières semaines ne soient qu'un mauvais rêve.

Je ravale la boule qui m'obstrue la gorge et lâche dans un murmure :

1. Q est le responsable de la division recherche et développement du MI6 et fournit James Bond en gadgets en tout genre pour ses missions.

– Je suis dans une sacrée merde.

Je me laisse tomber sur le dos en posant mon avant-bras sur mes yeux clos. J'imagine tous les scénarios possibles.

– Le point positif, c'est qu'en rentrant chez toi, tu vas pouvoir retourner bosser.

Je lui fais les gros yeux. Il sait que s'il y a bien une chose qui me remonte le moral, c'est de reprendre le boulot, mais je ne suis pas crédule au point de croire que ça compensera le stress de vivre aux côtés de Taylor pendant des semaines alors que je sais qui il est. Heureusement, les complications de mon mariage n'ont pas fuité, Anastasia s'en est assurée. J'ignore la version qu'elle a donnée aux autorités, mais ça a l'air de fonctionner. D'après Mikko, l'église a reçu une généreuse donation pour la rénovation de sa charpente, avec un petit bonus pour garantir le silence du prêtre.

– Tu sais s'il a cherché à me joindre ?

Ses mâchoires se serrent pour la centième fois de la journée.

– Il a demandé à Masha comment tu allais et si elle avait de tes nouvelles.

À ces mots, je ne peux pas empêcher mon ventre de se nouer. Taylor s'inquiète. Enfin, il fait mine de s'inquiéter. Au fond de moi, une infime partie de mon être se demande encore s'il est vraiment un mauvais garçon.

Je ne cesse de me remémorer tous nos instants, essayant de trouver des indices qui auraient dû me mettre la puce à l'oreille. Hormis les appels de Francky que j'ai pris pour une liaison, rien ne me saute aux yeux au point de me dire que je me suis fait duper dans ces proportions.

– Qu'a répondu Masha ?

– Pas grand-chose.

– C'est-à-dire ?

Il soupire.

– Ta mère a été choquée, toi aussi, vous aviez toutes les deux besoin de vous retrouver pour vous remettre de vos émotions, bla-bla-bla.

Médusée, je le dévisage. En voyant mon expression incrédule, il continue :

– Maïa, il sait où il a mis les pieds. Si notre intrusion l'a choqué, ça ne s'est pas bien vu. Même son témoin, qui est un fidèle de Mancini, a tout fait pour le sortir sain et sauf de l'église sans se soucier du reste.

Dit comme ça, ce n'est pas très glorieux.

– Il voulait savoir où tu étais, te parler, continue-t-il. Il garde le lien. Ce fils de pute de Mancini doit s'assurer que son investissement est toujours en sécurité.

– Merci, je me sens vachement mieux maintenant, réponds-je, un brin piquée.

Je souffle une nouvelle fois en rejetant ma tête en arrière avant de me lever. Je la remue de gauche à droite pour soulager les tensions qui s'accumulent au niveau de mes cervicales. Je fais quelques pas pour me dégourdir les jambes en baissant de temps à autre mes paupières pour faire le vide. Ne retenir que l'essentiel. Taylor n'est pas de mon côté, quoi qu'il dise, quoi qu'il fasse. Je vais devoir rester chez lui, lui prouver que je n'ai pas changé, que je veux toujours être à ses côtés, pour réussir à obtenir les informations que Mikhaïl et son équipe attendent.

J'agite le bout de ma langue sur mes dents en un tic nerveux.

– Tiens.

Je baisse mon regard sur le téléphone que Mikko me tend, *mon* téléphone. Celui que je n'ai pas revu depuis le mariage. Mes muscles se contractent quand j'avance ma main tremblante pour le récupérer. Cette fois, impossible de masquer mon angoisse.

Lorsque j'appuie sur l'écran, je distingue des cercles rouges au-dessous des applications gérant les appels, les messages et les e-mails.

– Tu n'as rien effacé ? demandé-je comme si c'était évident qu'il allait tout supprimer.

– Tu le feras.

– Et si je veux tout lire ?

– Tu feras ce que tu veux, Maïa.

Mes mains tremblent et mes muscles sont tendus. L'appel que je dois passer, pourtant essentiel à la suite des événements, m'apparaît soudain d'une complexité absolue. Je n'arrive pas à détacher mes yeux de mon Smartphone.

– Tiens.

Dans mon champ de vision, Mikko me tend ma bague de fiançailles – un solitaire avec une pierre précieuse. Je suis gênée que ce soit lui qui la tienne entre ses doigts. *J'ai tellement rêvé qu'il m'en offre une et franchisse le cap de demander ma main…* Lorsque je la prends entre mes doigts, je suis surprise par sa légèreté.

– Il s'agit d'une réplique. Un traceur GPS est actif dans la pierre, et si tu la presses sur les côtés simultanément, tu lances un S.O.S.

Je me passe la bague à l'annulaire et tends mon bras pour regarder ma main et constater que la copie est tout à fait semblable à l'original.

– Ton téléphone est équipé d'un mouchard. On peut accéder à distance à ton appareil si besoin, et surtout, dès que tu le poseras sur celui de Taylor durant une à deux minutes, nous pourrons installer l'application pour hacker le sien. Tu n'auras rien à faire, ce sera automatique. Mais il faut que tu poses ton téléphone sur le sien, pas à côté ou dessous. Dessus.

J'opine d'un mouvement de tête.

– Cette partie est très importante, Maïa.

– J'en ai conscience. Mais, Mikko…

Je m'approche du banc sur lequel je m'assieds, le dos bien droit.

– Si je dis un truc de travers ?

Je crois que je connais déjà sa réponse, mais j'ai besoin qu'il me la répète encore et encore. J'ai besoin de savoir que tout va bien se passer.

– Tu n'échoueras pas.

Je ne suis plus sûre de rien. Je déverrouille à nouveau mon téléphone et scrolle après avoir affiché mes contacts. L'alphabet défile jusqu'à ce que je tombe sur le T. Taylor. J'ouvre sa fiche et reste quelques secondes à observer les chiffres de son numéro. Je les fixe tellement que l'écran finit par devenir une épaisse masse floue.

Une main sur mon épaule me ramène à la réalité, me rassure et me réchauffe le cœur. Je cligne des paupières pour reprendre contenance. J'ai peur. Je crains de passer ce coup de fil. Mais ce que j'appréhende encore plus, c'est de vivre ma vie durant les prochains jours, voire les prochaines semaines.

– Appelle-le.

Mikhaïl s'éloigne vers la porte des vestiaires. Je ferme les yeux et fais quelques exercices de respiration pour calmer mes nerfs. J'ai besoin de me donner du courage. Le courage de continuer, d'avancer.

J'appuie sur le numéro et porte l'appareil à mon oreille.

Mon cœur bat plus vite et mes doigts s'agitent sous l'effet de l'angoisse qui me ronge. Après une seule tonalité, Taylor me répond.

– Maïa ? Maïa, c'est toi ?

La voix de Taylor est inquiète. Pressée. Comme s'il avait besoin d'être rassuré.

– Bonsoir, Taylor.

Je me racle la gorge et reprends :

– Oui, Taylor. C'est moi.

– Mon Dieu, enfin ! Attends une seconde.

Je l'entends s'agiter et s'éloigner du tumulte des couloirs de l'hôpital avant qu'une porte claque et que le silence s'abatte au bout du fil.

– Comment vas-tu ? Où es-tu ? Comment…

– Taylor, ça va, tenté-je de le rassurer. Et… je suis désolée.

Une ou deux secondes se passent avant qu'il ne reprenne la parole.

– Désolée de quoi ? Bon sang, on s'est fait agresser à notre mariage et c'est *toi* qui t'excuses ! Ma chérie, tu n'y es pour rien !

Si tu savais.

– Dis-moi juste que tu vas bien, m'implore-t-il.

Quel comédien ! Chaque mot qui sort de sa bouche sonne faux.

– Après une belle frayeur, oui, je vais bien. Ne t'inquiète pas.

– Anastasia et Masha m'avaient prévenu, mais j'avais hâte d'entendre ta voix pour m'en assurer moi-même !

Il semble soulagé, ça me tranquillise. J'avais peur qu'il m'en veuille de ne pas avoir donné signe de vie avant.

– Oui, ne t'inquiète pas, je suis avec ma mère. Elle avait besoin de me savoir en sécurité, près d'elle. Ana m'avait assuré que tu étais aussi en sécurité avec ton témoin et qu'elle se chargeait de te tenir au courant de la suite.

– Elle m'a bien prévenu, oui… tout en m'accusant de vous avoir abandonnées ! Mais je ne lui en veux pas, elle semble très protectrice envers toi et nous étions tous à cran.

Je regarde le téléphone en prenant une grande inspiration. Je mets le haut-parleur et dépose l'appareil sur une étagère, entre plusieurs gants de boxe. Je ne dis plus rien, je ne sais pas quoi lui répondre. J'écoute son souffle à travers l'appareil. Comment peut-il si bien jouer la comédie ?

– Tu veux me quitter ? ajoute-t-il, me sortant de mes pensées.

Même s'il ne peut pas me voir, je fronce les sourcils et grimace.

Oui, ce serait le plus facile.

– Non, bien sûr que non. Pourquoi tu dis ça ?

– Parce que j'ai la poisse ? Qui aurait pu imaginer que des braqueurs de banque viendraient se planquer dans l'église le jour de notre mariage ?

Je culpabilise. Je culpabilise parce qu'une part de moi a encore du mal à accepter que tout ce qu'on a vécu fût faux. Mais les preuves sont là, tout n'était que faux-semblant et manipulation.

Je dois garder à l'esprit que Taylor travaille pour son père afin de récupérer des millions de dollars d'argent sale.

– Non, Taylor. Évidemment que non… répété-je.

Je mords l'intérieur de ma joue devant ce mensonge.

– Peut-être qu'on pourrait se voir ? demandé-je. Pour en discuter de vive voix. Je rentre à Cleveland vendredi en fin de journée.

– Bien entendu, rétorque-t-il, visiblement soulagé de ma proposition.

J'ai l'impression que cette discussion est surréaliste. Il sait qui je suis, il en est de même pour moi, et nous faisons comme si nous ne savions rien. Parce qu'il ne sait pas que je sais qu'il sait qui je suis. *Je crois que je me suis fait un nœud au cerveau.*

– Tu veux que je vienne chez toi ? Tu seras certainement plus à l'aise pou…

– Non, le coupé-je. Je n'ai aucune envie d'aller chez moi. Ça fait trop longtemps qu'on est séparés…

Mon débit de paroles est trop rapide pour être naturel. Mais je dois aller chez lui, c'est impératif.

– Maïa, tu vas bien ?

Non.

– Quand nous serons ensemble, tout ira mieux, tenté-je de le rassurer.

– Dis-moi à quelle heure tu veux venir à la maison vendredi, je m'adapterai.

À la maison. Il est quand même fort… J'arriverais presque à le croire, j'imaginerais presque me sentir soutenue et bien à ses côtés dans le confort de son appartement.

– Ça ne te dérange pas ?

– Bien sûr que non ! Je prendrai mes dispositions à l'hôpital.

– Je crois que j'arrive vers dix-huit heures.

– Pas de problème, répond-il sans même avoir regardé son planning. J'ai hâte que tu rentres…

Le bruit de son bip retentit et il râle au bout du fil.

– Ma puce, je vais devoir y aller, j'ai une urgence. Je suis content d'avoir entendu ta voix. Et je suis impatient d'être vendredi. Je t'aime.

Une masse s'est logée dans ma gorge qui m'empêche de répondre. J'ouvre la bouche sans qu'aucun son en sorte, et finis par articuler :

– À vendredi, Taylor.

Je raccroche en appuyant une quinzaine de fois sur le rond rouge du téléphone. Je reste un moment à regarder l'appareil, soulagée que ce moment soit passé.

Un bruit de pas met fin au tumulte qui règne dans mon ventre et dans ma tête. Je me retourne vers Mikhaïl qui sort des vestiaires, tout juste habillé d'un short qu'il porte bas sur les hanches. Il s'arrête lorsque nos regards s'arriment.

– Quand ? demande-t-il après de longues secondes.

Pragmatique. Droit au but. Mikko.

– Comme tu l'as prévu. Vendredi soir. Dix-huit heures.

– Bien. Tu devrais aller te doucher et te reposer. Nous reprendrons l'entraînement demain.

Un fin sourire narquois naît sur ses lèvres.

– À demain.

17

Maïa

Cette longue douche m'a fait le plus grand bien. Pour mon corps et mon esprit. Mikko ne m'a pas épargnée et je mentirais si j'affirmais ne pas avoir apprécié ça. De vieux souvenirs sont revenus en rafales, s'infiltrant dans mon esprit comme une douce fumée toxique. Les entraînements, les footings sur le domaine et nos peaux qui se percutent.

Encore enroulée dans un peignoir de bain, je prépare sur la commode tout ce que je dois emmener vendredi soir chez Taylor. Anastasia devrait m'apporter un sac avec mes blouses de l'hôpital et quelques rechanges, ce sera déjà ça de fait. Elle viendra probablement demain ou vendredi. Je pose le sac à main, la bague de fiançailles et tous les autres gadgets bourrés de technologie en enfilade. Je récite dans un chuchotement les caractéristiques de chaque appareil. Ça me rassure. Et ça me rappelle aussi la réalité de la situation.

Je récupère de quoi m'habiller quand trois petits coups résonnent à la porte. Je retiens mon souffle et tends l'oreille. Avant, Mikko ne faisait pas autant de cérémonial. Il toquait par principe, mais entrait dans la pièce aussitôt. La poignée s'abaisse et la porte s'ouvre doucement, dans un silence religieux. Mik appuie une épaule contre l'encadrement, bras croisés sur son torse.

– J'ai préparé à manger.

Ma peau frissonne dès que sa voix grave caresse mes oreilles. Pourtant, je ne laisse rien paraître. Je veux me montrer forte parce que j'ai des dizaines de questions sans réponse dont les principales sont en lien avec lui et le fait qu'il soit là, devant moi. Une chose est sûre : s'il voit que ce dont nous parlons me bouleverse, il me ménagera, et je refuse que ça arrive. Parce qu'il a beau se réfugier derrière son cœur de pierre et son visage sans expression, je sais qu'une part de lui tient encore un peu à moi.

– J'arrive dans une minute, réponds-je simplement.

Après quelques secondes à m'observer, il se détache du chambranle de la porte et descend les escaliers. Je ne saurais pas dire ce que je lis dans son regard, s'il est inquiet ou en colère. Cependant, sur l'instant, j'ai envie qu'il fasse tomber le masque, qu'il me parle, qu'il trouve les mots pour que la pilule soit moins dure à avaler.

J'enfile un legging et un sweat *oversize*. Je me lève pour ordonner ma tignasse blonde quand mon ventre émet des gargouillements dignes d'un ogre. Dès que je sors de la chambre, les odeurs qui investissent mes narines me donnent un sentiment de plénitude. Si je devais deviner ce qu'il a préparé, j'opterais pour des pirojki[1] à la viande hachée. L'odeur des champignons et du chou éveille mes sens. J'en salive déjà. Je rejoins Mikko dans la cuisine. Sur l'îlot central trônent deux petites assiettes et un plat rempli d'un monticule de chaussons fourrés. Lorsqu'il me voit, il récupère deux bières dans le frigo, les décapsule et m'en tend une.

– Tu t'es surpassé, me moqué-je en désignant ce qu'il a préparé à manger.

Il hausse les épaules et réplique :

– C'est une des seules recettes russes que je sais réaliser, donc…

Il ne finit pas sa phrase et porte le goulot de sa bouteille en verre à la bouche. Je fais de même, et la première gorgée me saisit. Entre les bulles et la fraîcheur, je tremble. Je finis par soupirer et par m'asseoir sur un des tabourets.

– Mik, j'ai encore des milliards de questions à te poser.

Oui, c'est un chouïa exagéré, mais j'ai besoin de comprendre tout ce qui m'échappe. Et il semble le seul à avoir la capacité d'éclairer les zones d'ombre qui me polluent l'esprit.

– Si ça ne te coupe pas l'appétit, je peux y répondre en mangeant.

J'acquiesce en prenant un pirojki dans lequel je croque à pleines dents. J'ai l'impression de ne pas avoir fait de repas depuis une éternité.

– À quoi tu penses ? demande soudain Mikko.

Je lève les yeux vers lui.

– C'est toi qui poses les questions ?

J'avale ma bouchée pendant qu'il joint ses mains sous son menton. C'est la deuxième fois en quelques jours qu'il me demande à quoi je pense.

– Si tu ne veux pas répondre…

– Pourquoi ne pas avoir voulu que je vous aide pour récupérer des preuves contre Mancini ?

– C'est dangereux.

Il me regarde comme si c'était une évidence. Comme si je ne le savais pas.

– Tu sais aussi bien que moi que c'est la solution la plus rapide et la plus fiable. Je vous ai entendus parl…

---

1. Les pirojki (plat typique russe) sont des chaussons fourrés de viande hachée, purée de pommes de terre, champignons, chou frisé, fruits ou confiture.

– Je ne sais pas si tu te rends compte dans quoi tu mets les pieds ?

J'ai pris la mesure de ce qui m'attend. Ça m'effraie, oui. Mais je ne renoncerai pas.

Le voir excédé me sort de mon questionnement… Ses yeux brillent sous l'intensité de l'émotion. Je décèle une fragilité. Il est tout simplement beau. Ses mâchoires carrées, contractées, font ressortir cette beauté brute qui le caractérise tant. Mais je ne me suis jamais méprise sur lui, ni laissé aveugler par sa beauté, c'est un homme qui vit dans un monde dangereux et ça le rend redoutable. Les choses qu'il fait pour la Fratrie pourraient l'amener à Guantánamo[2].

Malgré tout, j'ai l'intime conviction qu'il me voit, *moi*.

Il y a quelques années, j'aurais affirmé que je le voyais, *lui*.

– Non ! Clairement, non ! Mais j'ai besoin de reprendre ma vie en main ! Toute ma vie, on a décidé pour moi, mais c'est fini ! Je veux faire mes propres choix.

Mikko fourrage ses cheveux en s'adossant sur le dossier de sa chaise. Puis il se lève et me tourne le dos pour se diriger vers le frigo contre lequel il pose ses poings. Je m'emporte parce que je stresse à l'idée de retourner chez Taylor. Mikko n'est pas la personne sur laquelle je dois passer mes nerfs.

– Tu m'as entraînée tout l'après-midi.

Je le vois soupirer en secouant la tête et l'entends étouffer des phrases incompréhensibles, à l'exception de quelques jurons. Je ne le quitte pas des yeux.

Avant, je pensais avoir une place dans son cœur et ses pensées. Impossible aujourd'hui de savoir ce qu'il en est. J'ai l'impression qu'il est encore plus dur qu'auparavant. Quoi qu'il en soit, dans la vie, il y a des choses qui ne s'expliquent pas, et il en fait partie.

En sa présence, je ressens toutes les sensations. Les bonnes comme les mauvaises. Malgré tout ce que nous avons traversé, toutes les zones d'ombre, je veux retrouver un peu de lui.

– Je désapprouve toujours, tu te jettes de façon irréfléchie dans la gueule du loup. Je sais de quoi Mancini est capable. Je l'ai vu à l'œuvre.

Je sens de la rancœur dans sa voix. Il est difficile à blâmer pour ça.

– Ce mec est barge et il a le bras si long que tu ne peux faire confiance à personne.

Je fronce les sourcils. Toutes les organisations ont autour d'elles un réseau de personnes corrompues, c'est bien connu.

---

2. Le camp de Guantánamo est un centre de détention militaire de haute sécurité situé sur la base navale américaine de Guantánamo, au sud-est de Cuba.

– Je suppose que tu as, toi aussi, des contacts. Tu en avais à l'époque où tu étais le bras droit de mon père…

Il se retourne et me fixe durement. J'observe avec minutie chaque détail de son visage en fureur.

– Je ne suis plus rien, Maïa.

18

Mikko
Cinq ans plus tôt

[Visiblement, ma commande te pose problème.
Si tu veux en discuter, RDV à vingt heures
à l'entrepôt 8 sur les quais.
FM]

Francesco Mancini.

Francesco Mancini m'écrit un message à moi, simple bras droit d'un parrain russe plus puissant que Mancini ne le sera jamais. *Ce type a décidément un sens de l'humour bien à lui…*

Cependant, je suis convaincu que sa commande – une grande blonde aux yeux vairons, caractéristique physique de Maïa – n'est pas anodine. Comme par hasard, je reçois ce message moins de vingt-quatre heures après que Mancini et Vasily ont discuté au bord de la piscine. Ce bâtard sait que je vois Maïa. Souvent. Tout est clair dans ma tête. Il voulait baiser Vasily avec ce business et se dit qu'il peut faire d'une pierre deux coups. Quoique… Il pense peut-être que je vais me soumettre à un chantage pour que mon boss n'apprenne pas que je me tape sa fille. Un grand classique. C'est en tout cas ce que je ferais si j'étais à sa place…

L'entrepôt 8 est le dernier hangar du quai, celui près des quartiers pauvres de la ville. Les grillages de piètre qualité longent deux côtés du bloc de taule qui n'a jamais été rafraîchi depuis au moins soixante ans.

Il n'y a rien de suspect aux alentours, cela fait plusieurs minutes que j'étudie les environs avec minutie.

Je souris et ajuste mes *shurikens* à ma ceinture ainsi que mon couteau à cran. Mon colt dans le dos, je sors de ma caisse et m'avance dans la pénombre jusqu'à la petite porte en métal sur le côté du bâtiment.

Un homme monte la garde et m'ouvre la porte dès qu'il me reconnaît. Je penche ma tête sur le côté une seconde, cherchant l'embrouille, parce qu'il ne semble pas enclin à me fouiller. Mon palpitant s'accélère parce que je comprends que quelque chose cloche : ou c'est un guet-apens, ou bien ce mec est un amateur. Qui laisserait entrer un des ennemis de son boss sans le fouiller ? Peut-être qu'il imagine que l'opération avec les femmes acceptée par Vasily fait de nous des alliés.

Rien que d'y penser, j'ai des frissons qui parcourent ma colonne vertébrale.

Ruslan et Lev étaient contre cette idée. Venir rencontrer Francesco Mancini était selon eux suicidaire.

Quoi de mieux que de tenir par les couilles le fils de ceux qu'il a butés il y a plus d'une décennie, bras droit d'un parrain rival ? Un mec sans vraies attaches ?

Je passe un premier container, puis un second, avant de voir quelques lampes qui éclairent faiblement une sorte de cage hexagonale en grillage. Au centre, Mancini est assis sur une chaise en métal, deux de ses hommes derrière lui. Le quinquagénaire a les cheveux gominés en arrière, la panse bien tendue par les excès de bouffe et d'alcool. Il tire sur un cigare avant d'enfin prononcer quelques mots.

– Tiens, tiens. Mikhaïl Vesselovski se jette dans la gueule du loup. À moins qu'il faille t'appeler Mikko Mäkinen.

Je serre les dents et m'impose une respiration calme pour ne pas dégainer un shuriken à la première provocation. Ce mec est remonté jusqu'à mon identité, la vraie. Celle que j'ai abandonnée dans ce restaurant russe à côté de mes parents baignant dans une mare de sang.

– Qu'est-ce que tu veux, Mancini ?

L'intéressé se racle la gorge et se lève. Derrière le grillage, je le vois donner son cigare à un de ses sbires avant de se retourner vers moi.

– Puisque tu veux rentrer dans le vif du sujet, allons-y. Ma dernière commande auprès de Popova te pose un problème, apparemment…

Vasily a reçu l'appel téléphonique de Mancini alors que nous buvions un verre avec des alliés dans un bar près de Chicago. Quand Vasily et son frère sont rentrés, j'ai remarqué ce fils de pute dans un espace reculé, à l'ombre des regards. Légèrement enivré, j'allais vers lui pour le défoncer. Ses gorilles se sont immédiatement interposés, Ruslan et Sasha m'ont tiré en arrière et empêché de déclencher une guerre loin de notre territoire parce que je n'avais qu'une envie : le buter. Il a bien vu que je perdais les pédales, je n'ai pas pu cacher la haine que je ressentais à cet instant, et il a aisément compris pourquoi.

– Va à l'essentiel, grogné-je.

– Popova est au courant que tu baises sa fille ?

Clairement, il y va cash.

– Je ne vois pas en quoi ça te concerne.

Il ricane, dévoilant ses dents jaunies par le tabac. Ce mec est répugnant à bien des égards.

– Je sais que Popova ne verrait pas ça d'un bon œil.

Il a sûrement raison. Vasily a toujours dit que Maïa était un diamant brut bien plus précieux que tout l'or du monde. Puis elle est partie faire ses études loin de nous, loin de moi. Il se doute qu'un différend nous a opposés, il ignore cependant qu'il s'agit d'une histoire de sexe. Et il faut que ça reste secret, qu'aucune rumeur ne se répande. Vasily ne l'accepterait pas. Je n'y survivrais pas.

Depuis qu'elle s'est barrée et n'est plus une distraction pour moi, je suis deux fois plus productif au boulot. Son père y trouve très certainement son compte.

Voyant que je ne réponds pas, Mancini enchaîne :

– Bats-toi pour moi dans cette cage et je tairai tout ce que je sais.

Cette fois, c'est moi qui ricane.

– Tu crois que je vais me battre pour toi ?

– Oui, tu vas te battre pour moi.

Cette fois, je ne peux pas étouffer ce rire sans joie qui sort de ma gorge comme les flammes qui jailliraient de la gueule d'un dragon.

– Tu as tué mes parents, dis-je d'un ton neutre. T'as tout fait pour me crever ensuite et finir le travail. Sans compter que tu tentes par tous les moyens de nuire aux miens. Et tu penses que je vais me battre en ton nom ? Et te laisser faire de l'oseille sur mon dos ?

Ma voix grave et furieuse résonne sous la taule qui constitue le toit du hangar.

– Il paraît que tu fais ça bien, réplique-t-il avec moquerie.

– Plutôt crever ! craché-je.

Mancini sort de la cage et s'approche de moi. Mes doigts se tendent, puis se plient, mes poings se serrent. Il claque des doigts et un de ses hommes de main lui passe devant et bondit sur moi. Il enchaîne les tentatives pour m'atteindre : direct du droit, crochet du gauche, puis crochet du droit... Je n'ai juste qu'à donner de légères impulsions sur mes jambes et à bouger mon buste pour éviter les coups. Un amateur.

Le grand brun recule de quelques pas, puis se met à déboutonner les manchettes de sa chemise qu'il retrousse sur ses avant-bras, avant de sautiller.

– Je ne compte pas me battre, dis-je à Mancini. Tu peux dire à ton chien de garde qu'il remballe le matos.

Le parrain de la pègre calabraise ne répond rien.

Mes poings se serrent à nouveau, mes pieds s'ancrent au sol. Je suis forcé de contracter mon corps pour l'empêcher de bouger de son propre chef, pour lui interdire d'agir. Je dois faire comprendre à Mancini que je ne suis pas un jouet et à son homme de main qu'il est incapable de tenir face à moi.

Mon assaillant joue à bouger ses sourcils avec un rictus sadique au coin de sa bouche, tentant de me provoquer. Voyant que je ne cède pas à ses provocations, il jette des œillades à Mancini, comme pour demander à son boss s'il doit m'attaquer. Mon opposant rugit en bondissant sur moi et me lance son poing que j'esquive en reculant mon buste à vive allure. Alors qu'il me charge à nouveau, je l'agrippe par le col et, pris d'un élan de fureur, je le balance contre le métal d'un des containers qui nous entourent. Je laisse mon regard glisser vers Mancini qui semble se délecter du spectacle, avant de reculer d'un pas. Quand son sbire se relève, il claque des doigts pour lui intimer de ne pas bouger, sans cesser de m'assassiner du regard.

– Je me casse. Oublie-moi pour les combats, je préfère crever plutôt que te représenter.

Je tourne les talons, le cœur battant la chamade, et contourne le container, attentif aux sons qui m'entourent. Je ne suis plus qu'à quelques mètres de la porte menant à l'extérieur et prie intérieurement pour pouvoir me barrer sans encombre. Quand je la pousse, je constate qu'il n'y a personne. L'homme qui m'a ouvert la porte n'est plus à son poste. Je vérifie tout autour de moi, dans un vieux réflexe je m'assure que mes armes sont toujours à leur place, et longe aux aguets et à pas rapides le bâtiment. J'aurais pensé qu'ils m'auraient suivi, qu'ils auraient voulu me corriger, mais je me suis visiblement trompé. Encore un virage, et je serai à ma caisse. Encore quelques minutes avant de retrouver celle que je défendrai quoi qu'il m'en coûte, avant de me glisser dans son lit et entre ses grandes jambes fermes, avant de me plonger en elle, la faisant mienne une nouvelle fois.

Soudain, des gyrophares hurlent de tous les côtés, à ma droite, à ma gauche, les moteurs rugissent et les premiers freins crissent sur le sol. Pris d'un instinct de survie, je saute le portail qui longe les quais et me mets à courir. Je savais que Mancini allait me faire un coup de pute… C'était trop beau, putain.

Quel con, je suis !

Les sirènes hurlantes des voitures de flics se rapprochent dangereusement.

Je m'engouffre dans une ruelle sombre à toute allure et à bout de souffle. Quelques mètres devant, je repère la seule façon de me sortir de là, d'échapper à ce qui m'attend s'ils en viennent à foutre la main sur moi. Parce qu'on ne va pas se mentir, Mancini a de nombreux flics à sa botte. Et vu le cirque auquel j'assiste ce soir, nul doute qu'il est de mèche avec tous ces cow-boys.

J'accélère ma course quand la lumière des gyrophares de l'une des bagnoles de police qui me poursuivent se reflète sur les murs en briques qui s'élèvent autour de moi. Au moment où je m'apprête à tirer sur l'échelle d'un immeuble scellée dans le mur, des bruits de pas approchent dangereusement. Je m'apprête à grimper lorsqu'un des flics hurle, arme au poing :

– Arrête de suite ! Ne bouge plus !

Je n'ai pas le temps de gravir les barreaux qu'ils sont plusieurs à me tenir en joue. J'essaie de réfléchir, de prendre des décisions sensées sans être parasité par bien d'autres choses : le business, mes hommes, l'organisation, mon boss, *elle*… Ces flics ont-ils un intérêt à me tirer une balle dessus ? Je ne pense pas. D'une impulsion sur ma jambe, je me lance dans l'escalade de l'échelle, c'est la seule porte de sortie qu'il me reste.

De l'agitation se fait entendre quand ma cheville est saisie. Je tente de bouger mon pied pour me défaire de cette prise, mais rien n'y fait.

Une nouvelle voix résonne dans mon dos.

– Arrête de bouger, Vesselovski !

Je n'obtempère pas. J'enserre fermement les barreaux au-dessus de ma tête avec mes mains et contracte mes muscles pour continuer mon ascension.

– Le quartier est bouclé ! Descends ! hurle un homme.

Je n'écoute rien, mais suis vite rappelé à l'ordre. Quand j'entends le tir d'un pistolet à impulsion électrique, je comprends que je suis foutu. Je reçois un impact dans mon dos, et une décharge intense génère une douleur extrême qui raidit l'intégralité de mes muscles. Je suis figé, je hurle. Je suis privé de tout contrôle, je perds la maîtrise de mes gestes. Mes mains lâchent leur prise et je sens mon corps basculer en arrière et toucher violemment le sol.

Mes membres tremblent sous l'effet du Taser, mais j'arrive à distinguer les quatre hommes qui demeurent autour de moi. Trois d'entre eux pointent leur calibre dans ma direction, comme si, en pleine convulsion, j'allais pouvoir me barrer en courant.

Les contractions cessent. Mon cœur bat si vite que j'ai l'impression qu'il va me broyer les os de la cage thoracique. Je n'ai pas le temps de reprendre mes esprits que l'un des flics me bascule sur le ventre et saisit mes bras pour me les plaquer dans le dos. Il me passe les menottes, puis me force à me relever. Je peine à rester bien droit quand il glisse les mains dans mes poches pour en ressortir un sachet de cocaïne gros comme mon poing, en interpellant son boss pour se vanter de sa trouvaille.

– Mikhaïl Vesselovski, vous êtes arrêté pour possession de drogue. Vous avez le droit de garder le silence. Si vous renoncez à ce droit, tout ce que vous direz pourra être et sera utilisé contre vous devant une cour de justice.

Ces dernières semaines, le maire de la ville s'est mis en tête de diminuer le taux de criminalité dans les rues de Cleveland, en faisant la chasse aux trafics en tout genre. Je comprends rapidement que je vais en prendre plein la gueule.

Le flic qui m'a passé les menottes se penche vers mon oreille et me souffle :

– Avec la profonde amitié de Francesco Mancini.

19

Mikko
De nos jours

Assis sur le siège en cuir de ma caisse, j'écrase ma sixième cigarette dans le cendrier avant de mettre le mégot dans ma poche. Cette habitude ne m'a jamais quitté depuis ma première tige à 15 ans. Ne jamais laisser de trace de son passage. Une vieille technique de Vasily.

Mon téléphone sonne et le prénom de Murph s'y affiche.

Je rejette l'appel.

Je n'ai franchement pas envie de lui parler. Pourtant, j'y serai bien obligé. À sa nouvelle tentative, je lui réponds par message que je suis sur une piste, que je ne peux pas discuter avec lui. Je lui promets de le rappeler avant la fin de semaine.

Sa réponse ne se fait pas attendre :

[Je compte sur toi.
N'oublie pas ta promesse.]

Je cligne des yeux, puis soupire par le nez. Il parle de la promesse que j'ai faite d'avoir prochainement du concret.

Putain de journée de merde.

Je reste focalisé sur la suite, sur Maïa.

Je repense à certains de nos échanges, à certaines de ses répliques. À ce *besoin* qu'elle exprime de nous aider pour passer à autre chose. Elle ne veut plus être spectatrice de sa vie. Parce qu'elle croit que je fais quoi depuis quatre ans ? Je suis témoin de la vie qui aurait dû être la mienne. La vie ne m'appartient plus. Elle n'existe plus. Je ne suis qu'un pantin désarticulé qui arrive au bout. *À bout.*

Je finis par sortir de l'habitacle rendu opaque par la fumée des cigarettes que j'ai consommées et rentre dans la maison silencieuse. Je monte à pas de loup dans ma chambre pour prendre une douche.

Lorsque je passe devant la porte de sa chambre, je ralentis et tends l'oreille. Je distingue sa petite voix qui chantonne un morceau de Camila Cabello qu'elle adorait passer en boucle dans sa cuisine quand nous étions ensemble. Les paroles parlent d'un amour passionnel, de sentiments qui s'infiltrent dans le corps et l'âme tels que la nicotine, l'héroïne et la morphine. Quand le refrain résonne, les mots font écho en moi :

« C'est toi, bébé. »

Putain, ça a toujours été toi.

Immédiatement, cette simple pensée se répercute dans mon pantalon.

Mon corps réagit de façon primitive. Comme s'il était en manque, qu'il avait besoin de sa dose.

Putain, je suis en manque !

Je me dirige vers ma chambre et me change rapidement pour ne pas avoir à la croiser. J'enfile un bas de survêtement et retourne au rez-de-chaussée.

***

Allongé sur mon canapé, je cherche un nouveau truc à mater sur Netflix quand j'entends ses pas dans les escaliers. Elle pose ses fesses sur l'accoudoir et regarde l'écran.

– *La chronique des Bridgerton* fait un carton, lance-t-elle.

Je tourne mon visage et hausse un sourcil.

– J'ai une tête à mater un truc sur les années 1800 ?

Elle secoue la tête en protestant :

– Le duc de Hastings est juste à tomber. Et je suis sûre que Daphné te ferait craquer.

– Ah bon ? Comment tu sais ça ?

– C'est ta came !

Sa réplique est naturelle, spontanée.

– Et c'est quoi, ma came ?

Elle ne répond rien, mais son regard est intense. Mes pensées dévient et je me demande quel goût ont ses lèvres. Est-ce que j'y distinguerais la saveur acidulée des bonbons qu'elle adorait manger ? Ou celle sucrée du pop-corn caramélisé dont elle raffolait en regardant ses séries sur le câble ? Est-ce que ses baisers passionnés me feraient perdre la tête en un quart de seconde ?

On ne se quitte pas des yeux, on se sonde. Je suis certain qu'elle se pose les mêmes questions. Je vois les réactions de son corps quand je le frôle, je ne suis ni stupide ni aveugle.

En contractant mes abdominaux, je m'assieds pour lui faire de la place, et pose mes coudes sur mes genoux. Je fais alors défiler les suggestions.

– Je peux te poser une question ? demande-t-elle, curieuse.

Et c'est reparti pour l'interrogatoire. J'espère qu'on va un jour cesser de parler de Mancini, il occupe depuis plus de quatre ans mes pensées, je n'ai pas envie de continuer à justifier de ses actes.

Je hoche la tête pour seule réponse tandis qu'elle s'installe à côté de moi.

– Le tatouage que tu as dans le dos, tu l'as fait pour…

Elle ne finit pas sa question. Visiblement, ça la gêne. Je prends donc les devants en tournant mon visage vers le sien pour confirmer ce qu'elle s'imagine.

La tulipe double tardive a toujours été la fleur préférée de Maïa. Quand j'ai voulu la marquer sur ma peau, l'avoir avec moi jusqu'à mon dernier souffle, c'est ce qui m'a traversé l'esprit.

– Pour toi, réponds-je le plus naturellement du monde, comme si c'était une évidence.

Comme toute bonne fan, Maïa mettait de la tulipe dans tout et n'importe quoi : ses cahiers, ses draps, sa tapisserie… À 18 ans, elle s'en est même fait tatouer une à l'intérieur du poignet. Il m'était impossible de voir cette fleur sans penser à elle.

– C'est…

– Fou, réponds-je.

Ses yeux s'embuent d'émotion et une perle salée s'échappe de son œil bicolore. Je lève ma main pour l'essuyer de mon pouce avant de prendre son menton entre mes doigts. La moindre parcelle de sa peau que je frôle se pare de chair de poule. Sa respiration se coupe dans l'attente de mes gestes. Parce que j'ai toujours privilégié les actes à la parole.

Poser mes doigts avec douceur sur son visage m'ébranle bien plus que je me l'étais imaginé. Mon cœur bat plus vite. Mes muscles demeurent tendus. Nous sommes toujours autant attirés l'un par l'autre, c'est une évidence. Elle le sait autant que moi. Nous le savons tous les deux.

Est-ce que nous aimons ça ? De mon côté, ces quatre ans de séparation et nos retrouvailles plus que mouvementées n'ont fait qu'intensifier le manque d'elle, sans me faire oublier la mission que je dois exécuter.

J'approche mon visage du sien, faisant fi des douleurs que je ressens dans ma cage thoracique. Mon cœur semble prêt à pulvériser tout sur son passage. Son regard va et vient entre mes yeux et ma bouche, mais elle ne bouge pas. Elle attend.

Moi aussi, j'attends. J'attends un signe qui me ferait comprendre qu'elle ne veut pas que j'aille au bout. Ses lèvres s'étirent avec douceur. J'ai le feu vert. Je réduis la distance entre nous jusqu'à ce que ma bouche se pose sur la sienne. C'est doux, chaud, savoureux. Il y a une éternité que je n'ai pas embrassé une femme. Tellement d'années que je ne me rappelle plus la dernière fois que c'est arrivé.

Je dévore ses lèvres pulpeuses, avant que ma langue parte à la recherche de la sienne. Je m'empare de ses gémissements, de son désir ardent.

Et je sais. Je sais que sans elle, je ne suis pas complet.

20

Maïa

Lorsque ses doigts lâchent mon menton pour descendre dans mon cou et que ses lèvres se posent enfin sur les miennes, mon corps est pris de frissons que je suis incapable de réprimer.

La pulpe de ses doigts rêches frôle ma peau et déclenche un courant électrique qui me parcourt de part en part, tandis que nos regards sont toujours arrimés. L'atmosphère tendue laisse entrevoir autre chose. Quand il se recule, je ne peux nier qu'il prend sur lui. Qu'il aimerait que tout aille beaucoup plus vite. Un voile traverse ses prunelles. Du désir. De la virilité.

Son haleine s'abat contre mes lèvres tandis que mes yeux le supplient de m'embrasser à nouveau, de ne pas me rejeter.

– Qu'est-ce que tu veux ? m'interroge Mikko, impatient.

Toi.

– À ton avis ?

Ma main se pose sur son torse musclé. Je vois les muscles de sa mâchoire se contracter.

– Tu veux que je te fasse un dessin ? ajouté-je.

Il a un léger mouvement de recul, puis m'observe de haut.

– Vraiment ?

Je n'ai pas envie de répondre à sa question. J'ai envie de lui comme je n'ai jamais eu envie de personne, mais ça me coûte de l'avouer à voix haute. J'ignore toujours s'il est digne de ce que j'ai à lui donner, malgré cette attirance indéniable que je ressens pour lui.

– Qu'est-ce que tu veux ? répète-t-il.

Il cherche à me rendre folle, à me faire dire clairement, avec des mots, ce dont j'ai besoin, ce dont j'ai envie. Et ça m'excite. Certainement autant que lui.

Il attend en appuyant son dos contre le dossier du canapé. Impossible d'ignorer la proéminence dans son pantalon. Sans que mes yeux le quittent, ma main descend légèrement jusqu'à la lisière de son survêtement et mon index continue son périple sur le tissu jusqu'à atteindre son érection. J'entends sa respiration s'accélérer, ses expirations deviennent bruyantes lorsque je parcours toute sa longueur.

Il attend ma réponse. Je tarde à la lui donner en me délectant de son excitation.

Dans son regard, je sens qu'il lutte. Une de ses mains se pose sur mes reins, l'autre forme un poing pour contenir toute la tension qui l'habite. Je la sens d'ici. Elle m'anime, me fait ressentir ce frisson que je pensais avoir oublié.

Quelques secondes s'écoulent et il ne fait rien. Impatiente, j'empoigne plus fermement son membre. Ses muscles se tendent comme si chaque fibre de son corps était sous haute tension.

– Toi, lâché-je dans un murmure.

Il tressaille quelques secondes avant de me saisir par la nuque pour me tirer vers lui et écraser sa bouche contre la mienne. Le temps se fige et m'envoie faire un voyage dans une quatrième dimension. J'ai la sensation que mes cellules se régénèrent, que mon esprit fait une mise à jour et je me sens petit à petit revenir à la vie. Je l'enjambe pour l'encercler de mon corps. Mes bras autour de son cou, je laisse naviguer mes doigts dans ses cheveux que je tire en arrière, lui arrachant un gémissement. Je lui mordille la lèvre inférieure quand il grogne à nouveau.

– T'es toujours une vraie tigresse, s'amuse-t-il contre ma bouche.

Je souris tandis que ses mains glissent le long de mon dos jusqu'à mes fesses qu'il prend dans ses paumes avant de me soulever pour se mettre debout. J'accroche mes jambes à ses reins sans cesser de l'embrasser. Ce besoin d'union est tellement puissant que je crains de perdre pied.

Mon corps n'est qu'un brasier sur lequel on souffle quand il emprunte les escaliers jusqu'au premier étage. Je perds toute notion du temps, préférant me concentrer sur la chaleur de sa langue qui joue avec la mienne, sur son souffle qui se répercute contre mes lèvres. Mon dos heurte le mur du couloir quand une de ses mains remonte sur ma poitrine pour embraser un de mes tétons. Un nouveau gémissement vient se perdre dans les méandres de sa bouche. Mikhaïl fait glisser ses hanches dans un mouvement sensuel, me donnant à ressentir son excitation. Il quitte ensuite mes lèvres pour suivre la ligne de ma mâchoire, puis mordiller la zone sensible de mon cou, celle où il s'amusait à frotter sa barbe de trois jours il y a des années de cela. Je me cambre malgré moi et ondule contre lui. Il tire sur mon téton, puis son souffle chaud s'écrase contre mon oreille.

– Dis-moi d'arrêter. Si tu ne le dis pas maintenant, je ne le pourrai plus.

– Ne t'arrête surtout pas !

Il grogne bruyamment et lâche :

– Je te veux, putain !

Tout est intense. Quand sa bouche revient à la charge, un cri m'échappe.

Son érection continue de se mouvoir contre moi et mon clitoris malmené est sur le point de capituler quand Mikko reprend son ascension jusque dans la première chambre disponible : celle que j'occupe depuis quelques jours maintenant. Il nous fait tomber sur le lit et reste entre mes jambes. Nos langues se mêlent encore quand je laisse courir mes doigts le long de son dos nu pour ensuite atteindre ses fesses fermes. Puis il s'écarte de moi pour se mettre à genoux en me tirant vers lui et en faisant valser mon débardeur.

Il me rallonge tout en s'attardant sur ma poitrine qu'il prend dans ses grandes mains calleuses. Ses pouces jouent avec mes mamelons qui durcissent toujours plus. Mon bas-ventre se contracte et un frisson parcourt mon échine. Son regard s'attarde sur mon corps, comme s'il avait besoin de s'en remémorer les contours. Je coince mes lèvres entre mes dents devant cette mise à nu. Pas la mienne. Celle que je décèle dans ses yeux.

Je le reconnais enfin, je le retrouve. *Mikko.*

Je rends les armes, si tant est que je les aie eues encore en main, me redresse légèrement pour agripper sa nuque et avancer son visage vers le mien. Je l'embrasse avec passion et retrouve cette alchimie qui nous caractérisait tant. Il me rallonge en me maintenant sur le lit sous son poids. Mes doigts se mêlent à ses cheveux que je serre fermement dans mon poing. Mes jambes s'enroulent autour de ses hanches ciselées et mes talons s'enfoncent dans ses fesses. Je refuse qu'il arrête d'onduler contre mon intimité, dosant chaque coup de reins pour faire monter en moi le désir à l'état pur.

Je gémis lorsque sa bouche se referme à nouveau sur mon téton tendu qu'il aspire avant de le titiller de sa langue quelques secondes. Et quand il le tire avec ses dents, mon corps s'arc-boute. Ses deux mains serrent ma poitrine et il réserve le même traitement à mon autre mamelon. Ma respiration est hachée, courte et désordonnée. Je ne sais plus où donner de la tête quand sa bouche parsème mon ventre de baisers mouillés. Ses doigts agrippent la ceinture de mon legging qu'il fait glisser le long de mes jambes, en emportant ma culotte avec. Je sens la fraîcheur de l'air ambiant sur mon épiderme en parfait contraste avec la chaleur qui irradie dans mes veines. Une fois nue, exposée, je frissonne. Mikko se positionne entre mes jambes écartées. Son regard court une nouvelle fois sur ma silhouette avant qu'il prenne mes jambes sur ses épaules et me tire vers le bord du lit. Passé le temps de la surprise, je l'observe regarder mon intimité d'un œil gourmand. Ses yeux se relèvent et se plantent dans les miens.

– Tu sais, je me rappelle le goût que tu as.

Cette remarque embrase un peu plus chaque parcelle de mon corps. Debout au bord du lit, il continue de faire naviguer ses pupilles sur moi. Puis, il se penche en avant et pose ses poings de chaque côté de mes hanches.

– Je me souviens de chaque putain de zone qui peut te faire jouir en moins de trente secondes.

– Arrête ton cinéma, Mik.

– Je ne joue pas. Je ne joue plus.

Je m'apprête à répliquer que je n'ai jamais aimé jouer, surtout lorsqu'il était question de mes sentiments, quand sa bouche descend et se pose sur moi. Sa langue s'agite vivement, puis aspire mon clitoris avant de recommencer son manège. Je gémis de plus en plus fort.

Je ne voudrais pas lui donner raison et jouir en moins de trente secondes, mais c'est qu'il est fort à ce petit jeu. J'ai juste l'impression d'être dans cette foutue fusée et de décoller en direction de la Lune.

Il se recule, le sourire aux lèvres, alors que j'étais à deux doigts de la délivrance. Le plaisir devient douloureux. Je l'observe, les yeux pleins de malice, la bouche luisante.

– Qui a raison ? demande-t-il.

– Encore, supplié-je.

Son sourire s'agrandit et il retourne au combat. Mais cette fois, ses coups de langue sont lascifs, sensuels. Quand il aspire mon bouton sensible, il le fait doucement, me provoquant. Il sait que je suis au bord du précipice, qu'il ne me manque pas grand-chose avant de sauter dans le vide.

Mes doigts agrippent ses cheveux et rapprochent sa tête en une demande silencieuse : « Amène-moi loin. » Il insère un doigt en moi qui va et vient avant qu'un second l'y rejoigne. Ses doigts me remplissent tandis que sa langue prend un rythme plus soutenu.

Il me dévore.

Enfin.

Exactement ce dont j'avais besoin pour me sentir vivre.

Mes chairs se contractent sur ses doigts quand le courant électrique qui descend le long de ma colonne vertébrale explose. Un cri méconnaissable sort de ma bouche. Je jouis sur sa langue, sentant mon corps se contracter, puis se relâcher un nombre incalculable de fois. Ma tête complètement abandonnée, je ferme les yeux et tente de calmer le rythme implacable de mon cœur.

Un ricanement me ramène au moment présent, suivi d'un mouvement sur le lit. Les lèvres de Mikko remontent le long de mon corps quand je l'entends dire :

– Je te connais par cœur.

En quelques secondes, il m'a repositionnée bien plus haut sur le matelas. Il cale ses hanches entre mes jambes et son regard plonge dans le mien.

– Je te connais peut-être même mieux que toi-même.

L'orgasme retombant, j'essaie de répondre aux multiples questions qui me traversent l'esprit, dont une qui revient en boucle, en taille de caractères 20, en gras et en rouge.

Comment ai-je pu être aussi stupide pour tenter de me persuader que je ne l'aimais plus ? Ça a toujours été lui.

Cette prise de conscience me noue l'estomac. Quand ses yeux bleus et son sourire enjôleur me font face, il n'y a plus de doute. Je retombe amoureuse de l'homme que j'ai aimé quasiment toute ma vie, avec sa part de mystère et son caractère bien à lui. Quand nous sommes à proximité, quand nos peaux se touchent et que nos corps se mêlent, j'ai l'impression que rien n'a changé. Que cette symbiose est toujours une évidence.

Et lorsque nos regards se percutent, j'ai l'intime conviction qu'il pense la même chose que moi. Il tend son bras vers la table de chevet et en ressort un préservatif qu'il déchire entre ses dents. Il s'en empare et le déroule en quelques secondes sur sa longueur. Je sens son sexe aussi dur que de l'acier contre mon intimité, son gland longer la lisière de mes lèvres.

Je le sens se glisser en moi, je l'entends lâcher un doux grognement comme si chaque centimètre lui permettait d'atteindre l'extase. Puis il se retire et donne un coup de reins. Il me pénètre d'un coup, jusqu'à la garde, sans me lâcher des yeux. Ma bouche émet un cri de surprise et mon dos se cambre de plaisir. Ses avant-bras emprisonnent mon visage et mes ongles sont profondément ancrés dans la chair de ses épaules.

– Putain que je te veux.

Je déglutis, la gorge sèche. Ses mots. Ses aveux me rendent folle. Je n'ai pas le temps de répliquer que ses va-et-vient se font tout sauf doux. Nos peaux claquent, le plaisir à peine tari est prêt à exploser une deuxième fois. Sa langue plonge dans ma bouche et ses dents tirent sur mes lèvres. Mon sang s'embrase le long de mes veines.

Une de ses mains vient prendre mon sein en coupe et son pouce rugueux se met à effleurer mon téton. Juste un peu, pas trop fort. La dose parfaite. Toujours en remuant en moi, il délaisse ma bouche pour attraper la pointe dure de mon mamelon qu'il fait rouler sur sa langue.

Je remue d'excitation, mes parois se resserrent contre lui avant qu'il ne se retire, laissant un vide incandescent derrière lui. J'ouvre les yeux en grand quand, un sourire arrogant sur le visage, il passe une main dans le creux de mes reins pour me retourner. Il entrelace mes cheveux dans sa main et tire en arrière, me forçant à me redresser, le dos contre son torse. Sa respiration erratique s'abat contre mon oreille, et la chaleur de son corps continue de produire ses effets sur le mien.

– Je t'ai toujours voulue.

Je veux lui donner tout ce qu'il veut prendre de moi, et plus encore.

Je veux aussi prendre tout de lui, même ce qu'il refuse de me donner.

Il appuie sur le haut de mes fesses pour m'incliner et me pénètre de toute sa longueur. Son corps percute le mien, mon sexe avale le sien. Alors que ma tête est rejetée en arrière contre son épaule, sa bouche me dévore le cou et ses doigts jouent avec mes seins sensibles. Je suis à nouveau au bord de la falaise, prête pour le grand saut. Il doit le sentir parce qu'il accélère le rythme et s'enfonce si profondément à l'intérieur de moi que de nouvelles sensations me font perdre tous mes repères. Je plane. En quelques secondes, je me sens partir, dériver. Il va de plus en plus vite et de plus en plus fort. Je ne maîtrise plus rien quand j'atterris sur mes coudes et que Mik me maintient par les hanches.

L'orgasme me frappe de plein fouet sans que j'aie pu réellement le voir venir et je hurle le nom de mon amant à m'en rompre les cordes vocales. Je suis incapable de garder les yeux ouverts ou de soutenir mon poids sur mes bras ou mes jambes. Je m'affale sur le lit comme une poupée de chiffon. Mikko donne quelques coups de reins avant de se répandre dans le préservatif en répétant à je ne sais combien de reprises mon prénom.

Mes poumons me brûlent, ma gorge est asséchée et mon cœur semble prêt à briser ma cage thoracique. Je ne parviens pas à reprendre mes esprits, encore moins quand l'homme qui est incrusté dans ma peau s'affale sur moi. Dans le même état que moi.

Il me serre dans ses bras, son sexe toujours dans le mien, quand il poursuit ses mouvements désordonnés avec une lenteur qui pourrait finir par me faire avoir mon troisième orgasme en moins d'une heure.

– T'en as jamais assez, arrivé-je à articuler.

– Tu ne t'en es jamais plainte, s'amuse-t-il dans mes cheveux.

Je souris tout en reprenant mon souffle. Mikko et moi avons toujours été sexuellement – très – actifs. Ça a toujours été explosif, plein de tension et de sensualité. Dès que nous étions ensemble, nous passions plus de temps à nous emboîter qu'à discuter ou à nous entraîner. Et ce petit truc entre nous me semblait insubmersible. Je sais que beaucoup de choses m'échappent, qu'il me manque des données et que, sans celles-ci, je ne trouverai pas le résultat escompté. Mais ai-je vraiment envie de connaître toute la vérité ?

Il se retire et son bras posé sur mon ventre me maintient contre lui. Nous restons face à face quelques secondes avant qu'il ne demande :

– Une douche ?

J'acquiesce et me redresse. Une fois debout, je sens une exquise douleur entre mes cuisses qui me rappelle à quel point ça m'avait manqué. Pas d'être endolorie, non, d'être choyée, d'être propulsée dans les hautes sphères du plaisir charnel. Cela fait des années que je n'ai pas ressenti *ça*. Je le suis dans la salle de bains sans le quitter des yeux.

Il ouvre l'eau de la douche et se poste sous les jets glacés, comme à son habitude. Je suis toujours aussi captivée par son tatouage dans le dos. Je le rejoins, puis pose la pulpe de mes doigts autour de l'encre. Je dessine chaque courbe des tulipes, je mémorise chaque pétale, pleine de fierté. Ce tatouage, il l'a fait pour penser à moi, pour que je sois à lui autant qu'il est à moi. C'est primaire comme raisonnement, mais nous avons toujours été ainsi : un tout.

Mikko finit par se retourner et nous fait pivoter. Il me place sous l'eau tiède qui déferle, en une douce caresse apaisante, sur mon corps encore marqué par l'orgasme. Je bascule la tête en arrière et laisse les gouttelettes marteler mon visage. Puis les mains savonneuses de Mikko se posent sur mes poignets et remontent sur mes bras. Il prend soin de me laver, conscient que le peu de force qu'il me reste me permet tout juste de rester debout.

– Je sais que ce n'est pas le bon moment pour parler de ça…

Tais-toi dans ce cas.

Je me rince sous le jet et recule pour saisir une serviette quand il coupe l'eau.

– Comment tu te sens ?

– Comment je me sens, là, maintenant ? Ou comment je me sens à l'idée d'être le ver de terre au bout d'un hameçon ?

Je finis de me sécher sans le regarder, essore mes cheveux et m'apprête à retourner dans la chambre quand il me rattrape par le bras.

– Attends…

Toujours nue, dos à lui, je ressens sa chaleur derrière moi. Une intense chair de poule parsème ma peau. Peut-être est-ce la température de la chambre qui me fait frémir. Peut-être est-ce sa proximité.

Ça a toujours été sa proximité !

Il hésite, doit probablement chercher ses mots qui ne viennent cependant pas. Je reprends doucement la route du lit, Mikko sur mes talons. Je sens son regard braqué sur moi quand je déplie les draps pour m'y plonger et quand, quelques secondes plus tard, m'ayant rejointe, il s'allonge sur le flanc derrière moi.

Je me tourne finalement vers lui, les mains sous ma joue. Je ne sais pas pourquoi cette discussion sur l'après m'effraie autant. Pourquoi je la fuis.

– Maïa, commence-t-il en décollant une mèche humide de mon visage pour la caler derrière mon oreille, j'ai besoin que tu me parles.

– C'est pourtant pas ton truc. Parler.

Cette réplique acide aurait pu être évitée, j'en conviens. Mais quand il n'a pas eu envie d'évoquer les Mancini, Taylor, mon infiltration, il m'a laissée seule avec mes doutes. Les garçons n'ont pas non plus eu droit à plus d'égards.

Furieux ou encore frustré, Mikko glisse une lèvre entre les dents qu'il serre jusqu'à se faire saigner.

– Arrête, tu veux?

Après quelques secondes, je finis par lui répondre:

– Que veux-tu savoir?

– Tout. En quelques jours, tu as appris… tellement de choses… Tu as accepté de t'embarquer dans un truc qui est plus gros que toi. Pourquoi?

Pour t'impressionner. Pour te faire voir que je suis là. Que vous êtes ma famille, même si ce monde me donne la gerbe. Parce que j'ai parfaitement conscience que, sans moi, vous ne pourrez pas avancer, que tu ne pourras pas te libérer.

– Tu as entendu tes hommes? C'est la seule solution, et tu le sais.

– Oui, je le sais. Ce n'est pas pour autant que je veux que ça se passe comme ça.

J'évacue un soupir entre la résignation et le rire nerveux.

– Mikko, j'ai aussi envie d'avancer dans ma vie sans avoir une épée de Damoclès au-dessus de la tête. J'ai des projets, j'ai envie d'une vie paisible. Ce… Ce qu'il s'est passé il y a quatre ans m'a profondément changée. J'ai changé. Je ne suis plus celle que j'étais.

Je me redresse sur un coude, laissant le drap retomber sur mes hanches, et poursuis:

– Tu n'as pas envie de m'expliquer tout ce qui t'est arrivé, d'accord, je l'entends, même si ça me ronge. Mais il serait peut-être temps que tu arrêtes d'être égoïste.

– Je te demande juste de me faire confiance. On verra ça plus tard.

Je ferme les yeux et me laisse mollement retomber sur le lit, le visage tourné vers le plafond. *Dialogue de sourds, bonjour!*

– Maïa…

– Pourquoi m'as-tu sortie de ta vie avec autant de mépris? demandé-je en colère.

– S'il y a bien quelque chose dont je ne peux pas parler, ce sont les conditions de ma disparition. Et tu le sais très bien.

Je ricane avant de m'offusquer:

– Je ne parle pas de ce moment-là. Tu m'as jetée comme un vulgaire mégot à ma première visite au centre pénitentiaire.

Il s'assied et s'adosse à la tête de lit.

– Quoique… non. Même tes mégots, tu les considères plus que moi. Jamais écrasés sous ta semelle, jamais jetés dans le caniveau. Toujours dans ta poche, près de toi.

– Arrête, bon sang!

Je me redresse à nouveau et crache :

– Quoi ? La vérité fait mal ? Tu m'as virée comme une malpropre, et tu le sais très bien. À moins que les années t'aient rendu amnésique.

– Toutes les vérités ne sont pas bonnes à dire, et tu le sais. Parfois, faut juste savoir fermer sa gueule.

Je croise les bras sous ma poitrine, le regard meurtrier. Comment avons-nous pu passer de l'extase à ce type de dispute ?

– Tu me penses trop faible pour encaisser la vérité ?

Ses narines se dilatent sous le coup de la colère qu'il ressent.

– Ne me pousse pas à bout, Maïa. Je peine à garder mon calme depuis ce matin. Arrête de me provoquer. Ce n'était pas à ça que je voulais arriver en te demandant de me parler.

Nos choix et nos décisions ont des conséquences. J'espère juste qu'il en a conscience.

Et là, juste comme ça, je craque. Mes bras retombent le long de mon corps et je me rallonge. Quelques secondes passent avant que je capitule. Il faut que j'arrête de tourner en rond.

– Tu as raison. Laisse tomber.

– Je peux te donner certaines réponses, je te les dois. Mais ne devrait-on pas parler d'autre chose ?

Il soupire douloureusement et s'approche de moi. Ses doigts suivent le contour de ma mâchoire, puis attrapent avec douceur mon menton qu'il soulève pour que mon visage soit face au sien.

Je hoche la tête.

– Si tu me parlais de ton boulot, lance-t-il en me souriant avec tendresse.

Quand j'y réfléchis, Mikko ne sait rien de cette vie professionnelle qui me passionne. J'avais tendance à lui en parler à haute voix en pensant m'adresser à un ange.

– J'adore mon métier. Vraiment.

– Le médical, c'est une vocation.

C'est une certitude. On qualifie souvent les infirmières de « panseuses d'âmes » parce que, au-delà de soigner les corps, elles sont les principales intervenantes auprès des malades, surtout dans un service comme le mien.

– Surtout aux urgences. Ça grouille tout le temps ! Et cette effervescence, se sentir utile dans une équipe de professionnels, c'est très gratifiant.

Mikko est attentif à tout ce que je lui décris de mon quotidien à l'hôpital. Dans son regard, je lis une certaine fierté. Ses traits semblent s'être adoucis, et les miens sont détendus. Comme quoi, cesser de ressasser toujours les mêmes choses est bénéfique pour tout le monde.

– Je suis content que tu fasses quelque chose que tu aimes.

Je remue la tête, confirmant son propos.

– Et toi ? demandé-je. Est-ce que tu fais ce que tu aimes ?

Son visage se ferme légèrement.

– Non.

– Tu n'es pas obligé de m'en parler. Je ne veux pas créer de malaise.

Il soupire en fermant quelques secondes les yeux. Quand il les rouvre, je me noie dans leur couleur océan.

– Pour être honnête, je ne sais pas comment envisager la suite. En parler ne va pas me faire avancer. Alors, je vis le moment présent.

Mon cœur se serre de le sentir si démuni, impuissant. J'aimerais tellement qu'il puisse trouver la paix intérieure.

– Tu devrais te reposer, dit-il en caressant ma joue.

On se sourit, on s'observe avant qu'il ne se tourne pour appuyer sur l'interrupteur. Je le sens s'approcher de moi. Je lui tourne le dos pour que mon corps se love contre le sien. Dès que mes yeux se ferment, je ne peux m'empêcher de ressasser le plan tactique établi par la Fratrie au cours des derniers jours.

Une boule d'angoisse me noue l'estomac.

– Tout va bien se passer, murmure une voix au creux de mon oreille.

Les vibrations de son torse contre mon dos me donnent la chair de poule.

– Comment peux-tu en être sûr ?

– Parce que je donnerais ma vie pour toi. Et où que tu sois, je te retrouverai. Ne l'oublie jamais.

Il est dans mon sang. Dans mes veines. Dans ma tête.

Quand je sens que le sommeil m'engloutit, je demande dans un ultime espoir d'avoir une réponse :

– Pourquoi tu m'as quittée ce jour-là ?

– Pour te protéger.

21

Maïa
Cinq ans plus tôt

Venir voir un détenu est un parcours du combattant. Tout est fait pour décourager ceux qui veulent tenir compagnie à leurs proches.

Je fais la queue devant la prison au milieu d'une foule de personnes et attends patiemment mon tour dans un froid polaire. Il n'y a pas de profil type : hommes, femmes, enfants, jeunes ou vieux, nous attendons que les portes daignent s'ouvrir.

Je suis impatiente de voir Mikko, malgré les circonstances. Des années que je l'aime dans le plus grand secret, et cela fait quelques mois que mon conte de fées prend la forme d'un amour caché. Je me suis résignée à l'aimer à l'abri des regards. Je n'ai jamais été aussi sûre de mes sentiments, de leur puissance et de leur pureté.

Un bruit strident se fait entendre et l'enthousiasme général prend le dessus sur mes doutes et mes craintes. Je n'ai pas tout compris des raisons qui ont poussé les autorités à mettre Mikko derrière les barreaux. Il n'est même pas passé par une garde à vue en bonne et due forme. Pas de convocation devant un juge fédéral. Non, là, il a été arrêté et déféré dans les heures qui ont suivi son arrestation. J'ai tenté d'écouter une conversation de mon père, mais il chuchotait tellement bas dans la cuisine que je n'ai rien pu entendre.

Vingt minutes plus tard, j'entre dans une salle d'attente, m'assieds et attends avec impatience qu'on vienne me chercher.

Je sais que je ne suis pas loin de Mikko, je le sens. Des petits picotements se font sentir au bout de mes doigts, et l'appréhension noue mon ventre.

Je suis dans la plus grande prison de l'État. Les pièces par lesquelles je passe depuis que j'ai mis un pied dans ces lieux sont petites, les murs sont défraîchis et fissurés, le mobilier semble tout droit sorti des années 1930 et les sols sont incrustés de saleté.

Un bruit de serrure me fait lever les yeux avant qu'une porte s'ouvre pour dévoiler un homme d'un certain âge. Il tient une feuille dans ses mains. Lorsqu'il prononce mon nom avant de redresser le visage, je me relève, incapable de rester en place une seconde de plus.

– Suivez-moi, dit-il lorsque j'arrive à sa hauteur.

Je m'exécute et le laisse m'entraîner dans une autre salle exiguë, meublée d'une seule table en fer qui a connu des jours meilleurs. Je fronce les sourcils quand une autre porte au fond de la pièce s'ouvre. Une femme en uniforme entre et se présente.

– Bonjour, je suis Maddie Fox. Je vais devoir procéder à une fouille de votre sac et à une palpation corporelle.

Je déglutis et acquiesce.

Je sais qu'il s'agit du protocole, mais on m'a toujours éduquée en me disant que les forces de l'ordre n'étaient pas mes meilleures amies. Encore aujourd'hui, lorsque Anastasia a confirmé m'avoir inscrite sur la liste des visiteurs, elle m'a mise en garde. Selon elle, beaucoup d'agents pénitentiaires sont corrompus, je dois m'en méfier et ne pas me laisser aveugler par mon envie de voir Mikko. Elle n'a pas totalement tort sur un point : je suis prête à tout pour lui, pour le voir, me rassurer quant à son état de santé et tout le reste.

Je vide le contenu de mon sac dans une panière qui ressemble comme deux gouttes d'eau à celle qu'on utilise dans les aéroports, pour que la surveillante puisse vérifier que je n'ai ni couteau ni autre arme potentielle. Ensuite, elle me tend une boîte.

– Je vous laisse déposer, dans cette boîte, votre téléphone, les appareils électroniques et autres objets permettant de communiquer. Vous devez y laisser votre sac.

Mes mains tremblent, ma respiration s'accélère, signe de mon inconfort. Mes doigts attrapent difficilement mon téléphone et le déposent dans la caisse, puis j'observe la surveillante.

– Premier parloir ? demande-t-elle.

Elle met de côté la boîte dans laquelle j'ai déposé mon sac et ma veste.

– Oui.

Elle sourit presque tendrement.

– Ne vous en faites pas, tout va bien se passer.

Cet environnement est nouveau pour moi et assez effrayant. Je sais d'emblée que ces visites hebdomadaires vont être éprouvantes et que les procédures à suivre seront un vrai calvaire. La gardienne de prison me demande de me décaler pour commencer la fouille corporelle et m'invite à écarter les jambes et les bras. Elle palpe chaque partie de mon corps, sans rien exclure, avant de m'indiquer la porte par laquelle elle est apparue.

Lorsque je la passe, je me trouve dans une sorte de grand réfectoire où sont installées des tables rondes et rectangulaires. Des gardes circulent entre elles, le visage fermé et les yeux un peu partout. Leurs mains sont accrochées à leur matraque et à leur arme à feu.

Des détenus sont déjà auprès de leur femme, certains de leurs enfants rient aux éclats ou au contraire pleurent à chaudes larmes.

– Asseyez-vous à la table 8 et patientez.

Je n'avais même pas vu que les tables étaient numérotées.

Dès que j'amorce un pas, mon ventre se noue et ma respiration se saccade. J'ai l'impression que tous les regards convergent vers moi, que tous m'observent comme si j'avais tué quelqu'un, comme si j'étais accusée d'un crime que je n'ai pas commis. La sensation est paralysante.

Je n'en mène pas large.

Parvenue à la table 8, je m'assieds.

Mes yeux se posent sur l'un des murs, puis les balaient un par un à la recherche de l'endroit par lequel il va apparaître. J'ai tellement hâte de le voir que c'en devient douloureux. Je noue mes mains pour masquer mon trouble et mes tremblements. Je distingue les discussions des tables à proximité de la nôtre, preuve que nous n'aurons pas beaucoup d'intimité. Les enfants d'à côté rient des chatouilles de leur père et m'arrachent un sourire.

Quand je l'aperçois enfin, c'est comme si tout cessait d'exister autour de nous. Comme si nous n'étions pas dans ce réfectoire sordide. Son visage se redresse, nos regards se croisent. Le sien est dur, accusateur. Il s'approche lentement sans jamais rompre le contact. Ma respiration s'emballe à nouveau et une boule qui me semble énorme loge dans ma gorge.

J'ai un mauvais pressentiment.

– Vesselovski, t'as une demi-heure, gronde le garde en détachant les menottes qui maintenaient les mains de Mikko dans son dos.

Dans sa tenue orange, Mikko reste droit, comme si me revoir l'indifférait.

– Assis, Vesselovski.

Visiblement contre sa volonté, il s'assied sur la chaise métallique qui me fait face. Son regard n'a pas cillé. Il est toujours ancré dans le mien qu'il perce avec violence. Ce n'est pas du tout ce que je m'étais imaginé. Je savais bien que Mikko n'allait pas me sauter dans les bras, il n'est pas comme ça, pas démonstratif en public. Mais je ne m'attendais pas à autant de distance et de détachement.

Mon angoisse grandit et, durant un quart de seconde, je me demande ce que je fiche ici. Pour autant, je garde mon dos droit comme si j'avais l'habitude de ce genre de rendez-vous, comme si j'étais préparée à ce qui m'attend.

– Hey, tenté-je pour briser la glace.

J'ébauche un sourire en prenant appui sur mes avant-bras.

– Comment tu te sens ?

– Qu'est-ce que tu fais ici ? gronde-t-il entre ses dents.

Clairement, je ne m'attendais pas à cette réaction.

– Pardon ? répliqué-je en redressant le menton.

– Tu es devenue sourde ou tu le fais exprès ? Je te demande ce que tu fous ici.

Sa voix rauque est montée de plusieurs décibels, attirant les regards d'autres visiteurs. J'observe furtivement à gauche, puis à droite, avant de planter mes prunelles dans les siennes. Je ne me démonte pas.

– Ça te choque que ta petite amie vienne te rendre visite ?

Ses mâchoires se serrent avant que ses deux poings s'abattent sur la table en métal. Je sursaute et mon palpitant s'emballe de plus belle. Mon cœur bat si vite qu'il menace de dérailler. Je ferme les yeux quelques secondes pour tenter de me calmer, puis je redresse la tête. Je demeure assise, conquérante, comme je l'ai toujours fait lorsqu'il se met en colère. Je n'ai jamais reculé face à ses démons.

– Tu n'es rien, Maïa.

La violence de ces quelques mots résonne en moi et mon cœur cogne ardemment dans ma cage thoracique. Il frappe si fort qu'il m'en donne le vertige. Je n'ai pas le temps d'organiser mes pensées pour répliquer qu'il reprend :

– S'envoyer en l'air ne te donne aucune place. Petite amie ? ricane-t-il en se relevant. Tu n'es rien pour moi. Tu ne l'as jamais été et tu ne le seras jamais.

Sa voix qui gronde s'infiltre dans mon organisme et me paralyse. Je dissimule tant bien que mal mon malaise parce que tous les yeux sont braqués sur nous. Je fronce les sourcils et abats ma dernière carte.

– Mon père a autorisé cette visite.

Cette dernière carte est malhonnête puisque mon père n'a jamais rien autorisé, il ignore tout de ma visite à la prison. Nul doute qu'il aurait refusé que je vienne rendre visite à son bras droit, ce n'est pas la place d'une femme, qui plus est de sa fille.

Je ne sais pas pourquoi je me réfugie derrière mon père, qui est aussi son patron, pour légitimer ma présence ici. Seul le fait que nous étions, de mon point de vue, ensemble depuis neuf mois justifie ma venue. Une relation exclusive, des crises de jalousie, des parties de sexe débridées, des échanges de clés… Je ne pense pas avoir rêvé cette relation.

La froideur qui se dégage de ses iris me rend amère, et me vexe. Je suis profondément blessée par cette attitude, mais tente une nouvelle fois de ne rien laisser paraître.

– Pars et ne reviens jamais. Peu importe qui te donne son aval pour venir. Je ne veux pas te voir et encore moins t'entendre.

Je reconnais cette voix, rauque et dure. Celle qu'il n'utilise jamais avec moi et qu'il réserve à ses hommes et probablement à ses ennemis. Ses yeux me fusillent du regard, comme si je n'étais qu'un déchet. Un gardien s'approche, en demandant à Mikko de se rasseoir.

– Ce ne sera pas nécessaire. Nous avons fini.

Il présente ses poignets en m'ignorant désormais complètement. Je ne réponds rien, l'humiliation est suffisante. Je ne tirerai rien de bon à tenter de discuter. Je fais face à un mur. J'ai déjà essayé de forcer l'échange après une dispute, et ça n'a jamais rien donné. Et avoir un public n'aide en rien.

L'agent pénitentiaire retire une paire de menottes de sa ceinture et les passe à Mikko qui me présente son dos pour quitter la pièce.

Pas un regard. Pas un signe. Son ignorance finit de piétiner mon cœur.

Lorsque la porte claque derrière lui, je suis incapable de mettre des mots sur ce qu'il vient de se passer. Autour de moi, les discussions reprennent doucement, mais beaucoup n'ont rien loupé de la scène qui vient de se dérouler.

Mikko, qui aimait la discrétion, vient de remettre en question notre histoire en un claquement de doigts. Je pince les lèvres en comprenant qu'il n'y avait, pour lui, aucune histoire en réalité.

Le cœur au bord des lèvres, je passe mes doigts dans ma chevelure sans cesser de fixer la porte à travers laquelle il s'est enfui. Je ne peux pas m'empêcher de me dire qu'il préfère être enfermé dans une cellule plutôt que d'échanger quelques mots avec moi.

Qu'est-ce que je suis conne !

J'aimerais croire à un mauvais rêve. Mais la réalité me rattrape quand les voix s'échauffent entre deux hommes de l'autre côté du réfectoire.

Mikko vient de m'abandonner dans cette salle, et c'est plus vulnérable que jamais et avec le cœur en miettes que je sors de cet enfer.

22

Maïa
De nos jours

La voiture garée devant chez Taylor, je reste assise dans mon siège, sans parvenir à quitter l'habitacle. Je baisse le regard sur le sigle allemand au centre de mon volant et anticipe déjà la conversation que je vais devoir avoir avec mon futur ex-fiancé… Je ne sais même pas quelle étiquette je peux lui coller.

J'inspire et expire pour calmer les battements frénétiques de mon cœur. Je me décide à passer à l'action et me dirige vers l'entrée de l'immeuble. Comme pour retarder l'échéance, je prends les escaliers. Chaque marche gravie en est une de plus qui me rapproche de ce que je redoute : notre face-à-face.

Sur l'avant-dernier palier, je prends le temps de respirer. J'inspire et souffle un filet d'air. La peur m'étreint. Et si je n'étais pas à la hauteur ? S'il découvrait que certains accessoires dans mon sac sont en réalité des caméras, que ferait-il ? Je frotte mes mains tremblantes et moites sur ma veste, souffle un bon coup et finis mon ascension. Si je ne monte pas maintenant, je risque de perdre mon courage.

Je gravis les dernières marches qui me séparent de la porte de l'appartement de Taylor.

On y est.

Je vais me jeter dans la gueule du loup, et désormais, je ne suis plus sûre de rien.

Je ne sais même plus comment mettre des mots sur cette peur qui me paralyse. Il se passe plusieurs minutes avant que je me lance. Je sonne. Et je patiente, le ventre noué, une goutte de sueur froide dévalant le long de ma colonne vertébrale.

Le bruit de la serrure résonne, puis la porte s'ouvre sur Taylor, en jean et en tee-shirt. Ses traits sont tirés. Les miens sont figés. Je ne sais pas comment réagir, et surtout comment il va réagir. Est-ce qu'il peut lire sur mon visage à quel point je lui en veux ? Lorsqu'un fin sourire étire ses lèvres, je suis soulagée. Je soupire tandis qu'il s'approche et ouvre les bras pour m'éteindre. Je fais un pas en avant et me blottis contre lui, comme le ferait une fiancée perdue mais amoureuse.

– Ma puce, dit-il en refermant ses bras dans mon dos. J'ai eu si peur.

– Je suis là, tenté-je de le rassurer.

Il s'écarte, prend mon visage en coupe et m'observe avec minutie.

– Tu vas bien ?

Non.

– Oui. Même si je crois ne jamais avoir eu aussi peur. Ces quelques jours m'ont fait du bien.

Semblant prendre conscience que nous sommes encore sur le pas de sa porte, Taylor se détache de moi, entrelace nos doigts et me tire à sa suite pour me faire entrer. Aucune chaleur ne se répand en moi lorsque nos peaux se touchent. Rien, comparé à ce que me fait ressentir Mikko.

Taylor me demande ce que je veux boire en m'invitant à m'installer dans le canapé. Il s'éloigne dans la cuisine et j'observe la pièce comme jamais auparavant. Je scrute chaque espace, chaque recoin. Je pose mon sac à main bien droit sur un guéridon en verre et glisse ma main à l'intérieur pour vérifier que les micros et autres gadgets s'y trouvent. Mon cœur bat vite, trop vite. Quand Taylor revient avec deux verres de vin, je souris. J'enfile le masque de la fiancée éplorée.

Taylor est penaud, il ne sait pas comment aborder *le* sujet. La pression est trop pesante, l'atmosphère électrique.

Il pose sa main sur ma cuisse et étire ses lèvres pour m'adresser un de ses sourires commerciaux que j'aurais qualifié de rassurant il y a encore une semaine. Un de ceux qu'il arbore quand un nouveau patient entre dans son bureau et qu'il doit le convaincre de se faire opérer par son équipe et dans cet hôpital pour empocher des honoraires plus que conséquents.

– Pour être tout à fait honnête, commence-t-il, je ne sais pas comment gérer cette situation. J'ai eu terriblement peur ce jour-là. Je n'ai pas compris ce qu'il se passait, tout est allé si vite…

– J'ai eu très peur, moi aussi, avoué-je.

Je récite ce que j'ai appris avec Mikko hier : mon retour dans l'église pour retrouver ma mère que je ne voyais plus, sa mise en sécurité, le choc et l'incompréhension, l'inquiétude… Bref, je lui sers l'histoire et ça a l'air de fonctionner.

– Je suis content que tu aies pris du temps pour rassurer ta mère. L'essentiel, c'est que nous soyons réunis de nouveau, tu ne crois pas ?

J'acquiesce tandis qu'il finit son verre, puis se rapproche de moi. Il m'enlace en nichant son visage au creux de mon cou. Mon ventre se contracte devant cette démonstration d'affection que mon corps n'accueille pas d'un bon œil. Je l'imagine, avec une arme à la main, tirant sur mon père. Je masque une grimace marquant le dégoût qu'il m'inspire.

Quand il se recule, il plante un baiser sur ma bouche et prend mon visage en coupe. Il me butine, me cherche, me taquine. Mais je ne ressens rien. Il ne déclenche rien en moi, aucun fourmillement dans mon ventre. Rien.

S'il se rend compte de mon malaise, il n'en dit rien et s'écarte de moi, non sans m'avoir caressé la joue. Après tout, avec lui, je n'ai jamais été une femme tactile. Les effusions, les démonstrations de tendresse, très peu pour moi. Nos rapports intimes ne m'attirent pas plus que ça. Je ne ressens pas cette alchimie, ce besoin de le toucher, de le sentir contre moi, en moi. À part Taylor, je n'ai connu que Mikko, qui lui est très porté sur le sexe. Donc j'évite de faire des comparaisons. Mieux vaut ne pas en faire, en réalité.

L'ambiance se détend quand il aborde les derniers cas particuliers de son service ou les nouvelles des urgences, un sujet qui me passionne toujours autant.

Taylor va récupérer dans la cuisine la bouteille de vin avec laquelle il nous ressert.

– On commande à l'italien du coin ? demande-t-il.

– Comme d'habitude pour moi, réponds-je.

Il se penche en avant et pose un nouveau baiser sur mes lèvres. Je retiens le mouvement de recul que j'allais effectuer, et ma respiration, le peu de temps que dure ce contact intime.

– Je reviens, ce ne sera pas long, lance-t-il en ponctuant sa phrase d'un clin d'œil.

Je me lève et l'accompagne à la porte. Taylor passe sa veste et chausse ses baskets.

– Tu peux aller te mettre à l'aise si tu veux ou prendre un bain chaud.

– Je vais aller enfiler mon pyjama, confirmé-je.

Dès que la porte claque, je me redresse et cours vers mon sac. Mon cœur bat rapidement, je crains que Taylor ait oublié quelque chose et débarque. Je me dépêche et ouvre la fermeture Éclair pour récupérer les derniers gadgets remis par Mikko : un stylo et un réveil. J'emprunte le couloir pour me rendre dans le bureau et baisse la poignée. Je ne sais pas pourquoi je suis sur la pointe des pieds, à tenter de faire le moins de bruit possible, sachant que je suis seule. Je secoue la tête en me moquant de ma paranoïa, sans oublier les mots de Mikko : je suis probablement surveillée, écoutée. Je dépose le stylo dans le pot, quitte la pièce et me dirige dans la chambre. Le petit réveil trouve sa place sur la table de chevet du côté du lit qui est le mien lorsque je viens chez Taylor.

Je vais récupérer mon sac de voyage dans l'entrée et retourne dans la salle de bains pour me changer. J'effectue quelques exercices de respiration en enfilant une tenue *chill*. Je régule durant quelques minutes mon souffle pour ne rien laisser paraître de mon trouble. En ajustant la ceinture de mon legging, je rejoins la chambre attenante et m'approche de la commode de Taylor sur laquelle des photos sont disposées en différents formats. Je prends celle qui le représente lors de sa remise de diplôme, un sourire fier plaqué sur son visage angélique.

Mon palpitant s'est enfin calmé quand la porte claque, signe que Taylor est rentré. Je quitte la chambre et retourne dans la cuisine. Il pose un sac sur la table et m'annonce :

– J'ai pris l'apéro, ils nous livrent le reste plus tard.

– Je m'en occupe. Va t'installer sur le canapé.

Il caresse mes reins au passage, tandis que je ferme les yeux pour éviter de faire une grimace de dégoût, et se dirige vers le canapé. Je sors quelques coupelles pour y déposer les bruschettas, les calamars, les olives et les mini-brochettes au jambon de parme et aux tomates séchées. Je dispose le tout sur un plateau et je le rejoins au salon.

Sur son téléphone, il semble lire quelque chose, concentré. Je m'installe à ses côtés, ce qui l'interrompt. Je le sens préoccupé.

– Tu n'as pas l'air en forme. Mauvaise nouvelle au boulot ? demandé-je.

– Non, pas au boulot. Ça fait presque une semaine que ma mère est injoignable, et je commence à m'inquiéter.

– Elle est peut-être occupée ? Avec sa sœur ?

– Aucune idée. Je réessaierai de l'appeler demain, conclut-il en posant son téléphone sur l'accoudoir.

Il s'extasie devant les mets italiens et se penche en avant pour se servir.

– Tu n'en veux pas ?

Comment lui dire que mon estomac est tellement noué que rien ne risque de passer ?

– J'ai piqué quelques bricoles en les mettant dans les bols. C'est toujours aussi divin d'ailleurs.

Il sourit avant de reprendre la parole :

– En tout cas, Anastasia a fait des miracles parce que personne n'a entendu parler de ce qui s'est passé le jour de notre mariage. À l'hôpital, ils ont tous été surpris quand je leur ai raconté. Rien n'a filtré dans les journaux.

Ce qu'il raconte me fait réfléchir. J'ai envie de lui dire ce que j'ai sur le cœur, même si Mikko et Ana sont contre. En m'écoutant, ils vont s'arracher les cheveux. Après quelques secondes de doute, je me lance :

– Je crois que nous sommes allés trop vite.

Le sourire sur son visage se fane.

– Je ne comprends pas.

Il affiche un masque d'indifférence, mais je le sens blessé. Il est bon comédien, je dois dire.

– Je pense que ce mariage était trop précipité. C'est vrai, on est ensemble depuis… quoi ? un an ? tenté-je.

Je ferme les yeux, ne sachant pas trop où aller avec tout ça. À vouloir limiter les mensonges, je dévie de ma trajectoire. Je veux que mes propos aient une part d'honnêteté, mais il ne faut pas qu'il pense que je veux rompre. Enfin, pas officiellement.

– Tu veux annuler le mariage ?

– Non ! réponds-je avec ardeur. Je te dis juste ce que je pense. Je crois au destin, je ne peux pas imaginer que ce qui nous est arrivé n'est pas un signe. Ça ne devait pas se faire ce jour-là, c'est tout.

Taylor passe une main sur son visage tendu et dit d'une voix suave :

– Maïa… c'est juste de la malchance, mais je sais qu'on sera heureux tous les deux.

Nous sommes interrompus par la sonnette. Quand Taylor se lève, je fais de même et récupère mon téléphone dans mon sac à main. J'ai un message de Mikko sur une application qui permet d'échanger, mais supprime les messages quelques secondes après qu'ils ont été lus. Je clique sur le SMS quand j'entends Taylor remercier le livreur. En réalité, j'ai deux textos.

[Reste sur le plan ! M]

[Tout est sous contrôle. M]

Ces messages renforcent mon malaise. Je me sens vulnérable sans Mikko. C'est paradoxal puisque ça fait plus de quatre ans que je suis seule. Quatre longues années où je n'étais que l'ombre de moi-même. Je dois avancer, aller jusqu'au bout de cette mission pour mieux me reconstruire loin de tout ce bordel.

– À table ! crie Taylor depuis la cuisine.

Je jette l'appareil dans mon sac et le rejoins.

***

Une fois couchée, je ne cesse de penser à Mikko. Je sens qu'il épie chacune des paroles que nous prononçons. Ou du moins je l'espère. Je sais qu'il veille à ce que tout se passe bien. Lorsque Taylor sort de la salle de bains vêtu d'une simple serviette attachée bas sur les hanches, je déglutis et tire le drap sur mon débardeur. J'ai l'impression de devoir mettre un rempart entre lui et moi.

Il s'avance, puis finit par grimper sur le lit.

– Ne te cache pas de moi.

Ses mots semblent doux, mais me font froid dans le dos, des frissons de dégoût me parcourent. Je hoche la tête pour finir par lui dire qu'une violente migraine tambourine sous mon crâne. Ce n'est pas totalement un mensonge.

Il retire sa serviette et s'allonge sous les draps. Nu. Je me penche et feins de regarder un message imaginaire sur mon téléphone pour lui tourner le dos. La peur de ce qui peut se passer me tétanise. J'éteins ma lumière de chevet et m'installe sur le flanc, dos à lui.

Une peur terrible s'empare de moi, je crains qu'il ne me contraigne à subir le poids de ses caresses, de ses mains sur moi, et plus encore. Il se colle contre mon dos avec son érection contre mes fesses.

– Si tu savais comme je te désire, Maïa…

Je me mets à pleurer silencieusement, j'ai tellement peur de ce qui va suivre… Il s'approche de mon cou et m'embrasse du bout des lèvres. Ma respiration s'accélère et je constate, à regret, que je suis perdue dans une sphère où je suis spectatrice de tout ce qui se passe.

Je ne bronche pas, mais serre fort mes jambes pour qu'il ne force pas leur ouverture afin d'avoir accès à mon intimité. Sa bouche descend sur mon épaule.

Je bouge doucement et murmure :

– Taylor, je crois que je digère mal quelque chose, j'ai mal au ventre…

Il cesse de m'embrasser alors que ses doigts remontent le long de ma cuisse. Sa respiration se suspend, tout comme le temps. Tout à coup, son bip de l'hôpital sonne. *Sauvée par le gong.* Il se penche et grogne quelques injures avant de se lever.

– Merde, je dois partir pour une urgence.

Je baisse mes paupières et expulse tout l'air contenu dans mes poumons.

23

Mikko

Cinq jours.

Cinq jours que Maïa est chez cet enfoiré de Powell.

Cinq jours que j'écoute tout ce qui se passe chez ce type. Des conversations insignifiantes avec du jargon médical à la musique classique diffusée en boucle en passant par ses quelques tentatives de toucher Maïa.

Aujourd'hui, elle a déménagé quelques-unes de ses affaires, les transportant de son appartement à celui de Powell, et ça me met la rage. Je pense que ses décisions sont prises un peu trop à la hâte, et je crains que le changement qu'opère Maïa révèle son double jeu.

T'es surtout mort de jalousie !

Reprends-toi, Mik !

Je sais que c'est la solution la plus simple et la plus sécurisée. Mettre en place des caméras et des micros chez le fils de Mancini nous aurait pris des semaines.

Lorsque mon équipe intervient, ce n'est jamais au hasard. Nous ne sommes pas des amateurs et préférons surprendre que nous faire surprendre.

Je survis grâce aux boissons protéinées et aux cafés depuis cinq putains de jours.

J'épie Maïa non-stop. Je n'ai jamais été aussi obsédé par elle qu'aujourd'hui, et Dieu seul sait à quel point elle a occupé mes pensées au cours de cette dernière décennie. Peut-être parce que je la sais dans les bras d'un autre. Certainement aussi parce qu'elle me semble si inaccessible.

J'ai l'impression que nos derniers instants ensemble, bien qu'intenses, ressemblaient à des adieux. Elle était apeurée par l'ampleur de la tâche. Elle avait beau cacher son anxiété derrière son masque de femme forte qui peut traverser toutes les épreuves du monde, je la connais. Je sais qui elle est vraiment. Et je ne peux pas ignorer tout ce qu'elle révèle en moi.

Mais qu'ai-je à lui offrir ? Rien.

Je ne suis plus rien.

Pourtant, je n'arrive pas à regretter ce qui s'est passé entre nous. Paradoxal, non ?

Seul point qui, à ce jour, me ravit : le temps de Mancini est compté. Maïa a déposé les objets qui contiennent des micros, et le téléphone ne devrait plus tarder à être hacké, j'ai le pressentiment que c'est pour bientôt. Si elle avait pu coupler les portables, nous en saurions déjà bien plus, j'en suis certain. Elle doit probablement attendre le bon moment, me faisant bouillir d'impatience.

Je jette un regard à l'une des quatre pendules qui se situent au-dessus de mes écrans, celle qui donne l'heure de notre fuseau horaire. Seize heures. Elle doit prendre son poste dans une heure. Mes doigts s'agitent sur le plateau du bureau, et mon regard se noie dans les aiguilles de l'horloge que je fixe et qui sont désormais floues.

Qu'est-ce que je fais ?

Je suis tiraillé entre l'envie de me reposer, ce dont j'ai cruellement besoin, et le désir viscéral d'observer Maïa. L'épier sans la voir me rend dingue. Je ne peux pas m'entraîner sans connecter les amplificateurs des micros aux haut-parleurs de la salle de sport. Je deviens fou, un vrai lion en cage. Au sens propre comme au sens figuré. Je ne veux rien louper. Je suis bloqué ici, ce qui me donne l'impression de manquer l'essentiel, de ne pas être à la hauteur d'une obligation.

Elle me rend complément cinglé. Irrationnel. Excessif.

Putain, dès qu'il s'agit d'elle, je suis incontrôlable. Mon instinct dicte mes actes, et la raison qui sommeille en moi ne peut rien y faire, elle ne fait pas le poids.

Je donne un coup du plat de la main sur le bureau et me redresse. C'est décidé : après m'être rafraîchi, je vais à l'hôpital.

Il faut que je la voie.

***

À l'heure de sa prise de service, je suis dans mon 4x4 aux vitres teintées, garé près de sa voiture, non loin de la porte par laquelle je l'ai vue entrer il y a une dizaine de minutes.

Je relis le message de Ruslan.

[La tête d'Alexandre a fait son effet
auprès de la famille. Les liens avec le rital
sont clairs. Ils ont soif de vengeance.]

Parfait. La mise en scène a fonctionné comme nous le souhaitions. Alexandre a trahi la Fratrie et va désormais contribuer à faire tomber cet enfoiré de

Mancini et tout son business. Ce sera la cerise sur le gâteau et les hommes de la communauté russe, persuadés que les Italiens ont buté Alexandre, seront d'un soutien de grande valeur lorsqu'il faudra liquider tout ce beau monde. Leur vengeance sera terrible. Dans la douleur, les rangs se resserrent, et nous allons exploiter cette communion.

[Parfait. Il faut les contenir
en leur assurant que l'heure approche.]

J'observe les pointillés sautiller sur mon écran, le temps que Ruslan écrive sa réponse.

[C'est déjà fait.]

Ruslan est mon plus proche partenaire depuis que j'ai pris du galon dans la Fratrie. Je lui ai appris tout ce que Vasily m'a lui-même enseigné. Je ne suis pas russe, je n'aurais jamais pu prendre la tête de l'organisation, même si je l'avais voulu et même si c'est ce que mon boss souhaitait. Il n'était pas totalement autonome dans la prise de décision… Quoi qu'il en soit, j'ai fait mon possible pour que Ruslan apprenne tout ce qu'il y a à apprendre. Et il démontre de jour en jour ses capacités à diriger ce grand clan de la pègre russe : la Fratrie. La famille. Je n'en avais aucun doute il y a quelques années déjà, et il me confirme que le temps passé à le former n'a pas été vain.

Je ne réponds rien et verrouille mon écran. J'ajuste la visière et m'apprête à sortir quand mon téléphone vibre.

[Caméras de l'établissement coupées
pour deux heures. Sois prudent.]

Je ne devrais pas être surpris que mon bras droit assure mes arrières même lorsque je ne le préviens pas de mes projets. À vrai dire, je n'ai plus de projets depuis bien longtemps. Je ne vis qu'au gré de cette affaire.

L'affaire Mancini.

Je me lève Mancini.

Je bouffe Mancini.

Je tape dans mon sac de frappe en pensant à Mancini.

Je pisse Mancini.

Je rêve des atrocités que je songe à faire à Mancini.

Ce type occupe depuis trop d'années le devant de la scène dans mon esprit.

Cette fois, je glisse l'appareil dans la poche intérieure de ma veste en jean noire, et sors de l'habitacle. Tête moins baissée qu'à mon habitude, je touche ma visière par automatisme. Je m'approche de la porte et sors la carte que j'ai configurée à distance pour déverrouiller le système d'ouverture. Je la passe devant le lecteur et la lumière verte m'indique que l'accès est autorisé. Je regarde sur mon téléphone où est l'émetteur du portable de Maïa, et quand je le repère, je m'élance dans le dédale de couloirs. À chaque angle, je scrute autour de moi pour m'assurer que la voie est libre.

Et je la vois enfin.

Elle marche en direction d'un comptoir des urgences où elle remet le dossier qu'elle tenait entre ses mains à l'agent administratif. Visiblement, c'est un début de soirée calme.

Après quelques secondes de discussion, Maïa se retourne dans ma direction et s'élance sans m'avoir vu alors que moi, je ne vois qu'*elle*. Je continue de rester à l'abri des regards et patiente. Quand elle tourne sur sa droite et me passe devant, je lui attrape le poignet et la tire vivement vers moi en pressant rapidement une main sur sa bouche pour éviter qu'elle ne lâche un cri, puis j'ouvre la porte estampillée « PRIVÉ » derrière moi.

Je nous introduis à l'intérieur avec empressement et referme le battant derrière nous. Elle chasse ma main, puis repousse mon torse. Elle est essoufflée et semble en colère. Rien n'indique que ma petite visite lui fasse plaisir.

– Mais ça ne va pas bien dans ta tête ?

Je souris. Non, ça ne va pas bien. Depuis longtemps.

– Que ça ne devienne pas une habitude, Vesselovski, me met-elle en garde en levant son index. Il y a d'autres moyens moins flippants de discuter avec une personne. Genre, le téléphone, dit-elle en agitant son pouce près de son oreille et son petit doigt près de sa bouche.

– Je ne crois que ce que je vois.

Elle soupire et laisse son dos buter contre le mur derrière elle. Quant à moi, je tourne le loquet de la porte pour la verrouiller. Elle ne perd pas une miette de mon geste avant de relever ses yeux pour les arrimer aux miens.

– Tu m'as foutu la trouille.

J'esquisse un semblant de sourire. Non pas que l'effrayer me fasse jubiler. Mais pour une fois, elle dit ce qu'elle ressent à chaud, sans chercher à masquer réellement sa peur.

– C'est dangereux que tu sois ici, l'hôpital est sous vidéosurveillance.

– Neutralisée, réponds-je.

Elle secoue la tête, un rictus qu'elle peine à dissimuler étire ses lèvres.

– Il nous faut accéder à son téléphone.

Elle perd son sourire. Et je me rends compte au même moment que je suis un con. Elle a pensé que je venais la voir, *elle*, et maintenant elle croit que je ne suis là *que* pour l'inciter à avancer et à servir mes intérêts. Bien entendu, je suis là pour ça, mais ça n'a pas été ma motivation première.

Elle se redresse et lève le menton pour rétorquer :

– Je le ferai demain. Nous passerons l'après-midi ensemble.

– Maïa…

– Ne t'inquiète pas, tu auras prochainement ce que tu attends.

Mon ventre se noue devant le ton cinglant de sa voix. Nous redevenons deux partenaires d'affaires. Et je me rends compte que ce n'est pas le rôle que j'espérais tenir en venant ici cet après-midi.

– D'ailleurs, peut-être que durant nos ébats, j'arriverai à lui arracher une touffe de cheveux. J'espère que je serai convaincante.

Je secoue la tête de gauche à droite. La garce, elle sait pertinemment que ses mots vont me mettre la rage. Mais pour une fois depuis bien longtemps, je ne vais pas exploser. Non, je vais ravaler ma fierté et éviter de tout foutre en l'air.

– J'aurais dû commencer par te demander comment tu allais. On la refait ?

Surprise par mes propos, elle plisse les yeux.

– On vient juste d'entrer dans ce local. Et là, je te balance… (Je prends une voix exagérément enjouée) « Hey, je suis venu te voir sans t'appeler, pour prendre de tes nouvelles. »

– Ce n'est pas de toi.

– Ouais, mais j'ai envie.

– Pourquoi ? répond-elle avec sérieux. Pourquoi prendre de mes nouvelles ?

Elle paraît sur la défensive.

– Parce que j'étais inquiet.

Mon ton l'est tout autant. Je vois ses joues rosir légèrement, puis ses épaules se décontracter devant cette vérité. Après quelques secondes d'hésitation, elle reprend :

– J'ai cru que tu m'avais oubliée… J'ai hâte que tout soit fini. Je flippe d'être avec lui. J'ai posé les objets contenant les micros, mais je crains toujours qu'il les trouve, qu'il m'accuse et que tout dégénère. Tes enseignements sur le tatami sont efficaces, mais je ne suis pas prête à les mettre en application.

– Tu n'as rien à craindre. Tu as suffisamment de moyens pour m'alerter en cas de danger, notamment avec ta bague. Appelle-moi, dis-moi que tu as besoin d'aide, et je serai là.

Je fais un pas vers elle, puis un second. Nous sommes désormais plus proches. Nos corps se frôlent.

– Tu n'habites pas à côté.

Ça sonnerait presque comme un reproche.

– On a une planque à l'étage inférieur.

Elle hoquette de surprise.

– Nous ne sommes jamais très loin.

Elle ouvre la bouche comme si elle avait des choses à dire, puis la referme sans produire un seul son.

– Mais, quoi qu'il arrive, je te retrouverai toujours.

La tension entre nous crépite dans l'espace restreint de cette réserve. Si j'écoutais mes pulsions, ma bouche envahirait la sienne, je nouerais ses jambes autour de mes hanches pour mieux me caler contre son intimité.

Je soulève la visière de ma casquette avant de la retirer pour qu'elle voie mes yeux dans la clarté naturelle de la pièce. Le soleil entame sa descente, mais nous sommes encore loin de la pénombre. J'observe ses yeux vairons avant d'articuler :

– Où que tu sois, je te retrouverai, Maïa. Ne l'oublie jamais.

Habituellement, je suis avare de mots et on m'a souvent taxé, enfin surtout Maïa, de handicapé de la communication, des sentiments. Je n'ai jamais pu la contredire. J'ai toujours eu de grosses difficultés à faire confiance, à m'ouvrir. Je trouve que les gens parlent souvent pour ne rien dire et font perdre du temps à tous ceux qui les écoutent. Mon frère me dit toujours que la base de toute relation est l'échange… Mais pour moi, il peut être autre que verbal. Les actes. Voilà ce qui parle davantage. Je suis de ceux qui croient ce qu'ils voient.

Ici, maintenant, j'aimerais lui faire comprendre à quel point elle m'importe, au-delà de l'objectif que je me suis fixé il y a des années. À quel point ça a été la seule à fendre ma carapace et la seule avec qui j'ai été *moi*.

Le vrai.

L'authentique.

Mikko Mäkinen.

Alors que je lutte pour ne pas me jeter sur ses lèvres et assouvir un besoin primaire, elle me surprend en réduisant la distance entre nous et en posant sa délicieuse bouche sur la mienne. Son baiser est délicat, tendre. Sa main agrippe vivement ma nuque tandis que les miennes vont s'arrimer à l'étagère derrière elle que je serre avec force pour réfréner mes envies voraces. Mais quand je n'en peux plus, quand mon corps capitule, quand nos bouches se rejoignent après un souffle perdu, j'approfondis ce qu'elle a initié. Elle se retient à ma veste pour nous rapprocher davantage. Mon membre devient douloureux, et je mordille sa lèvre inférieure avant de l'aspirer et d'y passer ma langue, ce qui lui arrache un gémissement.

Ce son…

Ce son causera ma perte. J'aimerais passer ma vie à l'entendre gémir sous mes doigts, sur ma bouche et bien plus encore.

– Dis-moi qu'il ne te touche pas.

Je n'avais pas prévu de lâcher cette supplique, mais je veux que personne d'autre que moi ne puisse jouir de sa douceur, de sa peau, d'elle. J'ai besoin qu'elle me confirme qu'il ne se passe rien d'autre que ce que j'entends dans les enregistrements audio.

Cessant de m'embrasser, elle plonge ses iris bicolores dans les miens. Les battements frénétiques de son cœur font monter et descendre sa poitrine à une vitesse affolante, son souffle erratique percutant mon menton.

– Dis-le-moi, insisté-je d'une voix peu assurée.

J'ai besoin de l'entendre de sa bouche.

– Il ne me touche pas, Mikko.

Cet aveu me soulage immédiatement.

Mes mains aux jointures blanchies lâchent l'étagère et emprisonnent sa nuque. Ma bouche s'abat sur la sienne, mais plus rien n'est affectueux. Je dois assouvir cette envie que j'ai d'elle. Mes dents s'attaquent à la moindre parcelle de sa peau et mon appétit d'elle me conduit jusqu'à son cou au parfum divin. Son souffle chaud frôle mes oreilles et je crois l'entendre râler sans aucune pudeur. Mon cœur bat frénétiquement et mon sexe est gorgé de sang. Je vais imploser à défaut d'exploser.

Puis son bip sonne, rompant la bulle dans laquelle nous nous trouvions. Elle se détache de moi, le temps pour elle de le récupérer dans sa poche. Elle le regarde et redresse la tête.

– Ce n'est pas une urgence, mais je vais devoir y aller.

– Sérieux ? Tu vas me laisser comme ça ?

Je fais un pas en arrière pour désigner mon entrejambe douloureux. Elle se met à rire, puis rétorque :

– Pour toutes les fois où je suis restée sur le carreau parce que tu avais des urgences ! Je n'ai jamais râlé…

– Oh que si, répliqué-je.

– Peut-être quelques fois, oui. Mais j'ai toujours fini le travail inachevé. Seule.

– Maïa, grondé-je pour la forme.

Elle défait puis refait sa queue-de-cheval, en ignorant complètement mon avertissement voilé qui ressemblait plus à un cri d'ours mal léché.

– Je vais coupler rapidement les téléphones, vous devriez avancer. Et parvenir à vos fins plus vite que prévu à propos de son père.

Je devrais débander, mais voir cette lueur dans son regard, celle d'une femme forte, qui se bat pour ce qu'elle veut, a l'effet inverse.

– Je sais que tu as envie d'évacuer le sujet, mais sois prudente. Si les choses sont trop précipitées, ça peut lui mettre la puce à l'oreille.

– Pas faux. D'autant qu'il n'arrive pas à joindre sa mère et qu'il s'inquiète. Il est un peu tendu.

À propos de Maria Mancini, j'aimerais demander à Maïa de prendre garde, de ne pas trop évoquer le sujet. Je ne veux pas lui avouer que nous avons interrogé la mère de Taylor et que nous l'avons finie à la russe… Et je n'en suis pas désolé. Ni d'avoir exigé le passage de la Faucheuse, ni de ne rien en dire à Maïa.

– Sois prudente. Le danger peut venir de partout.

Elle est presque à la porte quand elle lance :

– Ce n'est pas en venant sur mon lieu de travail que tu assures mes arrières. Je te rappelle que Taylor bosse ici aussi. Et qu'il doit avoir des alliés dans les rangs de l'hôpital.

– Mais je sais qu'il n'y est pas.

Elle tique et secoue la tête.

– Je vais faire mon maximum pour avancer. Je dois aller chez Ana demain soir pour une soirée filles puisque Taylor a une intervention exceptionnelle programmée à vingt-deux heures.

– Si tard ?

Si c'est programmé, pourquoi faire une intervention à vingt-deux heures ?

– Le donneur arrive sur le vol de vingt heures. Le temps pour lui de rejoindre l'hôpital, d'être préparé… C'est exceptionnel, mais ça arrive.

Ma tigresse est décidément trop naïve. J'opine du chef en notant mentalement de demander à Ruslan de guetter ce bâtard demain soir. Je crois en cette version comme je crois à la fin de la guerre dans le monde.

Son bip sonne à nouveau. Elle l'arrête, ouvre le loquet puis la porte.

– On se tient au courant. J'essaierai de coupler les téléphones avant d'aller chez Ana.

Je hoche la tête pour seule réponse et la regarde sortir de la réserve. Je remets ma casquette sur ma tête et ajuste ma visière pour dissimuler mon regard. J'attends quelques secondes et ouvre à mon tour la porte pour regagner ma caisse.

Une fois assis sur mon siège, j'envoie un message à Ruslan pour l'informer du jumelage probable des téléphones demain et je lui demande aussi de surveiller les faits et gestes de l'autre tache demain soir. Cette histoire d'intervention en pleine nuit me paraît sortie de nulle part.

Puis je fais défiler les contacts pour appeler celui à qui je dois rendre quelques comptes. J'ai beau vouloir lui faire comprendre qu'il ne dirige pas mes faits et gestes, je n'oublie pas que si je suis dehors, c'est en partie grâce à lui et à son deal. J'ai sacrifié ma vie pour survivre. Parce que c'est de ça qu'il s'agit : de survie.

Je clique sur son numéro et porte le téléphone à mon oreille. Après deux sonneries, une voix grave me répond :

– Murphy, j'écoute.

– C'est Mik.

Il ricane au bout du fil.

– J'ai cru que tu ne me rappellerais jamais. Je commençais à m'inquiéter.

– J'étais juste pris par notre affaire.

– Et tu t'es dit que t'allais contacter ton vieil ami Murph pour le mettre au parfum ?

Je lève les yeux au ciel en secouant légèrement la tête. Mes lèvres s'étirent légèrement. Murphy est tout, sauf un vieil ami, et il le sait. Nous sommes en affaires, mais plus pour longtemps je l'espère.

– Pas vraiment.

– Trêve de plaisanterie, Vesselovski, j'ai besoin de concret. Nous sommes au point mort depuis trop longtemps. Ce n'est pas pour ça que je t'ai engagé.

Ce n'est pas tout à fait ça, mais je ne le contredis pas. Ça ne sert à rien. Il pense depuis le début de notre collaboration que je vais partager tout ce que je sais avec lui, mais il se trompe. Et au fond de lui, il le sait d'ailleurs. Ça doit le rassurer de s'imaginer avoir l'ascendant sur moi.

– Il n'y en a plus pour longtemps.

– C'est-à-dire ? Ne me préviens pas au dernier moment. J'ai besoin de rassembler mes hommes et de rapatrier la cavalerie.

J'ai envie de lui répondre que c'est le cadet de mes soucis et que nous avons chacun notre merde à gérer, mais je n'en fais rien. Je retire ma casquette et me passe une main dans les cheveux.

– N'oublie pas pour qui tu bosses, me rappelle-t-il sur le ton de l'avertissement.

– Je ne risque pas de l'oublier, rétorqué-je en serrant les dents.

Difficile de l'oublier.

– Il faudrait que tu viennes me rendre visite un de ces jours, embraye-t-il.

Même si je n'ai nullement envie de voir sa gueule, je réponds :

– Ouais, ouais. Je te tiens au jus.

Et je raccroche sans attendre de réponse.

Mes épaules sont raides et les muscles de mon dos bandés. Cette conversation me fait l'effet d'une douche froide. Les bienfaits des quelques minutes en présence de Maïa me semblent déjà loin. Murphy me remet les pieds sur terre sans même le savoir, comme à chacun de nos coups de fil.

Si je veux me défaire de ses griffes, il va falloir que je sois bon. Dans le travail attendu, et dans la négociation de *la suite*. Je ne veux plus que d'autres me dictent ma conduite ou orchestrent ma vie.

24

Maïa

Assise dans le canapé, une revue people entre les mains, j'essaie de me concentrer sur autre chose que ce que je veux arriver à faire avant de partir chez Ana : accéder au fichu téléphone de Taylor. Je n'ai pas demandé à Anastasia si le rétroéclairage de mon appareil va s'activer, si le sien va y répondre, ou je ne sais quoi.

Je fais défiler les pages sans lire aucun article. Je me contente de jeter un œil sur les gros titres et les clichés souvent volés par les paparazzis.

Je referme la revue et la balance sur la table basse. Je regarde ma montre. Quatorze heures. Taylor vient de finir sa garde. S'il n'a pas eu d'urgences, il devrait être là dans moins d'une heure. Je m'adosse contre le canapé et laisse ma tête tomber en arrière, sur le dossier. J'observe sans aucun but le plafond blanc. Je ne dois pas me défiler aujourd'hui. Après une discussion avec Anastasia en fin de matinée, nous avons décidé qu'il valait mieux lancer le sujet Francesco Mancini sans attendre. Il me faut rentrer en contact avec lui. Et surtout connecter nos téléphones pour que Mikko ait accès à toutes les informations du portable de Taylor.

J'abaisse mes paupières et soupire. Je suis dans de beaux draps, et je ne sais pas où ça va me mener. En temps normal, j'aime que tout soit organisé, j'aime savoir ce que je ferai demain ou dans dix jours. Les seuls moments où je suis en roue libre, c'est au boulot.

Le boulot, je crois d'ailleurs que c'est ce qui m'a aidée à tenir le choc ces dernières années. Après la mort de Mikko, j'ai pensé que prendre de la distance avec la Fratrie était nécessaire pour ma sécurité émotionnelle. Et le plus dur, ça n'a pas été d'établir de la distance, mais de la maintenir. Pour ce faire, quoi de mieux que fuir ? J'ai cessé de me rendre dans la maison dans laquelle j'ai grandi, j'ai espacé les visites auprès de mes parents, j'ai coupé les ponts avec Sasha ou encore Ruslan. Seule Ana est restée dans le paysage. À vrai dire, elle ne m'a pas laissé le choix. Elle s'est imposée à moi, et aujourd'hui, je l'en remercie. Elle est une amie chère à mon cœur. Avec le recul, avec la « non-mort » de Mikko et la « vraie mort » de mon père, je me dis que prendre mes distances ne m'a pas empêchée de souffrir. Même si l'éloignement et le choix de ma voie professionnelle ont constitué un changement positif, ça n'en a pas été moins difficile. Mais tous ces bouleversements m'ont permis de me retrouver.

Moi.

Ce sera désormais *moi* qui régenterai ma vie.

Ma vie… Quand j'y pense, je ne peux m'empêcher de voir des images de Mikko défiler. Il m'a abandonnée, oui, mais finalement, je crois que j'avais besoin de le perdre pour m'aimer, me trouver, exister.

Le temps m'a réparée, plus rien n'est comme avant, mais quelqu'un m'a déjà soignée dans la douleur et la peine, et cette personne, c'est *lui*. C'est paradoxal quand on y pense, mais il y a des choses qui ne s'expliquent pas.

J'ai l'horrible impression d'avoir vu ma vie défiler sans même la vivre durant de longues années. Désormais, je vais me battre pour ce que je veux.

Le bruit d'une porte qui claque me fait sursauter. J'ai dû m'assoupir parce que, lorsque je me redresse, mes cervicales sont douloureuses.

– Salut beauté ! lance Taylor en marchant dans ma direction. En forme ?

Il ponctue sa phrase en claquant un baiser appuyé sur mes lèvres. Je ne ressens toujours rien à son contact, ce qui devrait m'effrayer puisque j'ai failli m'unir à cet homme. Aujourd'hui, ça me rassure. Je serais tentée de dire que le destin a bien joué son coup. Et je l'en remercie en partie parce qu'il a remis sur mon chemin la personne que je n'attendais plus : Mikko.

– Après une microsieste, ça peut aller.

– Je suis vanné. Cette intervention a duré de nombreuses heures et a été éprouvante. Et je dois me reposer pour celle de ce soir.

Taylor retire son gilet, sort son téléphone de la poche de son jean et le pose sur la table basse, près du mien. Je fixe l'appareil comme si j'avais de superpouvoirs me permettant d'incruster le logiciel espion dans la mémoire du portable.

– T'en penses quoi ?

Je tourne le visage vers Taylor, qui m'observe en attendant une réponse. Sauf que je n'ai visiblement pas écouté ce qu'il m'a dit.

– Désolée, j'étais encore dans les vapes. Tu disais ?

Il me sourit et approche sa main de mon visage pour caresser ma joue de son pouce. Je me fige comme chaque fois qu'il est trop près de moi, que je crains qu'il ne tente quoi que ce soit de plus… poussé.

– Japonais ou grec ? Je crève la dalle ! reprend-il.

– Japonais me dit bien, répliqué-je en me soustrayant à son contact.

Je me penche en avant pour récupérer mon téléphone.

– Tu veux que j'appelle ?

Il opine et énonce sa commande tandis que je répercute ses choix sur mon application. Je prends un plateau de makis en plus et je valide. Taylor est dans la cuisine, le nez dans le frigo, me laissant quelques secondes nécessaires pour que mon courage gonfle. Je pose mon téléphone sur le sien. Mon écran devient noir instantanément. Mon cœur bat plus vite, et mes yeux peinent à regarder ailleurs que sur les appareils juxtaposés.

Taylor revient avec deux grands verres d'eau fraîche qu'il pose sur la table basse. Puis il se penche vers moi sur le canapé, approchant son visage du mien. Je ne perds pas une miette de son air de félin, de son empressement à poser ses lèvres sur les miennes. Et si je dois être honnête, c'est un supplice. Je réponds à son baiser pour donner le change, en réprimant l'envie de le mordre. Je prends sur moi, masque mon dégoût comme je le peux. Il devient de plus en plus insistant, cherchant à retrouver l'intimité que nous avions avant tous ces événements. Je cherche désespérément comment me soustraire à ses bras et à cette bouche qui me dévore sans retenue. Je glisse mes doigts dans sa crinière sombre et la tire avec autorité. Quand j'espère arracher quelques cheveux, lui pense que je veux plus qu'une simple étreinte. Ses mains qui avaient pris mon visage en coupe descendent plus bas jusqu'à caresser ma poitrine. Je réprime un frisson de dégoût quand le téléphone sonne. *Son* téléphone. Je me raidis et lâche sa chevelure en prenant soin de garder dans mes poings serrés l'objet de ma convoitise.

– Laisse sonner, lâche-t-il en continuant à m'embrasser.

J'ai un léger mouvement de recul, puis rétorque :

– Et si c'était une urgence à l'hôpital ?

La sonnerie cesse. Oh, non ! Je regarde l'appareil en le suppliant. *Remets-toi à sonner !*

– Tu vois, ce ne devait pas être si important que ça.

J'ai du mal à digérer sa remarque. Je veux que l'hôpital l'appelle, qu'une urgence nécessite son intervention rapide. Puis le téléphone se remet à sonner. Le soulagement m'envahit et j'expire tout l'air que je retenais dans mes poumons sans m'en rendre compte, lorsque Taylor s'écarte de moi. Je me redresse à nouveau pour inspirer lorsque mes yeux remarquent le nom qui s'affiche sur l'écran de son téléphone. *Francky.*

– Je dois prendre cet appel, dit-il en s'éloignant dans le couloir qui dessert sa chambre et son bureau.

Je prie pour qu'il aille dans une de ces deux pièces, parce que j'y ai déposé des objets qui permettraient à l'équipe d'obtenir des informations peut-être capitales. Quand je ne le vois plus, je m'empresse d'aller ouvrir mon sac sur la table de la cuisine pour récupérer un petit sachet en plastique transparent que j'ai préparé à l'hôpital. J'y glisse les quelques cheveux que j'ai réussi à arracher à Taylor. C'était l'une de mes missions sur la liste transmise par Mikko. Quand je prends conscience que j'ai honoré mon engagement, mon cœur bat la chamade, et s'emballe davantage à l'idée que Taylor va revenir finir ce qu'il a entrepris. Je retourne au salon pour prévenir par SMS Ana qu'il faut qu'elle intervienne, qu'elle m'appelle pour me sortir de cette situation. Mes mains tremblent, mes jambes s'agitent et mes pieds tapent le sol en suivant le tempo de mon rythme cardiaque.

Je réfléchis à l'attitude que je dois adopter. J'essaie de penser à ce qu'aurait fait un membre de la Fratrie dans un moment comme celui-ci. Me battre ? J'en suis incapable. L'embrasser au point de le laisser penser que je veux davantage ? J'en suis incapable aussi. *Pense logique, Maïa !* Taylor ne s'imagine pas un seul instant que je connais la véritable identité de Francky. Il est sûrement temps que je joue la fiancée en colère. Jalouse. Tout ce que je n'ai jamais été avec lui. Et d'ailleurs, quand je plonge dans mes souvenirs, quand je repense à mes réactions lorsque j'étais plus jeune et que je fréquentais Mikko, je prends conscience que je n'ai jamais été réellement *moi* avec Taylor.

Chaque moment passé avec Mikko, chaque heurt, chaque dispute, chaque échange était passionné. Certainement trop pour certains, jamais assez pour moi. Je n'ai jamais ressenti la même euphorie avec Taylor.

Ses pas se font entendre sur le sol tandis que je tourne le visage dans sa direction. Je vois tout de suite, à sa mine défaite, qu'il s'imagine devoir se justifier, et j'en profite.

– Je pense que tu me dois des explications. Ça fait plusieurs fois qu'une certaine Francky appelle, chaque fois tu t'isoles pour répondre.

Il soupire et baisse la tête quelques secondes tandis que je me rassieds. Je le sens contrarié, vraiment. Lorsqu'il se redresse, il me rejoint sur le canapé et prend place à mes côtés. Il balance son téléphone à côté du mien et reste à regarder ses mains un instant. Puis il me dévisage avant de se lancer :

– J'ai renoué le contact avec mon père.

Je fais mine d'être surprise en haussant les sourcils, mais ne l'interromps pas. Je m'attendais à ce qu'il me mente, qu'il cherche à dissimuler la vérité.

– Depuis quelques semaines, quelques mois tout au plus.

– Pourquoi ne pas me l'avoir dit ?

– Je ne sais pas, réplique-t-il en secouant la tête. Je craignais sûrement qu'il me rejette comme lorsque j'étais gosse.

J'ai toujours beaucoup de mal à imaginer que des parents puissent abandonner leurs enfants, mais je sais que ça arrive malheureusement. Le seul problème pour Taylor, c'est que je ne sais plus qui croire. Comment distinguer des paroles sincères de celles qui ne le sont pas ?

– Tu penses vraiment que je t'aurais rejeté si ç'avait été le cas ?

Je me penche en avant et récupère mon téléphone en faisant mine de regarder l'heure, puis le repose sur le sien. Pour éviter d'attirer l'attention, j'enchaîne :

– Je pensais qu'on pouvait tout se dire.

C'était une de ses phrases fétiches durant les premiers mois de notre relation. Me voyant toujours sur la défensive, peu loquace, il n'a eu de cesse de me dire que nous pouvions tout nous dire, sans tabou ni secret. Tu parles…

– Je sais… J'ignore pourquoi je me suis entêté à te dissimuler une information comme celle-là.

Parce que tu n'es qu'un menteur, me hurle ma conscience.

– Pourquoi te contacte-t-il si souvent ?

– Il sait que je suis fiancé. Et il insiste pour te rencontrer.

Mon palpitant repart de plus belle. Finalement, je n'aurai pas à manigancer pour rencontrer Mancini. Je devrais peut-être répondre que j'en suis honorée, mais je suis terrorisée à cette idée.

– Il m'a proposé demain.

– Vendredi ?

– Oui, vendredi.

Devant mon mutisme, il reprend rapidement :

– Mais si tu ne le sens pas, laisse tomber. On n'est pas obligés de faire ça.

– Je crois que j'ai une garde demain soir, arrivé-je à articuler. C'est pour ça que je passais la soirée avec Ana ce soir. Puis Nicole semble me détester, je ne sais pas si elle acceptera de modifier le planning.

Ou je ne sais pas si je vais lui demander. Je sens ma panique se nourrir de mes appréhensions et une migraine pointer le bout de son nez. J'en perçois les prémices dans mes tempes.

– J'en fais mon affaire. Nicole te libérera.

– Parfait, mens-je en souriant.

– Mon père organise une soirée avec ses partenaires d'affaires samedi soir. Si ça te dit, nous pourrions y aller.

Il va trop vite. Ça va vraiment trop vite. Je ne sais que penser, ni comment réagir.

– Je vérifierai mon planning.

Le coin des lèvres de Taylor se lève sur un côté en un sourire maladroit. À croire que lui comme moi d'ailleurs ne sommes que des marionnettes, ce soir. Mais notre discussion s'interrompt quand la sonnerie de l'appartement résonne. Le livreur. Je l'avais presque oublié. Je ne sais même plus ce que j'ai commandé.

Lorsque j'entends la porte s'ouvrir, je sépare les téléphones et récupère le mien. Je vérifie l'heure : 15 h 48. J'ouvre ma messagerie et tape frénétiquement :

[Sors-moi de là !]

La porte claque et Taylor réapparaît dans la cuisine. Je prie intérieurement pour qu'Ana ait eu mon message et trouve un stratagème afin de me sortir de là. Sans cesser de jeter un œil à mon Smartphone, j'observe Taylor s'affairer à sortir les différents plats et à les disposer sur un plateau.

Ana, putain, qu'est-ce que tu fais ?

Je deviens nerveuse, trop nerveuse.

Je me lève, incapable de rester assise, inactive. Je me masse les tempes pour dissiper les douleurs qui s'accentuent. Taylor dépose le plateau sur la table basse. Je veux me montrer forte, mais je suis à deux doigts de flancher, à deux doigts de fuir et d'abandonner. Puis mon téléphone sonne. Et je ne me rends pas compte tout de suite qu'il sonne vraiment, et pas juste dans mon imagination.

– C'est Ana, m'annonce Taylor en me tendant l'appareil.

Je m'en saisis et décroche d'une main tremblante.

– Oui, lancé-je, à bout.

– Ma chérie, il faut que tu viennes.

Le son est fort, aussi fort que mon soupir de soulagement. Taylor prend ça pour de l'agacement et ne loupe rien de notre échange.

– Quoi ? Maintenant ?

– Oh que oui. J'ai… Je viens de me faire larguer, lâche-t-elle en même temps qu'un sanglot.

Je peine à savoir si elle joue la comédie ou si ses pleurs sont authentiques.

Je jette un regard à Taylor en lui affichant un sourire crispé. Un de ceux qui annoncent « Je n'ai pas le choix ». Je le sens déçu. Il me fait un clin d'œil, signe que si je le plante avant le repas, il ne m'en tiendra pas rigueur.

– Écoute, je récupère mon sac et j'arrive.

– Dép… Dépêche… Dépêche-toi, continue-t-elle en se mouchant dans le combiné.

Je grimace en écartant le téléphone de mon oreille, puis m'empresse de lui dire :

– J'arrive.

Je raccroche et ose un regard vers Taylor qui allume la télé.

– Je suis désolée, mais j'ai une urgence impossible à reporter, lancé-je sur une note d'humour. Et ça ne peut pas attendre ce soir.

– J'ai cru comprendre, réplique-t-il en se levant.

Il s'approche avant de glisser une main sur mes reins et de me tirer contre lui.

– Dommage que nous ne soyons pas ensemble cet après-midi parce que j'ai envie de toi comme jamais.

Je feins de glousser avant de l'embrasser et de lui fausser compagnie.

Je viens d'échapper au tête-à-tête de trop.

25

Mikko

[Je suis en voiture.
Je pars. M]

Je fixe ces quelques mots que Maïa a envoyés à Anastasia il y a quelques secondes avec la ferme envie de lui répondre, tout comme je rêve de me rendre dans l'appartement de Powell pour lui faire passer l'envie de se taper Maïa. *Sa fiancée.* Je rage et tape violemment le centre de mon volant d'un coup de poing.

Des jours que je me contiens, consumé de jalousie. Que j'entends leurs putains de bruits de bouche. Que la voix de ce connard s'infiltre dans mon esprit : « J'ai envie de toi, Maïa. » Il y a quelques jours, il ne l'avait pas touchée. Mais maintenant ? J'écoute absolument tout ce qui se passe dans cet appartement dès qu'ils y sont tous les deux, mais ne pas avoir l'image permet à mon cerveau d'avoir une imagination débordante.

Je ne pense pas me tromper quand je dis qu'il ne s'est rien passé de… sexuel. Mais son sac, qui détient l'unique caméra qu'elle a, n'est jamais dans la chambre à coucher. Seule la réplique de son réveil y est, et c'est à travers le micro dissimulé que j'entends les draps se froisser, les murmures de Maïa dans son sommeil.

Une notification sur mon téléphone attire mon attention. Dans mes pensées hargneuses, je ne m'étais même pas rendu compte que les filles s'étaient échangé des messages.

[OK. Sois prudente sur la route. A]

[J'ai l'impression d'être suivie. M]

[Tu as une marque ? Un modèle ? Une plaque ? A]

[GM[1] gros format. Noir. M]

1. GM est le sigle de General Motors.

[Ne panique pas. Viens à la maison.
Je m'en occupe. A]

Je ravale la boule qui m'obstrue la gorge, et sans que je le veuille, mon esprit divague. Encore. Et mes pensées sont meurtrières. Sanglantes. Je sens que Mancini a flairé l'embrouille, qu'il est au courant que Maïa n'est plus si inoffensive que ça. Ça m'emmerde, mais ça signe aussi la fin de ma mission que je ne dois pas perdre de vue.

Je me gare à l'arrière de l'immeuble d'Anastasia où la Fratrie est propriétaire de plusieurs étages. Je plante ma casquette sur ma tête, vérifie les alentours derrière mes vitres teintées et sors en direction de la porte de service. Je compose le code pour qu'elle se déverrouille et je rentre. Je connais les moindres recoins de ces couloirs et atteins rapidement les escaliers, que je monte trois par trois jusqu'au sixième et dernier étage. Je sonne à l'appartement d'Ana et attends. J'essaie de me montrer patient, mais j'ai juste envie d'entrer à l'aide du passe-partout que je détiens. Ana prend son temps, joue avec mes nerfs sans même le savoir.

Le bruit d'une clé qu'on tourne dans la serrure me fait soulever ma visière. La porte s'ouvre sur un sourire qui se fane en quelques secondes. Elle souffle en détournant le regard avec dédain et en me tournant le dos.

– J'aurais dû m'en douter, marmonne-t-elle.

Je souris, la suis à l'intérieur après avoir refermé et verrouillé la porte.

Je fais un arrêt dans la cuisine et me prends une bière dans le frigo. Je rejoins Ana dans le salon, m'assieds dans le fauteuil club tandis qu'elle remet ses lunettes rectangulaires sur son nez et tape frénétiquement sur le clavier de son ordinateur portable.

Je sors une tige de mon paquet et la cale entre mes dents.

– T'as pas du feu ? demandé-je en tâtonnant dans les poches intérieures de ma veste.

Elle soupire exagérément, pour bien me faire comprendre que je la saoule. Je continue de palper les poches de mon jean quand, enfin, je trouve un briquet.

– On ne fume pas ici.

Je le sors de la poche de mon fute et souris à Ana. Je fais rouler mon doigt pour faire apparaître la flamme et grille ma clope sur laquelle je tire.

– T'es sacrément chiant. Maïa va arriver.

– Je sais.

– J'ai compris que tu savais. Et je ne te cache pas que je n'aime pas que tu lises nos conversations.

J'aspire la nicotine et recrache un nuage de fumée dans sa direction.

– Elle est vraiment suivie ? demandé-je.

– Aucune idée, j'essaie de lancer des requêtes sur les immatriculations captées par les caméras de la ville, mais c'est long et fastidieux. Il y a plus de monde sur le réseau en journée… Elle ne va pas tarder, donc je ne le saurais que d'ici cette nuit ou demain matin.

– Si tu veux mon avis, Mancini doit être à l'affût et vérifier qu'elle ne fait pas la girouette.

– Il veut la voir, lâche-t-elle au bout de quelques secondes de silence. Demain.

– Je sais.

Je ne culpabilise pas une seule seconde d'épier tous leurs échanges. Pour sa sécurité. *Bien sûr.* Je regarde Ana, et je sens qu'elle a autre chose à me dire, alors j'attends qu'elle soit prête.

– Écoute, Mik, je ne sais pas à quoi tu joues avec elle, mais Maïa a changé durant ces quatre années. Je sais que tu ne l'as jamais lâchée, que tu la surveillais même, mais c'est différent pour elle. Elle a dû faire face au deuil, avancer, aller de l'avant. Je ne te parle pas de l'erreur de parcours qu'est Powell. Ce sera de l'histoire ancienne sous peu.

Je n'ai rien à répliquer. Tout ce qu'elle dit est vrai. Je tire sur ma clope en regardant les lumières de la ville à travers la baie vitrée.

– Depuis que tu es de retour, ce n'est plus la même. Mik, cette nana est en or et aspire à une vie simple.

Et si c'est ce que je voulais aussi ? Une part de moi veut être égoïste, primitive et hurler que ce que je ne peux pas avoir, personne ne l'aura. L'autre moitié me dit que Maïa mérite tellement plus, tellement mieux. Je suis pauvre. Pas en dollars, mais en tout le reste.

Je finis par me lever pour aller sur la terrasse. Il fait froid, mais le temps est dégagé. Le soleil va commencer à doucement décliner et nous offrir un dégradé de couleurs.

– Si elle va à la soirée de samedi, nous approcherons de notre but. Et nous pourrons remettre Mancini à Murphy, conclut Ana. Même si je reste convaincue que le traiter à la russe serait plus équitable.

Je souris à cette évocation. Anastasia est devenue avec le temps un membre à part entière de la Fratrie. Elle fait preuve d'un sens aigu de la stratégie diplomatique et reste diabolique face à nos ennemis.

– Impossible. J'ai pris des engagements vis-à-vis de Murph.

– Je sais, je sais. Rien que pour ça, j'aurais préféré qu'il n'entre jamais dans ta vie.

J'opine du chef et rétorque :

– Il m'a eu dans le collimateur dès qu'il m'a vu. Je me suis juste fait baiser comme un débutant.

– Tu penses que c'est un homme de parole ?

– Je l'espère.

J'ai besoin de penser à autre chose. D'éviter de ressasser le passé. Je rejoins la terrasse pour finir ma clope, pénard. Je sors mon téléphone de ma poche tout en tirant la dernière latte de ma cigarette. Puis, comme à mon habitude, je l'écrase contre ma cuisse et mets le mégot dans ma poche.

J'adresse un message à Ruslan.

[Des nouvelles de Powell ?]

Au même moment, je reçois :

[Pas de bloc réservé ce soir
pour Powell. Je le garde à l'œil.]

J'en étais sûr ! Son histoire d'intervention à vingt-deux heures ne tenait pas la route. Comment est-il techniquement possible de programmer une transplantation plusieurs jours avant de pratiquer l'intervention ? On ne peut pas prendre rendez-vous avec la mort. Pas dans un monde normal.

Je m'appuie sur la balustrade et observe l'horizon.

J'entends, dans un bruit de fond, l'interphone, Ana qui ferme la baie vitrée et mon téléphone qui vibre dans ma main. Je baisse les yeux vers l'appareil et découvre l'identité de celui qui m'appelle. Murphy. Contre toute attente, je décroche :

– Ouais, Murph.

– Hey ! Vesselovski qui me répond du premier coup !

Je lève les yeux au ciel à sa remarque pour le moins juste.

– Qu'est-ce que tu veux ? demandé-je.

– Tu sais très bien ce que je veux.

Réponse sous-entendue : Mancini.

– C'est pour très bientôt, je te l'ai dit.

– Très bientôt, c'est quoi ?

Parce qu'il ne faut pas que je néglige la sécurité de Maïa, je décide de lâcher quelques bribes d'informations.

– Pour ce week-end.

– Vesselovski, gronde-t-il dans sa barbe. On est jeudi !

– Tu crois que si j'avais l'info depuis six mois, je ne te l'aurais pas donnée avant ? Je viens d'apprendre ça il y a à peine quelques minutes. Je n'ai même pas eu le temps de vérifier qui, où, quand et comment.

D'une oreille, j'entends des bruits de papier qu'on griffonne à l'autre bout du fil ; de l'autre, je prête attention à Maïa et à Anastasia qui échangent dans le salon. Maïa ne semble pas avoir remarqué ma présence, et c'est tant mieux. Je peux passer plus de temps à observer son insouciance, son sourire éblouissant et ses gestes gracieux.

– Je te rappelle dès que j'en sais plus.

– Il faut que tu passes me voir.

– Je viendrai demain. Midi.

Je n'attends pas sa réponse et raccroche.

Je dois cesser de repousser le moment où je dois voir Murphy. Avoir la peau de Mancini fait partie d'une vengeance personnelle, démanteler ce réseau infâme orchestré depuis des années par les Italiens est le gâteau pour la Fratrie. Je ne me suis jamais inquiété de la suite des événements parce que je me fous de ma vie. Après cette mission, que me restera-t-il ? Sans identité, mort pour le monde entier, que pourrais-je faire ? Où pourrais-je aller ? Ma famille de cœur est ici, la seule femme qui compte plus que tout à mes yeux aussi.

Adossé à la balustrade, je ne quitte pas Maïa des yeux. Que veut-elle, *elle* ? Hormis avoir une vie normale, quels sont ses projets ? J'aimerais avoir des réponses, et même si je ne peux pas me permettre de vivre une vie à ses côtés, je peux sûrement la rêver.

Elle doit sentir mon regard sur elle parce qu'elle lève enfin les yeux. Ana qui lui parle remarque un changement d'ambiance et comprend. Elles se redressent et ma cousine lui serre l'épaule en lui parlant au creux de l'oreille avant de récupérer son ordinateur pour aller dans sa chambre.

Maïa ouvre la baie vitrée et sort pour me rejoindre. Rapidement, elle passe ses bras autour de son ventre et réprime un frisson.

– Tu ne peux pas être normal et rester au chaud, comme tout le monde ?

Sans hésiter, je réponds :

– Je ne suis pas tout le monde.

Elle ricane, puis s'approche pour se mettre à côté de moi.

– J'ai réussi à hacker le téléphone de Taylor. Et à revenir avec suffisamment de cheveux pour que vous puissiez confirmer son lien de parenté avec Mancini.

– T'as fait du bon boulot.

Je passe sous silence que je sais déjà tout ça, que je l'épie juste parce que je suis… jaloux. Oui, je suis jaloux de Powell. Pas de ce qu'il est, mais de la place qu'il a.

Une petite brise fraîche fait virevolter ses longs cheveux blonds et son parfum vient enivrer mes narines. Je prends une inspiration plus profonde qu'à mon habitude, comme si c'était la dernière fois que je pouvais sentir ces effluves.

– Demain, je rencontre son père.

Je sais.

– Et après-demain, il doit y avoir la soirée d'affaires dont vous aviez parlé. Taylor m'a proposé de l'accompagner.

Un mauvais pressentiment m'envahit alors qu'elle se tourne vers moi. J'ai la sensation que toute cette histoire va mal finir. Cela fait trop d'années que nos différends traînent, trop de rancœurs se sont accumulées des deux côtés. La rivalité entre Russes et Italiens est trop profondément ancrée dans nos esprits pour que nous arrivions à aller au-delà, et certainement pour encore de longues années.

C'est dingue de se dire qu'on participe à une guerre qui n'a pas de limite.

C'est encore plus dingue de savoir qu'on y laissera sa vie et son âme.

Je pivote à mon tour vers elle et l'observe. Je me nourris de ses traits, les mémorise dans mon esprit. Elle ne se gêne pas pour en faire autant. Ses pensées semblent aussi désordonnées que les miennes, prises entre l'indécence et un besoin évident de repos. Elle est épuisée d'être sur le qui-vive.

Du bruit à l'intérieur se fait entendre. Nous tournons à l'unisson nos visages vers la baie vitrée pour voir Dimitri et Lev entrer dans la pièce. Ana se tourne vers nous et nous adresse un geste pour que nous les rejoignions. Je sors une nouvelle cigarette de mon paquet et la glisse entre mes lèvres.

– Tu ne rentres pas ?

Maïa, la main sur la poignée, attend ma réponse.

– Rentre. Il paraît qu'on peut pas fumer dans sa piaule, dis-je en désignant Anastasia d'un signe de menton.

Elle sourit en secouant la tête, puis s'engouffre à l'intérieur.

Je tire sur ma tige et inhale la fumée. Je me délecte des sensations de chaleur que ça me procure et essaie de me concentrer sur autre chose que Mancini, ou encore Maïa.

Je finis ma cigarette trop vite et reste, quelques secondes, appuyé sur mes avant-bras à faire le vide, puis je rentre. À l'intérieur, mes hommes s'avancent pour me saluer tandis que les filles rient dans la cuisine. Je m'affale dans le fauteuil et les écoute parler.

– Vu l'heure, ce ne sera pas avant demain, lance Lev. Je vais aller les déposer au labo.

Je comprends qu'il parle du test A.D.N. que nous allons pouvoir faire avec les échantillons de cheveux que nous a ramenés Maïa. Je ne veux même pas imaginer la scène au cours de laquelle elle les a récupérés. Rien que de me les figurer ensemble, je sens mes mains serrer avec force les accoudoirs du club jusqu'à faire blanchir mes jointures.

– Nous savons que ce n'est qu'une formalité.

Qui m'est indispensable cependant.

– Mik, on te laisse boucler avec elle pour demain ?

J'opine. Demain, c'est le grand jour. Ça ne me plaît pas, on la fait courir sur un chemin miné en croisant les doigts. Bien entendu, on met toutes les chances de notre côté pour assurer sa protection. Mais une fois qu'elle sera dans le domaine de l'Italien, nous ne pourrons rien faire. Il va falloir qu'elle assure. Et que je prenne sur moi.

Je ne suis pas un homme patient. Quoique… Ces années passées ont eu l'effet de m'imposer de longs moments de silence et de solitude. Impossible d'agir à ma guise. Impossible d'aller vite.

Lev finit par se lever.

– Je vais au labo. Je vous envoie les résultats dès que je les ai.

– Ne perds pas les échantillons de vue, intimé-je. Je ne serais pas surpris qu'on guette nos faits et gestes et qu'on tente de changer les éprouvettes.

– J'ai prévu de rester sur place pour m'assurer que le taf sera bien fait.

J'acquiesce sans ajouter quoi que ce soit tandis que Lev salue les filles et s'en va.

– Je te sers une vodka ? lance Dimitri.

Il n'attend aucune réponse, se redresse et va derrière le bar pour récupérer deux verres et une bouteille. Il l'ouvre et nous sert.

– J'ai fait un point avec Maïa pour demain, annonce Ana qui s'assied sur le canapé, à côté de Dim.

Maïa est, quant à elle, assise sur l'accoudoir, à la droite d'Anastasia. Elle a passé son masque d'impassibilité. Un dos droit, un menton relevé. Je me penche en avant pour récupérer mon verre que je bois cul sec, faisant cogner le glaçon contre mes dents. Le froid me donne des frissons et contraste avec la chaleur qui irradie le long de mon œsophage.

Je ne la regarde pas. Dès que mes yeux se posent sur elle, j'ai ce putain de pressentiment qui me noie. Pendant des années, elle était à ma merci, et j'étais trop con pour envisager quoi que ce soit. Lui offrir quoi que ce soit. Ah si, je lui ai donné la seule chose que je pensais être capable d'offrir : du sexe. Et maintenant qu'il m'est impossible de penser au-delà du sexe, j'ai envie de plus, de trouver des solutions aux problèmes qui se nouent çà et là. Les chercher du moins, parce qu'il ne faut pas avoir fait dix années d'études pour savoir que je suis hors course.

– Dim, tu peux venir dans le bureau ? demande Ana, l'air de rien. J'aimerais te montrer quelque chose.

Je me retiens de lever les yeux au ciel. Si ma cousine n'a pas compris que toute la Fratrie l'a grillée…

Ils quittent le salon, nous laissant, Maïa et moi, seuls. Je sais qu'elle me fixe, je le sens.

– Ça va ? demande-t-elle en brisant le silence.

– Ouais.

Je survis depuis tellement d'années que je suis incapable de dire si je vais bien ou pas.

– Votre enquête avance, tu devrais être content.

Ses paroles ne sont pas méchantes, mais je distingue sa petite note d'arrogance. Ce qui n'est pas d'elle.

– Tu ne vas pas me regarder ?

Je relève légèrement mon visage pour me retrouver à découvert, mes billes bleues dans les siennes. Ses muscles se détendent et je constate qu'une nouvelle énergie se dégage d'elle. Elle semble baisser sa garde pour mieux reprendre sa respiration.

– Mikko, murmure-t-elle.

Elle se lève et s'avance vers moi avant de se camper entre mes jambes écartées. Ma tête est penchée en arrière pour continuer de la regarder, pour scruter et anticiper le moindre de ses mouvements.

Elle s'incline en avant, pose ses mains sur le dossier du fauteuil et encadre mon visage.

– Reste avec moi, ce soir.

Ce n'est pas une question qu'elle me pose. Et je ne vais pas m'en plaindre.

Elle se penche et dépose un chaste baiser sur mes lèvres, puis glisse ses mains le long de mes bras pour enfin nouer ses doigts aux miens. Elle les serre et se remet debout en me tirant pour que je fasse de même.

Je la suis jusqu'à la chambre. Je la laisse me guider et me délecte de la voir prendre l'ascendant le temps d'un instant. Elle m'embrasse doucement avant de presser son corps contre le mien. Sa bouche se fait plus vindicative, moins tendre. Moi, je me délecte de ses gestes, de ses caresses, de cette langue qui joue dans ma bouche, de ses dents qui tirent sur mes lèvres. Mes mains s'activent enfin pour se nicher dans son dos. Je la soulève sans cesser de l'embrasser tandis qu'elle noue ses jambes sur mes reins. Je fais un pas pour la plaquer contre la porte qu'elle a fermée du bout des doigts quand elle m'a fait entrer. J'appuie mon bassin entre ses jambes, pressant mon érection contre son intimité, pour la maintenir en place pendant que le bout de mes doigts saisit le bas de son tee-shirt pour le faire passer au-dessus de sa tête. Sa respiration est saccadée, marquée par le désir à l'état pur. J'opère un demi-tour pour rejoindre le lit et la déposer en son centre. Je ne perds rien de ses courbes tandis que ma bouche descend plus bas. Je saisis le haut de son pantalon en emportant sa culotte. Elle se débat avec ses pieds pour faire voler son pantalon tandis que son dos se cambre pour libérer l'accès à son soutien-gorge qu'elle dégrafe avec urgence. Pendant ce temps, je déboutonne mon fute. Avant de le faire glisser le long de mes jambes, je récupère quelques sachets argentés que j'ai embarqués avant de quitter ma piaule.

Je remonte sur son corps nu, laissant le bout de ma langue parcourir son épiderme chaud. Mes mains se posent partout sur elle tandis que les siennes s'agrippent à mes biceps puis à mes épaules.

Je récupère un préservatif que j'enfile avant de placer mes hanches entre ses jambes écartées. De lui-même, mon gland se place devant ses lèvres humidifiées par son désir. Elle saisit mon visage et se soulève pour poser ses lèvres gonflées de mes assauts sur les miennes. Elle plante en même temps ses talons dans mes fesses pour que j'avance, que je bouge. D'un coup de bassin, je la pénètre avec lenteur, profitant de chaque centimètre de chaleur. Je ne rêve que d'une chose : être si profondément en elle que je ne pense plus à rien d'autre.

Je démarre mes va-et-vient en bougeant avec douceur mes hanches. Chaque fois que je bute, que nos corps claquent, elle gémit. Je ne cesse de l'embrasser tandis qu'une de mes mains parcourt son corps et agace un de ses tétons érigés.

Nous faisons l'amour comme ça ne nous était jamais arrivé. En prenant notre temps. Yeux dans les yeux. Nos souffles se mêlent et chacun de nos gémissements meurt dans la bouche de l'autre. Avec tendresse, je la pousse à bout autant que je le suis. Son dos se cambre légèrement quand je reste enfoncé en elle tout en faisant des petits mouvements circulaires et que je me frotte contre son bouton de chair gorgé de plaisir. J'aimerais que ce moment dure indéfiniment.

Au moment de jouir, Maïa rejette la tête en arrière en se raidissant, déclenchant ma propre libération dans un son étouffé. Ses ongles zèbrent mon dos quand, enfin, nos corps se détendent.

À bout de souffle, elle revient à mon regard.

– C'était… Waouh…

Je souris et me laisse tomber à côté d'elle. Je retire le préservatif que je noue, puis je me tourne vers elle et la tire vers moi.

Son dos blotti contre mon torse, j'ai passé un de mes bras sous sa tête et niché le second entre ses seins, comme j'ai l'habitude de le faire. Mon pouce caresse un des deux globes qui me fascinent toujours autant, et sous mes doigts, je ressens les battements de son cœur. Ils m'apaisent et me mènent en douceur vers le sommeil.

Un sommeil néanmoins agité puisque dès que mes paupières se baissent, mon cerveau manigance différentes stratégies pour les jours à venir. J'essaie de me préparer à tous les cas de figure et de prévoir des plans B dans chacun des cas. Je ne peux pas mettre de côté Powell, qui sera avec elle tout ce temps. Quand elle est avec lui, je passe mon temps à écouter, à scruter. Je ne m'autorise que peu de repos pour ne rien louper. Je me l'interdis. Ruslan me dit que je me fais trop de souci, qu'ils peuvent prendre la relève. Non seulement je n'apprends rien de nouveau, mais en plus ça me met hors de moi. Même quand mes hommes sont là, je n'arrive pas à décrocher de mes écouteurs, de mon écran.

C'est plus fort que moi.

Une grande inspiration me ramène à l'instant présent. Maïa ne dort pas, sa respiration est bruyante.

– Mikko ?

– Mmm ?

– Tu dors ?

– Pas quand tu m'appelles comme ça.

Je continue de la caresser du bout de mes doigts.

– Que va-t-il se passer ? reprend-elle. Je veux dire, après ? Quand vous aurez eu toutes les informations que vous attendez ?

– Mancini, s'il ne crève pas, va croupir en taule.

– Et Taylor ?

Mes doigts cessent de bouger.

– Est-ce que cela a une importance ?

Elle soupire, mais ne réplique rien non plus.

Le silence nous englobe à nouveau. Seules nos respirations sont perceptibles.

– Et ensuite ? demande-t-elle.

Pour l'heure, je n'ai plus envie de m'interroger sur la suite, trop incertain du déroulé de l'opération. La seule chose que je sais, c'est que je suis terrifié de ressentir ça pour la première fois depuis des années. J'ai peur. Peur qu'elle soit un dommage collatéral que je serais incapable de gérer. Peur de ne pas être capable de couvrir ses arrières, de m'assurer qu'il ne lui arrivera rien.

Je me redresse sur un bras pour qu'elle se tourne un peu plus vers moi, et me penche en avant pour l'embrasser. D'abord avec douceur. Mes lèvres recouvrent les siennes qu'elle entrouvre déjà. Ma langue se glisse vers la sienne qui m'accueille. Elles s'enroulent et deviennent exigeantes. Moins tendres.

J'aimerais être en mesure de tout lui donner. Aujourd'hui et pour toujours.

J'aimerais en être capable, avoir la faculté d'effacer des moments de ma vie pour retrouver un semblant de quiétude.

J'aimerais tellement la mettre au centre de mon monde, comme le joyau qu'elle est. Elle mériterait de briller au centre de la lumière et d'éblouir toutes les personnes qui l'entourent.

Depuis qu'elle est de retour dans ma vie, quelles que soient les circonstances, elle me donne l'impression que je respire après une apnée incommensurable. Si elle savait le pouvoir qu'elle a toujours eu sur moi... Si elle savait que toutes les souffrances que je lui ai infligées étaient nécessaires... Si elle savait simplement toute la vérité...

– Il me semble plus sage de vivre le moment présent, éludé-je.

Je ne peux définitivement pas parler du futur, pas ce soir.

Elle finit par s'asseoir tout en tenant le drap contre elle.

– On ne sait pas de quoi demain sera fait, reprend-elle, mais j'ai besoin de réponses.

On y revient. Las de repousser sans cesse l'inévitable, je rétorque :

– Lesquelles ?

– Il y a tellement de zones d'ombre.

Je me laisse tomber sur le dos parce qu'il est bel et bien arrivé. Ce moment où elle va m'inonder de questions, où elle n'attendra pas la réponse pour enchaîner avec la suivante.

– Pourquoi tu vis reclus ?

Je sens son regard brûlant sur moi, avide des réponses que je vais pouvoir formuler.

– Je n'ai pas le choix.

– On l'a toujours, réplique-t-elle.

Malheureusement, non.

Elle ne peut l'ignorer. Alors je ne réponds rien.

– Tu as dit vouloir me protéger lorsque tu m'as quittée à la prison. Mais me protéger de quoi ?

Finalement, je ne suis peut-être pas si prêt que ça à me laisser embarquer dans cet interrogatoire.

– De moi. D'eux.

– C'est qui « eux » ?

Je serre les mâchoires en évaluant ce que ces révélations pourraient faire comme dommages.

– Eux.

– Oh, non, Mikko, dit-elle en secouant son index de gauche à droite. On arrête de répondre par monosyllabes.

Je souris devant sa ténacité.

– Il fallait me protéger de qui ? continue-t-elle.

– Des hommes de cette prison.

– Mikko, gronde-t-elle entre ses dents. Tu ne penses pas que je mérite un peu de respect et de vérités ? Après tout ce que tu m'as fait, je crois quand même que c'est la moindre des choses !

Je prends conscience qu'elle est véritablement restée bloquée dans le passé.

– Je refusais les visites du mardi parce que c'était le jour où tous les ritals recevaient leurs familles, leurs partenaires d'affaires, leurs hommes.

Et, en général, les personnes qui venaient au parloir ou celles qui avaient la chance de bénéficier d'une rencontre dans le réfectoire avaient de l'importance pour les détenus, ce qui sous-entendait qu'elles pouvaient représenter une faiblesse pour les taulards en question.

– Et ?

Je tourne la tête en haussant un sourcil quand elle semble se souvenir d'un détail, et non des moindres.

– Et je suis venue un mardi.

Elle plaque une main sur sa bouche et semble décontenancée. Je suis aussi fautif de ne pas avoir été vigilant à propos de la liste des personnes autorisées à venir me rendre visite. Dès le départ, elle n'y était pas. Ni son père ni Alexandre n'étaient au courant de notre liaison, il n'y avait aucune raison pour qu'elle soit sur cette putain de liste. Mais Anastasia a profité de son statut pour satisfaire sa meilleure amie, sans en mesurer les conséquences.

J'aurais dû m'intéresser à la paperasse plutôt que de déléguer sans contrôler les dossiers me concernant. Et ce jour-là, je me suis mordu les doigts de ne pas l'avoir fait.

– Je suis désolée, enchaîne-t-elle ensuite. Je ne savais pas que…

– Tu aurais su si tu avais écouté, réponds-je sur un ton plein de reproches. J'avais prévenu Sasha, Ruslan, toute l'équipe. Tu n'étais même pas autorisée à te pointer là-bas. Ne me dis pas qu'aucun ne t'en avait avisée et que tu ne savais pas.

Elle devient blême avant de redresser son dos. La petite peste d'antan semble réapparaître.

– Tu ne me l'avais pas dit *à moi*.

– Comment voulais-tu que je te le dise ?

Un rire sarcastique m'échappe. J'étais dans une prison, en attente de transfert dans un établissement de haute sécurité. Croit-elle vraiment que je pouvais formuler des requêtes personnelles ? Je n'y ai même pas pensé ! Ma chambre était individuelle, deux mètres sur quatre. Elle était fouillée deux fois par jour, qu'il pleuve ou qu'il neige. Les lumières n'étaient quasiment jamais éteintes et des caméras scrutaient mes faits et gestes, même lorsque je tentais de trouver un peu d'intimité dans le cabinet de toilette que j'avais le luxe d'avoir derrière une paroi opaque haute d'un mètre. Mais visiblement, Maïa pense que j'avais un mobile caché sous mon oreiller et que j'avais le loisir de lui envoyer un message pour la prévenir de certaines choses.

– Je ne sais pas ! En réalité, tu m'as brisée juste parce que je n'ai pas respecté le jour de visite ?

– C'est bien plus que ça.

Je serre les dents parce que c'est beaucoup plus qu'un simple éloignement temporaire. Le jour où elle est venue, les Italiens fêtaient je ne sais quoi, et le réfectoire était rempli de monde. Les latinos aussi vénéraient je ne sais quelle divinité. Nous étions visibles et vulnérables.

– J'en reviens pas ! dit-elle alors qu'elle sort du lit tout en arrachant le drap qu'elle enroule autour de son corps. C'est une blague ! Dis-moi que c'est une blague !

– Non, ce n'en est pas une.

– T'es vraiment qu'un enfoiré !

La colère reprend le dessus et les jurons qu'elle étouffe en disent long sur son état émotionnel.

– Je n'avais pas le choix, réponds-je en m'asseyant sur le lit à mon tour. Je devais te protéger de tous les membres de gangs présents dans la salle. Des Portoricains. Des Haïtiens. Des Italiens… Les hommes de Mancini.

– Et pourquoi tu ne m'as jamais dit que t'étais en vie ?

Elle ne peut pas comprendre. Et je ne peux pas répondre. Les circonstances de mon extraction du centre pénitentiaire ne peuvent en aucun cas filtrer. Murph a des oreilles partout, et il serait dangereux qu'elle le sache et qu'elle lâche l'information. Ce n'est pas une question de confiance, mais avec ce qui l'attend, moins elle parasite son esprit, mieux c'est.

– Pourquoi m'avoir fait croire que t'étais mort ?

Elle crie désormais et des larmes roulent sur ses joues. J'ai envie de la rassurer en la prenant dans mes bras, mais je pense qu'elle me repousserait.

Mon arrangement avec Murph limitait le nombre de personnes qui pouvait être au courant. Anastasia, avec laquelle j'ai grandi, partagé mes peines parce qu'elle vivait les mêmes, est celle qui a négocié avec Murphy. C'est grâce à elle que je suis en vie et que je respire l'air qui m'entoure. Je lui dois beaucoup. Personne n'était au courant à la Fratrie, et elle risquait gros. Encore aujourd'hui, si Moscou apprend ce qu'elle a fait et que mes hommes sont dans la confidence, ils peuvent tous finir six pieds sous terre.

Aux yeux de tous, je m'étais fait crever comme bien d'autres détenus avant moi. Je n'étais pas le premier, ni le dernier.

– J'ai vu ton cercueil être mis en terre !

Ses larmes me donnent l'impression de mourir un peu plus à l'intérieur.

– Je sais.

– J'ai pleuré sur ta tombe durant des semaines.

– Je sais.

Je t'ai vue. Je t'ai observée tant de fois. Si tu savais…

J'enfile mon boxer qui traîne et me redresse pour lui faire face. Je m'approche doucement d'elle parce que je ne supporte pas de la voir si vulnérable.

– Tu sais ? s'indigne-t-elle. Tu sais ? Mais tu es encore plus cruel que ce que j'ai toujours imaginé.

Son visage est déformé par la colère. Elle s'approche en haussant le ton, accusatrice.

– Je t'aimais, Mikko. Je t'aimais, toi, continue-t-elle en tapant sur ma poitrine avec son index, Mikko Mäkinen. Ça a toujours été toi, putain !

Elle fait un pas en arrière en regardant tout autour d'elle.

– Bon sang, reprend-elle en se tapant la paume de la main sur le front. Tu es aveugle à ce point ? Je t'aimais et tu m'as anéantie. Chaque coup était plus fort et plus dur que le précédent. Et quand je pensais que je ne pouvais pas souffrir davantage, bim ! tu remettais une couche.

Elle semble réfléchir, puis rejoint la chaise où j'ai rangé mes affaires. Elle s'en empare et me les jette à la figure.

– Barre-toi !

Je ne comprends pas son emportement. Nous avons passé un moment plus qu'intime qui finit dans un concert de reproches.

– Maïa… tenté-je. Il faut que tu me croies quand je te dis que c'était la meilleure solution pour te protéger.

– Et me laisser chialer sur un cercueil vide aussi, c'était pour me protéger ?

Si ses yeux avaient des lasers, je serais un gruyère. Elle m'en fait perdre mes mots.

– C'est pas pareil… C'est… compliqué.

– Tu sais quoi ? Je vais aller chez Mancini. Je me demande si je ne devrais pas rester avec son fils, recoller les morceaux. Ou alors directement lui refiler ses millions d'argent sale. Je ne les toucherai jamais.

Je ne permettrai jamais qu'un truc comme ça arrive. Même si je dois sacrifier ma vie.

– Maïa, tu n'y penses même pas.

– Quoi ? Lui filer le pognon qu'il convoite tant ? Tu sais quoi, Mikhaïl, l'argent est sale par nature parce qu'il pousse les hommes à faire le pire. Regarde autour de toi !

À l'énoncé de mon prénom russe, je serre fort mes dents. Elle peut me servir de belles paroles, ça ne changera pas le fait que cette nouvelle lubie est une idée complètement irréfléchie et dangereuse.

– Tu peux pas faire ça, ce serait complément stupide !

– Qu'est-ce que ça peut te faire ? Tu as autre chose à proposer ? Un avenir peut-être ? Hein ? Oui ? Mais il est où ? Au milieu d'une guerre ? Durant laquelle tu vas certainement plus me blesser que tes propres ennemis ?

Elle enfile un sweat qui lui couvre à peine ses fesses et continue de vider son sac tandis que j'encaisse. Je la laisse décharger sa bile même si ses mots m'atteignent plus que ce que j'aurais pu imaginer.

– J'aimerais ne jamais t'avoir revu, crache-t-elle avant de quitter la chambre en claquant fermement la porte.

Eh merde. Je passe mes mains dans mes cheveux que je tire en grognant pour ne pas hurler toute ma frustration. Je ne pensais pas que cette soirée allait se passer ainsi. Et pour une fois, je reste sans voix. Parce qu'elle a raison sur toute la ligne.

Je n'ai rien à lui offrir.

Mais je ne la laisserai pas dans les bras d'un autre. Je ne le supporterais pas.

J'ai beau retourner la situation dans tous les sens, je ne vois qu'une issue à cette histoire.

Et c'est la mort.

26

Maïa

– On la perd ! Dégagez !

L'équipe médicale qui s'affaire autour d'une jeune femme d'une vingtaine d'années se recule en entendant le bruit strident annonçant l'arrêt cardiaque, et laisse le médecin poser le défibrillateur sur cette blonde aux traits juvéniles. Le haut de son corps est propulsé en l'air, puis redescend mollement sur le brancard. Et nous lâchons tous un soupir de soulagement quand la machine bipe à intervalles réguliers, signe que le cœur n'a pas abandonné.

– On a eu chaud. Prévenez le docteur Powell pour qu'il l'examine dans les meilleurs délais, lance l'urgentiste qui vient de sauver la vie de cette patiente.

C'est la deuxième personne arrivée semi-consciente qu'on sauve aujourd'hui des suites d'une overdose. Nous avons prélevé des échantillons de sang et attendons les résultats que nous pensons tous connaître. Cette fichue drogue continue de faire des ravages dans les rues de Cleveland.

J'aide mes collègues à nettoyer la patiente, qui s'est vomi dessus avant de faire son arrêt cardiaque, et vérifie ses constantes tandis que l'aide-soignante bipe Taylor. Je récupère l'équipement médical qui traîne pour le mettre dans les stérilisateurs avant de retirer mes gants souillés.

– Qu'est-ce qu'on a ?

La voix de Taylor me fait sursauter. Je me retourne et le vois qui examine la jeune femme. J'ignore s'il m'a vue dans le coin de la pièce, je ne pense pas. Il est concentré et sort son stéthoscope de sa poche pour écouter le cœur de la patiente, puis se munit de sa lampe oculaire pour vérifier la réaction des pupilles. L'urgentiste lui fait un rapport détaillé des événements tandis que je reçois une notification sur la tablette de l'hôpital. Les résultats de la prise de sang.

– Excusez-moi, les coupé-je tout en parcourant les chiffres. Je viens de recevoir les résultats du labo.

Je lève les yeux, prête à continuer. Taylor esquisse un sourire en se rendant compte que je suis face à lui.

– Positive à la molécule P34. Son taux est de 0,9 mg, ce qui me paraît énorme.

Il redevient sérieux. P34 est le nom de la molécule qui engendre tant de dommages neurologiques quand elle est couplée à de la cocaïne. Et c'est *la* drogue en vogue pour la jeunesse dorée de Cleveland.

– Il faut prévenir le professeur Azar, ordonne Taylor. Il doit avancer sur ses recherches. C'est le cinquième cas de la semaine, et le week-end n'est pas passé.

L'urgentiste ordonne qu'on bipe l'addictologue de l'hôpital et qu'on fasse d'urgence un lavage d'estomac. Taylor, quant à lui, sort passer quelques coups de téléphone pour trouver une place dans son service et contacter le cardiologue pour que ce dernier s'assure qu'aucun dégât n'a été engendré par cette surconsommation de drogue. Je le perds de vue lorsque je finis de trier le matériel toujours stérile pour désinfecter le reste.

La patiente est évacuée au sein du service de neurologie, laissant l'espace vide pour quelques heures, je l'espère. Je sors dans le couloir dans la ferme intention d'aller me chercher un café. Ma nuit a été plus que courte entre mes ébats avec Mikko et la grosse remise en question que j'ai effectuée ensuite face à Ana dans sa chambre. C'est Dimitri qui n'était pas content de devoir rentrer plus vite que prévu chez lui !

– Café ?

Taylor.

– Volontiers. Je suis claquée.

– Je vois ça. Et j'imagine qu'Anastasia doit être dans le même état.

Je récupère le gobelet qu'il me tend et acquiesce. Je n'oublie pas que, pour lui, je suis partie hier après-midi rejoindre une amie malheureuse.

– Et toi ? Cette intervention hier soir ?

– Très bien passé, élude-t-il avec rapidité. Toujours partante pour ce soir ?

L'appréhension me gagne, mais je me pare de mon plus beau sourire et réponds :

– Le dîner chez ton père ? Bien sûr ! J'ai hâte de le rencontrer.

Mon planning s'est miraculeusement modifié au petit matin, me laissant la soirée de ce soir et celle de demain de libres. Et tout ça, sans aller pleurer auprès de Nicole. Un miracle. Quoique… Je sais que Taylor est intervenu et que c'est par pure obligation qu'elle a modifié les gardes de l'équipe. Elle ne s'est pas mise à m'apprécier dans la nuit.

Son bip sonne, il y jette un œil avant de relever son visage.

– Parfait, nous partirons à dix-neuf heures.

Il me passe devant tandis que je déglutis, puis inspire profondément.

Bientôt, je pourrai prendre mes affaires et partir, sans me retourner. C'est la résolution que j'ai prise dans la nuit, avant de m'endormir dans le lit d'Anastasia. J'ai toujours été désespérée dès qu'il s'agissait de Mikko et prête à tout par amour pour lui. Mon amie m'a convaincue que prendre la fuite en laissant Mancini derrière moi n'allait pas arranger les choses. Selon elle, il me traquerait toujours pour récupérer ses millions. Si ça ne tenait qu'à moi, je les lui rendrais. L'argent sale ne m'a jamais fait rêver.

Je suis une fille simple qui veut une vie simple.

Hier a été une parenthèse à part. J'ai eu le sentiment étrange que je comptais pour Mikko, que nous étions insubmersibles. Puis les interrogations sont venues me hanter. Toujours ces foutues questions pour lesquelles j'ai ce besoin viscéral de réponses. J'ai bêtement cru qu'il était enfin prêt à me les livrer et que je pourrais ainsi envisager un avenir avec lui. Mais il demeure une part de mystère trop importante, une qui me fait douter, perdre mon assurance fraîchement retrouvée.

J'ai parfaitement conscience que j'aime toujours cet homme. Éperdument. Passionnément. C'est cet aveu interne qui m'a poussée à réagir hier soir, peut-être un peu trop vivement. Je lui en ai voulu de me cacher son histoire, ces quatre dernières années, et de penser que ce n'était pas grave. De penser que je n'étais pas digne de connaître ses secrets et de faire partie des initiés. Que les dommages causés allaient probablement s'estomper avec le temps. Je lui en ai voulu de me tenir si éloignée de lui. De tuer dans l'œuf ce qui aurait pu être un *nous*. J'ai été trop naïve. Encore une fois.

***

À treize heures, je passe déposer le dossier d'un petit sexagénaire qui est tombé dans les escaliers quand je croise Nicole. Un sourire narquois fend son visage dès qu'elle me voit. Je transfère les données de ma journée de travail sur le réseau de l'hôpital en bafouillant un bonjour de politesse, avant de rejoindre Masha à la cafétéria.

– C'est le grand saut ?

La synchronisation entre la tablette et l'ordinateur central débute quand j'entends cette question. Je lève les yeux et parcours les alentours pour être sûre que Nicole s'adresse bien à moi.

– Je vous demande pardon ? répliqué-je.

– Pour ce soir. Tu rentres enfin dans la famille ?

Interloquée par cette remarque déplacée qui concerne ma vie privée, je reste sans voix, les yeux écarquillés.

– On perd sa langue ?

– Je ne vois pas en quoi ça vous regarde.

– Vu que tu vas être à ma table, j'estime que ça me regarde.

Je viens de prendre un bon crochet du droit virtuel, et la douleur est cuisante.

– Quoi ? Comment ?

Je fais un pas en arrière, surprise par cette révélation.

– Ne sois pas étonnée, je suis la compagne du père de Taylor.

C'est quoi ce bordel ?

Son air dédaigneux ne me dit rien qui vaille. Toujours sous l'effet de la stupéfaction, je sens mon ventre se nouer. Je repense à toutes les fois où, en présence de Taylor, j'ai tenu des propos loin d'être élogieux au sujet de ma supérieure. Pendant tout ce temps, il savait que c'était sa belle-mère et ne m'a rien dit. Je me passe nerveusement une main sur mes cheveux tirés en arrière et vérifie que mon chouchou est toujours à sa place.

Son téléphone sonne, et j'en profite pour m'excuser et quitter la pièce. Assommée par cette information qui ne fait qu'augmenter mon angoisse, je me rends à pas très rapides à la cafétéria où m'attend Masha, assise avec un homme aux cheveux bleus. Je vois ses cils papillonner, son sourire charmeur ponctuer ses fins de phrase : elle est en mode séduction. Je me prends une bouteille d'eau et m'approche d'eux.

– Salut !

Les deux se retournent vers moi.

– Oh, Maïa ! me salue Masha en se levant pour déposer une bise sur ma joue. Je te présente Saint. Saint, voici ma meilleure amie, Maïa.

– La fameuse Maïa, enchanté. Masha m'a beaucoup parlé de toi.

– Ah oui ?

– C'est mon prof d'abdos-fessiers, me chuchote Masha d'une façon peu discrète.

Je souris devant la scène cliché à souhait qui se déroule devant moi, ravie que ces quelques secondes m'aident à me calmer.

– Je ne fais pas que des abdos-fessiers ! Cross training, RPM, Pilates… Je fais plein de sports différents.

– Je n'ai pas besoin de détails, réponds-je, je ne pratique aucun de ces sports et j'ignore de quoi tu me parles ! Mais, reprends-je en me retournant vers Masha, je venais te voir pour te poser un lapin en réalité. J'ai un imprévu ce soir et je dois rentrer tôt.

Masha sourit de plus belle en comprenant qu'elle va passer quelques minutes, ou plus, avec son geai bleu. Après quelques mots échangés, je me dirige vers les vestiaires. J'ouvre rapidement mon casier et cherche mon téléphone. Il faut que j'appelle Ana. Mes mains tremblent, signe que je suis bien plus flippée que ce que je pouvais imaginer en pensant à ma soirée. J'ignore si j'ai les épaules assez solides pour supporter ce repas, si j'ai assez de courage.

J'essaie de l'appeler. Répondeur. Mes quatre essais suivants me font tomber sur le répondeur à nouveau.

Je me change à la hâte avant de rappeler une nouvelle fois. Répondeur. *Eh merde!* Je panique. Ça y est. Je ne suis plus sûre de rien. Je pousse la porte qui me donne accès au parking et suis saisie par le froid polaire que diffuse un vent violent. Mes cheveux partent dans tous les sens. Je resserre mon écharpe et trottine vers ma voiture.

Une fois que j'entre dans l'habitacle et que je claque la portière, je soupire d'aise et allume le contact. Le chauffage à fond, je commence à retirer mon attirail dédié au grand froid. Un raclement de gorge sur la banquette arrière me fait hurler et sursauter, avant qu'une grande main se faufile derrière mon cou et qu'une autre m'écrase la bouche. Je me débats comme je peux tout en respirant maladroitement. Mon agresseur claque sa langue plusieurs fois contre son palais et je hume une fragrance que je connais trop bien.

L'enfoiré!

Je repousse avec plus d'agilité la main qui m'obstruait la bouche et lâche toute sorte de jurons. Mikko ricane en se rasseyant sur la banquette arrière de ma petite citadine.

– Mais t'es complètement malade, ma parole! Qu'est-ce que tu veux? craché-je. Je n'ai pas été assez claire hier soir?

– C'était plutôt cette nuit.

– Peu importe.

J'expulse tout l'air contenu dans mes poumons et me rassieds dans mon siège. Je lance un coup d'œil dans le rétroviseur et vois Mikko me fixer avec autant d'arrogance que de séduction. Je lui en veux de me connaître si bien, de savoir que sa seule présence, qu'un seul regard peut me faire flancher.

– Que fais-tu là? demandé-je à nouveau.

– Je veux m'assurer que tu es prête pour ce soir.

Une autre raison m'aurait étonnée. Je lève les yeux au ciel et ne réponds rien. Il s'approche en tenant les deux sièges avant, et son visage m'apparaît à proximité du mien. Je ne me tourne pas vers lui.

– Ma chef est sa femme.

– J'ai entendu.

– Comment?

Il désigne le chouchou dans mes cheveux. Je soupire, ferme les yeux et laisse tomber ma tête en arrière.

– Il faut que tu te prépares mentalement. Il cherchera à te provoquer, Maïa.

Ce type a toujours fonctionné ainsi. Il appuie sur ton point faible, et quand tu es à terre, il t'achève.

– Hormis de mon père, de qui veux-tu qu'il me parle?

Son haleine chaude à l'odeur de tabac froid s'abat contre ma joue quand il me répond:

– De moi.

Je me mets à rire. Un rire nerveux que je ne contrôle pas.

– Tu n'existes plus depuis quatre ans. Tu m'as plaquée devant un parterre de détenus. Je suis fiancée à son fils! Il va me parler des business de mon père, probablement les plus sordides, mais certainement pas de toi.

Ses mâchoires se serrent en signe de contestation, mais il ne dit rien. Je ne suis pas dupe, je devine qu'il me cache quelque chose.

– Démarre.

– Non, non, protesté-je. Tu sors de la voiture, ordonné-je en croisant les bras sous ma poitrine.

Il secoue la tête devant mon regain de rébellion. Quand nous sommes devenus proches, et bien avant qu'il ne se passe quoi que ce soit entre nous, c'était mon fonds de commerce. La provocation.

– La vraie Maïa est de retour?

Sa remarque me pique plus que je ne l'admettrai jamais et s'ensuit un interminable silence. Il se rapproche de moi, passant à nouveau sa tête entre les deux sièges, puis se penche vers mon oreille.

– Maïa…

Ce prénom sur sa langue est un son divin qui restera dans ma mémoire pour longtemps, et qui se répercute entre mes jambes. Je serre les cuisses instinctivement et ouvre les lèvres pour respirer plus lourdement.

– Tu as toujours été mon talon d'Achille.

Surprise par son aveu, je tourne mon visage vers le sien. Nos bouches ne sont qu'à quelques malheureux centimètres l'une de l'autre, et nos souffles se mélangent. Nous nous observons longuement, aucun de nous n'est prêt à capituler avant l'autre. C'était notre jeu: faire flancher plutôt que flancher.

– Pourquoi tu me dis ça? arrivé-je à prononcer d'une voix cassée que je ne reconnais pas.

– Parce que c'est ce qu'a fait Mancini pour me faire tomber. Me pousser à la faute, en me provoquant. En me parlant de toi.

Cette révélation me fait mal. Je revis chaque seconde de cette soirée. L'insouciance de l'instant alors que je regardais un film avec Ana, jusqu'à ce que Sasha vienne nous trouver, la mine défaite.

– Il a fonctionné de la même manière avec ton père. Il le provoquait. Mais ton père était plus intelligent que lui, il l'avait cerné. Alors, bien que haineux, il prenait sur lui. Personnellement, j'en étais incapable. Lors d'une soirée trop arrosée, après une énième provocation, nous avons failli en arriver aux mains. Je voulais le tuer, j'étais aveuglé. Et il m'a démasqué.

Je grimace en fermant les yeux quelques secondes.

– Un jour, j'ai reçu un message. J'avais la confirmation qu'il savait. Pour toi. Pour nous. Il a voulu me faire du chantage : des combats illégaux contre la paix. Il te laissait tranquille et il ne dévoilerait rien au clan. Ce jour-là, je lui ai dit d'aller se faire foutre. Et comme un con, je me suis jeté dans la gueule du loup, aveuglé par ma soif de vengeance, oui, mais aussi par ce besoin de défendre ton honneur. D'être à tes côtés pour te protéger des types comme lui.

Je déglutis, levant les yeux sur sa bouche que j'observe avec envie, et dans un élan, je réduis la distance entre nous et soude nos lèvres. Je sais que ma résolution de la veille était claire : pas d'avenir avec Mikko. Je veux juste ne pas avoir de regrets sur le présent.

Ma main vient se poser sur sa joue tandis que la sienne m'attrape par la nuque. Il approfondit notre baiser en glissant sa langue entre mes dents. Cette odeur de tabac envahit ma bouche, me renvoyant des années en arrière, quand je ne cachais pas mon envie de lui. C'est pourtant ce qui prédomine, là. Je gémis dans sa bouche en essayant tant bien que mal de me redresser sur mes genoux avant qu'un coup de klaxon nous fasse sursauter.

Mikko se recule et remet sa casquette sur sa tête. Ce geste, ce rejet me fait mal. Mais après tout, à quoi je m'attendais ? Il faudrait vraiment que je prenne du recul et que je cesse de me laisser amadouer. J'ai encore sa saveur sur mes lèvres quand il ouvre la portière.

– Ana est chez toi pour te préparer à la soirée. Préviens Powell que tu ne rentres pas de suite.

Dans un bruit sourd, il claque la portière, puis traverse le parking jusqu'à monter dans une grosse voiture aux vitres teintées. Je grogne et me rassieds en tapant du plat de la main contre le volant. Finalement, je ne sais pas si je serai encore capable de lui donner mon cœur.

27

Maïa

– Tu es vraiment resplendissante.

J'ai revêtu une combinaison-pantalon bleu marine et resserré mon décolleté avec la broche fournie par Ana. Je peine à sourire à Taylor qui m'attend sur le trottoir, devant mon appartement. J'ai peur. Cette anxiété me donne la nausée. Mon cœur bat si fort que j'ai la sensation que je vais imploser, que mes heures sont comptées. Peut-être même les minutes.

Il m'embrasse sur la joue et m'ouvre la portière. Je m'installe, le souffle court. Je touche par automatisme tous les gadgets sur lesquels je mise pour ma survie ce soir. La broche entre mes seins, la bague que je porte à mon annulaire gauche et mon sac à main.

Sa portière s'ouvre et, à son tour, il rentre dans l'habitacle. Il remet le moteur sans dire un mot et s'insère dans la circulation dense de ce vendredi soir.

– Je sens ton anxiété d'où je suis, lance Taylor au bout de quelques minutes en posant sa main sur ma cuisse.

– Je suis stressée. C'est un moment important. Rencontrer ses beaux-parents. D'ailleurs, tu as des nouvelles de ta mère ?

Meilleure technique de tous les temps, le changement de sujet. Toute la semaine, j'ai vu Taylor s'inquiéter pour sa mère, tenter de l'appeler en vain. Sa tante est toujours en vacances en Argentine et a promis de passer voir chez elle à son retour, dans quelques jours.

– Toujours pas, répond-il, dépité. Elle n'est jamais restée aussi longtemps sans donner de nouvelles. J'espère qu'elle va bien.

– Elle doit seulement être très occupée.

– J'espère, conclut-il en serrant ma cuisse de ses doigts.

J'ai un mauvais pressentiment en ce qui concerne sa mère. À vrai dire, ce mauvais pressentiment s'applique à ma vie en général ces derniers jours. Ce n'est pas bon signe.

– Tu sais, reprend-il, je me disais qu'il aura fallu qu'on ait cette frayeur pour prendre conscience qu'être à deux est vital. Tu ne peux pas imaginer comme je suis heureux que tu sois chez moi depuis nos retrouvailles.

Mon ventre se noue. Ma respiration s'alourdit. Je fais une overdose de mensonges.

– C'est cool.

J'ai vraiment dit ça ? Cool ? Taylor ne s'en formalise pas et nous arrivons, après trente minutes de route qui me paraissent interminables, devant un domaine immense. Je pourrais le comparer à celui de mon enfance, si ce n'est que le style est plus méditerranéen. L'allée que nous empruntons en voiture est jonchée de lavande, puis au loin, je remarque des vignes à perte de vue. Une fontaine grandiose se trouve devant nous, et au-delà, un escalier majestueux. Tout est démesuré.

Taylor stoppe le véhicule au pied des marches, puis sort et contourne la voiture pour m'aider à en descendre. Je touche ma broche dans un geste mécanique, démontrant une nouvelle fois que j'appréhende les prochaines secondes. Nous montons les marches encadrées de grands arbres qui dissimulent une partie de la demeure. Lorsque j'avance, la maison de maître se dévoile au gré de mes pas. Je suis abasourdie. Je me trouve devant une bâtisse au crépi jaune et aux volets verts tout simplement magnifique.

– Mon fils, entendons-nous alors que je m'extasie devant la beauté des lieux.

Cette voix me fait frissonner. J'aimerais ne pas ressentir ces frissons désagréables, ceux qui me glacent le sang, et pourtant… Je me retourne et fais face à un homme à la cinquantaine affirmée, légèrement plus petit que moi, à la moustache fine dessinée au-dessus de sa lèvre supérieure. Les dents jaunies par le tabac, qu'il m'offre dans le sourire le plus hypocrite que j'aie jamais vu, me donnent envie de vomir.

– Père, le salue Taylor en lui serrant la main. Je te présente Maïa.

– Enfin ! Quel honneur de rencontrer la jolie fiancée de mon seul et unique fils.

Il s'approche de moi et s'empare de ma main pour y déposer un baiser. Mon visage se crispe sans que je puisse rien y faire.

On se laisse conduire à l'intérieur, Taylor avance à mes côtés, une main dans le creux de mes reins. Et quand je vois Nicole dans une robe à sequins noire dans le hall d'entrée, un sourire malicieux sur le visage, je regrette d'être où je suis.

***

– Je connaissais bien votre père, vous savez ?

Nerveuse, je lève la tête de mon assiette, et souris.

– Oh, vous étiez en affaires ?

– Si on veut… répond-il en faisant suivre ses paroles d'un discret ricanement.

Un silence pesant s'installe à nouveau, le même depuis que nous nous sommes attablés. Francesco est en bout de table, Nicole à sa droite, Taylor à sa gauche. Je suis la plus éloignée du chef de famille, et pourtant, il ne cesse de me fixer de façon dérangeante, malaisante.

– Vous avez reprogrammé le mariage ? demande Nicole en regardant exclusivement Taylor. Nous avons eu vent des circonstances désastreuses dans lesquelles a eu lieu la première cérémonie.

Mon souffle se coupe comme si j'avais reçu un violent coup dans l'estomac. Je sens Taylor se tendre à côté de moi.

– C'est en cours, répond-il en éludant ce qui a suivi la question.

– Mademoiselle Popova, vous pensez que ce sont les hommes de votre père qui ont empêché cette union ?

Je suis pétrifiée par le fait qu'il m'appelle par le nom de famille de mon père. J'ai la confirmation qu'il sait. Qu'il m'observe depuis longtemps.

Ce constat me glace le sang.

Cette question me choque, si bien que les couverts que je tenais entre mes mains retombent dans mon assiette dans un son aigu. Je me tends malgré moi et je dissimule sous la table les poings qui se forment pour neutraliser ma colère. Je me redresse, lève le menton et étire doucement mes lèvres. Seul mon cœur qui s'agite dans tous les sens, comme probablement mon pouls, pourrait révéler mon état intérieur : ravagée.

– Je l'ignore. Mais je n'y vois aucun intérêt.

– Et ces hommes qui ont interrompu le prêtre, qui sont-ils, alors ?

Mikko.

La nausée me gagne à l'idée que Mancini sait déjà toute la vérité. Est-ce que ça m'étonnerait ? Non. Mon père était un chef de famille, et il avait le don de tout savoir sur tout, même ce qui ne le regardait pas. Il avait des fouines à tous les coins de rue, qui venaient lui rapporter les faits et gestes de toutes les personnes susceptibles d'en vouloir à son business. Autrement dit, tout le monde.

– Impossible à dire, ils étaient cagoulés.

Le souffle court, j'attends la riposte. Le regard dédaigneux de Nicole ne me choque pas, et quand je jette un œil vers Francesco, c'est la haine qui anime ses iris.

– En réalité, si.

– Père, laissons cette malheureuse journée derrière nous, et concentrons-nous sur l'avenir.

Taylor essaie de calmer les ardeurs de son père pour éviter que ce repas finisse en pugilat. Sous la table, mes doigts noués s'agitent et se pétrissent. Après quelques secondes, je passe mes mains au-dessus de la nappe, et presse l'avant-bras de mon fiancé.

– J'ai quand même le droit de m'interroger sur cet homme qui a foutu en l'air *ton* mariage, s'agace-t-il. Si ça ne t'intéresse pas, il faudrait peut-être que tu remettes tes pieds sur terre et que tu t'assures que personne ne viendra perturber le prochain.

– Ce sera fait.

– Comme ce devait l'être la première fois ?

– Père, gronde Taylor entre ses dents.

– Nous sommes des Mancini, ne nous laissons pas marcher dessus !

Je déglutis en me saisissant de mon verre de vin que je vide d'une traite. Je grimace légèrement devant la brûlure intérieure que je m'inflige, mais je préfère subir ça que ce que je vis actuellement. Taylor se montre patient, échange avec son père pour le rassurer. Pendant ce temps, je ne peux pas m'empêcher de penser à Mikko et à la manière bien à lui qu'il aurait eue de gérer la situation. Moins diplomatique. Plus rapide. Et je crois que j'aurais préféré.

– Sachez, mademoiselle Popova, que je n'aime pas que mon nom soit entaché.

Un frisson me parcourt de mes orteils à la racine de mes cheveux.

– Et encore moins être pris pour un imbécile.

Je me mords l'intérieur de la joue pour éviter de répondre à ses provocations, pour concentrer la douleur que je ressens à un seul endroit.

– Et nous savons tous les deux que vous me prenez pour un imbécile.

Je suis paralysée par la peur que cet homme m'inspire. Pour autant, je ne peux pas laisser passer cette réplique, je dois lui montrer que je ne me laisse pas déstabiliser.

– Je pense que vous faites erreur.

Ma voix n'a pas tremblé, mais à l'intérieur, c'est un feu d'artifice. Je l'observe et lutte pour ne pas baisser les yeux devant ses iris sombres. Francesco Mancini ne cache pas son petit sourire arrogant, suffisant, celui qui me transmet toute sa haine envers ma famille, envers moi.

Taylor prend la parole, mais je n'entends rien. Je suis comme hypnotisée par les prunelles malicieuses de son père.

– Bien ! s'élève d'un coup la voix de Francesco, clôturant la discussion que j'ai cessé d'écouter. J'ai hâte que cette union soit célébrée.

Je tourne mon visage vers lui, et esquisse un sourire. Trop crispé pour être convaincant, mais c'est le meilleur que je puisse lui adresser.

– J'organise une soirée demain soir. Une sorte de bal en l'honneur de mes

partenaires d'affaires. J'aimerais beaucoup que vous soyez une des rein
de cette fête.

Taylor se tend une nouvelle fois à côté de moi. Visiblement, cette soirée est aussi un supplice pour lui. Au ton de la voix de Mancini, je comprends que ce n'est pas une proposition : il n'attend pas de réponse, penché vers Nicole pour lui parler à l'oreille. Il me jette des œillades perverses à plusieurs reprises. Ce type me file la nausée. De dégoût mais aussi de peur. Je détourne mon regard et me mords l'intérieur de la joue.

– Oh, reprend Francesco. Vous devez porter une robe rouge.

– Rouge, répété-je, ahurie. Je note.

– Les taureaux présents dans l'arène vont devenir fous, ajoute-t-il.

C'est lui qui a l'air d'en être un. Ses yeux malicieux ne me disent rien qui vaille. J'ignore sa remarque déplacée. Je prends sur moi, mais je bous. Je suis une Cocotte-Minute prête à éclater.

J'opine de la tête, puis prétexte devoir me rafraîchir. Taylor se lève et se propose de me guider dans cet immense intérieur. Il me fait monter au premier étage, puis ouvre une double porte en bois massif.

– Voici mes appartements.

J'entre et observe autour de moi. Un salon de la taille de mon appartement me fait face tandis qu'un couloir sur ma droite dessert plusieurs portes. Je m'avance de quelques pas quand la voix de Taylor retentit.

– Maïa, je suis désolé pour ce soir.

Je serre les dents, respire un grand coup et me retourne.

– Tu es désolé pour quoi ? Les insultes dissimulées à l'égard de ma famille ? Ou que ton père me prenne pour un jouet avec lequel on peut s'amuser ?

Mon ton est acerbe. Je muselle ma colère parce qu'elle n'est pas dirigée contre lui, mais contre son père. Si le premier est coupable de bien des crimes, le second n'a pas à payer pour lui. Si Mikko s'immisçait dans mes pensées, il me bousculerait, me criant qu'on est responsable de ses actes. Que si Taylor n'était pas mauvais, il ne jouerait pas les fiancés transis d'amour. Et je ne pourrais pas en blâmer Mik. Je me dis juste que si j'avais dû être cataloguée au regard des activités de mon père, je serais coupable d'un tas de choses.

Taylor se pince les lèvres, puis secoue la tête.

– Je savais que ce repas était une mauvaise idée.

– Et pourtant, tu m'y as emmenée.

– Maïa…

– Non, Taylor. Je ne veux pas d'excuses. Pas à la place de ton père.

– Rafraîchis-toi et partons. Je vais prétexter une urgence.

Je ris de sa remarque.

– Nicole bosse à l'hôpital, tu te souviens ? Il sera facile de vérifier en temps réel que tu mens.

– Et ce sera mon problème. Prends quelques minutes, et partons.

Sur ce, il me tourne le dos et quitte ses appartements. Je passe la pièce qui jouxte la première chambre et m'y enferme, le cœur en vrac. Mon dos contre le battant et le souffle rauque.

Cette mission n'était pas pour moi. Je ne suis pas faite pour ça.

Mes mains tremblent tandis que je m'approche du lavabo de la salle de bains dans laquelle je me trouve. J'ouvre le robinet et fais couler de l'eau glacée sur un linge que j'applique ensuite sur mes joues brûlantes, sur mon cou. Lorsque j'observe mon reflet dans le miroir, je m'effraie seule. Mes traits sont crispés. Mon teint est blême. J'ai chaud. Je ne m'étais jamais vue dans cet état. Si c'est le spectacle que j'ai donné durant le repas, cet enfoiré de Mancini devait jubiler.

J'ai envie de le fuir et le besoin de me sauver.

– Je n'en peux plus, murmuré-je. C'est un calvaire, mon Dieu…

Ma gorge s'est nouée dans une douleur indescriptible.

Il me faut partir d'ici, je suffoque.

28

Maïa

Après une nuit agitée qui ne m'a laissé aucun répit, je suis couchée sur le flanc. Je tends le bras pour attraper mon téléphone qui m'informe qu'il n'est que sept heures. Je remarque par la même occasion la vingtaine d'appels manqués de Mikko. Je ne sais pas à qui j'en veux le plus dans toute cette histoire qui me dépasse : à mon père, à Mancini, à Taylor, à lui ou… à moi.

Dans la chaleur de mes draps, entre les murs réconfortants de mon appartement, je m'étire avant de m'asseoir au bord du lit. Je repense au regard triste de Taylor quand je lui ai demandé hier de me déposer chez moi, seule. Mon cœur s'est serré parce que je décelais dans ses yeux une part de loyauté, d'honnêteté.

Je me lève et traîne les pieds jusque dans la salle de bains où je me démaquille de la veille et me brosse les dents. J'ai tenté de rester forte toute la soirée, encaissant les remarques acerbes de Francesco et ses œillades malsaines, ou encore les sourires calculateurs de Nicole. Mais quand je suis rentrée, les digues ont lâché et j'ai pleuré une bonne partie de la nuit. Mes larmes se sont taries lorsque je me suis endormie, épuisée. Mais les cauchemars venaient me hanter si vite que je n'ai fait que des microsommes.

Dans ma cuisine, je verse de l'eau bouillante dans ma tasse quand on toque à la porte. Mon premier réflexe est de me figer. Comme prise en faute. Je marche doucement jusqu'à l'entrée pour regarder qui se trouve sur le palier, à travers le judas. *Mikko.* Un soulagement m'envahit dans un soupir peu gracieux. J'ouvre le verrou puis ma porte.

Mikko soulève la visière de sa casquette et je constate que lui aussi est soulagé. Je retourne sur mes pas, certaine qu'il va me suivre.

– Café ?

– Café, thé, vodka, ce que tu veux, réplique-t-il.

– Tu n'aimes pas le thé, réponds-je en secouant la tête.

Je glisse un sachet de thé dans mon eau bouillante pendant que le café de Mikko coule. J'apporte nos boissons dans le salon attenant. Je trempe mes lèvres dans le liquide chaud avant de reposer ma tasse fumante. Lui a déjà bu son nectar d'un trait.

– Toujours aussi impatient, le taquiné-je.

– Toujours.

Je lève les yeux vers lui. Il est assis, penché en avant, les coudes sur ses genoux. Son regard est assuré, sa mine fatiguée.

– Pourquoi venir si tôt ? Besoin pressant de débriefer ?

Je ne sais pas pourquoi j'emploie ce ton de provocation. Je manque de sommeil et suis irritable, je le sens.

– Arrête avec ça, gronde-t-il. Comment ça va ?

Pour toute réponse, je hausse les épaules. Comment je vais ? Je ne le sais même pas, mais certainement pas bien.

– J'ai vu de près le monstre Mancini. Et je retourne dans l'arène ce soir.

Une des choses que j'ai faites cette nuit, c'est de regarder sur Internet. Francesco me veut en rouge et prétend que les taureaux seront fous. Et ce que j'ai trouvé sur la Toile m'effraie un peu plus. Je vais être le centre de l'attention, tous les hommes vont être là à m'observer comme une bête de foire. Pire, peut-être que Mancini compte m'exhiber comme une Popova sous cloche.

– On sera tous sur place.

Je retiens un hoquet de soulagement en entendant ses mots. Il retire ensuite sa casquette et se passe une main dans les cheveux.

Pourquoi ne peut-on pas retourner dix ans en arrière ? Pourquoi ne puis-je pas changer le cours des choses ?

– Tu ne nous verras peut-être pas, mais nous serons là.

– Parfait, capitulé-je, soulagée. Parce que, hier, c'était flippant. J'ai bien cru que je ne sortirais jamais de cette maison. J'ai cru que…

Ma voix se casse devant tout ce que j'ai imaginé sur place et tout ce que mon esprit a conjecturé dès mon retour. Des histoires toutes aussi sordides les unes que les autres.

Taylor a fait ce qu'il a proposé. Lorsque nous sommes redescendus dans un des salons de cette splendide demeure, il a prétexté une urgence. Nicole n'a pas semblé étonnée, mais son regard conspirateur laissait penser qu'elle vérifierait et que j'en prendrais pour mon grade. Je l'ai ignorée. Mancini, lui, semblait agacé que la soirée ne se passe pas comme il l'avait imaginé. Le peu que j'ai entrevu de cet homme révèle un ego surdimensionné et un besoin de penser qu'il tient tout le monde sous son joug.

Mikko grimace devant mon aveu, puis continue :

– Ça n'arrivera plus.

– Ne fais pas de promesse que tu ne pourras pas tenir.

Je suis d'humeur changeante, et ma fatigue ne m'aide pas à discerner ce qu'il est bon de dire ou non, et surtout sur quel ton. Je suis clairement saoulée par tout ça.

– Bref, je l'espère, ajouté-je, parce que je mets fin à cette mascarade au plus tard demain.

Mikko a un léger mouvement de recul et fronce les sourcils.

– C'est-à-dire ?

– Vous aurez tout ce dont vous avez besoin. Pour moi, tout va trop loin. Les dégâts sont irréversibles.

Il me jauge avant de lâcher :

– Tu pars ?

L'ambiance dans mon appartement est lourde. Il semble désorienté, mais se reprend rapidement. Mikko a cette faculté de ne jamais rien laisser paraître. En temps normal, je n'aurais pas été spectatrice de cette scène. Il baisse sa garde, même si ça ne dure que quelques secondes.

– Pourquoi rester ?

Ma question reste en suspens.

Il se passe une main sur son visage, puis se lève avec sa tasse. Mon regard ne loupe pas une miette de son corps qui se déploie, de son torse qui bouge lorsqu'il retire sa veste, dévoilant ainsi une musculature saillante. Il met la dosette dans la machine et appuie sur le bouton. Je vois les muscles de sa mâchoire se contracter, ses narines se dilater. Il est en colère, mais tente de le dissimuler. En même temps, que peut-il me répondre ? Y a-t-il une personne qui a besoin que je reste ici, dans ce monde impitoyable ? Ma mère est chez sa sœur, les nouvelles qu'elle me donne sont rassurantes, et son moral est bien meilleur que le mien. Masha et Ana sont des amies qui me sont chères, et quelle que soit la distance qu'il y a entre nous, je sais que nos liens ne changeront jamais. La Fratrie ? J'ai fait une croix dessus depuis si longtemps qu'il ne me vient pas à l'idée qu'elle peut vouloir me retenir. Mon métier que j'aime tant peut s'exercer partout dans le monde.

Ma conscience me hurle de tenir compte de Mikko, mais je la fais taire en attrapant ma tasse et en buvant quelques gorgées chaudes de thé. Mikko n'a rien à offrir, il le dit lui-même. Et je ne veux pas attendre, espérer quelque chose qui n'arrivera pas. Je ne sais toujours pas pour quel enfoiré il bosse pour prendre des risques inconsidérés qui pèsent sur moi par ricochet. Et j'espère ne jamais le savoir.

– Écoute, je ne veux pas me disputer.

Il tente de maîtriser sa voix, mais j'entends ce petit timbre plus rauque que la normale.

– Ça tombe bien, moi non plus.

– Je suis venu parce que j'étais…

Inquiet. Il ne finit pas sa phrase, mais je sais que c'est le mot qu'il manque. Je me laisse glisser sur le sol, adossée contre un placard. Mes pieds s'agitent sur le carrelage froid.

– Je vais bien, soupiré-je. Je n'ai jamais eu aussi peur de toute ma vie, je ne vais pas le cacher, mais cette nuit de sommeil m'a fait du bien, mens-je.

Il secoue la tête en signe de désaccord.

– Tu n'as pas fermé l'œil. Lorsque tu étais plus ou moins endormie, tu gémissais.

Mes paupières papillonnent et je me redresse vivement.

– Tu m'espionnes ? Tu as mis des caméras dans mon appartement ?

Je panique et ne peux pas m'empêcher de regarder tout autour de moi le moindre objet suspect.

– Non. Tu as posé ta broche sur ta table de chevet.

– Et tu m'as écoutée toute la nuit ?

Le silence me répond. Je suis stupéfaite qu'il ait osé. Et ça aussi, ça me fait légèrement flipper.

– Nous avons tous écouté cet enfoiré de Mancini te manquer de respect au cours du repas d'hier. Ce type t'a provoquée durant tout le dîner, je t'avais prévenue, et j'avoue que j'ai été surpris par ton self-control.

– À quel prix, marmonné-je.

Il se prend la tête entre les mains. Je sens du désespoir dans son geste. Puis il se redresse, saisit sa tasse de café qu'il avale d'un trait.

– N'y va pas ce soir. On trouvera une autre solution.

Sauf qu'il n'y en a pas. Et il le sait. Je suis sur le point de leur servir Mancini sur un plateau d'argent, et il en a conscience.

– Et qu'en pensent les autres ?

– Je n'ai jamais eu besoin de l'assentiment des autres.

– Mais tu n'es plus leur chef.

Le silence suit cette vérité qu'il ne conteste pas. Il respire bruyamment et s'avachit dans le fauteuil.

– Alors ça va être comme ça ? Toi qui me balances des reproches ou des vérités bien senties dès qu'on se voit ?

Il est blessé, et dans mon for intérieur, ça me blesse également. J'en veux à la terre entière, mais pas pour les bonnes raisons. Seul Mancini est responsable de tout ce qui nous arrive.

– Je suis désolée, articulé-je.

– Ne le sois pas. On va dire que je les ai mérités.

Le voir désarçonné l'espace d'un instant me fait culpabiliser. Parce que ce n'est pas dans ma nature d'être piquante, du moins pas depuis ces dernières années.

J'étais une adolescente élevée comme une princesse. J'ai eu quelques comportements capricieux, mais ma nature profonde n'est pas ainsi.

– Je te connais. Je sais que la soirée d'hier t'a émotionnellement vidée, reprend-il.

– Bien vu, Sherlock.

– Tu t'en es bien sortie.

– Tu m'en vois ravie, réponds-je.

Il soupire à nouveau. Je le connais assez pour savoir qu'il prend sur lui pour ne pas prononcer des mots qui dépasseraient sa pensée, pour ne pas me blesser davantage.

Je ne sais pas combien de temps passe, mais je ne bouge pas d'un centimètre, pas même pour boire mon thé qui semble refroidi. Puis, Mikko se lève en sortant une cigarette de sa poche et se dirige vers la fenêtre. Il l'ouvre et allume sa tige en soufflant la fumée vers l'extérieur. Le froid glacial de cette fin février me fait frissonner. Je tire le plaid derrière moi et m'en enveloppe.

Le regarder est douloureux. Bien plus que ce que j'aimerais ressentir. Mais, avec le temps, je me suis dit qu'à un moment donné, il fallait que je ferme mon cœur si je voulais essayer d'avancer. Je ne voulais plus penser aux autres, je voulais me concentrer sur moi. Je pensais y être parvenue. Jusqu'à ce qu'il réapparaisse et que ma vie devienne un champ de bataille. À l'intérieur, comme à l'extérieur.

Son rire rauque me fait lever les yeux et m'esclaffer malgré moi.

– À quoi tu penses ? demandé-je.

Mikko est accoudé à la fenêtre, un vrai sourire dessiné sur le visage.

– Tu te souviens de mon anniversaire ? Celui avant mon incarcération ?

Je réfléchis et réponds par l'affirmative. Comment oublier cette soirée ? Les excès d'alcool, les conneries qu'ont enchaînées les garçons et les mots chuchotés par Mikko au moment de se coucher sont encore gravés dans ma mémoire.

Je l'observe rouler sa cigarette entre ses doigts pour faire tomber le bout enflammé et mettre le mégot dans sa poche.

Il se rassied dans le fauteuil après avoir fermé la fenêtre.

– J'y repense souvent, continue-t-il. Aux défis qu'on s'est tous lancés durant la soirée. Ces jeux de gamins qui nous ont fait mourir de rire.

– « Action ou vérité » est un classique !

– Il y avait tellement plus d'actions !

– Parce que les hommes de Cro-Magnon que vous êtes craignaient de répondre aux questions avant même de les connaître.

Nous rions.

– C'est vrai. Tu m'as quand même demandé de sauter par la fenêtre.

Je m'en souviens comme si c'était hier. Je rêvais d'entendre une vérité qui m'aurait permis d'en savoir plus sur ses sentiments. *Oui, l'alcool m'a toujours rendue romantique.* Devant ses potes, il a fui, préférant sauter par la fenêtre que reconnaître que je comptais. Parce qu'il savait pertinemment la question que j'allais poser. Mikko me connaissait par cœur.

– Tu l'as fait pour ne pas répondre à une simple question.

– Tsss, je te voyais venir avec tes gros sabots.

Je prends ma tasse de thé froid que je finis en quelques gorgées. Je grimace. J'adore le thé, mais dès qu'il est tiède, je trouve qu'il perd de sa saveur.

– Une réponse n'a jamais tué personne ! m'indigné-je.

Il secoue la tête en souriant, puis ancre son regard bleu clair dans le mien. Je suis hypnotisée par tant de beauté. Et visiblement pas guérie de lui.

– J'ai fini dans une poubelle avec tes conneries, réplique-t-il.

Sous la fenêtre de son appartement au domaine se situaient les containers grouillants de déchets. Je me souviens encore de l'hystérie collective quand il a sauté, mais surtout quand il est ressorti recouvert de tout plein de détritus non identifiés. Nous étions insouciants. Et alcoolisés.

– Et quand tu m'as demandé de me foutre en boxer ?

Je l'avais oubliée celle-là, et j'éclate de rire. Un rire qui me fait du bien et surtout oublier ma vie de ces dernières semaines.

– Ana ne me croyait pas quand je lui disais que tu étais bien bâti, avoué-je.

Je sens mes joues rosir légèrement et devenir douloureuses, à force d'étirer mes lèvres.

– C'était le bon vieux temps, dit-il, soudain sérieux.

– Ça me paraît loin… Je suis nostalgique de ces moments.

À cette phrase, ses lèvres s'étirent avec tendresse. Il est là. L'homme doux qui reste tapi dans l'ombre. L'âme qui a su me toucher en plein cœur.

– J'aimerais revenir en arrière, dis-je en brisant le silence. Que toutes ces années s'envolent. Que tu n'aies pas été éloigné de moi.

– À qui le dis-tu. Mais sache une chose, Maïa, je n'ai jamais voulu te faire souffrir.

Je m'apprête à répliquer vivement quand il lève un doigt.

– Je n'ai jamais voulu faire le mort pour te faire du mal, crois-moi.

J'aimerais. Vraiment. Mais je ne suis plus sûre de rien. Mon cœur me dit de foncer, de me laisser amadouer. Ma tête me dit de fuir. Par tous les moyens.

– Tu veux que je sois honnête ? Je ne sais plus qui croire. Que croire. J'ai juste l'impression d'avoir été manipulée par tous les hommes que j'ai croisés.

– Ne dis pas n'importe quoi.

Je sais qu'il n'aime pas entendre que je doute même de lui.

– Ce n'est pas toi qui prônes le « Je ne crois que ce que je vois » ? Tu peux le tourner comme tu veux, une seule chose pourra me faire changer d'avis.

Il reste suspendu à mes lèvres.

– Prouve-le-moi. Prouve-moi que je compte. Et fais que je sois ta priorité. Tu as été la mienne pendant tellement d'années…

Son regard intense capture le mien et me pénètre jusqu'aux os. J'y lis toutes les promesses qu'il me fait, la révolution qu'il compte mener. Je l'aime pour ça : cette puissance, cette aura.

Sa gorge vibre quand il dit :

– Je vais faire de toi une priorité, Maïa. *Ma* priorité.

29

Mikko

Assis sur le banc de ma salle de sport, j'essaie de reprendre mon souffle. Voici une heure que j'évacue ma hargne contre le sac de frappe, et il n'est pas encore midi. J'ai quitté Maïa tôt ce matin. Si j'étais resté, je sais comment ça aurait fini. Mais il faut qu'elle soit reposée et concentrée.

Ses projets – partir, tout plaquer – m'ont aussi décontenancé. Je suis prêt à tout pour la retenir, même à faire une promesse que je ne suis pas sûr de pouvoir respecter : faire d'elle ma priorité.

Quand je suis rentré, pour m'occuper l'esprit, je me suis mis à écouter les enregistrements du téléphone de Powell et j'y ai découvert les informations que j'attendais. Francesco l'a appelé pour confirmer l'horaire de la soirée tout en laissant échapper d'autres informations – cet homme a toujours aimé parler plus que nécessaire, faire étalage de sa cruauté et de sa folie. Il y aura bien une vente aux enchères ce soir, au château de Piatt près de Columbus, dans le comté de Logan. Et ce sont bien des femmes qui vont s'exhiber et repartir avec le plus offrant.

– Tu devrais dormir un peu avant ta réunion avec Murph. Y aller en étant à cran n'est pas une bonne idée.

Sasha, avec qui je viens de m'entraîner, n'a pas tort. Cependant, j'ignore si je serai capable de trouver le sommeil. Mon cerveau bouillonne.

– Rien de nouveau depuis ce matin ? demande-t-il.

– En dehors du fait que trente-deux filles débarquent du Mexique en fin d'après-midi, au château, et que Powell doit les examiner pour apposer un tampon « apte » sur leur dossier ? Non.

Il opine du chef.

– Est-ce qu'on prévient Maïa ?

– Non. Cette soirée est déjà beaucoup trop risquée.

J'ai cette angoisse permanente au creux du ventre dès qu'il s'agit d'elle et de cette putain de soirée. Je me trompe rarement sur mes pressentiments à propos des situations ou des personnes. Et ce soir, je le sens mal.

La plupart des filles sont dressées, finissent gravement blessées et certaines d'entre elles ne reviennent jamais des enfers.

Je ferme les yeux, écumant d'une rage silencieuse. Je jure en russe dans mon souffle. J'en veux à mes frères, à la Fratrie, d'avoir cautionné cette infiltration. Maïa est une cible qu'on sert aux Italiens sur un plateau.

– Déjà, continué-je en le pointant du doigt, sans votre insistance, elle n'aurait jamais accepté de jouer cette mascarade. Regarde où ça la mène ! Ce n'est pas un agent qualifié pour ce boulot, et même si elle y met de la bonne volonté, c'est risqué, et tu le sais. On ne peut pas la protéger de manière optimale, et…

– Ça te rend dingue, je vois ça.

Je n'arrive même plus à cacher cette vérité criante. Mes émotions s'entrechoquent, et depuis ce matin, d'autres affects s'ajoutent à l'équation. Je flippe. Ouais, j'ai peur de ne pas être à la hauteur, de ne pas être assez fort pour la protéger. Puis je vois cette lueur, celle de l'espoir. L'espoir de pouvoir, moi aussi, reconstruire ma vie loin d'ici.

Je suis terrorisé à l'idée qu'il lui arrive quelque chose. Ses prunelles dans lesquelles dansaient des flammes ce matin, ce sont celles que j'aimerais voir tous les jours. L'espérance d'un avenir à nous me ronge de l'intérieur.

– Mik, je mise beaucoup sur ta rencontre avec Murphy.

Les aveux de mon frère me désarçonnent.

– Pourquoi ?

– Parce que ça va déterminer l'après. Tu crois qu'il te laissera retrouver ta liberté ?

Vu le genre de personnage, je l'ignore. Je préfère ne pas fonder d'espoir. Je passe une main dans mes cheveux, puis détache les bandes autour de mes poignets pour me concentrer sur autre chose que des probabilités qui m'angoissent.

– *Bro*, ne pars pas défaitiste. Ce n'est pas *toi.*

– Le moi d'il y a quatre ans y serait allé en mode « Nique sa mère, je ferai ce que je veux ». Sauf que tu sais toi-même que ce n'est plus possible. L'administration ! m'agacé-je. Je ne suis personne, putain !

– À tout problème, sa solution.

Je serre les dents avec une fâcheuse envie de remettre mes bandes et de monter sur le ring face à Sasha pour qu'on se mette sur la gueule comme lorsque nous étions jeunes et que nous voulions régler un désaccord. Si c'était toujours aussi facile…

– Prends-le comme tu veux, se défend-il, mais si t'attends de moi que je te brosse dans le sens du poil, ne me fais pas venir pour une séance.

Je me lève et le toise avec mépris.

– Tu parles de choses que tu ne connais pas.

– Ah oui, réplique-t-il, je suis trop con pour comprendre ce qu'il t'arrive ?! Ducon, je suis là depuis le début. Je vois tous les sacrifices que tu as faits et que tu fais encore !

– Tu ne sais rien du tout ! crié-je, mon visage à quelques centimètres du sien.

Mon frère de cœur soutient mon regard noir, le menton haut. Il est fier de me tenir tête et ne compte visiblement pas fermer sa bouche.

– Et elle ? Tu y penses à elle ?

Je le repousse violemment de mes deux mains en hurlant :

– Ne parle pas d'elle !

– Pourquoi ? demande-t-il en revenant à la charge. Tu crois que tu es le seul à avoir souffert de la perdre, connard ? Putain, c'est comme une sœur pour moi !

– Putain, c'est ma femme ! hurlé-je.

Mon poing s'abat contre sa mâchoire avec puissance. Sa tête est rejetée sur le côté, mais il se remet en garde et m'en fout une en pleine pommette. Je ne détourne pas la tête, l'observe durement, la respiration erratique. Je fais quelques pas et me laisse tomber sur le banc, les coudes sur mes genoux, mon visage dans mes paumes de mains.

– Quand on aime une femme, on se bat pour elle, crache mon frère en essuyant le sang qui coule du coin de sa bouche. Si tu n'es pas capable de ça, alors ouais, tu ne la mérites pas.

J'accuse le coup de ses mots qui me font bien plus mal que le direct qu'il vient de m'asséner en plein visage. J'entends ses pas qui se dirigent vers les escaliers, mais avant qu'il ne les monte, il ajoute :

– Je pense qu'il est inutile de parler d'elle au passé. Si tu considères que c'est ta femme, sors-toi les doigts du cul et agis comme si tu étais son homme. Arrête de te retrancher derrière je ne sais quelle excuse de merde. Ce qui t'est arrivé est chaud, OK, on en convient tous, mais tu ne peux pas t'arrêter à ça. Mon frère ne l'aurait jamais fait, *lui*.

Il grimpe les escaliers deux par deux, me laissant comme un con avec mes certitudes à deux balles. Je me dirige vers la salle de bains où je prends une douche qui ne me permet même pas de retrouver ma sérénité. J'ai beau alterner l'eau bouillante pour noyer mes pensées, et l'eau glacée pour les paralyser, mais rien n'y fait.

***

Il est quinze heures lorsque je m'assieds dans le fauteuil qui fait face au bureau de Murphy. Je n'ai pas anticipé la circulation de la mi-journée dans

Cleveland et je me pointe avec trois heures de retard. Je suis aussi parti avec plus d'une heure de retard, j'avoue.

Murphy semble être habitué à mes lapins puisqu'il ne s'en formalise pas. Il me demande si je veux boire quelque chose, et j'acquiesce. J'ai besoin d'un truc fort pour annihiler toutes mes pensées sombres.

– Alors, ces nouvelles ?

Je lui raconte alors quelques bribes d'informations que je détiens. Je reste volontairement flou sur les sujets qui l'intéressent, avant d'ajouter :

– Avant de te donner l'intégrale, j'ai besoin qu'on parle de l'après.

Murphy ricane et joint ses mains sur son bureau.

– C'est bien la première fois que tu te soucies de l'après.

Il dit vrai. Je n'ai jamais évoqué une nouvelle vie.

– Mieux vaut tard que jamais alors.

Il semble réfléchir.

– Que veux-tu ? demande-t-il enfin.

C'est plutôt bon signe. Je pratique Murphy depuis des années et il n'y va jamais par quatre chemins. S'il est contre une idée, il ne perd pas de temps à la discuter. J'ai bon espoir, chose qui n'était pas arrivée depuis longtemps.

– Une nouvelle identité. Une nouvelle vie.

– Tu me demandes l'impossible.

– Ce ne serait pas impossible si tu ne m'avais pas enlevé tout ça y a quatre piges. Si tu as la faculté de tout me prendre, tu peux tout me redonner.

Il pince les lèvres sans détourner son regard noir de mes prunelles. Il semble réfléchir. Je vois les rouages de son cerveau. Il cherche à savoir ce qu'il peut obtenir en échange. Avec ce genre de mec, rien n'est gratuit.

– Je veux un flag.

Je ne cherche pas à négocier le flagrant délit, je tends la main pour faire un pacte d'honneur. Il la regarde quelques secondes avant de glisser la sienne dedans. Notre poigne est virile et je me surprends à sourire. Je ne suis sûr de rien, mais ce geste me contraint à réussir. Je dois réussir. Je *vais* réussir. Je dévoile le reste des informations que je détiens. Nous discutons à bâtons rompus des diverses possibilités qui s'offrent à nous et du repérage des lieux effectué par la Fratrie. Il sera impossible pour Mancini de sécuriser les kilomètres de clôture du domaine. J'explique ensuite que nous serons dans le château.

– Trop risqué. Tu veux te faire buter avant même d'avoir ta nouvelle vie ?

– C'est non négociable.

– Qui veux-tu protéger ? me demande-t-il, suspicieux.

J'ignore sa question, et réponds :

– On est d'accord ?

– Tu sais que ta nouvelle identité, tu ne l'auras pas tout de suite ? Il va falloir attendre le jugement de Mancini et de ses complices.

Mes muscles se contractent à cette idée, mais je sais que je n'ai pas d'autre choix. J'acquiesce.

– Dans ce cas, on est d'accord.

Je suis soulagé. Je pensais qu'il me faudrait négocier bien plus ardemment pour le convaincre de me rendre ma liberté. Enfin, tant que rien n'est signé, je resterai sur mes gardes. Je sais que c'est risqué, j'ai bien pesé le pour et le contre. Il est impensable que je laisse Maïa sans surveillance directe. Et je préférerais la savoir morte qu'entre les mains de ces enflures.

Au bout d'une heure d'échange, on se met d'accord sur le déroulé de la soirée, sur qui fait quoi et surtout à quel moment. Lorsque je me lève, je sais que j'ai fait le bon choix. Pour moi, mais aussi pour la Fratrie dont les membres se verront blanchis de nombreuses affaires qui planaient au-dessus de leur tête. L'opération sera bénéfique pour tous.

– Je demande la rédaction d'un protocole et je l'envoie à ton avocate.

J'opine du chef. Je sais qu'Anastasia va s'assurer que Murphy est réglo.

– Tu sais que tu aurais fait un super flic ? dit-il en posant ses mains sur ses hanches, laissant ainsi sa plaque d'agent du FBI scintiller à sa ceinture.

– Même pas en rêve, Murph ! Quoique… Tu m'as permis d'apprécier un flic sur cette terre !

Il ricane.

– T'inquiète, c'est la fin. Et je suis confiant.

– Moi aussi. Il le faut.

– Tu as hâte ?

– Je sais pas.

À vrai dire, même l'idée d'abandonner tout ce que je fais depuis quatre ans me fait flipper.

– Tu sais ce que tu vas faire après ?

Il pose sa main sur la poignée de sa porte en bois et attend ma réponse :

– Je sais pas encore.

C'est encore flou, mais mon avenir est près d'elle. Ça, j'en suis sûr.

– Dernière question, plus personnelle.

– Ah, parce que la précédente ne l'était pas ? me moqué-je.

Il sourit, puis ajoute :

– La fille Popova est celle qui chamboule tes plans ?

Pris au dépourvu, je cesse de sourire et redeviens sérieux. S'il y a bien un sujet à aborder avec des pincettes lorsqu'on s'adresse à moi depuis quelques jours, c'est bien celui-ci.

– C'est bien ce que je pensais. Tu sais qu'à l'époque, ce lien entre vous était dans nos fichiers ?

Je fronce les sourcils comme seule réponse. Comment ce qui était ignoré de toute la Fratrie peut se retrouver dans des fichiers confidentiels du FBI ?

– Mais c'est du passé. Je m'occupe du nouveau toi. J'ai déjà quelques idées de nom et de prénom.

– Déconne pas, Murph.

Il éclate de rire en ouvrant la porte.

– Bonne chance, Vesselovski.

– À plus tard, capitaine Murphy, répliqué-je avec humour.

Je suis plus déterminé que jamais. Sasha avait raison : je dois me battre.

30

Maïa

Moulée dans une robe de cocktail rouge fendue sur une de mes cuisses, je n'ose tourner mon visage vers celui de Taylor. Je suis tendue depuis qu'il est venu me chercher, et je touche sans arrêt la broche sur mon épaule et la barrette dans mes cheveux. Lui non plus n'est pas serein, je ressens d'ici son anxiété alors même que nous ne nous touchons pas.

Les battements de mon cœur s'accélèrent lorsque nous entrons dans un domaine gardé par de nombreux hommes armés. Nous y sommes. Taylor coupe le contact, mais demeure immobile.

– Maïa…

Quelque chose ne va pas, je l'entends au son de sa voix. Déjà qu'un mauvais pressentiment me colle à la peau, son anxiété ne fait qu'aggraver les choses dans mon esprit en ébullition.

– Je sais que tu es stressée. Si tu veux qu'on fasse demi-tour, c'est maintenant. Peut-être même que nous devrions rebrousser chemin.

Je pose mes doigts manucurés d'un rouge carmin sur son avant-bras et exerce une pression qui se veut encourageante.

– Détends-toi. Tout va bien se passer.

Je ne sais pas qui j'essaie de convaincre. Lui ou moi. Peut-être bien les deux.

J'ai passé une partie de la journée seule avec mes doutes et mes peines. Mes joies et mes projets. Les derniers mots que Mikko a prononcés sonnent comme un adieu, un de plus. Désormais, je me bats pour moi, seulement pour moi. J'en ai la certitude.

Le bruit d'une portière qu'on ouvre me fait sursauter. Je tourne brusquement la tête et un homme en smoking me tend la main. Je glisse la mienne dans sa paume et me laisse guider hors de l'habitacle. Taylor me rejoint et me donne son bras pour m'aider à gravir les quelques marches qui mènent vers l'immense porte en bois massif. Il fait déjà nuit et je ne vois pas exactement où nous sommes et ce qui m'entoure. Je n'ai pas le temps de fouiller les environs qu'un rire gras se fait entendre.

Francesco Mancini entre en scène, et en parfait hôte, vient nous saluer. Ses yeux ont tendance à rester bloqués sur ma poitrine plutôt que sur mon regard, avant qu'il se penche en avant pour me saisir la main et y déposer un baiser.

L'odeur de son parfum me donne envie de vomir, tout comme son geste. Il garde ma main un peu trop longtemps dans la sienne, et je lutte pour ne pas tirer d'un coup sec et récupérer mes dix doigts.

– Vous êtes en beauté, Maïa. Vous permettez que je vous appelle Maïa ?

– Bien sûr, réponds-je, les traits tirés.

– Venez donc, vous êtes légèrement en avance.

Une hôtesse nous retire nos manteaux et nous suivons Francesco. Taylor est de plus en plus tendu, et passe nerveusement sa main dans ses cheveux à plusieurs reprises.

– Tu vas bien ? murmuré-je à son intention.

Nous suivons toujours notre hôte et longeons je ne sais combien de couloirs. C'est bien simple, c'est tellement alambiqué que j'ignore si je serai capable de retrouver la sortie. Mes talons aiguilles claquent sur le sol et résonnent sous la hauteur impressionnante des plafonds.

– Nous devrions partir, réplique-t-il dans le creux de mon oreille. Maïa, ce n'est…

– Voici le salon principal.

Mancini parle fort et tourne sur lui-même. La pièce que je suppose être la salle de bal est faiblement éclairée, sauf son centre où le parquet forme une étoile. Mes oreilles bourdonnent et ma respiration s'accélère quand je m'imagine ce qu'il peut se passer ici. Je lève les yeux et découvre des balcons divisés en box séparés par ce que je suppose être des draps sombres. Des lumières rouges sont disposées au-dessus de chaque espace. Et c'est ainsi tout autour de la salle de bal qui forme un cercle.

Mon cœur tambourine si fort que je suis obligée de fermer les yeux pour tenter de le calmer. Ce qui est vain puisque la voix de Francesco Mancini vient perturber ma tentative d'apaisement.

– Vous vous demandez où vous êtes, non ?

Taylor serre ma main avec une force que je ne lui connais pas.

Je redresse mes épaules et réplique d'une voix assurée :

– Effectivement. Je ne comprends pas.

Francesco ricane et se met à marcher autour de nous. D'instinct, je pense aux leçons de Mikko : « Un prédateur te tourne autour pour te déstabiliser et attaquer d'un coup, quand tu t'y attends le moins. »

– Voyez-vous, c'est la soirée qui va me faire gagner des millions. Un peu comme la première que j'ai faite avec votre père.

Mon corps se crispe tandis que je suis intensément Mancini du regard.

– Vous ne semblez pas au courant des activités de votre père ?

Je ne réponds rien, mon palpitant accélère encore.

– Cette soirée fut un succès phénoménal. Les filles que j'avais amenées pour les vendre étaient toutes splendides. Des brunes, des rousses, des blondes. Il y en avait pour tous les goûts. Quelques semaines de dressage, et la vente aux enchères était programmée.

Un goût de bile remonte le long de ma trachée. Je ne vais pas tarder à vomir, je le sens. Mes doigts se resserrent sur ceux de Taylor qui reste passif, presque inquiet. Quand je coule un regard vers lui, je constate qu'il suit son père des yeux. Je comprends qu'il se passe un truc et je retire brusquement ma main. Quand Taylor me regarde, je plisse les yeux.

– Taylor, qu'est-ce que ça signifie ?

– Vous croyiez qu'il était de votre côté ? s'amuse Francesco.

Je tourne vivement le visage vers lui et fais quelques pas en arrière.

– Ce n'est pas la peine de tenter de fuir, c'est impossible, continue cet enfoiré de Mancini.

Je cherche les yeux de Taylor pour qu'il m'aide à me sortir de là. Mais il me fuit et regarde ses pompes.

Mon cœur menace de cesser de battre. Je suis vulnérable, seule ici, et je me gifle mentalement. Pourquoi ai-je voulu faire la rebelle déjà ? Bon sang, je suis devant un parrain de la pègre calabraise et je pensais que j'étais de taille à l'affronter. Quelle pauvre idiote je fais !

– Que voulez-vous ? osé-je demander.

Ma voix tremble. Ma respiration est erratique.

– Récupérer mon dû.

Je perds toutes mes capacités de compréhension, et grimace.

– De quoi parlez-vous ?

Le rire gras de Mancini résonne dans cette grande salle avant que ses petits yeux naviguent sur mon corps comme s'il allait poser ses sales mains dessus.

– Ton père m'a volé plusieurs millions de dollars que je veux récupérer.

– Je ne vois pas de quoi vous voulez parler. Je ne suis pas dans l'organisation.

– Sauf que je sais quel placement il a fait. Et je sais aussi que tu es au courant puisque le notaire t'a lu son testament.

Je commence à avoir chaud et à me sentir à l'étroit dans cette robe qui moule mon corps.

Il m'ignore et enchaîne :

– Tu vois, chez nous, les dettes sont héréditaires. Et ta dette s'élève à plusieurs millions, sans les intérêts ! Mais il y a autre chose que j'avais demandé et qui n'a pas pu m'être remis.

Ses lèvres se pincent, et l'instant suivant, il sourit de toutes ses dents.

Il glisse un cigare entre elles et sort un Zippo de la poche intérieure de sa veste. Une fois le pied allumé avec la flamme, il aspire comme un forcené pour griller les feuilles asséchées. Il s'approche de moi et me souffle un nuage de fumée à la figure.

J'ai beau essayer de rester droite, ma nausée et cette odeur déclenchent une quinte de toux. Ma main évente l'air devant moi pour m'offrir de l'air sain. Je fais un pas en arrière quand la langue de Mancini claque sur son palais.

– Ne bouge pas d'ici.

Sa voix belliqueuse me fait froid dans le dos. Quand il se rapproche à nouveau, je retiens ma respiration pour ne pas me laisser étourdir par l'odeur poivrée qui me donne le tournis.

Sans que je m'en rende compte, je ferme mes yeux quand sa voix gronde encore :

– Ouvre les yeux, princesse.

Dans un premier temps, j'hésite et je garde les paupières closes. Je fais comme au cinéma devant une scène trop gore, en attendant que ça passe. D'habitude, Ana me presse l'avant-bras pour me dire quand je peux à nouveau regarder l'écran. Cependant, aujourd'hui, elle n'est pas là. Et quand je sens la chaleur d'une main sur mon décolleté, j'ouvre brusquement les yeux.

Cet homme mérite sa réputation, il est terrorisant. Et dans son regard qui ne trompe pas, je vois qu'il me hait autant que, moi, je le hais.

Il remonte le long de mon décolleté, puis arrache ma broche. Je crie de surprise et maintiens la bretelle de ma robe pour qu'elle ne cède pas. Il jette le bijou par terre et l'écrase avec son pied.

Il se rapproche de moi, menaçant.

– Tu pensais pouvoir me doubler ? Moi ? Francesco Mancini ?

Je ne vois pas venir la violente gifle qu'il m'assène, et qui me propulse sur le sol. La sensation de brûlure est cuisante, douloureuse.

– Père, le deal, c'étaient les millions, grogne Taylor. On arrête ce cirque.

– Tu n'arrêteras rien du tout. Pauvre de toi, tu n'as même pas remarqué qu'elle collaborait avec la Fratrie ?

Je sens Taylor se figer, retenir sa respiration et couler un regard vers moi. Je ne dis rien et garde ma tête baissée. Un goût de métal s'infiltre dans ma bouche et ma langue me fait un mal de chien. Je ne vois pas arriver son coup de pied dans le ventre qui me coupe la respiration et me fait gémir de douleur. Voyant les chaussures de Mancini s'éloigner, je me redresse sur mes bras et dégage mes cheveux de mon visage. Sans le quitter des yeux, je lui demande :

– Vous voulez quoi ?

Son regard vicieux s'ancre au mien quand il me répond :

– Te baiser comme ton enculé de père m'a baisé.

L'appréhension et la peur me tordent le ventre. Deux hommes que je n'ai pas vus arriver me soulèvent sous les bras, que j'agite pour ne pas sentir la chaleur de leur peau sur la mienne.

– Ton père a voulu se frotter à moi et me la mettre. En plus de l'avoir plombé comme l'enfoiré qu'il était, je vais lui prendre son bien le plus précieux. Son joyau, comme il disait.

Il rigole diaboliquement à ses propres mots.

– Oh, je vais le peaufiner et le lustrer, son putain de joyau.

Mancini se rapproche de moi d'un air menaçant.

– Et tu te demandes pourquoi, toi ?

Mon menton vibre, et pour seule réponse, je hoche la tête.

– Parce que je ne veux plus aucun Popova sur terre. Vous êtes de la gangrène.

Les muscles de mes épaules se tendent et la nausée me reprend.

– Tu vois, fils, j'ai eu la désagréable sensation de me faire berner ces derniers jours. Quand tu m'as raconté comment ton mariage a fini, j'ai d'abord cru que je débloquais.

Mon corps se crispe plus qu'il ne le fait déjà. Francesco a compris. Il sait tout.

Je fais mine de rassembler mes mains et presse à plusieurs reprises la réplique de la bague de fiançailles censée donner l'alerte. Je veux sortir d'ici. Et vite.

– Puis j'ai mis ta fiancée sous surveillance. Chez elle. Chez son amie. Chez toi. Même sur son lieu de travail.

À ces mots, je me mets à rire. Un rire sans joie.

– Et le rapport dans tout ça ? Entre moi et la Fratrie ?

J'ignore où je trouve le courage de tenir tête à ce chef de famille qui peut m'éliminer en quelques secondes.

– Depuis quelques semaines, t'es un peu trop proche d'elle.

Il fait claquer sa langue contre son palais.

– Ai-je vraiment besoin d'une raison complémentaire pour vous exterminer tous ?

J'accuse le coup. Le mot qu'il emploie est fort, puissant.

– Il ne peut pas y avoir deux rois sur ce territoire. Certes, j'en ai fait tomber un, mais le reste du troupeau commence à se rebeller. S'ils ne se soumettent pas à moi, ils mourront.

Il me dévoile sa dentition en un sourire sadique et provocant.

Cette lutte de pouvoir, cette guerre est encore pire que ce que j'avais pu imaginer. Mancini semble être un pervers narcissique qui peut contrôler la vie de tous les êtres vivants de cette planète.

– Emmenez-la. Et toi, Taylor, fais ce que tu as à faire.

Je proteste, crie, mais les deux hommes derrière moi sont trop grands et trop forts. Je ne peux pas lutter malgré les enseignements de Mikko. Je tente de balancer ma tête vers leur visage, mais celui à ma droite réplique en me giflant du revers de la main. Quand ma tête est projetée sur le côté gauche, je tente de me défaire de sa prise, de lancer mes jambes entre les siennes pour le contraindre à lâcher prise. Je l'atteins, oui, mais le son guttural qui fait vibrer son torse me paralyse. Sa main glisse entre mes cheveux qu'il tire pour mettre mon visage face au sien.

– Écoute-moi bien, sale pute, si tu ne veux pas prendre une cartouche, arrête de gesticuler.

Il fait un signe de tête à son collègue, celui-ci m'attrape par le buste en me bloquant les bras, tandis que l'autre me saisit les jambes. J'ai beau hurler, personne ne me vient en aide. Je me débats pendant ce qui me semble une éternité jusqu'à ce qu'on me jette dans une pièce et qu'on referme la porte à la hâte. Essoufflée, je fixe la grille au centre de la porte en bois et déglutis avec difficulté quand je constate qu'il n'y a pas de poignée de mon côté.

Je baisse les yeux sur mes doigts et presse encore et encore la pierre factice de ma bague.

– Mikko, je t'en supplie, viens me chercher, murmuré-je dans un sanglot étranglé.

Je pivote sur moi-même pour me rendre compte que je suis dans une chambre minuscule avec un lit une place et une commode. Je m'avance et regarde par la petite fenêtre. Il fait nuit noire. Je distingue à peine les branches des arbres s'agiter au gré des bourrasques. Un grincement me fait pivoter sur moi-même et j'observe la porte s'ouvrir dans une lenteur contrôlée. Mes pas me font reculer jusqu'à ce que je bute contre le mur derrière moi. Taylor fait alors son entrée.

– Tu dois me sortir de là, annoncé-je en me retenant de pleurer. Taylor, tu dois me sortir de là !

Il s'arrête à deux mètres de moi et semble perdu.

– Je ne peux pas, finit-il par répondre.

Des sanglots silencieux me secouent et les larmes que je peine à retenir depuis les coups de Francesco se mettent à couler. Je me laisse glisser le long du mur jusqu'à ce que mes fesses heurtent le sol.

– Je suis désolé, Maïa. Vraiment désolé.

Je secoue la tête et rouvre mes paupières. Mes doigts jouent avec le bijou à mon annulaire que je presse sans relâche.

– J'ai tenté de le faire changer d'idée, mais c'est impossible. Il a une rancœur contre ta famille qui me dépasse.

Je l'écoute parler sans entendre le sens de ses mots. J'ai eu beau fuir la Fratrie ces dernières années, c'est à cause d'elle que je suis dans un océan d'ennuis. Je croyais que les problèmes étaient arrivés lorsque Mikko est réapparu, mais non. Dès que Taylor a débarqué à l'hôpital, j'étais dans leur viseur.

– Tout n'a été que du vent ? Je n'ai été qu'une mission ?

Ai-je l'espoir de ne pas avoir été qu'un pion qu'on manipule ? Oui. Je ne pense pas mériter d'être traitée comme je l'ai été.

– Je te déteste, articulé-je.

– J'ai des sentiments pour toi, Maïa. Vraiment.

– Mais tu m'as approchée dans un but bien précis, non ? Et ce n'était pas parce que je te plaisais ! Et dire que je pensais que tu étais différent, dis-je plus pour moi que pour lui.

Taylor regarde ses mains, mais fuit mon regard. C'est assez éloquent comme réponse.

– Maïa, je n'avais pas le choix.

– On l'a toujours, répliqué-je, acide.

– Pas quand ton père s'appelle Francesco Mancini.

Je sens la douleur dans sa voix, mais je ne l'excuse pas pour autant. J'ai beau chercher des excuses à Taylor, lui trouver des circonstances atténuantes, je n'en reviens pas que ce soit *lui* qui m'ait jetée dans la gueule du loup. Ce n'est même pas la Fratrie qui est à blâmer, ni Mikko que j'ai tenu responsable de tous mes faux pas, pas plus tard que ce matin.

– Je n'avais peut-être pas de sentiments au début, finit-il par avouer, mais je t'ai aimée. Vraiment. Et j'ai rapidement compris que ton cœur était pris. Tu as toujours été mystérieuse et distante. Je ne pouvais pas venir dans ton appartement. Nos moments intimes étaient… peu fréquents. J'ai eu la confirmation de tous mes doutes le jour du mariage.

Même si les sentiments de Taylor ne sont pas partagés, je suis blessée dans mon amour-propre de savoir qu'il s'est joué de moi. Je baisse les yeux sur mes doigts tremblants et revois le visage de Mikko, réentends ses paroles.

– Heureusement que mon père avait affecté Stuart à mon service, dit-il sur le ton de l'humour.

Il essaie sûrement de détendre l'atmosphère, mais je ne suis pas réceptive. Je repense à l'agitation du mariage, à l'angoisse éprouvée, au vertige que j'ai ressenti.

– Mon père devait sentir le vent tourné.

Le silence suit. Je n'ai rien à ajouter. Seules nos respirations bruyantes et saccadées résonnent dans la pièce. Mon cœur semble aux abonnés absents.

J'ai juste l'impression qu'il a déclaré forfait, qu'il refuse de battre. La gorge nouée, je demande :

– C'est quoi la suite ?

– Je suis censé te piquer.

Je me raidis à cette information et l'observe sortir une petite seringue de la poche intérieure de sa veste. Il la tourne dans ses doigts sans la quitter des yeux.

– Te l'administrer te rendra *stone*. C'est du P34.

Mes yeux s'arrondissent. Le P34 est la drogue qui sévit dans la ville et fait des ravages.

– Pourquoi a-t-on besoin que je sois dans cet état ?

– Tu es le dernier lot. Le prix d'excellence. Un pur-sang russe.

Je secoue la tête en laissant mes larmes inonder à nouveau mes joues.

– Je t'en prie, ne fais pas ça, le supplié-je.

– Si je ne le fais pas, il me tuera. Parce que je suis aussi un pion sur son échiquier. Si tu penses que j'ai plus de valeur que toi, tu te trompes.

– Et si je refuse ? arrivé-je à articuler entre deux sanglots.

– Je vais devoir appeler les gardes qui sont dans le couloir. S'il te plaît, Maïa, qu'on n'en arrive pas là.

Sa voix est suppliante, et mes pleurs redoublent.

– Le spectacle a commencé, dit-il en regardant sa montre.

– Je ne te laisserai pas me piquer ! Plutôt mourir ! dis-je effrontément.

Il ferme les yeux et secoue la tête. Il se relève et se dirige vers la porte.

– Mikko, bon sang, qu'est-ce que tu fais ? demandé-je à voix basse.

Je presse à nouveau la pierre sans quitter des yeux Taylor qui a ouvert la porte et qui discute avec des gardes. Quand il se retourne, ma respiration se coupe. J'essaie de déchiffrer dans son regard quelles sont ses intentions, puis il revient vers moi. Il me tend la main que je regarde comme si elle était vénéneuse.

– Maïa, monte sur le lit.

– Jamais, craché-je.

– Je ne te piquerai pas, mais il faut que tu joues le jeu, bon sang !

J'entends du bruit dans le couloir, et sans savoir d'où viennent ma force et ma volonté, je me remets sur mes pieds et m'approche du lit tout en restant sur mes gardes.

– Si tu ne joues pas le jeu, je ne donne pas cher de ma peau, ni de la tienne. Tu as notre avenir entre les mains.

Je ressens la sincérité de sa voix. Pourtant, je ne lui réponds pas. Pas même pour le remercier. À présent, l'angoisse me terrorise davantage que le reste.

– Quel intérêt à me vendre ? Il n'en a plus après les millions que mon père lui a volés ?

– J'ignore de combien il s'agit. Tu es vendue pour vingt-quatre heures. Un jour et une nuit. Je suis censé attendre ton retour et t'épouser.

Mon visage se tord en une grimace marquant mon dégoût.

– Mais vous êtes horribles !

– Je ne suis pas comme lui, s'énerve-t-il. T'ai-je une seule fois contrainte ? Tu crois que je n'ai pas senti ton corps se raidir à chaque fois que je me suis collé à toi ces derniers jours ?

Il semble affecté par la situation. Certes, pas autant que moi. Mais il ne la souhaite pas, j'en suis désormais certaine.

– Je veux que tout ça s'arrête, avoue-t-il. Joue le jeu, c'est tout ce que je te demande. Si tu ne le fais pas pour moi, fais-le pour toi.

Immédiatement, je me calme. Enfin, je m'apaise légèrement. Taylor quitte la pièce en lançant aux gardes que je serai prête dans vingt minutes.

Je réfléchis à l'attitude à adopter pour jouer la comédie et repense aux jeunes filles shootées au P34 qui pullulent aux urgences de l'hôpital. D'après leur témoignage, elles planent au-dessus de leur corps. Elles ont conscience des choses, mais avec un temps de retard. Je me redresse et retire la barrette dans mes cheveux, que j'attache à une bretelle de ma robe. Je ne peux pas m'empêcher de parler au bijou :

– T'as intérêt à me sortir de là ou je te tuerai de mes propres mains !

Je passe ensuite mes doigts dans ma chevelure que je remue dans tous les sens. Me cacher derrière un rideau de cheveux est selon moi ma seule option. Puis je m'allonge, et je me laisse envahir par l'angoisse.

Va-t-il venir ? Va-t-il pouvoir me sortir de là ?

Je me roule en boule et laisse les souvenirs envahir mon esprit. Je pense à mes parents, qui ont toujours mis ma vie au centre de leur monde. Je souris en revoyant mon père faire le poney à quatre pattes dans le jardin… Je lui ai même fait brouter de l'herbe ! Mon enfance a été insouciante, authentique, simple. Puis, je me remémore toutes les bêtises que nous avons faites avec mes amis : des simples pétards aux premières fumettes. Les nuits blanches un peu trop arrosées. Même là, les garçons étaient protecteurs et se dénonçaient quand les hommes de la Fratrie cherchaient un meneur à réprimander. Sasha et Ruslan m'ont sauvé la mise plus d'une fois avec mon père. Adolescente, j'étais révoltée contre la terre entière et surtout contre lui. Je rêvais de liberté quand lui voyait la sécurité. Puis, il y a eu *lui*. Tant de pensées s'entrechoquent que c'en est déroutant. Au fond, j'aurais tant aimé le rencontrer dans d'autres circonstances, dans un monde où il n'y a pas de place pour les organisations criminelles, où nous aurions pu nous découvrir, nous apprivoiser, nous aimer.

De nouvelles larmes salées coulent sur mes joues sans que je m'en rende compte. Puis des pas. J'entends des pas dans le couloir qui me pétrifient. Puis la porte s'ouvre.

– Viens là, ma jolie.

Je ne connais pas la voix de celui qui vient me sortir de ma geôle. Je pense un instant qu'il me faudrait lutter, crier, me débattre, mais devant sa carrure et les deux hommes qui nous attendent dehors, je capitule. Je cesse de penser, de respirer, de batailler. Je me mets sur mes pieds, tête légèrement en avant pour masquer une partie de mon visage, et je m'appuie sur l'homme en noir. Il semble avoir l'habitude puisqu'il me soutient.

– C'est le gros lot ? demande celui qui marche derrière nous.

– Apparemment, répond celui de devant. Le prix de départ des enchères est dix fois supérieur à celui fixé pour les autres filles.

La bile me remonte dans la gorge lorsque nous passons dans des couloirs exigus où l'humidité et l'odeur de moisissure règnent. J'écoute attentivement tout ce qu'ils disent.

– Selon le patron, elle fait des choses que d'autres ne font pas. Elle serait *no limit*.

Cette fois, la nausée provoque la contraction de mon ventre et je me penche sur le côté pour vomir tout ce que contient mon estomac, c'est-à-dire pas grand-chose.

– Putain, elle a dégobillé sur mes pompes, la salope !

Une main fourrage dans mes cheveux et se ferme dans une poigne brusque qui m'arrache un cri de douleur.

– Marche droit et arrive en un seul morceau, compris.

Heureusement que le couloir est faiblement éclairé et que mon tortionnaire ne peut pas voir la peur animer mes prunelles. Mes pupilles sont loin d'être dilatées par la drogue que devait m'administrer Taylor… Je reste immobile quand nous reprenons notre marche et débouchons dans un couloir spacieux. J'ignore toujours où nous sommes dans le château et me laisse guider, non sans trébucher quelques fois, perchée sur mes escarpins.

– Préviens le patron qu'elle est prête, ordonne celui qui me tient le bras.

Des talons qui claquent sur le sol me font bouger les yeux. Ils tombent sur Nicole, qui semble agir en maîtresse de maison. Sa robe fourreau noire lui sied comme un gant.

– Pietro, il va falloir débarrasser la scène d'ici quelques minutes.

– Oui, madame.

Je me retiens de sourire. Je ne m'étais pas trompée quand je pensais que cette femme était mauvaise. Et cette facette d'elle est plus effrayante que tout le reste.

– Milo, tiens-toi prêt à la déposer au centre de l'arène.

Elle ne m'adresse aucun regard, ne me porte aucune attention. Je ne suis que du bétail qu'il convient d'exhiber. Elle s'éloigne tandis que le Milo toque de son index sur ma tête.

– Hey?

Je gémis pour seule réponse avec quelques secondes de décalage.

– Écoute bien les consignes. Je vais te déposer au centre et te dégager le visage. Les partenaires de M. Mancini doivent pouvoir voir ta beauté. Tu dois être exceptionnelle parce qu'en temps normal, on déshabille les filles pour pouvoir montrer la marchandise.

Un froid glacial s'empare de mon corps. Je prends conscience que mon sort va être scellé dans les prochaines minutes. Je voudrais fuir à toutes jambes et me promets de trouver une solution dès que j'aurai été… achetée. Mon Dieu, je peine à croire que je me retrouve là, que mon père a fait subir ça à d'autres femmes.

– La salle est ronde. Si un potentiel acheteur veut te voir, M. Mancini te fera bouger. Tu devras tourner sur toi-même. Il est rare qu'il se déplace dans l'arène pour promouvoir une fille. Estime-toi heureuse qu'il veuille parader à tes côtés.

Me retrouver à proximité de Francesco Mancini est loin de me ravir, et je ne m'estime pas chanceuse d'avoir attiré son attention.

– Ça va être à toi, dit-il en commençant à avancer.

Il passe une main dans ma chevelure pour dégager mon visage lorsque je distingue la fameuse salle de bal devant laquelle je m'extasiais plus tôt dans la soirée. Des projecteurs braquent leur lumière en son milieu, sur la fameuse étoile incrustée dans le parquet. J'ai l'impression que je vais m'évanouir. Je ne vois aucun visage dans la foule. Je reste docile malgré la peur qui me paralyse. Je ne distingue rien, hormis l'intensité des spots qui sont braqués sur moi. Mes yeux s'embuent de larmes sans que je parvienne à les retenir, ma respiration se coupe sous l'assaut de mes sanglots.

– Messieurs, voici le clou du spectacle!

La voix de Mancini me tétanise. Un torrent d'émotions me submerge à nouveau, mêlant de façon décuplée la terreur, la colère, le désespoir et la pire de toutes: l'impuissance.

– Une Russe, une vraie. D'une lignée noble. Une Popova! Et la mise de départ est à un million.

J'entends des grognements d'hommes, des exclamations, et même des questions sur mes aptitudes sexuelles.

– Elle fait tout, messieurs. Vous pouvez y aller sans crainte.

J'aurais finalement dû demander à Taylor de me piquer pour ne pas subir une telle humiliation. J'ose lever la main pour me protéger des faisceaux lumineux et vois les ampoules rouges et vertes s'animer.

– Quel engouement ! s'amuse Mancini.

Il s'approche de moi et éloigne le micro de sa bouche.

– Tu vois, les lumières vertes sont les acheteurs qui continuent d'enchérir. Les rouges, ceux qui abandonnent. Certainement parce que tu coûtes trop cher.

Ce manège si bien rodé me scandalise, mais je ne peux malheureusement rien y faire.

– Bouge ton corps, ou je te fous à poils ! crache-t-il d'un air mauvais à mon oreille.

Je ne dis rien et tourne sur moi-même, toujours avec cette attitude nonchalante.

– Regarde ce que tu es contrainte de faire à cause de ton père, sale pute !

Mon père. Mikko. Chacun est tombé à cause de cette pourriture. Je ne peux pas m'empêcher de lui cracher au visage en ajoutant :

– Allez. Vous. Faire. Foutre.

Les hommes dans les box sifflent et semblent surexcités. Quand je vois Mancini armer son poing, je lève les bras pour me protéger. Mais une de ses mains se glisse dans mes cheveux et les tire avec violence en arrière. Plusieurs détonations successives retentissent alors, j'entends hurler « FBI », des coups de feu pleuvoir quand des hommes en noir apparaissent pour protéger leur patron, qui m'entraîne dans son sillage.

À peine passons-nous le lourd rideau en velours donnant sur les immenses couloirs que mon cœur s'alourdit. Face à moi se trouvent Mikko et Ruslan, armes au poing. Je tente de me défaire de la poigne de Mancini pour courir vers eux quand le froid d'un canon posé sur ma tempe m'arrête.

– Lâche-la, gronde Mikko.

Je sens le corps de Mancini se tendre comme un arc avant qu'il ne soit pris d'un fou rire hystérique. Cet homme est réellement dingue, ses rires exagérés me font penser au Joker.

– Je suis ravi de voir que tu es toujours en vie, répond Mancini d'une voix peu assurée. Et surtout de voir que ton point faible n'a pas changé.

Avec mes talons, je suis plus grande que Mancini qui se cache derrière moi, comme le lâche qu'il est.

Des coups de feu retentissent derrière nous, et tout va très vite. Je suis à nouveau tirée en arrière par le bras tandis qu'un des deux hommes en noir qui étaient avec nous s'écroule au sol. Mancini comme le second garde du corps font feu en direction de Mikko et de Ruslan. Je mets mes deux mains sur mes oreilles et ferme avec force mes yeux. Je perds une de mes chaussures en haut d'un escalier que je ne reconnais pas, ce qui me déséquilibre, et je bascule en arrière, entraînant le chef mafieux avec moi. Nous dévalons les marches sans qu'il desserre son emprise sur mon bras qui se tord et me fait hurler de souffrance.

Les coups de feu pleuvent toujours autour de nous tandis que Mancini me traîne dans un recoin. Mon épaule me fait atrocement mal et un gémissement douloureux franchit mes lèvres quand je lève la main pour toucher mon front qui saigne abondamment.

Dissimulés partiellement derrière une colonne en pierre, Mikko et Ruslan descendent les quelques marches restantes, puis nous repèrent. À quelques mètres de nous, je vois la fureur dans le regard de Mikko.

– Laisse-la partir !

– Tu veux que je te rende la fille ? crache Mancini dans mon dos. Que fait-elle de plus que toutes les autres, hein ?

Je halète et pleure en silence. Des hommes de main de Mancini sont venus lui prêter main-forte et se placent de part et d'autre de leur boss, mettant en joue les membres de la Fratrie qui nous font face.

– Patron, nous devons quitter les lieux, chuchote le premier.

– Une voiture nous attend derrière. Pietro est au volant avec Nicole, lâche le second.

Tout se passe vite, quand je sens le canon passer de ma tempe à ma nuque.

– On n'a pas de place pour elle, reprend l'homme de main sur ma gauche.

J'entends ce qu'il dit, mais je n'écoute pas, trop concentrée sur la fraîcheur de l'arme qui m'appuie derrière la tête.

– Mais tu as raison, je vais te la rendre.

Il me pousse en avant, et me dit :

– Marche. Et ne te retourne pas.

Interloquée par ces paroles, je ne sais pas si je dois ou non faire quoi que ce soit. Je lance un regard paniqué à Mikko qui me fait signe de venir vers lui. Je vois Ruslan se décaler sur la gauche et me redresse. J'obéis à mon instinct de survie, c'est le seul qui me reste.

J'effectue un pas en direction de Mikko quand je suis projetée en avant. Mikko baisse son arme et accourt vers moi pour amortir ma chute avant qu'on entende le bruit d'un objet qu'on jette et qui glisse sur le sol. Je ne prends pas la peine de chercher à savoir ce que c'est.

Ruslan crie et tire en direction de Mancini qui fuit. Les doigts de Mikko saisissent mon poignet et me ramènent contre lui. Je vais aussi vite que mon corps endolori me le permet. Je tombe dans les bras de Mik quand un cri se fait entendre. Il me rattrape, puis tout se passe en un éclair : Mikko nous fait basculer derrière une colonne lorsqu'une explosion retentit. Mon corps est mis à rude épreuve. Une douleur insidieuse prend possession de ma tête et mon épaule qui semble être luxée me cause un vertige. Sous le poids de Mikko, je ne risque rien, mais je ne respire plus. Je tente de le repousser et ouvre grand la bouche pour inspirer l'oxygène nécessaire à mes poumons afin que mon esprit reste éveillé. Des coups de feu retentissent à nouveau, Mikko m'aide à me redresser et jure dans ma langue maternelle. Il crie à l'attention de Ruslan en agrippant ma main avant de courir pour nous mettre à l'abri derrière une autre colonne, à une dizaine de mètres de la précédente. Je suis pieds nus et ralentis sa course. Je le suis comme un automate endommagé, et me colle à son corps dès que nous sommes immobiles.

Ma respiration est bruyante, paniquée. Mikko, arme au poing, observe autour de nous.

– Reste là.

– Non, ne me laisse pas, l'imploré-je.

Après un temps de réflexion qui me paraît une éternité, il réplique :

– Maïa, je dois retrouver Mancini. Je ne peux pas le laisser s'enfuir.

Ma vision se brouille et des larmes me montent aux yeux. Je secoue la tête, résignée. J'ignore si je mourrai ici. Au même moment, ses sourcils se froncent et son regard suit un point derrière moi. Je n'ai pas le temps de me retourner qu'il me pousse violemment contre le mur en pierres apparentes. Mes mains agrippées à ses avant-bras, je n'arrive pas à éviter l'impact. Une vive douleur se déclenche le long de ma colonne vertébrale. Elle me coupe le souffle, puis le corps de Mikko, toujours au bout de mes doigts, se raidit.

Tout se met à être au ralenti autour de nous. J'entends hurler « FBI » et vois des hommes en noir, armes de guerre en main, courir dans tous les sens, mais reste focalisée sur le regard de Mikko qui perd de son éclat. Je sens que tout le reste de mon énergie quitte mon corps. Nous tombons à genoux, incapables de tenir sur nos jambes, quand il tente de parler dans le chaos qui nous entoure.

Ma douleur s'estompe légèrement quand j'entends une voix torturée. Blessée.

– Maïa, dit-il péniblement.

Je baisse les yeux sur son cou, puis sur son torse qui semble imbibé de sang. Une poussée d'adrénaline me fait sortir de ma torpeur, oublier ma douleur, ignorer ce monde parallèle où je me voyais déjà partir avec lui. Je pose ma main valide sous son épaule et ressens la chaleur de son hémoglobine qui colore mon épiderme clair.

– Mikko, l'appelé-je avec empressement.

Je cherche son regard, essaie de capter une lueur d'espoir. En vain.

– Mik, non, l'imploré-je désormais.

Il tousse et son corps se fait plus lourd, si lourd que je ne peux pas le soutenir. Je maintiens sa tête lorsqu'il s'étale sur le sol et je continue de lui parler.

– Mikko Mäkinen, je t'interdis de mourir, crié-je désormais en appuyant sur la plaie.

Mais le sang se répand sur le sol à la vitesse de l'éclair, et ma vue se trouble quand j'essaie de réfléchir aux gestes pour endiguer l'hémorragie. Je crie pour obtenir de l'aide.

– Tu ne peux pas me laisser, dis-je entre deux sanglots, en rapprochant mon visage du sien. Mikko, je t'en prie, murmuré-je en le suppliant du regard.

Mon ventre se tord, ma gorge se noue. Je n'arrive plus à prononcer le moindre mot, et ma vision est altérée par les larmes qui abondent.

– Tu es plus forte que tu ne le crois, articule-t-il dans une douleur qui me prend aux tripes.

Non, non, non ! Je refuse d'entendre ces mots qui annoncent une fin imminente.

– Et…

Sa main ensanglantée vient se poser sur ma joue qu'il peine à caresser. Je laisse mon visage choir dans sa paume.

– Je… Je t'aime.

Et sa main retombe mollement sur son corps. Mes yeux s'arrondissent et je secoue son corps par les épaules.

– Mikko ? Mik ? Miiiik ?

L'équipe médicale s'approche et lui pose un masque à oxygène sur le visage. Je m'agrippe à son tee-shirt et je hurle à pleins poumons quand de grands bras chauds me tirent en arrière.

31

Maïa

Les bruits stressants des machines qui résonnent régulièrement me tirent d'un sommeil bienfaisant. J'ouvre doucement les yeux, m'acclimatant à la luminosité.

Je regarde autour de moi et constate que je suis bien dans une chambre aseptisée, mais je ne reconnais pas les odeurs de *mon* hôpital.

Puis me reviennent les dernières images que mon cerveau a assimilées et mon palpitant s'emballe quand je repense à Mikko, blessé et potentiellement…

Non. Je ne veux pas imaginer le pire.

Je ne peux pas. Mais ce n'est pas assez pour rassurer mon cœur.

Une infirmière entre dans la chambre et son sourire se veut apaisant.

– Madame Popova, calmez-vous. Respirez calmement.

Je m'exécute sachant que je passe mon temps à donner les mêmes conseils aux patients qui arrivent paniqués aux urgences.

– Essayez de ne pas trop bouger votre épaule, me conseille-t-elle.

Je baisse les yeux et constate qu'un bandage m'enserre l'épaule et le buste.

– Vous vous êtes démis l'épaule. L'orthopédiste vous l'a remise en place à votre arrivée avant que vous ne vous évanouissiez. Quant au choc sur la tête, nous craignions un traumatisme crânien, mais tout semble aller pour le mieux. Le médecin passera dans la soirée et vous devriez sortir demain. Enfin, si tout va bien.

Je meurs d'envie de lui demander comment va Mikko, mais je ne sais pas si c'est une bonne idée. S'il n'existe plus, comment pourrait-il bénéficier de soins à l'hôpital ?

L'infirmière vérifie ensuite mes constantes. Elle se racle la gorge pour attirer mon attention et ajoute :

– La police est dans le couloir et souhaite vous interroger.

Devant ma mine défaite, elle continue :

– Je suis désolée, mais c'est la procédure.

J'opine en lui demandant de me redresser légèrement, puis la laisse quitter ma chambre. Elle est vite remplacée par deux silhouettes massives. Le premier à la peau ébène se présente comme étant le capitaine Murphy du

FBI, en charge de l'enquête Mancini. Le second, le lieutenant Garner, a l'air d'avoir mon âge et demeure impassible. Je me concentre sur le premier.

– Nous sommes navrés de nous présenter alors que vous êtes en convalescence, mais nous devons enregistrer votre déposition.

Je hoche la tête. Je connais la procédure. Si je refuse de leur exposer les faits, ils resteront plantés devant ma chambre jusqu'à ce que je me décide.

Je leur raconte alors ce qui s'est passé dans ma vie depuis plusieurs semaines, en omettant d'évoquer les membres de la Fratrie. Notre échange est assez rapide, les questions de Murphy appellent des réponses brèves et je suis rassurée de ne sentir aucun jugement dans sa voix.

J'apprends que près d'une centaine d'hommes, y compris le SWAT, étaient prêts à intervenir hier soir, attendant juste le bon moment pour agir. J'espère que les membres de la Fratrie présents ont pu échapper aux forces de l'ordre, parce que leur présence ne voulait pas dire qu'ils participaient à ce genre d'événement.

– Nous avons mis la main sur les enregistrements de votre broche et de votre barrette à cheveux. Les longues heures d'écoute nous ont permis de disposer enfin d'aveux. Et ils sont sans appel. Nous n'aurons pas besoin que vous témoigniez au procès.

– Le procès, couiné-je. Le procès de qui ?

Le soulagement de ne pas avoir à me présenter devant un juge fédéral est de courte durée. Mes sourcils se froncent en attendant sa réponse.

– Francesco Mancini. Les chefs d'inculpation sont multiples et la peine capitale sera probablement requise.

Je déglutis à cette nouvelle.

L'injection létale. Par principe, je suis contre ces pratiques. Mais là…

– Et les autres femmes ?

Le capitaine Murphy semble surpris de ma requête.

– Les autres femmes avec lesquelles vous avez été exposée hier soir ?

J'acquiesce.

– Elles sont toutes ici, et vont probablement finir en cure de désintoxication. Elles sont droguées depuis trop longtemps pour s'en sortir sans aide.

Mon cœur se serre. Puis j'ose une question détournée.

– Des hommes étaient à terre. Sont-ils… Enfin… Y a-t-il des survivants ?

– Nous dénombrons beaucoup plus de morts que de blessés, malheureusement.

J'arrête d'écouter en entendant le mot « morts ». Je me rallonge et tourne mon visage vers la fenêtre. La fatigue et la tristesse m'enveloppent et étouffent mes envies de m'en sortir. Ce que je ressens est encore pire que tous les drames que j'ai déjà vécus. Les policiers continuent de me parler, mais je suis hermétique à leurs flots de paroles.

Si mon père et Mikko étaient encore de ce monde, la riposte serait sanglante et immédiate. Ce dernier était brut et dans l'excès. C'est dans cet état d'esprit qu'il a été élevé par le grand Vasily Popova : œil pour œil, dent pour dent. Et si cette vendetta me permettait de me sentir moins mal, je crois que, pour la première fois de ma vie, je l'approuverai. J'approuverai une vengeance mise en œuvre par la Fratrie.

Mon Dieu, mes pensées deviennent si sombres que je m'effraie toute seule.

Les policiers finissent par poser des questions auxquelles je réponds par oui ou par non, je n'ai plus envie de me remémorer ces moments pour le moins traumatisants. Visiblement conscients qu'ils ne tireront plus rien de moi, ils capitulent. Le capitaine Murphy me tend sa carte pour que je n'hésite pas à l'appeler si un souvenir me revient. J'acquiesce et laisse la mélancolie me gagner. Mon cœur s'alourdit.

Je lutte pour ne pas pleurer cette nouvelle perte. Mes paupières se ferment lourdement, et je me laisse sombrer.

***

Allongée sur le flanc, je passe mon temps à flotter entre le sommeil et la réalité de ma chambre silencieuse. J'ai cru avoir entendu des bruits, mais les sons étaient si lointains que je n'ai pas pris la peine d'ouvrir les yeux. À quoi bon ?

Je sens une main chaude se poser sur ma joue et une fragrance mêlant le tabac froid et le santal s'immisce dans mes narines. Leurs effets sont immédiats. Je me détends et blottis mon visage dans sa paume.

– Je te veux, murmure-t-il au creux de mon oreille. J'ai eu si peur.

Je fais papillonner mes cils pour m'accommoder à la luminosité, et le vois. J'ai besoin de m'assurer qu'il va bien, que sa blessure n'est pas grave, mais sans que je comprenne, ma bouche se pose brutalement sur la sienne. Il répond aussitôt à mon baiser avec ardeur. Nous menons une bataille à coups de langues possessives, de morsures excessives, comme si nous devions nous décharger de toute la tension qu'ont générée ces derniers jours.

– Tout est terminé, souffle-t-il contre mes lèvres.

Mes bras entourent son cou comme pour éviter qu'il ne m'échappe encore une fois, et je lui témoigne tout mon soulagement. Et tout mon amour.

Si nous avons réussi à passer cette épreuve, nous pouvons tout traverser. Non ?

– Je ne veux plus jamais être séparé de toi, soupire-t-il quand ses lèvres se détachent une nouvelle fois des miennes.

Son sourire est vrai, sincère. Ces paroles sont celles que j'attendais depuis des années, et plus encore. Ses yeux bleus m'hypnotisent. Je me surprends à espérer. Espérer ce qui me semblait voué à l'échec.

Être auprès de lui.

Me sentir chez moi où que je sois parce que je serai à ses côtés.

Fonder notre propre famille.

Sans se départir de son rire qui me donne des papillons dans le ventre, il se redresse, puis se lève. Je l'observe avec des yeux énamourés tandis qu'il recule à petits pas. Je fronce les sourcils quand j'ai la sensation qu'il devient transparent, puis flou.

Je tends la main et murmure d'une voix cassée :

– Mik ?

Ses lèvres bougent, mais je ne distingue pas ce qu'il me dit, je ne comprends pas les mots qu'elles forment.

– Mikko ? crié-je.

On m'attrape par les épaules et je bascule brusquement en arrière. Mon dos heurte le matelas et on me maintient en place. Je me débats, griffe les bras qui me maintiennent en arrière quand mes yeux s'ouvrent vivement.

– Maïa, Maïa !

Tout devient sombre et mes yeux s'ouvrent vivement. Toujours maintenue contre le matelas, je me rends compte que je n'ai pas quitté ma chambre d'hôpital et qu'Anastasia m'observe avec un regard inquiet. Je peine à reprendre ma respiration et sens la sueur dévaler le long de ma colonne vertébrale. Je déglutis avec difficulté tandis qu'Ana relâche la pression sur mes épaules. Puis j'admets. J'admets que tout ce qui vient de se passer n'est que le fruit de mon imagination qui refuse que Mikko ne soit plus à mes côtés. Mon subconscient n'a pas fait son deuil et me rappelle sans cesse où je devrais être.

– Maïa, tu vas bien ?

Au même moment, deux infirmières entrent en trombe dans la chambre, affolées.

– Tout va bien, mesdames ?

– Oui, répond Ana. Juste un cauchemar.

Elles nous répètent qu'on peut les appeler si je ressens le besoin d'un somnifère pour m'aider à trouver le sommeil dans le chaos qui m'habite, puis elles quittent la chambre.

Ana me scrute avec attention.

– Tu vas bien ? demande-t-elle à nouveau.

Je refuse de me laisser aller aux larmes, alors j'acquiesce. Anastasia se lève, va dans la salle de bains et en ressort avec un linge humide qu'elle passe sur mon front.

– Tu es en transe, m'informe-t-elle.

Je ne sais même plus dans quel état je suis. Je me sens vide. Et je déteste ce sentiment, pourtant bien réel, d'être la seule à souffrir le martyre depuis des années, et encore plus depuis des semaines. Ma vie est chamboulée, malmenée, et pourtant, je suis là.

Mes yeux se posent sur ses bras que j'ai griffés avec hargne durant mon cauchemar.

– Je suis désolée, dis-je en récupérant le linge pour le poser sur les griffures d'où perle du sang. Je suis vraiment désolée, j'ai cru que…

– Je sais, je sais. Tu parlais dans ton sommeil, tu as fini en criant.

– Je suis désolée.

C'est tout ce que j'arrive à dire.

– Arrête de dire ça, réplique-t-elle durement. Je crois que les excuses, c'est à nous de les faire, à moi. On n'aurait jamais dû t'embarquer dans cette affaire. On t'a mise en danger plus que nécessaire. Putain, quand j'ai entendu les coups de feu dans mon casque, j'ai flippé comme jamais. Je… J'ai cru qu'il t'était arrivé quelque chose. Je… T'es comme une sœur, une partie de mon cœur s'est broyée à chaque…

Elle pince les lèvres, le visage fermé. Elle tente de réfréner la colère qui gronde en elle, puis enchaîne en russe :

– Ton père n'aurait jamais permis un quart de ce que nous avons fait. Nous aurions dû écouter Mikhaïl. Je te demande pardon.

Ana ne s'est jamais autant excusée de toute sa vie. J'ouvre la bouche pour le souligner quand la porte s'ouvre vivement sur une Masha essoufflée. Elle m'observe et répond à mon sourire rassurant. Elle contourne le lit pour se mettre de l'autre côté et m'enlace en me chuchotant des mots réconfortants, combien elle m'aime et combien elle a eu peur. Ignorant ce dont elle est au courant, je réplique que je vais bien.

– Tu portes encore ta blouse ? demande Ana.

– Je venais de finir mon service quand tu m'as appelée. J'ai pris la voiture et suis venue directement. Et toi, qu'est-ce que tu as fait à tes bras ? Tu t'es battue avec un chat ?

Je sens mes joues rougir et observe Anastasia répliquer sans hésiter.

– Randonnée avec Dimitri. Je suis tombée et me suis rattrapée à une branche pleine d'épines.

– Tu ne peux pas être prudente, non ? Mes deux meilleures amies se font mal au même moment. Quand ce n'est pas en randonnée, c'est en chutant dans les escaliers. Vous me fichez toujours une frousse pas possible !

Je tente de retenir un éclat de rire devant la naïveté de Masha, puis jette un œil à Ana qui est dans le même état.

– Tu sors quand ? demande Masha.

– Demain. Mais si on me libère ce soir, je signe. Je veux retrouver mon chez-moi.

– Mince, si c'est ce soir, faut que j'annule ma soirée avec Saint pour être avec toi.

Elle tire son sac en bandoulière et cherche à l'intérieur jusqu'à en sortir son téléphone. Je l'arrête quand elle le déverrouille.

– Qu'est-ce que tu fais ?

– Je préviens Saint !

– Mais non ! Je vais bien, et je n'ai qu'une envie : dormir.

Voyant qu'elle hésite, je comprends que passer la soirée avec Saint lui tient à cœur.

– Tu es sûre ?

– Oui.

– C'est qui ce Saint ? demande Ana. Je n'en ai jamais entendu parler.

– Oh, Saint est…

Masha cherche ses mots, les yeux qui pétillent.

– Parfait. Musclé, mais pas à l'excès. Intelligent et intéressant. Il a un côté sauvage et doux à la fois. Il m'attire comme un aimant.

– Tout ça, se moque Ana.

– Tu dis ça parce que tu ne connais pas la passion. Tu es trop rigide, dans les normes. Trop accaparée par ton travail pour ne serait-ce que songer à laisser ton cœur à un autre.

– Pour qu'il le piétine ? Plutôt mourir.

– Voilà, continue Masha. Tu te fermes dès qu'il s'agit de sentiments. Moi, je vis chaque histoire à fond, même si elle ne dure que quelques heures, quelques jours ou quelques semaines.

Ana lève les yeux au ciel et se redresse.

– Je dois y aller. Maïa, je repasse plus tard. Et je pense que tu devrais rester ici jusqu'à demain. Ce sont les préconisations du médecin.

Cette fois, c'est moi qui lève les yeux au ciel.

– On est où ? demandé-je.

Je sais que nous ne sommes pas dans l'hôpital où je travaille.

– Hôpital de Colombus, réplique Ana en claquant un bisou sur mon front. Repose-toi, conclut-elle en quittant ma chambre.

Masha me demande si j'ai besoin de quelque chose et vérifie mes constantes sur les moniteurs. Son empathie me fait sourire.

– Tu m'aiderais à me lever pour prendre une douche ?

Mon amie acquiesce et m'aide à m'asseoir au bord du lit. Tout tourne dans ma tête l'espace de quelques secondes jusqu'à ce que les vertiges s'évanouissent. Je me mets debout, le corps un peu raide. J'ai de vives courbatures, et toujours un bras en écharpe pour soulager mon épaule qui me fait un mal de chien. Je rejoins la pièce attenante, non sans grimacer quelques fois. Je me déshabille et laisse Masha me défaire de mon pansement à l'épaule. Une fois nue, je me glisse sous l'eau chaude qui détend mes muscles en quelques secondes. Je ferme les yeux et me laisse bercer par le bruit des gouttes qui claquent sur le sol.

Lorsque mes jambes flageolent légèrement, je comprends qu'il serait plus sage de retourner me reposer.

J'ignore encore si je vais écouter les conseils des médecins et rester sous surveillance jusqu'à demain ou si je vais rentrer retrouver le confort de mon appartement. Une serviette nouée sur le buste, je retourne dans la chambre. Les mains dans un sac, Masha en sort une tenue décontractée qu'elle me tend. Je m'habille aussi rapidement que je peux, puis me rassieds dans mon lit. Masha approche avec une attelle pour maintenir en place mon bras contre mon corps de sorte à immobiliser mon épaule.

Au bout de quelques minutes de silence, je demande :

– Alors, Saint est particulier ?

Parler d'elle m'évitera de parler de moi, et surtout de *penser* à moi, et à la tristesse de ma vie.

– Oui. Vraiment.

Émue, elle reprend :

– Maïa… L'amour est passion. Obsession. Sa présence est vitale. Je le sais maintenant. Et je ne dis pas ça spécialement par rapport à Saint, bien qu'il m'obsède un peu trop. Je veux dire, tu mérites de trouver quelqu'un que tu aimeras à la folie, et qui t'aimera de la même manière, avec la même intensité.

Je fronce les sourcils pour comprendre où elle veut en venir. Je pose une question qui la concerne, et voilà qu'elle me donne des leçons de vie. Je n'ai pas le temps de répliquer quoi que ce soit qu'elle enchaîne :

– Pour trouver cet homme, ta tête doit être à l'écoute de ton cœur. La vérité, ma chérie, c'est qu'il faut que tu lâches prise. Que tu penses à toi. Rien qu'à toi.

Les yeux écarquillés, le ventre noué, je demande :

– Pourquoi tu me dis ça ?

– Je viens d'apprendre.

Je l'observe, dans l'incompréhension la plus totale.

– Pour Mikhaïl.

Mes yeux s'écarquillent.

– Sasha et Lev ont tendance à oublier que je comprends le russe… Mais ton secret sera bien gardé, je te le promets.

– Je suis désolée, soupiré-je, coupable de lui avoir menti.

– Ne t'inquiète pas. Du coup, tu veux que je t'en dise plus ? Sur ta tête, ton cœur, l'amour.

Elle me fait rire avec son entrain. Enfin une personne qui me fait m'évader, l'espace d'un instant.

– Je disais que pour trouver cet homme, tu dois lâcher prise et écouter un peu plus ton cœur. Sois égoïste… Parce que Mikhaïl est à la chambre 308, et que, toi, tu es là, à faire abstraction de tout. Tu éludes tout ce qui pourrait le concerner, tu changes de sujet, et pire, tu me mens. Enfin, techniquement, c'est Ana qui me ment sans aucune honte. Vos histoires d'escaliers et de randonnée ? Sérieux ? Je ne cherche pas à savoir ce qui s'est passé, je comprends que ce soit confidentiel, mais évitez de me prendre pour une quiche.

J'écoute d'une oreille la plainte de Masha, car je suis restée bloquée sur la chambre 308. Je suis partagée entre le soulagement et les remords. Mais plus que tout, l'inquiétude. Mikko est vivant. J'ai tiré une déduction stupide des propos du capitaine du FBI plus tôt dans la journée. En l'entendant dire qu'il y avait « plus de morts que de blessés », j'en ai conclu stupidement que Mikko était dans la première catégorie. Mais il y avait tellement de sang…

Je me redresse et cherche des yeux des chaussures que je ne trouve pas, avant de m'élancer dans le couloir.

– Où vas-tu ? demande Masha.

– Dans la chambre 308.

– Maïa, attends !

Je me tourne vers la porte d'une chambre pour remarquer que je ne suis pas au bon étage. Je continue d'avancer et m'arrête devant un ascenseur. Masha me rejoint et entre avec moi dans la cabine dès qu'elle s'ouvre. Mon amie vient me soutenir pour m'éviter de flancher, parce que j'ai beau être reboostée, je suis encore faible. Je suis les indications en sortant de l'ascenseur, mon amie à mes côtés. Le dernier virage me donne un coup de chaud. Deux policiers sont dans le couloir. Masha maugrée dans sa barbe tandis que nos pas se font plus lents. La boule qui me comprime la gorge le fait désormais avec tant de force que ma trachée est douloureuse. Je ne parviens même pas à la ravaler. J'approche de la porte surveillée, et mon cœur manque un battement quand je lis le numéro : 308.

Au même moment, le capitaine Murphy, que j'ai rencontré ce matin, sort de la chambre et cesse tout mouvement quand il me voit. Il me scrute avec intensité. J'aimerais exiger d'entrer dans cette pièce, mais je me mure dans le silence. Moi qui arrivais d'un pas conquérant, je deviens hésitante. Muette. Fébrile.

Il se tourne vers ses collègues postés devant la chambre et lance :

– Elle est autorisée à entrer dans la pièce.

Les hommes opinent, et moi, je reste bouche bée. Il me fait un signe du menton en s'éloignant. Je tente un regard vers Masha, qui remue la tête pour m'inciter à pousser le battant. J'inspire profondément et entre sans bruit. À moitié allongé dans son lit, Mikko regarde par la fenêtre, le drap remonté jusqu'au-dessus de son buste. Lorsque la porte se ferme, il se tourne vers moi.

Je crois qu'à cet instant-là, quand mon regard croise le sien, tout s'arrête.

Ma respiration s'accélère, mon torse monte et descend à une vitesse effrénée.

Mon trouble ne lui échappe pas, mais il demeure statique : il n'émet aucun son et n'effectue aucun geste.

Dans mon esprit, les dix dernières années défilent. L'ado amoureuse qui fait tout pour attirer son attention. L'adulte froid qui me repousse. Puis ce premier baiser, brutal et possessif. Et les plus doux, ceux qui peuvent se compter sur les doigts d'une main. J'ai souvent été égoïste à ne penser qu'à ce que *moi* je voulais, en occultant ce que lui devait faire. Pour moi, tout pouvait être simple. Pour lui, tout était calculé. Je ne peux pas m'empêcher de me dire que, quoi qu'il ait fait, c'était pour me protéger, même si mon cœur a été meurtri de bien des manières, et tant de fois.

Ses lèvres commencent à s'étirer en un de ses sourires arrogants, suffisants, dont lui seul a le secret. Pourtant, sa peau est pâle, il n'est pas en forme. Malgré moi, je lutte pour retenir les sanglots que je peine à ravaler depuis des heures. Je suis envahie par le soulagement. Qu'il soit là, en vie, et qu'il me sourie. J'occulte la partie encore sombre de cette histoire et la présence de la police devant sa chambre. Retrouver un homme annoncé mort quatre ans auparavant ne doit pas être une chose facile à gérer.

Malgré le poids logé au creux de mon ventre, je me précipite vers lui et tends ma main vers son visage. Mes doigts frôlent sa joue mal rasée et mon sourire est alimenté par des larmes salées.

– Mikko, sangloté-je désormais. J'ai cru que tu étais… encore une fois, que tu…

– Je suis là, réplique-t-il en redressant mon visage.

Son regard d'un bleu si clair m'examine avec insistance, comme pour vérifier que tout est à sa place. Malgré les circonstances, je vais physiquement bien. Je n'ai pas ingéré de drogue, je n'ai pas subi de violences sexuelles comme toutes les filles qui étaient destinées à être vendues. Alors, les quelques coups que j'ai reçus, je les prends presque comme une bénédiction.

– Tout va bien ? s'inquiète-t-il.

Je bouge la tête pour lui confirmer que oui.

– Juste l'épaule de démise, mais dans quelques jours, je serai tranquille.

– Et ta tête ?

– Rien, confirmé-je.

Ses muscles se détendent, et je le sens soulagé. Mikko est torse nu et un bandage semblable au mien maintient son épaule. Voyant que mes yeux ne cillent pas, il m'explique :

– La balle est passée à un petit centimètre du cœur avant de ressortir. J'ai eu beaucoup de chance selon les médecins. J'attends que le chirurgien passe pour me confirmer que tout va bien.

À ces paroles, je me sens délivrée d'un poids. Il lève sa main pour essuyer mon visage toujours baigné de larmes quand je prends conscience qu'il est libre de ses mouvements.

– Mais tu n'es pas attaché ? demandé-je, surprise.

– Pourquoi voudrais-tu que je sois attaché ?

– Parce que les flics montent la garde devant ta chambre ? Mikko, ne me dis pas que tu veux t'évader ? demandé-je en chuchotant, non sans une pointe d'angoisse. Tu es convalescent, puis je ne v…

– Stop, Maïa.

Sa voix est douce et contraste avec la panique qui m'anime. Il m'ouvre son bras et je me love contre son corps. Deux estropiés de l'épaule gauche s'enlacent du côté droit, le spectacle pourrait être comique. Pourtant, c'est une autre émotion qui imprègne la pièce. Son étreinte fait cesser le flot discontinu de mes interrogations, de mes pensées, de mes doutes et de mes espoirs. Là, je ne réfléchis plus, je baisse ma garde et jette les armes. Je profite juste de lui et de l'instant, comme si c'était le dernier qu'on m'autorise à vivre. Je profite de son odeur enivrante, de sa barbe piquante, de sa force tranquille. Son bras me serre avec possessivité contre son torse et son nez renifle mes cheveux encore humides. L'oreille contre son torse, j'entends sa voix vibrer dans sa poitrine :

– Je pense qu'il est temps de mettre certaines choses au clair.

Je me redresse, essuie mes joues et prends sa main entre mes doigts.

– Je ne risque rien avec la police, Maïa, parce que je bosse pour eux.

Il me sourit, légèrement, tandis que je suis bouche bée, doutant d'avoir toutes mes capacités auditives.

– Q… Quoi ?

– Lorsque j'étais en détention, j'ai été plusieurs fois passé à tabac. Les mecs de Mancini avaient des consignes. À la moindre occasion, ils me défonçaient. Chaque bagarre était pire que la précédente, et les blessures toujours plus longues à guérir. Les lésions cérébrales étaient inévitables à long terme et mon cœur était dans un sale état. Jusqu'à ce que je fasse plusieurs jours de coma, suite à un traumatisme crânien.

Mon souffle se coupe tandis que je le dévisage. Ai-je bien compris ?

Je sais que le milieu carcéral est difficile, mais je n'avais jamais imaginé qu'il puisse vivre… *ça*. Je ravale la haine que ces mots provoquent et reste focalisée sur lui, seulement lui.

– Le capitaine Murphy est alors venu me voir. Me proposer un deal. Je l'aidais à démonter le réseau de trafic d'êtres humains de Mancini, de proxénétisme infantile, et il me sortait de ce calvaire. J'ai voulu refuser. Bosser pour les flics n'était pas vraiment ce à quoi j'aspirais. Mais je me suis souvenu de tout ce dont Mancini était capable, de ce qu'il avait fait à mes parents, de ce qu'il prévoyait de faire avec toi. Ton père ne devait pas être au courant, donc c'est Anastasia qui a négocié pour moi auprès des fédéraux. Pour faire tomber Mancini. Et accroître le business de la Fratrie.

– Vraiment personne n'est au courant alors…

Il secoue la tête.

– J'ai accepté. À la suite d'un violent débordement, j'ai été déclaré mort. Et on m'a isolé.

Je me détourne. Mon regard se perd dans le vide, ravivant des souvenirs que j'aimerais ne plus me rappeler. La violence de l'annonce de sa mort, ma descente aux enfers, je m'en souviens comme si c'était hier.

– On m'a permis d'acheter une maison. Enfin, Sasha, avec l'héritage qu'il a perçu. Je me suis équipé, sécurisé, et j'ai entrepris de faire tomber Mancini. Depuis quatre ans, je ne fais que ça. Scruter les caméras de vidéosurveillance, écouter leurs conversations téléphoniques, analyser leurs déplacements.

Je n'en reviens pas. J'écoute religieusement tout ce qu'il me dit.

– Depuis quatre ans, je veille sur toi.

Son ton se veut rassurant, mais il ne peut pas s'imaginer un seul instant la douleur que j'ai ressentie.

– J'aurais aimé le savoir.

Il soupire, mais ne répond rien. Encore.

– On ne va pas se disputer, si ?

Je sens de la lassitude dans sa voix. À mon tour de secouer la tête de droite à gauche pour dire non. Non, je n'ai plus la force de me disputer.

– Et maintenant ? osé-je demander.

J'ai peur de la réponse, mais j'ai besoin de savoir que faire dans la brume qui flotte dans ma tête.

– Maïa, souffle-t-il en fermant les yeux.

– Que suis-je pour toi, Mikko ?

Parce que je ne vois que toi. Depuis toujours. Voilà ce que j'ai envie de lui hurler. L'ado amoureuse de lui me crie de lui dire ce que je ressens quand l'adulte, plus tempérée, veut des preuves plus que des mots. Le silence qui accueille ma question est éloquent, et ma peine immense.

– Je n'ai rien à te proposer. Rien à te promettre.

Le coup de grâce. Je retire mes doigts qui étaient enlacés aux siens comme s'ils m'avaient brûlée. Ce sont les mots de trop. Je me redresse et fais quelques pas en arrière. J'essaie de ne pas laisser transparaître à quel point ses mots me blessent.

– Maïa, m'implore-t-il.

Mais je suis loin dans mes pensées. Les nuages qui obstruaient mes capacités à prendre des décisions viennent de se dissiper.

– Je serai toujours là, Maïa. Toujours.

Je grimace en baissant le visage vers le sol.

– Mon avenir est incertain.

Comme si le mien était meilleur.

Retour à l'idée première : m'éloigner de cette ville. Changer de vie.

– Tu devrais partir, Maïa. Ne reste pas ici.

– On est au moins d'accord sur quelque chose, réponds-je, de mauvaise foi.

– Au moins le temps que l'orage passe.

Ce conseil sonnerait presque comme un ordre. Peu importe comment je le qualifie, Mikko a raison sur toute la ligne. Et ça me brise le cœur de le reconnaître. Son histoire est un nid à problèmes, rien n'est réglé, tout semble compliqué. J'ai beau l'aimer de tout mon être, je vais être égoïste et ne penser qu'à moi.

– J'ai besoin de réfléchir.

C'est tout ce que j'arrive à lui répondre quand je me dirige vers la porte de la chambre pour m'enfuir.

Mais je suis une piètre menteuse. Parce que c'est déjà tout réfléchi.

32

Mikko

Le jour n'est pas encore levé quand Sasha et Ruslan ouvrent la porte de ma chambre d'hôpital. J'entame ce quatrième et dernier jour d'hospitalisation avec mélancolie. Depuis mon dernier échange avec Maïa, je n'ai plus aucunes nouvelles. Je devrais m'en réjouir, je lui ai demandé de partir en lui précisant que je n'avais rien à lui offrir… Mais un énorme doute m'assaille depuis, et je ne pense qu'à ça.

Elle m'obsède tous les jours un peu plus.

Mes pensées sont désordonnées et la suite des événements me paraît trop loin.

– Comment tu te sens ? demande mon frère.

– Comme un mec qui est enfermé dans une chambre depuis trois jours. En cage.

Il sourit et me dépose des brioches au sucre, celles que j'affectionne particulièrement depuis qu'une grande blonde me les a fait découvrir il y a des années de cela. C'est *elle* qui en raffole avant tout.

Encore un truc qui me ramène à elle…

– Des nouvelles de Murph ? demandé-je.

– Je l'ai eu hier au téléphone, répond Ruslan. Mancini et ses sbires ont été incarcérés en unité protégée. Chacun est isolé, surtout lui. Son procès devrait avoir lieu début juin, pas avant.

– Dans trois mois ? m'irrité-je.

Ça me paraît une éternité.

– Ouais. Dans trois mois. Les avocats généraux veulent plaider la préméditation sur tous les chefs d'inculpation pour justifier la peine de mort, donc c'est plus long. Ana et Dimitri t'expliqueront mieux, c'est eux qui ont été en contact avec le procureur.

Je soupire d'agacement en me passant une main sur le visage. Je voulais tous les buter, c'était mon idée première. Je m'étais fait à l'idée qu'il allait potentiellement respirer le même air que le commun des mortels. Qu'ils croupissent tous en prison devrait me suffire, mais je n'aspire désormais qu'à une seule chose : retrouver ma liberté. Aussi, je demande à celui qui était mon bras droit :

– Des nouvelles de ma future identité ?

Il secoue la tête. J'espère que Murphy ne me la fait pas à l'envers. Le deal est que je témoigne au procès de Mancini en échange d'une nouvelle vie.

– Il va falloir prendre ton mal en patience, conclut-il.

– Ça n'a jamais été mon fort.

– Tu as été patient ces dernières années bien plus que durant toute ton existence. Trois mois, ce n'est rien, comparé au reste de ta vie.

Pour toute réponse, je hausse péniblement les épaules. Ruslan propose d'aller chercher des cafés à la cafétéria et me laisse avec mon frère. Je le vois s'approcher de la fenêtre dont les volets sont ouverts et observer le lever du soleil.

– Tout le monde va bien ?

Je romps le silence avec la ferme envie de savoir si *elle* va bien. Mon frère se tourne et me sourit de toutes ses dents.

– Elle va bien.

Grillé.

– Elle a quitté l'hôpital lundi.

J'acquiesce et ne pose pas plus de questions.

– Je suis passé la voir le soir même.

La jalousie me possède. C'est mon frère, et je sais que je peux avoir confiance en lui, mais je n'arrive pas à me défaire de ce sentiment d'injustice quand je la sais proche d'un autre alors que, *moi*, je veux être auprès d'elle.

C'est purement égoïste, j'en ai pleinement conscience.

– Et ?

J'attends la suite avec impatience.

– Et je suis resté une heure ou deux avec elle. À discuter. À l'écouter. Comme au bon vieux temps.

Je n'oublie pas non plus que Sasha a été très proche de Maïa pendant de très longues années. Son meilleur ami, comme elle le qualifiait. Je n'ai jamais apprécié cette amitié forte parce que je n'ai jamais cru en l'amitié entre une femme et un homme. Selon moi, quand on est trop proches, on veut davantage.

– Elle est toujours elle-même au fond. Mais les années douloureuses qu'elle a passées l'ont modelée différemment. Elle est plus calme, plus posée. Plus réfléchie aussi. Moins provocatrice.

Si ma jalousie était quelques instants auparavant purement possessive, cette fois, elle est douloureuse. L'idée qu'il se forge une opinion de Maïa différente de la mienne me fait chier, mais que puis-je faire ? Les grands discours ne sont pas faits pour moi, j'ai beau fournir des efforts, je ne parviens pas à désamorcer des situations conflictuelles en quelques mots. Tout l'inverse de

Sasha. Préférant ignorer la boule qui m'obstrue la gorge, je le questionne :

– Des projets ?

– Je pense qu'il faudrait qu'elle t'en parle, *elle*.

– Mais je te le demande à *toi*.

Mon ton est plus dur. Sasha ne s'en formalise pas, et va s'asseoir sur le fauteuil, face à moi.

– Écoute, t'es mon frère, et je serai toujours de ton côté. Mais *elle*, je la considère comme une sœur, depuis toujours. Elle en a chié, elle veut se reconstruire, donc laisse-la tranquille. C'est bien ce que tu lui as dit, non ? De partir, de ne pas rester ici ?

Je serre les dents devant cette autre réalité. Putain, je suis perdu. Je veux qu'elle quitte Cleveland parce que le procès Mancini va nécessairement avoir des répercussions sur les uns et les autres. Le nom des Popova va être sali un peu plus par les Mancini.

Là encore, si je lui demande de se barrer, c'est pour la protéger.

– Tu sais très bien que c'est pour son bien, grogné-je.

– Ah bon ? Et pourquoi ?

– Pour éviter qu'elle entende toutes les saloperies que ces putains de médias vont débiter sur Mancini, sur la Fratrie, sur son père, sur *moi*. Sur ce trafic inhumain…

– Et tu lui as dit ?

J'ai un léger mouvement de recul, le temps de bien saisir sa question. C'est pourtant évident, non ?

– T'es de quel côté, bordel ?

Il m'ignore et enchaîne :

– Comment veux-tu qu'elle comprenne les choses que tu ne dis pas ? C'est dingue, s'emporte-t-il. Elle ne lit pas dans les pensées, et comme toujours, tu gâches tout.

J'encaisse le coup avec difficulté. Plutôt que de contre-attaquer et de protéger mon ego, je décide de laisser Sasha vider son sac, évacuer toute la colère qu'elle a dû déverser sur lui à défaut de pouvoir m'atteindre, moi.

– J'ai toujours pensé que vous finiriez tous les deux. Vraiment. Je t'ai toujours pris en modèle. Mais définitivement, en relation humaine, tu devrais passer ton tour.

– Parce que tu crois que c'est facile ?

Je perds patience, bloqué dans ce lit, à recevoir des leçons de morale de mon frère.

– Je ne dis pas que c'est facile, mais j'ai l'impression que tu ne te bats pas pour les choses qui devraient t'animer. Te faire vivre. Espérer.

– Foutaises ! crié-je désormais. Je me suis toujours battu ! Encore plus pour ceux que j'aimais.

J'ai envie de sortir de ce lit pour en venir aux mains. Cette habitude de toujours tout gérer avec ses poings plutôt qu'avec des mots a du mal à me lâcher. Mais si je veux m'améliorer, aller de l'avant, il va falloir que j'inverse la tendance. Que je parle un peu plus pour taper un peu moins.

– Je me suis battu pour vivre à l'âge de 5 ans ! Tu sais ce que ça fait de partir en vacances avec ses parents, d'aller au resto et d'assister à une fusillade ? Voir ses parents se faire buter, se vider de leur sang en te regardant fixement les yeux vides de vie ? Un putain de rital a tiré deux fois dans ma direction pour m'atteindre avant que ton père ne le dégomme. Le visage de ma mère me hante encore. À compter de ce jour, Mikko Mäkinen, un putain de gosse finlandais, est tombé pour laisser place à Mikhaïl Vesselovski. Ton frère. Si Vasily n'avait pas ordonné qu'on m'embarque, si tes parents ne s'étaient pas proposés pour me recueillir et m'adopter, je n'aurais probablement pas survécu.

Je vois Sasha serrer les dents, les prunelles sombres, mais je continue :

– Je me suis battu pour apprendre deux langues qui m'étaient alors inconnues : le russe et l'anglais. Je voulais que vous m'intégriez dans votre grande famille parce que je n'avais plus rien. Je n'étais plus personne.

Sasha détourne le regard pour observer à travers la fenêtre.

– Je me suis battu pour toi, quand tes parents qui sont devenus les miens se sont fait assassiner. Je rêvais de vengeance. Ces enculés d'Italiens venaient de tuer mes deuxièmes parents. Le pire ? Je craignais que les services sociaux n'apparaissent et disséminent la seule famille qui me restait : *toi*.

Sasha secoue la tête et la baisse pour regarder le sol.

– Je me suis battu pour Vasily. J'aurais donné ma vie pour lui. C'est en quelque sorte ce que j'ai fait en m'employant à faire tomber les Mancini. Je me disais qu'une fois que ce serait fait, Vasily et la Fratrie profiteraient des opportunités qui se présenteraient.

Son visage se tourne enfin vers moi pour m'offrir un regard dur, mais compatissant. Je déteste voir ce type de lueur dans les prunelles des gens qui me sont chers. Je n'aime pas être pris pour un faible.

– Je me suis battu pour elle, depuis qu'elle est en âge de faire chier son monde. Dès qu'elle…

– De quoi ? rugit-il. Dès qu'elle quoi ?

Je n'ai pas pour habitude de m'épancher, de parler de moi, et encore moins de ce que je ressens, mais lui faire part de mes envies et de mes remords me soulage plus que je ne l'aurais cru.

– Je te l'ai déjà dit ! Tu la considères comme tienne depuis des plombes c'est honorable. Mais tu ne te bats pas pour elle ! Tu ne lui dis rien de ce que tu ressens. Quand tu ne te retranches pas derrière ta présumée disparition, c'est derrière ta mission que tu te réfugies. Ça me tue que tu restes terré dans le passé ou je ne sais quoi d'autre. Je pense que tu as fait amende honorable. Maintenant, négocie de pouvoir te barrer, et reste auprès d'elle. Et si tu n'as pas de nouvelle identité, on trouvera des solutions. Barrez-vous à l'autre bout du monde, vivez dans une cabane ou une yourte, mais, putain, soyez tous les deux !

Je me passe nerveusement la main dans mes cheveux, puis réplique :

– Ce n'est pas aussi facile.

Mon frère s'adoucit tandis que Ruslan rentre doucement dans la chambre avec trois gobelets fumants.

– On vous entend gueuler au bout du couloir.

Sasha l'ignore et, son regard ancré dans le mien, répond :

– Rien n'est facile. Bats-toi avec autant de hargne pour te permettre d'être heureux. C'est tout ce que je te demande.

Ruslan tend le premier gobelet à mon frère qui profite de l'attraper pour détourner le regard. Je fais de même en remerciant silencieusement Ruslan d'être rentré à ce moment-là. Il en profite pour changer de sujet, et évoquer certaines affaires que la Fratrie a déjà récupérées. J'écoute leurs échanges, mais ils ne me parlent plus. Ils ne font plus écho en moi, comme c'était le cas il y a encore quelques mois.

J'ai toujours imaginé que ma vie, c'était la Fratrie. Que je mourrais en héros, en martyr.

Et pour la première fois, je m'imagine ailleurs.

Avec la seule femme que j'aie jamais aimée.

33

Maïa

Assise sur une chaise devant le bureau du médecin, je patiente. Le quartier ne m'inspire pas la plus totale des confiances, mais je suis là, à attendre le professeur Azar. Le bâtiment qu'il a réhabilité pour en faire un dispensaire dédié aux traitements des addictions ne désemplit pas. Depuis que je sais que Mancini se servait de la découverte médicale révolutionnaire de Taylor pour droguer les femmes qu'il enlevait, j'ai ce goût amer au fond de la gorge.

Une porte s'ouvre derrière moi.

– Maïa !

Je me lève et fais face à un grand quinquagénaire aux cheveux de jais. Je lui souris en le saluant.

– Quelle surprise de vous voir ici.

Il contourne le bureau pour aller s'asseoir sur son fauteuil.

– Secrètement, j'espère que vous allez me demander un emploi.

J'esquisse un sourire.

Au cours des derniers mois, j'ai beaucoup eu affaire au professeur Azar. Les patientes droguées au P34 étaient de plus en plus nombreuses, encombrant les urgences. Toujours le même profil.

– Non, je ne viens rien demander.

– Dommage !

Je fouille dans mon sac et tire l'enveloppe que j'ai préparée. Je la lui tends.

– Si je viens vous voir aujourd'hui, c'est que j'ai hérité d'une grosse somme d'argent à la suite du décès de mon père et je tenais à aider la structure. Je souhaite que vous ayez plus de moyens, plus de tout en réalité, pour que les toxicomanes aient réellement une autre option que replonger dans leurs addictions.

Il ne semble pas comprendre tout ce que je lui dis, puis ouvre l'enveloppe. Il en tire le chèque et son visage se décompose. J'ai l'impression de voir ses yeux partir de gauche à droite une vingtaine de fois. Le professeur Azar doit certainement lire et relire la somme qui y est inscrite.

– Ce n'est pas grand-chose, et j'espère que vous saurez utiliser chaque dollar comme il se doit.

– Pas grand-chose ? réplique-t-il, ahuri.

Ses yeux ne cessent de parcourir le chèque, il le tourne dans tous les sens pour vérifier je ne sais pas quoi d'ailleurs !

– Pas grand-chose pour moi, je le conçois. Faites-en bon usage.

– Je vous en fais la promesse, réplique-t-il en levant enfin ses yeux vers moi. Je ne sais pas comment vous remercier.

– Ça me fait plaisir, réponds-je timidement. Vraiment.

– Huit millions de dollars, ce n'est pas rien !

S'il savait combien j'ai encore sur mes comptes, du moins sur les comptes non officiels, et d'où vient cet argent, il ne me remercierait pas aussi chaleureusement. Ana a fait le nécessaire pour que ces millions paraissent plus blancs que neige. Il le fallait, sinon je ne les aurais pas utilisés pour en faire don à des personnes qui en ont besoin. Je me suis fait la promesse de les dépenser pour de nobles causes. Et voici la première : tenter de compenser l'expansion du marché de la drogue que favorisent toutes les organisations mafieuses implantées dans la région.

– Vous pouvez être sûre que j'en ferai bon usage.

Il se lève et s'approche de moi. Je me redresse pour saisir la main qu'il me tend.

– Je peux déjà vous annoncer que je vais faire des travaux de rénovation sur les étages supérieurs pour mettre des chambres à la disposition des toxicomanes où ils pourront prendre du repos, peut-être même que je pourrai engager une ou deux infirmières pour assurer le suivi médical de mes patients aux faibles revenus.

Je suis ravie de voir l'enthousiasme du professeur Azar et ne m'attarde pas plus.

J'ai un avion à prendre.

***

Installée dans un fauteuil de la salle d'embarquement, mon téléphone en main, je fais défiler les applications sans trop savoir quoi faire, laquelle regarder, quand une vibration retentit. C'est un message de Masha.

[Bon voyage, ma chérie !
N'oublie pas les copines et
donne de tes nouvelles !]

Je réponds :

[Vous êtes impossibles à oublier.
Je vous envoie un message quand j'atterris.
Bisous à toutes les deux.]

Je pose mon téléphone et lève les yeux vers la télévision. Tournent en boucle les images d'une chaîne d'info – leader du scoop si on l'écoute – qui diffuse H24. J'observe sans regarder pendant quelques minutes, en me demandant comment ce type de chaîne peut survivre face à la concurrence, tant son contenu est inintéressant. Le jingle marquant la fin de la première émission retentit, quelques publicités se succèdent avant qu'une émission spéciale débute. J'ouvre grand les yeux et les oreilles devant le titre : « Mancini, le collectionneur ». Le corps tendu, je ne lâche pas l'écran du regard. La présentatrice le décrit comme *le* manipulateur sans scrupule de la décennie et rappelle tous les chefs d'inculpation qui sont retenus contre lui. La liste est longue comme le bras, mais je ne retiens que le meurtre avec préméditation de Vasily Popova. La nausée me prend devant les images de mon père qui défilent. Je détourne le regard pour ne plus voir son visage.

Francesco Mancini a vraiment gâché ma vie, je ne lui pardonnerai jamais.

Aucun lien n'a été fait avec Taylor dans les articles que j'ai pu lire, comme si tout le monde ignorait le lien de parenté entre les deux hommes.

Malgré le malaise qui habite mon corps, je tente un nouveau regard sur l'écran de télé, comme si j'étais attirée tel un aimant, sans pouvoir me contrôler. Je lis les sous-titres : « Lors du procès de Francesco Mancini qui aura lieu à huis clos début juin, un témoin capital sera amené à témoigner. Il demeure dans un lieu sûr et confidentiel, sous étroite surveillance. »

Prise d'une peur irrépressible, je récupère mon sac à dos et change de place. Je fais en sorte de ne plus pouvoir poser mes yeux sur cette télévision de malheur.

Un mauvais pressentiment s'empare de moi et un frisson désagréable m'envahit.

Je saisis mon téléphone et compose le numéro d'Ana. Les tonalités s'enchaînent, mais je tombe sur son répondeur. Je réessaie, même constat. Un message automatique m'informe qu'elle est indisponible, qu'elle me rappellera plus tard.

– Fais chier ! râlé-je en murmurant.

Je compose le numéro de Sasha qui me répond en moins de deux sonneries.

– Maïa ?

– Dis-moi qu'il va bien !

Ma voix tremble de panique tandis qu'un silence suit ma supplique. J'en viens à regretter cet appel. Il va me prendre pour une folle. Une folle qui ne sait pas ce qu'elle veut.

Je m'apprête à lui dire de laisser tomber quand sa voix retentit :

– Il va bien, Maïa. Il est sous protection jusqu'au procès.

Mes épaules se relâchent et je sens le soulagement m'envahir. Je ferme les yeux en soupirant.

– C'est vous qui gérez cette protection ?

– Ce n'est pas de notre ressort. Mais j'ai confiance en ceux qui font en sorte qu'il reste en vie, répond-il sur le ton de l'humour.

Mikko ne quitte pas mes pensées depuis ce foutu jour où j'ai quitté l'hôpital. Celui-là même où j'ai rempli une valise dans l'idée de partir et de ne plus revenir.

– Tu dois me trouver ridicule.

– Autant qu'il l'est lui, à vrai dire.

J'expulse un rire discret tout en me retenant de lui poser d'autres questions : où est Mikko, avec qui… Je me détends aussitôt, appréciant l'instant.

– Comment vas-tu ? demande-t-il.

– Plutôt bien. Aujourd'hui est un grand jour.

– Oh, et qu'est-ce qui a bien pu se passer d'aussi merveilleux pour que ta voix en pétille de joie ?

Mon cœur tambourine dans ma poitrine.

– Je quitte les États-Unis.

– Alors, on y est ? Mon bel oiseau vole de ses propres ailes ?

– Exactement. Je crois qu'il est temps.

Je l'entends rire au bout du fil.

– Je suis content pour toi, Maïa.

– Merci.

– Et où comptes-tu…

Je l'entends râler au bout du fil, puis m'annoncer :

– Je dois te laisser, j'ai un double appel.

– Pas de souci. Bisous, Sasha.

Je m'apprête à raccrocher lorsque j'entends la voix de Sasha :

– Maïa ?

– Mmh ?

– « On peut trouver le bonheur même dans les moments les plus sombres. Il suffit juste de se souvenir d'allumer la lumière[1]. »

Je souris à cette référence. Sasha est un grand fan de Harry Potter.

1. Référence à une phrase du professeur Dumbledore dans le troisième tome de la série des aventures de Harry Potter, *Harry Potter et le Prisonnier d'Azkaban* (1999), traduit par Jean-François Ménard et écrit par J. K. Rowling.

Je baisse mon téléphone que je regarde durant plusieurs secondes. L'écran est noir. Je suis prise d'un élan de fierté qui gonfle ma poitrine. Cette bande de gars représente le peu de famille qu'il me reste, indépendamment de l'organisation pour laquelle ils continuent de travailler.

Une annonce au micro me signale qu'il est temps d'embarquer. Je récupère mon sac et sors mon passeport. Je rejoins la file d'attente.

Une fois installée sur mon siège, j'attache ma ceinture et vérifie la réservation de mon Airbnb. Le cottage perdu dans les bois sera l'endroit parfait pour me ressourcer. Je n'ai pas pu m'empêcher de regarder les opportunités de travail pour une infirmière dans les environs. Bien sûr, j'ai de l'argent, mais je ne veux pas arrêter d'être active.

« Mesdames, messieurs, bonjour. Bienvenue à bord de cet Airbus 380 Delta Airlines à destination d'Helsinki. Notre temps de vol aujourd'hui est de douze heures et cinquante-cinq minutes avec une escale à l'aéroport Paris-Charles-de-Gaulle estimée à une heure et cinquante minutes. Beau temps prévu sur le trajet avec cependant quelques turbulences possibles à l'approche de notre destination finale. »

On y est. Je pars bel et bien à l'autre bout du monde.

***

C'est exténuée que je tire ma grosse valise derrière moi pour rejoindre les portes de sortie. Dès que je pose un pied à l'extérieur, le froid sec est mordant. Ma respiration crée un halo de vapeur devant moi. Je serre ma veste pour me protéger de l'air glacial et avance vers la file de taxis.

Un chauffeur sort pour venir à ma rencontre en s'adressant à moi dans une langue dont j'ignore tout. Je lui demande s'il parle anglais avant qu'il ne remue sa main devant son visage en grimaçant. Visiblement, ce n'est pas avec lui que je vais pouvoir converser.

Il charge mon bagage pendant que j'entre dans le véhicule. L'air chaud contraste avec l'extérieur et je soupire de soulagement. Je récupère l'e-mail que j'ai imprimé pour tenter de prononcer correctement le nom de la ville où je me rends.

– Vihti.

Malgré mon accent à couper au couteau, le chauffeur acquiesce et fait démarrer sa voiture. Dès la sortie de l'enceinte de l'aéroport, les paysages me subjuguent et me changent de ce que j'ai l'habitude de voir à Cleveland.

Même quand j'ai passé quelques jours chez Mikko, je n'ai pas vu autant de verdure, de grands espaces.

Le chauffeur me parle, mais je ne comprends pas un traître mot de ce qu'il dit. Je souris d'un air contrit, en lui répétant que je ne comprends pas, quand je perçois quelques mots.

– D'où je viens?

Il agite la tête.

– Cleveland, États-Unis. Vous connaissez?

Il secoue la tête sans se départir de son sourire.

Quarante-cinq minutes plus tard, je sors de l'état d'apesanteur dans lequel je me trouvais pour admirer ce qui sera mon chez-moi. À la seconde où mes yeux se posent dessus, je tombe immédiatement sous le charme. Le cottage, tout en bois, avec une cheminée et ce qui me semble être un sauna, est situé au bord de l'eau, au cœur du parc national de Nuuksio, au nord d'Helsinki.

Le calme est là, les arbres qui m'entourent émettent un doux son qui m'apaise aussitôt. Mon chauffeur se racle la gorge. Mon visage se tourne vers lui et je le vois, attendant debout à côté de ma valise. Je récupère mon porte-monnaie et assemble les billets pour le payer. Des euros. C'est bien la première fois que je vois des billets aussi colorés. Le folklore de l'Europe.

Quand le véhicule quitte la forêt dans laquelle il m'a laissée, mes yeux repartent à la conquête de mon environnement. Je me retourne vers le chalet et fais face à ce que je suppose être la propriétaire. Cette vieille dame, pas très grande, m'attend sur le perron, sourire aux lèvres. Je m'approche en la saluant.

– Bienvenue chez vous! me lance-t-elle.

Elle parle à la perfection l'anglais.

– Ah, enfin! Je suis ravie d'entendre une personne parler parfaitement l'anglais! Depuis que j'ai atterri, c'est compliqué de communiquer.

– Je vous comprends! Ça m'a fait le même effet quand je suis arrivée. Puis, la langue n'est pas facile. Il va falloir vous accrocher si vous voulez rester dans le coin.

Apprendre une nouvelle langue ne me fait pas peur. J'ai parfaitement conscience que, où que j'aille, j'aurai de nouvelles choses à apprendre pour m'intégrer, et la langue en fait partie. Pour me faire comprendre, mais aussi pour exercer mon métier. C'est d'ailleurs l'objet d'une de mes prochaines recherches: comment faire reconnaître mon diplôme ici.

– Le cottage dispose du chauffage, que la cheminée soit allumée ou non. Bien entendu, il est plus écologique de favoriser le bois que l'électricité, mais sachez que tout est accessible.

Le hall d'entrée est spacieux et s'ouvre sur une grande pièce à vivre aux larges baies vitrées qui offrent une vue paisible sur le lac. Je m'approche et m'émerveille devant les reflets des arbres dans l'eau. Au loin, je distingue un renne curieux qui se laisserait aisément photographier. J'ai hâte de me réveiller dans la quiétude des bois et des clapotis du lac.

– À l'étage, vous avez les trois chambres et une salle de bains. Le sauna est à l'extérieur et se règle avec l'écran à côté de la porte. Nous avons un service de livraison de courses à domicile également. Les prospectus sont sur le plan de travail de la cuisine. Je vous ai laissé dans le frigo de quoi vous restaurer après ce long voyage.

– Merci beaucoup de cet accueil, madame Eriksson.

– J'ai l'impression de me revoir, quarante ans en arrière.

– Vous vous êtes expatriée ?

– Eh oui. L'amour nous fait faire des folies !

– Vous avez suivi un homme ?

Je tends l'oreille avec attention.

– Mon époux désormais. Il est venu passer des vacances à Tucson dans l'Arizona. À l'époque, j'étais serveuse dans un restaurant, près de la gare. Il y a mangé tous les jours pendant son séjour. Nous avons sympathisé, nous avons même pris un verre ensemble. Puis, il est reparti. J'étais déjà éprise de lui, mais je ne savais pas à quoi m'attendre. À notre époque, nous n'avions pas Internet pour garder le contact… Un jour, j'ai reçu un appel au travail. Mon manager m'a sermonnée et a retenu le temps passé au téléphone sur ma paie.

Ses yeux pétillent à ces souvenirs.

– C'était lui, conclus-je.

– C'était lui.

Ses lèvres s'étirent et son visage déjà radieux l'est encore plus.

– Il m'avouait à demi-mot ses sentiments et me demandait de le rejoindre. Je n'avais pas d'économies suffisantes, mais…

Je suis suspendue à ses lèvres.

– J'ai mis quatre mois pour économiser suffisamment, acceptant tous les petits boulots que je trouvais. Mais j'ai fini par poser mes fesses dans un avion. En réalité, dans quatre pour venir ici.

Admirative, je demande :

– Et ensuite ?

– Mes parents pensaient que ce n'étaient que des vacances, mais je ne suis jamais rentrée. J'ai épousé l'homme que j'aimais quelques semaines après l'avoir rejoint, j'avais à peine 20 ans. Je ne parlais pas sa langue, nous conversions avec un dictionnaire à la main, mais l'amour était plus fort que tout.

Plus de quarante ans après, je ne regrette pas une seule seconde mes choix.

– Quelle histoire !

L'émotion me gagne devant cette histoire sans accroc. Je pince mes lèvres pour m'éviter de flancher devant ma logeuse. A contrario, la mienne d'histoire est pleine d'accrocs et je suis désormais certaine que l'amour ne pourra pas surmonter nos derniers déboires.

– Il faut toujours laisser une chance à l'amour.

Je souris.

Laisser une énième chance à l'amour peut causer votre perte. Pour ma part, je pense avoir assez donné.

Ce n'est pas pour cela que tu es ici ?

Advienne que pourra.

– Je vous laisse vous reposer, vous devez être fatiguée. Le code Wi-Fi est sur la box à l'entrée.

Je la raccompagne jusqu'à la porte.

– Passez une bonne journée, Maïa. Ah, et bienvenue en Finlande.

34

Mikko
Trois mois plus tard

Je tourne et retourne ma nouvelle pièce d'identité américaine et mon passeport tout neuf. Mike Vessar. Je m'attendais à pire venant de Murphy.

– Alors, heureux ?

Je lève les yeux vers le capitaine du FBI à qui je dois beaucoup, et surtout qui a tenu parole. Je ne m'attendais pas à dire ça d'un flic, mais il a fait tellement pour moi ces derniers mois que ça l'a rendu sympathique.

– J'avoue que je suis surpris de ne pas avoir un nom à coucher dehors.

– Si ce n'est que ça, ça peut s'arranger !

Je secoue la tête en me levant de la chaise sur laquelle je suis assis depuis plus d'une heure. Une heure durant laquelle Murph m'a expliqué les conditions de ma réintroduction dans le *circuit administratif*. Je suis un citoyen comme un autre, sans aucun antécédent ni aucun lien de parenté.

Murphy se lève face à moi et ajoute :

– Tu aurais fait un super flic.

Je suis partagé entre la fierté et le déplaisir qu'il puisse m'imaginer de ce côté de la balance alors que je n'ai jamais pu piffer les forces de l'ordre. Déjà pour leur inaction lors du décès de mes parents biologiques, puis de mes parents de cœur. Je crois que ça a été mes deux plus cuisantes désillusions. Puis quand je me suis fait coffrer par des policiers corrompus jusqu'à la moelle, ça a été la cerise sur le gâteau. Je me suis dit qu'il y avait autant de pourris chez eux que *chez nous*.

– Tu sais aussi bien que moi que ce n'est pas mon délire.

– Je sais bien, dit-il en s'approchant de moi. Mais des mecs aussi intègres et loyaux que toi, j'en connais peu.

Il fait probablement référence au fait que je n'ai jamais mis en cause, dans aucun de nos échanges, la Fratrie, mes hommes, ni même Moscou. D'ailleurs, nos têtes pensantes ont su que j'étais en vie par les croquis des dessinateurs admis lors du procès de Mancini. Nous sommes entrés en contact via Anastasia. Il m'a fallu du temps pour assimiler que les big boss me rendaient ma liberté eux aussi. Mon intégrité et ma loyauté ont été saluées, j'ai même été remercié. Je ne pense pas que c'était un merci au sens « T'es un chouette mec », mais plus un merci au sens « Prends ta retraite et quitte le paysage » ! Mais je prends ça pour une victoire. Je ne comptais pas rester à Cleveland dans tous les cas.

Murphy me tend sa grande main que je serre avec énergie.

– Merci à toi d'avoir tenu parole et d'avoir témoigné contre Mancini. S'il est hors d'état de nuire, c'est grâce à toi et à tes hommes. J'en ai parfaitement conscience.

Ma fierté aurait envie de lui dire tant de choses sur certaines pratiques d'autres familles mafieuses, mais je me tais. Nous sommes soumis au secret professionnel, comme les médecins. C'est assez rare que les chefs de famille ou leurs subordonnés crachent sur les autres. On préfère régler ça entre nous.

Je suis sincèrement satisfait qu'il reconnaisse que, sans la Fratrie, il n'aurait rien pu faire. Ni l'opération de flagrant délit, ni obtenir tous ces enregistrements.

– Interdiction de sol américain pour Taylor Powell assortie d'un rapatriement express vers son pays de naissance, le Canada. Le témoignage de Mlle Popova lui a évité le pire.

Parler de ma mission et de ce connard me ramène irrémédiablement à Maïa. Il a été démontré durant le procès que Powell a été manipulé par son père. Être un brillant neurochirurgien qui a découvert une molécule déconnectant le corps de l'esprit ne fait pas que des envieux sur le plan médical. Les éléments rapportés par Maïa, notamment le déroulé de la soirée aux enchères, lui ont sauvé les fesses. D'ordinaire, je serais comme un dingue, à réclamer vengeance. Aujourd'hui, c'est différent. Je n'ai plus de nouvelles depuis des mois. Malgré le temps qui passe, il n'y a pas une journée où je ne pense pas à elle. J'ai pris conscience que ce n'est pas parce qu'on ne peut pas être ensemble que mon amour pour elle disparaîtra.

Aujourd'hui, je ne sais pas où elle est. Et l'impatience de savoir où elle peut bien vivre me gagne. Je n'aime pas la savoir seule, *sans moi*. J'ai encore beaucoup de mal à me dire que peut-être quelqu'un d'autre prend soin d'elle.

La main toujours dans celle de Murphy, je secoue sa pogne une dernière fois en prenant la parole :

– Moi aussi, je te remercie Murph. De ne pas m'avoir bridé et de m'avoir fait confiance. Je suis un homme de parole, comme toi. Et j'avais bien besoin d'un repère ces derniers mois.

Il lâche ma main et me donne une accolade sur l'épaule.

– Ça fait plus de quatre mois que nous avons démantelé les affaires de Mancini. Le verdict est tombé ce matin, tu l'as entendu de tes propres oreilles : condamné à mort. Je serais tenté de te conseiller de partir loin et de raccrocher, mais toi seul peux prendre une telle décision. Je ne me leurre pas, je sais que c'est toute ta vie…

Je hausse les épaules. Mes priorités ont changé au cours de ces dernières semaines.

Murphy me raccompagne dans le parking des bureaux du FBI et je récupère ma voiture. Lorsque le moteur gronde, je sors du sous-sol et m'insère dans la circulation. Je retourne dans ma maison, et j'avoue que j'ai hâte. Le trajet dure une grosse demi-heure durant laquelle mes pensées balaient les quatre dernières années. Les sacrifices que j'ai dû consentir, la sensation de vide et la solitude.

Lorsque j'arrive devant mon allée, plusieurs voitures sont déjà stationnées. Je les reconnais toutes et un sourire pare mon visage.

J'ouvre la porte de mon garage et j'y rentre ma bagnole, puis passe par la porte intérieure. Le corps raide, l'allure mesurée, mais les pas puissants. Eux seuls témoignent de ma nervosité. Dès que je pousse le battant, le spectacle qui s'offre à moi est émouvant. Ruslan, Sasha, Dimitri, Lev et Anastasia sont dans ma cuisine, champagne ou vodka à la main, et scandent mon nom en me voyant. Après de brèves accolades, je me laisse embarquer dans une tournée de vodka.

– Alors, lance Ana, comment tu t'appelles ?

Je souris. Mon cœur s'alourdit parce que j'ai l'impression de renier encore un peu plus qui je suis, mais je saisis cette chance comme l'unique opportunité de refaire ma vie. Mikhaïl Vesselovski ne peut plus exister, j'en ai pleinement conscience. Mikko Mäkinen a été exposé au grand jour lors du procès et n'était donc plus une option viable.

– Mike. Mike Vessar.

Les mecs crient, et Ana vient m'étreindre à nouveau. Quand elle se détache, elle me pince la joue en bonne matriarche qu'elle est devenue pour la Fratrie en me complimentant :

– Ça te va comme un gant. Puis, il est franchement temps que tu passes à autre chose. Tu as suffisamment donné. Nos affaires ont prospéré, notre nouveau boss a plein de beaux projets pour que nos business se développent.

Ruslan a repris la tête de la Fratrie, secondé par Anastasia. Et d'après ce que j'ai pu comprendre, leur duo de choc produit ses effets.

Nous passons l'heure suivante à évoquer le procès, et tout ce qu'il en est ressorti dans les médias. Même à huis clos, certains échanges fuitaient dans la presse ou dans les différents journaux télévisés, et pas que dans l'Ohio. Les chaînes nationales se sont emparées du sujet. Ce démantèlement remet beaucoup en question le contrôle aux frontières et la corruption dans les rangs de la police. Pas moins de vingt-cinq policiers ont été écroués. Ce qui est tout bonnement énorme. Enfin, pas qu'ils aient été vingt-cinq, mais que Mancini se sentait si puissant qu'il ne faisait nullement attention aux moyens de communication qu'il utilisait pour échanger avec eux.

Ruslan change de sujet et me demande ce que je vais faire, maintenant que j'ai une nouvelle identité. Très bonne question à laquelle je n'ai pas de réponse.

– À vrai dire, hormis me battre et faire tourner nos affaires, je n'ai pas de grandes compétences.

– Profites-en pour sortir de ce merdier, lance Sasha, soucieux. Pense à ce que tu voudrais faire. Et surtout où.

Je hausse les épaules. Je n'ai jamais réfléchi à *l'après*, reculant l'échéance, jusqu'à ce que tout soit réel. À croire que, dans mon imagination, cette affaire durerait des décennies... Maintenant que j'ai la voie libre devant moi, j'ai juste envie d'être avec une seule personne. Peu importe où. Peu importe ce que je ferai pour gagner ma vie.

– Je te verrai bien à la tête d'une salle de boxe, ou un truc dans le genre, lance Ruslan.

– Oh, ouais, réplique Lev. On viendrait s'entraîner à l'œil !

– Dans tes rêves, répliqué-je en souriant.

Mais cette idée me plaît bien. En tout cas, elle ne me déplaît pas. Et c'est quelque chose que je peux faire partout dans le monde.

Je me lève pour récupérer des glaçons dans le congélateur et prends place près d'Anastasia. Je sais, je ne suis pas discret. Mais j'ai besoin de lui parler. De savoir comment *elle* va.

Entre l'arrestation et le procès, j'ai été mis à l'isolement au Canada dans un chalet sous haute surveillance. Je sais que Murphy s'imaginait que les ritals allaient tout faire pour me buter. Et sans doute ont-ils essayé. Je n'ai pas manqué l'agitation l'avant-veille de l'ouverture du procès. Sans mon témoignage et les preuves que j'ai amassées pendant quatre ans, Mancini aurait effectivement pu éviter la peine de mort.

Mais voilà, je suis maladroit. J'ai beau être physiquement imposant, je ne sais pas comment poser une simple question concernant Maïa à sa meilleure amie.

– Que veux-tu me demander ?

Intervention d'Anastasia plus qu'appréciée !

Je plaque mon sourire suffisant sur mon visage et réplique :

– Pourquoi voudrais-je te demander quelque chose ?

J'ignore pourquoi je suis sur la défensive, peut-être juste pour qu'elle n'ait pas la satisfaction d'avoir pris les devants... en mettant les deux pieds dans le plat.

– Oh, allez ! Me fais pas croire que tu t'es déplacé juste pour des glaçons !

Je secoue la tête et bois cul sec mon shot de vodka.

– Voilà, j'ai ma réponse ! s'écrie-t-elle en vainqueur. Allez, dis-moi tout.

Je sens que l'alcool la rend joyeuse et que sa langue, déjà bien déliée, l'est encore plus !

– Comment va-t-elle ?

Ma question suspend les conversations, et le silence est de mise. On entendrait les mouches voler. Je me penche pour attraper la bouteille de liquide transparent et me ressers un shot.

– D'après ce qu'elle dit, elle va bien.

– Et d'après toi ?

– Elle est malheureuse à des milliers de kilomètres.

Je ne réponds rien. Elle voulait tout plaquer, mais je n'aurais jamais pensé qu'elle s'éloignerait autant. Je scrute chacun des mecs autour de ma table et tous m'observent avec un regard désolé. Putain, ils savaient, tous, et aucun ne m'a rien dit.

Une part de moi est fière d'elle, de ce qu'elle a accompli, qu'elle soit allée au bout de ce qu'elle avait envie de faire. Tout plaquer. Tourner la page.

L'autre part est furieuse qu'elle me laisse. Je n'en dis rien au risque de me faire lyncher par Ana. C'est purement égoïste, je le sais. J'ai fait cent fois pire sans aucun regret. Enfin presque.

Je pince les lèvres. Je m'en veux parce qu'elle a fait ça seule, sans moi. Au fond de moi, j'aurais juste aimé partager ce moment avec elle.

Puis un autre choc me noue l'estomac. *À des milliers de kilomètres.* Elle s'est barrée loin de moi, sans un regard en arrière. J'accuse le coup. Ma conscience me hurle que Maïa n'a fait qu'obéir à l'une de mes dernières volontés, aux dernières paroles que j'ai prononcées.

Mes dernières paroles me laissent un goût amer au fond de la gorge.

Je lève mon coude et bois un autre shot de vodka cul sec.

– Tu devrais lui dire tout ce que tu tais : que tu l'aimes et que tu veux la rejoindre pour vivre avec elle d'amour et d'eau fraîche.

La voix d'Ana s'immisce dans mon esprit et me fait tousser si violemment que la vodka ingurgitée remonte et sort par mon nez. Je suis pris d'une quinte de toux incontrôlable.

– Tu es dingue, ma parole, répliqué-je quand j'ai repris mes esprits.

– Juste réaliste. Hormis pour la partie eau fraîche. Je dirais plutôt qu'elle est glaciale.

J'expire bruyamment, signe que cette discussion me remue plus que je ne veux l'admettre. Ana s'agace et me le fait savoir :

– Tu sais quoi ? reprend-elle. Vous faites tous chier, les mecs ! Si tu aimes une personne, tu lui dis. Tu lui dis même si tu as peur que ça soit déplacé, même si tu as peur que ça crée des problèmes. Même si tu as peur que ça vienne bouleverser toute ta vie. Tant pis. Tu y vas, tu le dis. Tu le dis haut et fort ! Putain, mais vous allez arrêter de perdre votre temps et de nous le faire perdre ?

Ana s'agace, avale quelques jurons et quitte la cuisine pour rejoindre l'extérieur. Peut-être même qu'elle va partir. À vrai dire, ça m'importe peu. Parce que j'ai bien saisi le message, mais j'ai comme l'impression qu'il ne m'était pas totalement destiné.

Je tourne mon visage vers Dimitri et lance :

– Tu nous expliques ?

Il secoue la tête en soupirant.

– Elle me rend fou ! Elle ne veut pas d'attaches, elle veut juste baiser quand ça lui chante, et moi, comme un con, je me plie à ses quatre volontés. Alors, ouais, elle me fait kiffer, mais j'ai pas envie de me faire pigeonner.

– Donc t'as pris tes distances ? demande Sasha.

– J'ai décliné ses derniers rendez-vous, qui sonnaient plus comme des convocations que des rendez-vous. Non mais, les gars, son dernier appel était hors norme. Elle criait que je ne comprenais rien, qu'elle me voulait et qu'elle savait que c'était réciproque.

– Et tu n'as rien répondu, lance Ruslan.

Dimitri arrondit les yeux d'incompréhension.

– Que veux-tu que je lui dise ? Elle est tellement hermétique aux sentiments et aux émotions que l'entendre dire qu'elle était amoureuse de moi m'a fait perdre la boule.

– Oh, putain, lance Lev. Perso, elle me ferait flipper. Déjà, en tant que boss, t'as pas envie de sortir du rang. Alors à la maison ? L'angoisse !

Dimitri lui lance une capsule de bière sur le visage en répliquant :

– Ta gueule !

Les mecs rient, et moi aussi. Voir qu'il n'y a pas que mon cœur qui est mis à rude épreuve me rassure.

– Quoi qu'il en soit, frérot, ton futur a besoin de toi, pas ton passé. Elle est là où tout a commencé pour toi, et si tu dois te sortir les doigts du cul pour la retrouver, c'est maintenant.

J'ancre mon regard à celui de mon frère. Aucun de nous ne cille, aucun de nous ne tremble. Et d'un mouvement imperceptible de la tête, je lui fais comprendre qu'il a raison. Et que je vais l'écouter.

Parce que je suis désormais sûr d'une chose : je dois retrouver ma femme.

35

Mikko
Deux mois plus tard

Adossé à la voiture que je loue, j'observe une scène des plus banales, une cigarette calée entre les dents. Les voitures se garent les unes derrière les autres, les retardataires courent pour ne pas louper *le* moment de l'année pour les centaines de gamins.

Une rentrée des classes.

Deux mois que je sais qu'elle est en Finlande. Deux mois aussi que je la cherche. Mes amis ont considéré que la rechercher par mes propres moyens ne me ferait pas de mal.

Les enfoirés m'ont laissé galérer. Mais c'était mérité.

J'ai repris mes investigations et j'ai fini par la trouver. Enfin.

Quand j'ai su le pays qu'elle avait choisi, j'ai été pris d'un sentiment de fierté que je n'avais jamais ressenti auparavant. Faire partie d'une famille quand on a été orphelin à seulement 5 ans m'a toujours rendu fier. Mais là, c'était différent. Elle est revenue sur mes terres, à mes origines.

Je tire sur ma clope et inhale la fumée sans quitter des yeux Maïa. Elle est aux côtés d'un couple et d'une mamie qui tient la main d'une gamine. Le sourire qui pare son visage la rend divine, même de loin.

Je recrache un épais nuage de fumée quand le regard de la grand-mère tombe sur moi. Ma respiration se bloque quelques secondes, mais je ne bouge pas. Elle semble occulter tout ce qui se déroule autour d'elle pour ne se concentrer que sur moi. J'ai comme l'impression qu'elle m'a reconnu, qu'elle sait qui je suis. Pourtant, elle ne peut pas le savoir.

Elle ne fait aucun geste, seules ses billes bleues d'une pureté sincère me transpercent l'âme.

Pendant longtemps, j'ai pensé que j'étais bien seul, à ne dépendre de personne, à assumer chacun de mes choix. Personne ne me décevait. Je me suis planté en beauté. J'ai cru en mes certitudes erronées. Je ne m'étais même pas rendu compte que je m'étais mis sous cloche, sans l'aide de personne. Enfin, si. Mancini est coupable de tout ce qui a pu m'arriver. De la mort de mes parents à la mienne. De la mort de Vasily à mon incarcération. Et par-dessus tout, ce qui continue de me faire enrager aujourd'hui, c'est qu'il ait pu poser ses mains sur Maïa. Ce sera sûrement mon plus grand regret : ne pas lui avoir mis une balle entre les deux yeux.

La sonnerie de l'école retentit et me fait émerger de mes sombres pensées. Un coup d'œil vers Maïa me confirme que la rentrée est pour la petite tête blonde qui embrasse ceux que je suppose être sa grand-mère et ses parents. J'écrase ma cigarette contre ma cuisse et glisse le mégot dans ma poche.

Quand je détaille Maïa avec gourmandise, je me sens observé. Je lève mon regard et tombe sur deux yeux vairons qui me fixent avec intensité.

Je me fige. À l'intérieur, je suis agité. En alerte. Tant de mots qui voudraient sortir, tant de gestes et d'émotions qui voudraient être exprimées, mais rien ne se produit. Je suis mutique et immobile.

Je reste sur le trottoir d'en face, me murant dans un silence qui ressemble à l'homme que j'ai été pendant des années. Sans être capable de rien. Si je dois être totalement honnête, surtout avec moi-même, je crois que j'ai peur. Peur de la puissance de ce que je ressens pour elle. Peur qu'elle me rejette parce qu'elle veut autre chose.

Elle finit par se retourner et faire un signe de main à la vieille dame qui récupère son vélo. Ce n'est que lorsque cette dernière se met en selle et qu'elle avance que Maïa se tourne dans ma direction. Elle scrute les alentours. Son regard erre d'un groupe à l'autre, avec curiosité, avant qu'elle s'élance et traverse la route.

Mon cœur devient fébrile, mon souffle erratique. Je déglutis quand elle n'est qu'à un mètre de moi, quand ce dont je rêve depuis des mois se matérialise enfin. Ses yeux perçants ne comprennent pas ce que je fais devant elle, mais je n'y lis pas du rejet. Elle n'a pas envie de me fuir. Tant mieux, parce que je ne compte pas partir.

– Salut, lance-t-elle avec une timidité qui ne lui ressemble pas.

Elle me fait fondre. Je la trouve encore plus belle que la dernière fois que je l'ai vue. Je la trouve toujours canon, depuis qu'elle est adolescente.

Nos regards s'aimantent, faisant crépiter mes cellules.

– Salut, répliqué-je comme un con sans repartie.

Nous restons quelques secondes à nous sonder jusqu'à ce qu'elle rompe le silence.

– Que fais-tu ici ?

– À ton avis ?

Elle lève les yeux au ciel en croisant les bras sur sa poitrine généreuse. Le décolleté de sa robe la met d'ailleurs bien en valeur. Je trouve Maïa encore plus sculpturale qu'avant de la laisser filer.

– Toujours aussi arrogant, se plaint-elle.

– Toujours aussi belle, réponds-je.

Ses joues se parent d'une couleur légèrement rosée, et je la vois mordre le bord de ses lèvres pour éviter de sourire. Elle me paraît d'une fragilité folle. Mais d'une détermination que je n'explique pas.

– J'allais boire un café. Tu m'accompagnes ?

Elle est étrangement calme, sereine. J'opine et la suis quand elle rebrousse chemin et me montre du doigt un bistrot avec de petites tables rondes disposées en terrasse. Le début de ce mois de septembre est frais à Järventausta, mais le soleil est sorti, et nous décidons d'en profiter.

Après avoir commandé deux cafés, nous observons les passants. Je tourne mon visage pour admirer son profil gracieux. Elle a la tête rejetée en arrière, les yeux fermés, et jouit des rayons matinaux.

– Qui étaient les gens avec qui tu étais devant cette école ?

Elle sourit.

– Mme Eriksson est la personne qui me loue ma maison. C'était la rentrée de sa petite-fille. Il y avait son fils et son épouse, les parents du petit bout qui rentre au C.P.

J'acquiesce.

– Tu habites vraiment là ?

Elle n'a pas bougé, mais mes yeux ne sont pas focalisés que sur elle. Les passants pressés s'animent sur les trottoirs, de nouveaux visages que j'essaie d'enregistrer. J'ignore pourquoi puisque aucun n'est aujourd'hui une menace.

Mon souffle est court. Mes pensées désordonnées. Pourquoi est-ce si difficile de reconquérir une femme ? De mettre des mots sur des putains de sentiments qui vous bouffent de l'intérieur ? Comment m'y prendre ?

Les conseils de mon frère ne m'ont visiblement servi à rien.

– Comment m'as-tu trouvée ?

Désormais, c'est elle qui étudie mon profil. J'étire mes lèvres en un sourire arrogant, suffisant.

– Je t'avais prévenue.

Mon ton est plus rude que je ne le voulais.

– Je te retrouverai toujours.

– Mais… Pourquoi ?

Je me tourne vers elle et ancre mon regard dans le sien. Pourquoi ? Elle en doute encore ?

– Je suis incapable de mettre des mots justes sur ce que je ressens pour toi, Maïa. Mais, je suis sûr d'une chose, tu m'es destinée. Tu es à moi autant que je suis à toi.

Ses cils battent plus rapidement que la normale et ses lèvres se pincent. Je sens d'ici la peur qui la possède et m'empresse de la rassurer.

– Je veux commencer une nouvelle vie. Loin de toute l'agitation de la Fratrie, de Cleveland et même des États-Unis.

– Et comment comptes-tu faire ?

– Comme ce que je fais maintenant. Je veux vivre, profiter et même travailler.

– De quelle manière ?

Je lis l'inquiétude dans son regard.

– Pas de celle qui vient de te traverser la tête, la réprimandé-je. J'ai un projet sportif. Ouvrir une salle de boxe. Il me faut juste prendre le temps d'apprendre la langue du pays où ma femme va s'implanter et trouver le local qui va bien.

– Tu vis où ?

La machine à questions est lancée.

– Nulle part.

La surprise se lit sur son visage, mais elle enchaîne :

– Tu es dans cette ville depuis longtemps ?

– Quelques jours.

Elle fronce désormais les sourcils avant de me réprimander :

– Et tu te manifestes seulement maintenant ? Ana m'avait prévenue que tu me cherchais, puis que tu prenais l'avion. Je ne pensais pas que tu attendrais de te remettre du jet-lag pour venir me trouver.

Sereine et déterminée. Sur cette dernière qualité, je la reconnais bien. Je décide de prendre un ton désinvolte et me tourne vers elle en lui tendant la main.

– J'ai oublié de me présenter. Je suis Mike Vessar.

Elle écarquille les yeux.

– Mike Vessar ?

– Oui, Mike Vessar. Ton futur mari.

Elle glisse sa main au creux de la mienne et réplique en serrant les dents :

– On n'en est pas là, monsieur Vessar. Et… soyons honnêtes, ce nom de famille est à chier !

Elle se met à rire et ce son me fait vibrer.

– Je suis sérieux, Maïa. Je ne suis pas venu pour enfiler des perles. Tu voulais de la normalité, tu as devant toi un mec lambda. Blanc comme neige.

Je lève les mains en signe de reddition. Ses prunelles me fixent avec sérieux.

– Je serai patient. J'ai tout mon temps. Ma priorité, c'est toi.

Elle ne répond rien. Et moi, je suis incapable de formuler des arguments qui ne me feraient pas passer pour un homme des cavernes. Je veux la protéger. M'assurer qu'elle ne manque de rien. L'aimer.

– Et si je ne veux pas de toi ?

Je ne trouve rien à lui dire. Je secoue la tête, ne préférant pas croire que ce n'est pas sa volonté. À vrai dire, cette option ne m'a jamais traversé l'esprit.

– Tu n'y as pas pensé avant de te pointer ici, hein ?

Elle enfonce le clou. J'essaie de ne pas laisser la douleur s'infiltrer dans mes veines, mais c'est peine perdue. Mais je sais aussi que pour pouvoir avancer, il faut la museler.

– Donne-moi une raison de te laisser une chance. Une seule.

Je reste à nouveau silencieux. Mon cœur me hurle de lui dire que je l'aime, que je l'ai choisie il y a des années de cela. Mais ma bouche demeure fermée. Désespérément fermée. Je vois la déception sur ses traits. La tristesse que j'y décèle ensuite m'assène une gifle supplémentaire.

Elle claque une main sur la table, puis se lève en étouffant des jurons à peine perceptibles.

– Tu ne m'en voudras pas si je te laisse l'addition ?

Elle me plante et s'élance sur le trottoir. Quant à moi, je suis toujours dans le même état : paralysé, blême. La distance qu'elle met entre nous est un supplice. La peur m'étreint. Je crains d'avoir tout gâché, qu'elle refuse de m'écouter. Je la connais assez pour savoir que lorsqu'elle est blessée, elle se réfugie derrière l'agressivité pour se défendre. Et ce que je souhaite, ce n'est pas qu'elle se renferme sur elle-même.

Je glisse ma main dans la poche de mon jean et sors un billet de dix euros que je jette sur la table avant de m'élancer dans la direction qu'elle a empruntée.

– Maïa, la hélé-je quand j'aperçois ses cheveux blonds tourner sur la droite.

Merde ! Je me mets à courir, et quand je tourne à droite, je pile, essoufflé. Maïa est à quelques mètres de moi, adossée à un lampadaire, les bras croisés. Son regard est inexpressif, mais j'entends pourtant tous ses reproches comme si elle les hurlait dans mon oreille.

Je reprends rapidement ma respiration, me redresse et avance vers elle quand sa voix claque dans ma langue maternelle :

– Donne-moi une raison de te laisser une chance. Et c'est ta dernière carte…

Je vois désormais clair dans son jeu. Elle me pousse dans mes retranchements, veut que je me dévoile. Et j'ai parfaitement conscience que, si je ne lui donne pas un morceau de ce qu'elle attend, je risque de la perdre.

– Maïa, soupiré-je.

– Mikko, gronde-t-elle. Pourquoi es-tu revenu ? Pourquoi es-tu là ?

Elle s'approche de moi, puis finit par me pointer du doigt avec rage.

– Bon sang, c'est si compliqué de dire les choses ? Me dis pas qu'il faut que tu sois blessé pour savoir quoi dire ! Je ne com…

– Je t'aime, Maïa.

À ces mots, elle se fige, sa respiration se coupe et ses épaules finissent par s'affaisser.

– Je t'aime, répété-je. Et encore, ces mots ne sont pas assez forts. Voilà l'unique raison que je peux avancer pour te convaincre de me laisser une seconde chance. Une troisième ou quatrième, je ne compte plus.

Son doigt toujours contre mon torse, j'attends qu'elle amorce un pas, qu'elle ait une réaction, quelle qu'elle soit. Je patiente, laissant mon regard errer sur la douceur de son visage. Puis, n'y tenant plus, j'enroule mes bras dans son dos et baisse ma tête pour poser mon front contre le sien. Elle ferme les yeux tandis que nos peaux se rencontrent, et elle frissonne quand mon haleine percute sa bouche :

– Maïa…

Son prénom sonne comme une supplique. J'ai besoin qu'elle réagisse !

– Je t'aime tellement, lâche-t-elle dans un souffle.

Les émotions m'assaillent sans que je parvienne à les maîtriser : le soulagement, la satisfaction, l'affectation.

– Tu ne sais pas à quel point j'ai cru devenir folle !

Elle réfugie son visage dans mon cou et ses bras m'enserrent. J'écrase son corps contre le mien, et me repais de son odeur, de ses caresses, avant que sa tête se redresse et que ma bouche s'écrase contre la sienne. Je me nourris de son goût, de ses doigts qui glissent dans mes cheveux qu'elle tire en arrière pour enfin me regarder.

– Je t'interdis de me laisser à nouveau.

– Jamais, réponds-je.

Le bonheur, c'est de savoir réaliser quand il est là. En face de nous. Pas avant, pas après. Et dans les traits de Maïa, c'est ce que je vois. J'en ai désormais la certitude.

ÉPILOGUE 1

Mikko
Deux ans plus tard

Après une journée éreintante à la salle de boxe que je dirige désormais depuis deux ans dans un quartier chic d'Espoo, je rentre dans le cottage en bois que nous avons acheté au couple Eriksson lorsque nous avons décidé de prendre un nouveau départ.

Pour plus de sécurité, nous nous sommes mariés à l'ambassade américaine pour qu'aucun lien ne puisse être fait entre la famille Popova associée à la Fratrie et Maïa, *ma femme*, mais aussi Nina, ma fille. Mon adorable petite fille de 1 an. C'est avec une fierté absolument pas dissimulée que j'ai donné mon nom aux deux femmes de ma vie. Même si ce n'est pas totalement le mien.

Lorsque j'arrive dans la cuisine, l'odeur de la succulente *solianka* préparée par Maïa s'infiltre dans mes narines, et me rappelle mon adolescence. De Oulu, ma ville de naissance, à Cleveland, j'en ai fait du chemin, non sans douleur. Ma mère de cœur adorait me préparer cette recette tous les dimanches midi, c'était une sorte de tradition.

Je m'approche de Maïa alors qu'elle remue cette soupe typique de Russie. Elle finit par se détourner de sa préparation pour enrouler ses bras autour de ma nuque.

– Bonsoir, Jackie Chan.

Je soupire et lève les yeux au ciel. Depuis que j'ai pris la décision de monter une salle de boxe et d'assurer la remise en forme de nombreux agents de sécurité rapprochée, Maïa m'affuble de surnoms en tout genre. Tous les acteurs de films d'action y passent. The Rock, Sylvester Stallone, Chuck Norris, Jason Statham, Liam Neeson… Elle ne m'en épargne aucun.

Je laisse sa langue partir à l'assaut de la mienne, et très vite, ses mains passent sur mes épaules, puis sur mon torse. Nul doute que si je ne stoppe pas Maïa, il me sera difficile de m'arrêter.

– Bébé, doucement, dis-je en lui attrapant les poignets.

Elle grogne tout en faisant un pas en arrière.

– Ça faisait longtemps que tu n'avais pas fait la *solianka*. Ça me donne faim.

– C'est pour demain.

Demain est jour de fête chez nous : nos amis que nous n'avons pas vus depuis plus de deux ans débarquent en Finlande pour fêter les 1 an de Nina.

Le chemin a été long pour en arriver là où nous en sommes aujourd'hui. Semé d'embûches. Plein d'actions. Mais finalement débordant d'amour.

Après nous être mariés quelques semaines après nos retrouvailles, nous avons rattrapé le temps perdu.

Oui, on a copulé comme des lapins. Encore plus que la normale.

Jusqu'à ce que nous apprenions, quelques mois plus tard, que Maïa était enceinte. Je n'aurais jamais imaginé qu'une grossesse me mettrait autant en émoi. Peut-être que ça a débuté quand nous avons appris que ce serait une fille. J'ai bien cru que mon cœur allait lâcher. Mes souvenirs ont fait un bond en arrière de plusieurs années, quand mes potes et moi commencions à avoir des poils. Je pense que je ne pourrai pas me contenir si les garçons des alentours font subir à Nina ce qu'on faisait aux filles.

Bien que je me sois amélioré, la patience n'est toujours pas mon fort.

Nina est notre rayon de lumière. Et être mère est un rôle qui va à merveille à Maïa. Elle est attentive, aimante et, cerise sur le gâteau, elle adore le père de sa fille !

Pour moi, ce rôle a une saveur particulière. Ayant grandi en perdant trop vite mes parents biologiques, puis mes parents de cœur, je ne me vois pas faillir à l'éducation de Nina. Et si je suis capable de tuer pour ma femme, je peux devenir un chien enragé pour ma fille. J'ai un côté surprotecteur qu'elle apprécie aujourd'hui, je suis son père, son héros. Dans quinze ou vingt ans, je doute qu'elle pense la même chose. Maïa m'y prépare déjà.

– Tu as eu Ruslan pour savoir à quelle heure ils arrivent ? m'interroge-t-elle.

Je viens coller mon torse contre son dos en faisant glisser mes doigts sous le tissu fin de sa chemise. Je caresse son ventre en posant mon menton sur son épaule.

– Ils arrivent par des avions différents, entre l'aube et l'heure du déjeuner.

– Les chambres sont prêtes. Tu as des préférences pour leur attribution ?

Ma femme et ses questions…

– Je n'en sais rien. Loin de nous.

– C'est ce que j'avais en tête, réplique-t-elle en tournant son visage vers le mien.

Nous avons loué les deux chalets les plus proches de notre maison, pour que chacun ait son indépendance et un peu d'intimité.

Je me détache de son dos et plonge dans ses yeux vairons, sans y discerner la moindre ombre. À chaque occasion que j'ai de l'observer, je me délecte de ce que je vois. Je mesure la chance que j'ai. Et je soupire de soulagement. Je sais que nous traverserons des épreuves, que nous connaîtrons des hauts et des bas, mais avoir la certitude que nous le ferons toujours ensemble, main dans la main, me rend fier et plein d'espoir.

Je suis prêt à tout affronter, tant que je suis avec elle.

Ma vie, c'est elle.

Nos bouches se rejoignent en un baiser tendre. Nos souffles se mêlent, nos langues s'enlacent, et très vite, elle abandonne sa cuillère en bois dans le potage et se retourne pour coller son buste contre le mien. C'est finalement moi qui devrais y aller doucement. Mais ce sont les rires de Nina dans son parc qui nous ramènent à la réalité. Maïa se détache et murmure :

– Je t'aime, Mik.

– Je t'aime aussi, ma *tigritsa*[1].

***

Le lendemain

J'ai annulé les cours que j'avais programmés ce week-end quand j'ai appris la nouvelle. Dès que Ruslan m'a confirmé qu'ils allaient à Moscou pour affaires et qu'ils prévoyaient une halte en Finlande. Bien entendu, ce genre de déplacement s'organise et des mesures de sécurité s'imposent. Nous avons pris le temps de réaliser les diagnostics et de faire quelques ajustements. Maïa, si elle a vu quelque chose, n'a rien dit et m'a laissé gérer. Je crois qu'au fond, elle était pressée de tous les voir.

Je parcours l'assemblée des yeux. Tous nos amis sont présents. Il n'en manque pas un à l'appel. Nous avons mangé un festin : grillades marinées, salades fraîches, des plats traditionnels finlandais et d'autres typiquement russes, dont la *solianka*. Le tout fait maison.

Les hommes sont en pleine conversation, un verre de vin à la main, tandis qu'Ana discute avec Maïa dans la cuisine. Je peux les voir d'où je suis. Masha, elle, est la plus patiente. Elle est assise dans l'herbe avec Nina qui lui lance sans arrêt ce jouet en forme de girafe qui couine dès qu'on le presse. Quand Masha arrive à distinguer un des mots de ma fille, elle s'extasie et pousse de petits cris aigus.

Maïa revient avec deux plats dans les mains et les pose sur la table. Elle a voulu cuisiner et pâtisser pour nos hôtes et leur présente un *kryddkaka*, un moelleux aux épices pour ceux à qui le nom fait peur !

Maïa a fait valider son diplôme pour exercer en tant qu'infirmière en Finlande. Elle assure des remplacements ponctuels dans des maisons de retraite ou la petite clinique pas très loin d'ici. Cependant, je sais que l'adrénaline des urgences, le rythme effréné des brancards qui déboulent de tous les côtés, lui manque.

1. *Tigrista* signifie tigresse en russe.

Ma fille se lève à l'aide de Masha et se dirige avec un sourire à quatre dents vers son oncle. Mon frère l'adore et la réciproque est vraie. Il n'a pas changé, il est toujours égal à lui-même : plein de conneries. En réalité, rien n'a changé pour eux. Mes gars. Mon équipe. Sauf que je ne suis plus un des leurs.

Ruslan gère l'antenne de Cleveland d'une main de maître, secondé par Anastasia. Lui comme elle sont nés pour gouverner, c'est dans leurs gènes. S'ils ont bénéficié d'un soutien indirect du FBI pour faire tomber Mancini, ils doivent désormais faire comme s'ils n'avaient jamais croisé sa route et faire face à une autre tête pensante chez les ritals.

Dimitri gère toujours les affaires diplomatiques pour l'organisation. Vu les regards échangés avec Ana, j'ai comme l'impression qu'il y a de l'eau dans le gaz, mais aucun ne commente leur « non-relation ». Nous, nous avons arrêté d'essayer de comprendre.

Lev est… Lev. L'aîné de l'équipe ne vieillit pas. Toujours aussi sombre et secret. Rien ne filtre de sa vie.

La voilà, notre famille.

Pour ma part, je ne regrette en rien mes choix. La vie que je mène aujourd'hui me rend heureux. Je comble le manque d'adrénaline en organisant des tournois de boxe, et je monte de temps à autre sur le ring pour me défouler. Je prends mon rôle de mari et de père très à cœur.

Maïa me rejoint en bout de table. Nous avons beau être une dizaine, je ne vois qu'elle. Elle commence à couper des parts du moelleux quand la pulpe de mes doigts se pose sur son genou et remonte avec douceur plus haut, bien plus haut. Le subtil frôlement que je lui impose est à double tranchant, je le sais. Je me concentre sur la cadence harmonieuse de sa respiration et sa fragrance raffinée qui envahit mes narines. Son odeur me consume, me grise et a le don de me faire bander en un quart de seconde. Je grimpe à l'intérieur de ses cuisses sous sa robe fluide et jette un coup d'œil discret vers son visage concentré. Je souris parce que son corps, lui, la trahit de la plus charmante des façons. Chair de poule, frissons, rythme cardiaque en alerte et respiration hachée.

– Pa-pa. Pa-pa-pa-pa-pa-pa.

Voilà ce qui me fait revenir sur terre plus vite que la musique.

À l'autre bout de la table, Nina chouine en tendant les bras vers moi. Chacun leur tour, ils se la font passer.

– Ma fille, réponds-je en retirant doucement ma main.

Maïa soupire, je ne sais pas si c'est de soulagement ou de frustration.

Je récupère Nina dans mes bras. Elle continue de babiller, ses petites mains potelées parcourent mon visage et je m'amuse à lui manger le bout des doigts.

Elle explose de rire, ce son cristallin qui me fait fondre toujours un peu plus.

– Tu te ramollis, mec, lance Ruslan qui vient s'asseoir à côté de moi.

Je souris et réplique :

– Si je dois être honnête, c'est bien plus que ça. Elle n'a que 1 an et elle me mène par le bout du nez.

– Je ne sais pas pourquoi, mais je n'ai aucun doute là-dessus !

Je finis ma part de gâteau non sans grimacer sur la dernière bouchée. Maïa n'y est pas allée avec le dos de la cuillère en dosant les épices. C'est finalement plus difficile à passer.

– Alors, les affaires, ça roule ?

– Très bien. Quelques soucis à régler çà et là, mais dans l'ensemble, la stabilité est revenue sur Cleveland et les alentours. Nos rues sont plus propres, les drogues qui circulent sont maîtrisées et connues. Les agressions sont en chute libre.

Je me contente de hocher la tête bien que le soulagement m'envahisse à ses mots. Depuis des années, le quotidien des membres de la Fratrie est de marcher sur un fil, toujours aux aguets. Mancini et ses sbires nous ont vraiment pourri la vie. Bien sûr, il y a de nouvelles têtes, un nouveau chef de famille. Je ne connais pas son identité, mais je sais qu'il est déjà en place. Tout comme nous avons rapidement nommé un nouveau chef, il en a été de même pour les Italiens. J'espère juste pour mes amis qu'il a été choisi pour ses qualités diplomatiques, histoire qu'une sorte de paix puisse s'envisager à long terme.

– Ça ne te manque pas ? demande-t-il après un court silence.

– La guerre ? Non. L'adrénaline et l'action, tous les jours.

– Tu sais que tu n'as qu'un mot à dire pour que je te mette en contact avec…

– Ce ne sera pas nécessaire, le coupé-je. Je ne changerai de vie pour rien au monde.

Je sais que je n'ai qu'un mot à dire pour obtenir une place, une mission, de la considération au sein de l'organisation russe. Ruslan est désormais un membre du haut conseil, c'est un homme influent. Nul doute qu'il peut, en quelques mots, déclencher un conflit sans précédent.

– Je voulais te remercier de…

Son regard dirigé vers l'assemblée se pose sur moi. Mes sourcils se froncent d'incompréhension.

– … de tout. De rien. Je ne sais pas, rit-il. J'ai juste pleinement conscience que sans toi, je ne serais pas là aujourd'hui. Sans tes sacrifices, nous aurions, tous ici, des casiers judiciaires aussi longs que le bras, Mancini dans nos pattes et les nerfs mis à rude épreuve. Je te dois beaucoup, même pour la place que j'occupe désormais.

– Tu parles plus que Masha, maintenant ? répliqué-je sur le ton de l'humour.

À vrai dire, les louanges ne sont pas mon dada, je n'en ai pas l'habitude. Et ça ne me met pas à l'aise. Je n'ai pas été élevé dans le respect de certaines règles de bienséance, dans un monde où le merci était de rigueur. On ordonnait, j'exécutais. Je n'ai jamais obtenu un merci parce que je faisais bien mon boulot. Une tape sur l'épaule suffisait.

– Tu mérites cette place.

– C'était celle qui te revenait.

– Non, Ruslan. Pour la simple et bonne raison que je suis né en Finlande. Élevé par un Russe, je parle russe, je respire russe, mais je n'en suis pas un vrai pour Moscou. J'ai pendant longtemps cru que cette place aurait pu me revenir, mais je m'étais trompé.

Même si je me suis battu pour obtenir cette place au sein de la communauté russe, même si j'ai fait des choses que peu d'hommes ont dû faire pour atteindre leur objectif, je la lui laisse volontiers.

– Tu n'as pas de regrets ?

– Je ne veux pas vivre avec des regrets. J'ai perdu trop de temps à me ronger de l'intérieur en me demandant comment les choses auraient pu se passer. Puis regarde, dis-je en désignant ma femme et ma fille qui rigolent, complices. Je donnerai ma vie pour elles.

– T'es plutôt en forme pour un mec qui fout plus rien.

– Tu me cherches ?

Ruslan sourit malicieusement.

– J'ai ouvert une salle de boxe à quinze minutes d'ici. Je forme tous les mecs d'une boîte de sécurité rapprochée à diverses techniques de combat, y compris des membres du gouvernement. Debout, au sol, à mains nues, à l'arme blanche… et j'avoue que ça me plaît.

Ma voix transpire la satisfaction, et Ruslan le ressent aussi puisqu'il n'insiste pas.

Ma vie finlandaise me plaît plus que jamais. La boucle est bouclée, comme dirait Maïa.

L'après-midi passe sans qu'on s'en aperçoive. Allongé sur un transat, les yeux fermés, j'entends ma femme arriver. C'est une des choses qu'elle n'a toujours pas comprises. Rien qu'en écoutant mon environnement, je sais où elle est, quelles chaussures elle porte, j'ai conscience de toutes ses approches. L'ombre est maintenant sur mon visage, je ne ressens plus de chaleur. Enfin, j'en ressens, mais plus au même endroit. Si j'ouvre mes yeux, je verrai Maïa, dans son maillot de bain ridiculement petit, qui sort de la piscine chauffée. Comme chaque fois, elle va essorer ses longs cheveux blonds sur mon ventre et, comme à chaque fois, je vais attendre, pour la punir, de coucher Nina.

– Ahhh, m'exclamé-je en sentant sa peau fraîche se coller à la mienne.

Ce que je n'ai pas vu venir, c'est qu'elle s'allonge sur mon corps bouillant en étant glacée. La surprise a gelé ma riposte, et quand mes mains se posent sur ses fesses pour la faire basculer, une brusque chaleur se répand le long de ma colonne vertébrale.

Elle fait passer ses bras derrière mon cou et m'enlace de plus belle. Je frissonne et finis par accompagner son rire mutin. Jusqu'à ce qu'elle murmure à mon oreille :

– Il faut rentrer, j'ai beaucoup trop envie de toi.

Mon sexe est tellement dur qu'il ne pouvait pas en être autrement.

ÉPILOGUE 2

Maïa
Trois mois plus tard

Ma peau n'est plus qu'un immense frisson et mon dos se cambre à chaque coup de langue qu'il m'inflige délicieusement. Je gémis, électrisée par la douceur et la précision de ses gestes.

– Chuuut ! râle Mik, la tête entre mes jambes.

Je prends le coussin derrière ma tête et l'appuie sur mon visage quand sa langue s'agite à nouveau. Une de ses mains remonte sur mon flanc pour venir effleurer la pointe durcie de mon sein qu'il fait rouler entre son pouce et son index.

– Oh, mon Dieu, oui !

La tension ne me lâche pas depuis qu'il a commencé à me chauffer en rentrant du boulot, transpirant. J'ai envie de lui, qu'il me prenne tout de suite, sans attendre. Le cœur battant et l'âme intrépide, je roule des hanches et me frotte sans aucune pudeur contre sa bouche affamée.

Je retire le coussin et me dresse sur mes coudes pour scruter son visage, ses yeux rieurs brillants de désir. Que j'aime cet homme ! Mon ventre se contracte, mon sexe se recule de quelques minuscules millimètres. Il lève son regard vers moi et un sourire carnassier se dessine sur son visage. Il est malicieux, provocateur, comme toujours. Il souffle sur mes chairs moites et tendues. Mon corps réagit sans délai en parsemant mon épiderme de frissons incontrôlables.

– Mikko, supplié-je.

Sans que je le voie venir, il abat sa bouche contre mon intimité. Je lâche un petit cri de surprise qui me vaut une tape sur les fesses et un regard réprobateur. J'ai compris, Nina dort au bout du couloir, il veut que je sois discrète. Il joue avec mon bouton sensible, légèrement. Puis fort. Il le suce, l'aspire, le titillant par d'agiles saccades qui font trembler mes jambes et me rendent fébrile. Quand il insère un puis deux doigts en moi, je peine à retenir un énième gémissement.

– Maïa !

Dernier avertissement que je me colle sur la peau. J'ai besoin de me libérer, voilà la seule chose qui m'obsède. Je sens mon désir mouiller sa barbe. Sa bouche glisse et sa barbe de trois jours frotte sur des zones d'une sensibilité extrême.

Folle de désir, j'agrippe ses cheveux pour maintenir son visage contre moi, parce que je sens la jouissance arriver. Gonfler dans mes reins. La pression de mon ventre est à son paroxysme quand Mikko accélère ses mouvements, que ce soit avec sa langue ou ses doigts. Je ne sais plus où donner de la tête quand mon dos s'arc-boute et que mes orteils se crispent. Mon vagin se contracte autour des doigts de Mik et je laisse échapper un long gémissement qui fouette l'air chargé de sensualité.

Il écrase sa main sur ma bouche quand mon corps se détend enfin.

– Bon sang, tais-toi !

Je ne réponds rien, j'en suis bonnement incapable. Mes jambes s'écartent en une invitation des plus formelles quand Mikko rampe sur moi jusqu'à me couvrir de son corps athlétique. De la pointe de mes seins excités, je sens son cœur battre à vive allure. Il dépose un baiser humide sur mes lèvres avant de cesser tout mouvement.

– Papaaaaaaaaaaaaaaaaaa ! Papaaaaaaaaaaaaaaaaaaaaa !

Je dissimule un léger rire quand Mik se redresse en me réprimandant :

– Bébé, je t'avais dit de ne pas faire de bruit.

Il enfile un boxer et se rue dans le couloir pour rassurer sa fille. Tout désir semble s'être envolé. Du moins de son côté.

Je reprends mes esprits sans cesser de m'inquiéter, inutilement je le sais, pour Nina. Depuis qu'elle est née, notre princesse est devenue notre priorité.

C'est *notre* famille.

Curieuse de savoir ce qui se passe dans la chambre, je me redresse et passe le tee-shirt de Mik en boule sur le sol. Je m'avance doucement en direction des murmures qui proviennent du bout du couloir. La porte est légèrement ouverte, et une fois devant, je m'appuie contre le chambranle, toujours aussi émue par le tableau qui s'offre à moi. Mon cœur se serre de bonheur.

Mon homme a pris sa fille dans ses bras et bascule d'un pied sur l'autre. Il lui caresse le visage en la berçant.

J'ai beau avoir assisté à ce genre de scène attendrissante un nombre incalculable de fois, quelque chose aujourd'hui me bouleverse au plus profond de mon âme.

Je ne remercierais jamais assez Dieu de me l'avoir ramené. J'ai toujours su qu'il me retrouverait, où que je sois. Il me l'avait promis à maintes reprises.

Son profil me fait fondre. Ses grandes mains me captivent dans leur façon de tenir notre fille. En observant cet homme qui m'inspire un amour excessif et passionnel, je mesure à quel point la vie est belle.

Je sens une larme rouler sur ma joue, que je chasse d'un revers de la main. Pourtant, elle représente la joie. Puis, ma main retombe sur mon ventre, que je caresse du pouce. La vie qui grandit en moi depuis trois mois me rend sensible, à fleur de peau. Je baisse les yeux pour observer ce petit renflement qui trahit ma condition.

Je ne voulais pas spécialement d'enfants. Je ne me voyais pas évoluer dans un monde dangereux et sans scrupule qui est pourtant celui dans lequel, moi, j'ai grandi. J'ai toujours aspiré à autre chose, à une vie plus simple. Puis tout a changé quand j'ai eu la vie normale que j'espérais depuis des années. Loin de la mafia. Loin de Cleveland. Loin de tout.

Ma famille me suffit.

Nina semble s'être rendormie puisque Mik la repose dans son lit à barreaux. Il revient vers moi en chuchotant :

– Pourquoi tu pleures ?

Il me pousse vers le couloir et referme la porte de la chambre de Nina.

– Tu es sûre qu'elle s'est rendormie ?

– Bien entendu, puisque j'étais là.

Son sourire arrogant me donne envie de lui balancer une pique, mais j'ai d'autres projets en tête.

– Alors… ? Pourquoi ces larmes ?

Je hausse les épaules.

– Je ne sais pas. Vous étiez beaux.

Il hausse un sourcil avant de répliquer :

– Tu pleures parce que je suis beau ? Bébé, tu dois chialer depuis plus de vingt-cinq piges dans ce cas.

Il me cherche, pue la suffisance, et j'adore ça. En manque de lui, je me mets à inhaler son haleine qui porte encore mon odeur intime, comme si c'était mon oxygène. Comme si j'avais besoin de ce carburant pour avancer.

– Je vous aime tellement, articulé-je.

Il baisse les yeux sur ma main, toujours sur mon ventre, puis pose la sienne par-dessus. Son regard embué remonte vers le mien, et je comprends. Je comprends qu'il a compris. Qu'il sait que je porte son bébé.

Sa bouche se pose délicatement sur la mienne, me donnant un aperçu de ce dont j'ai besoin. Sa tendresse. Son amour. Il a un goût merveilleux d'avenir, d'espoir. Ses dents me mordillent les lèvres, la mâchoire, avant qu'il tombe à genoux sur le sol. Enivrée, je me mets à sourire avant qu'il ne pose son front sur mon ventre. À l'intérieur, c'est un feu d'artifice, une fête foraine, ou pire, une orgie, je ne sais pas trop. Il soulève mon tee-shirt et pose enfin ses lèvres sur ma petite bosse.

– C'est nous qui t'aimons, bébé. Plus que tout.

Je me demande souvent où est passé le Mikko froid et calculateur, le dominateur qui n'aimait pas les gestes d'affection et encore moins les grands discours.

Nous avons traversé de nombreuses épreuves, nous nous sommes blessés, cherchés… Mais je n'effacerais en rien ce que j'ai vécu pour changer mon présent et mon avenir.

Parce qu'elle est là ma priorité.

Ma famille.

REMERCIEMENTS

L'histoire de Maïa et Mikhaïl (ou Mikko, appelez-le comme vous le souhaitez !) s'achève non sans un pincement au cœur.

Il m'aura fallu plus d'un an pour poser chaque mot, faire autre chose, y revenir, pour mieux repartir avant de m'y replonger pour poser les trois petites lettres qui nous font tant vibrer : FIN.

Rien n'aurait été possible sans les éditions Addictives, qui m'ont fait confiance, à moi et à mon texte, et plus particulièrement Morgane, mon éditrice, qui a su me guider, me conseiller pour que je donne le meilleur de moi-même.

Comme à chaque fois, je voudrais remercier ma famille pour son indéfectible soutien sans lequel je n'aurais pas pu faire vivre mes personnages et cette histoire. L'écriture est une passion dévorante qui empiète quelquefois sur la vie de tous les jours (au grand désespoir de mon petit mari).

Je voudrais remercier celles qui ont lu chaque ligne du manuscrit pour me donner un avis à chaud. Émilie, ma moitié, qui croit plus en moi que moi-même. Ma douce Koko Nhan, qui a pris du temps malgré un planning bien chargé ! Ton avis m'est toujours précieux. Lou Garance, merci de ton soutien et de tes retours sans détour. Je suis vraiment heureuse que nos chemins se soient croisés. Virginie, ma bulle de romances, merci pour ta douceur, ta disponibilité et ta gentillesse. On devrait tous avoir une personne comme toi dans nos vies, et je suis contente que tu sois dans la mienne. Norkarott, Steph, merci de me donner de ton temps dans un calendrier de lecture bien chargé et de ne pas lésiner sur les vocaux lorsque tu as fini ta lecture ! Charlotte Rodriguez, merci pour tes cadrages indispensables pour lancer mon histoire sur les bons rails.

Les filles, merci de me soutenir sans relâche, et de me donner la force et l'envie de toujours donner plus, chacune de manière différente.

J'ai une pensée pour Noëlle, Marion, Noémie, Sonia Birdy, Mila Marelli, qui sont toujours d'un soutien sans faille, sans oublier ma Paup's d'amour. Je vous aime !

Et enfin, merci à vous, lectrices, blogueuses, copines… J'espère que vous aurez apprécié votre lecture, au moins autant que j'ai aimé l'écrire.

Parce que je n'oublie pas que, sans vous, tout ça, ce ne serait rien.

Love,

Ellie

Extrait

L'INFILTRÉE

Lou Garance

PROLOGUE

J – 7 avant l'ordre de mission
Elena

Les bras croisés contre la poitrine, je tente désespérément d'empêcher le froid de ce début mars de s'infiltrer sous les pans de mon manteau en laine. Mes talons aiguilles claquent contre le bitume et je traverse Bay Garden sous les rayons timides du soleil. Il ne doit pas être plus de sept heures du matin, à en croire la couleur sombre du ciel. Peut-être un peu moins, car les rues sont encore silencieuses. Après la soirée agitée que j'ai passée à Nude, j'ai du mal à imaginer qu'il y ait des endroits qui ne soient pas éveillés. Comme si Sokal avait deux visages et qu'il suffisait de marcher quelques kilomètres pour se retrouver dans les pires affres de la ville où le calme n'existe pas. Dans mon Sokal à moi, il n'y a que bruit, violence et sexe.

Sur ma route, je surprends les coups d'œil appréciateurs de quelques hommes qui partent travailler, loin d'être déstabilisés de me voir traverser leur quartier d'affaires à une heure aussi matinale. Si ce sont les bruits de mes pas qui les interpellent, le reste suffit à emprisonner leur attention. C'est exactement ce que je cherche, cette lueur de désir incontrôlable que je décèle dans leur regard dès qu'ils posent les yeux sur moi. Les flashs qu'ils tentent de chasser de leurs esprits alors qu'ils continuent de me détailler avec avidité, comme si j'allais me dévoiler à eux pour leur simple plaisir. Ils lorgnent mes jambes dénudées, à peine camouflées par mon manteau d'hiver et ma silhouette mise en valeur par mes escarpins. Essayant d'apercevoir vainement les sous-vêtements que j'ai enfilés en dessous. En cuir, cette fois-ci, et à peine couvrants. Si bien que, à chaque courant d'air, ça me glace les os. Je sais exactement le moment où ils comprennent d'où je viens et je jubile face à la teinte que prennent leurs joues quand ils se représentent mentalement ce qui a occupé ma nuit. De temps en temps, je suis encore dans mon personnage et il m'arrive de jouer avec eux. Quelques regards suggestifs, des sourires aguicheurs, un mouvement d'épaules pour faire sauter le premier bouton de ma veste… Il m'est même arrivé de reprendre du service une quinzaine de minutes, pour satisfaire l'appétit féroce de l'un d'entre eux, pas très soucieux d'arriver à l'heure à son boulot bien rangé. Mais ce matin, je n'ai envie de rien, mis à part rentrer chez moi. Mon heure est passée et j'ai besoin d'une douche.

Je glisse mes doigts gelés dans mes cheveux et quelques mèches sont collées par une substance devenue poisseuse que je préfère ignorer. Il y a des clients qui sont moins méticuleux que d'autres. Je passe facilement outre ce genre de détails, parce que l'objectif est qu'ils paient. C'est tout ce que je leur demande. En échange de quoi, je m'arrange pour leur faire passer le meilleur moment de leur vie. Si je me débrouille bien, il se peut que j'en fasse des clients réguliers, mais, pour la plupart, ils ne sont que de passage et j'aime n'appartenir à personne.

La première fois que j'ai eu à répondre aux désirs d'un homme contre de l'argent, je n'avais que 16 ans et je venais tout juste de quitter Covent Corner. Pour d'autres, ça aurait pu être une expérience traumatisante, pour moi ça a scellé mon destin. Quand on a vécu toute sa vie dans un orphelinat, on n'a aucun espoir d'avenir meilleur. Je rêvais d'aller à l'école et de passer un diplôme, sauf qu'à Sokal, ce n'est qu'une chimère aussi irréelle qu'une famille idéale. Mes illusions de gamine se sont évaporées à la seconde où j'ai compris qu'aucun foyer ne voudrait de moi. Une enfant à problèmes et mal dans sa peau, ça ne fait rêver personne. Quoi que les gens croient faire comme bonne action, ils ne sont pas mieux que ceux qui nous abandonnent. Parce qu'ils ont des exigences trop élevées, ils ont des attentes trop grandes et la plupart d'entre nous finissons avec des rêves brisés. À partir de 5 ans, on est déjà trop âgés pour être considérés comme mignons, alors plus personne ne nous veut et l'image idyllique de la famille parfaite nous éclate à la gueule.

Encore aujourd'hui, je serais incapable de dire ce qui m'a poussée, à peine âgée de plus de 16 ans, à errer dans les rues pendant des heures jusqu'à atterrir à Nudhills Avenue. Je connaissais déjà ce quartier que tout le monde appelle Nude en raison des activités qu'on y trouve. Cette grande artère de la ville vivante et dans laquelle je suis restée jusqu'à ce que le soleil se lève. J'étais fascinée, obnubilée par le nombre de filles qui y bossaient, le nombre d'hommes qui s'y arrêtaient. Tous ces billets qui circulaient, toute cette décadence… Puis, je me suis mise à compter. Le nombre de passes. Les secondes, les minutes, les heures qu'il fallait aux nanas pour racoler, ramasser et être payées. Je connaissais quelques trucs sur le sexe, je n'étais plus vierge depuis un paquet de temps. Ce que j'avais sous les yeux ? C'était de l'argent simple et facile. Qu'il soit sale, je n'en avais rien à foutre. J'ai maintenant 21 ans et Nude est mon quartier. Je ne regrette rien. Ma vie est ainsi et elle n'aurait jamais pu être autrement. Je ne suis qu'une orpheline de Covent Corner et j'ai dû apprendre à survivre. Point final.

Je n'ai pas le temps de tourner à l'intersection, une énorme berline ralentit à ma droite. Un instant, j'hésite à l'ignorer et à passer mon chemin, mais le bruit d'une vitre qui se baisse me fait tourner la tête. Je m'arrête net, dévisageant le sourire goguenard d'Oscar Simard. *Forcément.*

– Je vais finir par croire que tu me suis, Oscar.

– Crois ce que tu veux, Bonnie. Je viens réitérer notre offre.

D'un pas raide, je m'approche pour me pencher vers lui, les doigts manucurés crispés sur la vitre teintée impeccable. Il observe mon geste d'un œil morne avant de reporter toute son attention sur moi.

– Et si tu montais, pour qu'on discute ?

– Non merci, mon chou. Si j'avais demandé un taxi, j'aurais sonné Marius.

Mon visage se tord dans une moue coquine.

– D'ailleurs, je suis étonnée de voir que le grand patron ne prend même plus la peine de se déplacer pour moi. Il préfère envoyer son sbire, dis-je d'une voix faussement mielleuse. Je suis déçue…

La vitre côté passager se baisse juste, faisant cesser les battements dans ma poitrine et serrer ma gorge. Je me recule instinctivement. Marius Baulieu m'observe en ricanant, les cheveux encore plus grisonnants que la dernière fois que je l'ai vu. Ça ne remonte qu'à quelques semaines pourtant. Si Sokal avait une image, ce serait celle de Baulieu. Ce proxénète à la tête de la Niche, le réseau de prostitution qui domine la ville depuis plusieurs années. Les traits secs, une mâchoire anguleuse, une bouche sévère surmontée d'un nez droit.

Ses yeux noir corbeau me sondent et je m'oblige à ne pas déglutir. Ce n'est pas le moment de lui montrer qu'il me fout la trouille. Je plonge mes mains dans les poches de mon manteau et il ouvre la porte pour sortir sur le trottoir. Sa haute stature me surplombe d'au moins trente centimètres. Je me ratatine sur mes talons aiguilles, non sans le défier avec suffisance. Dans la rue, on apprend à ne pas montrer de faiblesse, même si on fait face à la plus grosse tête de la ville.

– Je suis prêt à tout pour toi, ma Bonnie. Comme tu peux le constater.

Oscar quitte à son tour la berline pour m'empêcher de faire marche arrière. Je jurerais voir une ride agacée déformer son front, mais elle disparaît rapidement et je reste plantée devant leur voiture hors de prix. La porte est restée ouverte derrière Baulieu et la chaleur de l'habitacle vient caresser mes jambes rougies par le froid.

– Une merveille comme toi ne devrait pas rentrer seule. Sokal est dangereuse.

Il accompagne ses mots en tirant sur une mèche de mes cheveux sombres, qu'il coince derrière mon oreille.

– Je n'ai pas peur.

Il rit. Un son irritant qui me donne une sueur froide.

– Monte. On te dépose.

Il glisse un bras sur mes reins et me pousse fermement, ne m'offrant pas d'autre choix que de me rattraper à la banquette arrière sur laquelle je m'affale. Oscar ne se retient pas de pouffer de rire et il contourne le véhicule pour s'installer de l'autre côté. Je le regarde froidement. La porte dans mon dos se referme, Baulieu sur mes talons. L'odeur du cuir et du tabac froid me pique les narines. Je savais qu'elle puait le luxe, vue de l'extérieur, mais pas à ce point. Les longs membres du sbire de la Niche ont amplement la place de s'étendre et, malgré sa carrure, son chef s'installe près de moi. Son épaule ne frôle même pas la mienne, mais je sens la lourdeur de sa présence. D'un geste habile, il ouvre une bouteille d'eau qu'il me tend. Je la réceptionne sans broncher, mais n'y touche pas.

– Alors, cette proposition.

– J'apprécie ton obstination, Marius, mais je ne suis pas plus intéressée aujourd'hui que je ne l'étais au début du mois.

Je bats des cils, consciente que mon seul atout devant le loup, c'est de faire l'agneau. Certains diraient que c'est une erreur, car il lui suffirait d'un claquement de doigts pour me tordre le cou, mais Marius a un faible pour les femmes. C'est bien pour ça qu'il en a fait son fonds de commerce.

– Je peux t'offrir stabilité, sécurité et confort. Bonnie, tu mérites mieux que de te geler le cul sur les trottoirs miteux de Nude.

– Je ne suis pas une petite chose fragile.

Il m'analyse attentivement et, loin de me défiler, je ne lâche pas ses yeux. Une moue amusée recourbe ses lèvres.

– Non, mais bientôt les souteneurs vont envahir le quartier et tu n'auras d'autre choix que de te soumettre à l'un d'eux.

Je secoue la tête en souriant de dédain. Ça fait cinq ans que je me prostitue et pour l'heure, je fais encore partie de celles qui n'ont de compte à rendre à personne. Je suis mon propre mac et c'est on ne peut plus satisfaisant.

Dépendre du bon vouloir d'un homme qui ne connaît pas la réalité du terrain, ça ne m'intéresse pas. Qu'il se prenne une commission sur mes passes, encore moins. Ils peuvent toujours tenter, je ne céderai pour rien au monde. Pour l'heure, j'ai la chance qu'ils ne fassent que ça : me proposer. Mais Marius Baulieu est un maniaque du contrôle, ça l'amuse de me voir lui résister. Il arrivera un jour où je ne serai plus en mesure de refuser et où ma rébellion le lassera. Il se fera un plaisir de me dompter, de m'apprivoiser comme il le fait avec les filles qu'il dirige.

– Ça n'arrivera pas. Personne ne dictera ma conduite, Marius. Ni un mec de la ville, ni toi. Tu as suffisamment de *chiennes* à ton service pour m'oublier.

Il pose sa paume sur ma cuisse nue. L'habitude de me faire toucher de manière aléatoire et inattendue ne devrait pas me faire réagir. Mais c'est Baulieu et je ne peux retenir le sentiment d'inconfort qui m'étreint. Il y a quelque chose dans sa façon d'agir avec moi qui a changé et ça me met d'autant plus sur la défensive.

– Je suis têtu, ma jolie, et j'obtiens toujours ce que je désire.

Il donne trois coups à la vitre devant nous, séparant l'endroit où nous sommes du chauffeur. Ce dernier immobilise la voiture et Oscar sort en me tenant la porte. Sans me faire prier, je quitte la berline en vitesse. Le souffle court. Marius n'a pas bougé de sa place et sans élever la voix, il rétorque froidement :

– Tu finiras par changer d'avis, *Elena*.

Puis la voiture disparaît et la panique me submerge à l'entente de mon prénom.

Marius Baulieu connaît ma vraie identité.

Ce n'est pas une proposition, c'est une mise en garde. Il vient me chercher.

addictives

Ana K. Anderson
Indompté
Scottish Bastard

Sophie Auger
Be with Me

Louve Baxter
Challenge the Boss

Rose Becker
Le Bébé, mon milliardaire et moi (aussi en poche)
Dangerous
Désirs & Désastres (en poche)
Torride, sexy & dangereux

Aimée Bianca
B.O.S.S. Beau, Odieux, Sexy, Snob

Sonia Birdy
California High School L'Initiation
Touchdown. Campus Star

Laura Black
Dark Initiation
Games of Desire
H.A.R.D. Hot, Arrogant, Rebelle, Déterminé
Italian Boss
Sulfurous Bad Boy

Margot D. Bortoli
Too Young

Marjorie Burbaud
The Campus Teacher (en poche)
Foutu Highlander… (en poche)

Phoebe Campbell
Lui résister… ou pas

Anne Cantore
Promets-moi. Louise et Marco

Mia Carre
Bad for You
Charmant connard !
Teach Me Everything

Sarina Cassint
Avec toi… peut-être
Insolent Boss

Mélodie Chavin
Campus Rules
Coloc avec mon ennemi
Fake Lovers (coécrit avec Camilla Simon)
Fucking Wedding
Stepbro' Next Door

Alexia Clemens
Red Python. Save Me

Romy Cole
Never Kiss a Soldier

Mary Ann Davis
Coach Me Love

Olivia Dean
À lui, corps et âme – volumes 1 et 2 (en poche)

Gwen Delmas
Noël, toi & moi
Sex Friends. Pas de contraintes, que du plaisir !

Sarah Dheilm
Elite Fighter
Hot Reward

Eugénie Dielens
Imprévisible Boss
The Boss Next Door

Cléa Dorian & Ninon Vars
Dark Love

Juliette Duval
Falling for my Stepbrother

Laurie Eschard
Love Naked

Sonia Eska
My Last Chance (en poche)
Ne me tente pas

Lil Evans
Boss Affair

Lou Everly
Bad Boy Crush (en poche)

Anne Ferra
One More Time

Lou Garance
Can You Keep a Secret ? (aussi en poche)

Foutu coloc!
L'Infiltrée

Alexandra Gonzalez
Shades of You

Erin Graham
Back to Campus (en poche) *Coloc avec mon boss*
Nos amours contraires (en poche)
Secret Stepbrother
Strong Addiction
Teach Me Love
The Boss
The Initiation
Un boss dans mon chalet

Emma Green
(Im)parfait (aussi en poche sous le titre *Fais-moi une place*)
10 bonnes raisons de te détester!
Âmes indociles (aussi en poche)
Bien plus forte que toi!
Bliss. Le faux journal d'une vraie romantique
Call Me Baby (aussi en poche sous le titre *Oh My Lord !*)
Call Me Bitch
Cent facettes de Mr Diamonds
Cœurs insoumis (aussi en poche)
Corps impatients (aussi en poche)
Fallait pas me chercher!
If You Wanna Be My Lover...
It's Raining Love!
Jeux imprudents
Jeux insolents
Jeux interdits
Just 17
Kiss Me if You Can
La Vie en vrai
Le Goût de nos rêves
Love & Lies on Campus
Love Me if You Can
PS: Oublie-moi!
Recherche coloc: emmerdeurs, râleurs, lovers... s'abstenir !
The Boy Next Room
The Boy on Fire
Toi + Moi: Envers et contre tout (aussi en poche sous le titre *Envers et contre tout*)
Toi + Moi: L'un contre l'autre (aussi en poche sous le titre *L'un contre l'autre*)
Toi + Moi: Seuls contre tous (aussi en poche sous le titre *Seuls contre tous*)
Une toute dernière fois

Kim Grey
Fausse fiancée & vrais ennuis (en poche)

Megan Harold
Breaking the Rules
Initiation with My Boss

Joh Harper
Broken but Alive
Crazy Love

Ludivine Hart
Arrogant & Tattooed

Marie Hayle
Lover Next Door
Under Control

Missy Heart
Dark Domination

Amy Hopper
Le Coloc
Gone Boy

Ellie Jade
About Last Night
More Than Anything

Emma S. James
Under the Rain

Sara June
Rider in the Dark
Sexy Wild Rider

Emily Jurius
Love to Hate You

Antinea Kane
In Love with My Enemy

Allie Krown
High School Challenge

Marion Laurent
I Want You in My Bed!
Mr Alpha
My Fake Boyfriend

Charlie Lazlo
Kiss Me I'm Famous (en poche)
Mon insupportable boss
The Duke (en poche)

Pauline Libersart
Tiger. Entre ses griffes

Sienna Lloyd
Mords-moi !

Nina Loren
Breaking the Ice
Teach Me Again. Impossible Desire

Ella Lores
Fucking King
Mariée par accident à un connard arrogant rencontré la veille…
My Best Enemy

Aimée Lou
Royal Bodyguard (en poche)

Jessica Lumbroso
Emma X. Secrète et insoumise

Émilie Maes
7 Days to Resist

Lili Malone
Coloc avec un inconnu

Mila Marelli
Crazy Wedding
Dark Man in Love

Mag Maury
My Hipster Christmas

Sianna Milano
High School Initiation

Caroline Mongas
Mariage forcé. Un contrat indécent

Billie Morgan
Free Fighter

Zoé Murat
Boss Me Around (aussi en poche sous le titre *The New York Office*)

Clara Nové
Offside

Aurore Nox
Foutu menteur !

Lina Parker
Campus at Sea

Alix Parks
Never Kiss the Boss

Jeanne Pears
Colocs & Sex Friends
H.O.T. Hypnotique, Obstiné, Ténébreux
Insupportable coloc
Jamais avec mon coloc ! (en poche)
The Most Insolent Man

Alexia Perkins
Arrogant Fake Lover

Sophie S. Pierucci
Deep & Dark (en poche) *L'Inconnu de l'ascenseur & Moi* (aussi en poche)
My Stepbrother. L'initiation

Silvia Reed
Darkest. La dernière heure
Too Close

Anita Rigins
J'aime pas Noël ni les voleurs de taxis !
My Rules
No Rules
Toxic Hell

Lise Robin
Forbidden Stepbrother (en poche)

Jana Rouze
Effet de vague – saisons 1, 2 et 3

Isla A. Rowley
Le Coloc de mon frère
Toxic Games

Gaëlle Sage
Arrogant Rider
Kiss, Kill & Ride
Lost Rider

Carole Sauvage
I Hate my Boss!

Ana Scott
À corps brisés (aussi en poche)
Dark Ride
Entre nous le chaos
Evil Ride
Last Ride
Le Meilleur Ami de mon frère
Say Yes to the Boss
Sensual Stepbrother
The Dominant
Un enfoiré mais un coup d'enfer !
Vicious Ride

Camilla Simon
Fake Lovers (coécrit avec Mélodie Chavin)
Initiation with My Enemy
Le voisin parfait est un enfoiré
Le mec parfait est un inconnu… ou presque !
Le rockeur parfait est insolent et tatoué

Adora Sky
Decadent Lover

Léana Soal
Fight & Hope

Cara Solak
Perfect Obsession

Izia Soley
Fauve
Initiation. On Your Skin

Liv Stone
Initie-moi. Mes jours contre tes nuits
Love Lessons (aussi en poche)

Lena K. Summers
Donovan, roi des connards
Perfect Bad Boy

Kaly Swann
Austin. Breathe with Me

Lisa Swann
Adore-moi !

Oly TL
Jardin Secret

Alexane Tolley
The Boss Rules (en poche)

Fanny Twice
Burning First Love

Louise Valmont
Campus Initiation
Mon insupportable voisin !

Anna Wendell
Apprends-moi le désir
Arrogant Bad Boy
Break Your Chains
Colosse. Le maître du jeu

Chloe Wilkox
Dominant Boss. Apprends-moi
Immoral (aussi en poche sous le titre *Demi-frère*)
The Virgin's Price
Your Game, My Rules (en poche)

Mina Zadig
Arrogant Highlander
Be My Teacher
Just Sex & Tattoos

Un deal est un deal…

Elyssa Brown et Zane Andrews sont l'opposé l'un de l'autre, mais ils veulent la même chose : que leur famille leur foute la paix avec leur célibat ! Alors, pourquoi ne pas devenir des faux fiancés juste le temps d'un ou deux repas de famille ? D'autant plus que Zane est carrément sexy derrière son air sérieux à toute épreuve. Et Elyssa pourrait bien être celle qui arrivera à le dérider !

Mais jouer les *fake lovers* est plus facile à dire qu'à faire. Car entre la gaffeuse Elyssa et la famille coincée de son « fiancé », le courant a du mal à passer. Il ne manquerait plus qu'Elyssa et Zane aient envie de finir ensemble dans le même lit, pour de vrai cette fois…

Autrice : Ellie Jade

Edisource – Éditions Addictives
100, rue Petit, 75019 Paris
Imprimé par FINIDR – Lipova cp. 1965 – 73 701 Cesky Tesin,
République tchèque
Dépôt légal : avril 2023 – Achevé d'imprimer : mars 2023
Réimprimé en mai 2023
ISBN : 978-2-37126-555-4
Réf. contrat : ZAIA_001